U0923583

——————阅读之前 没有真相

午夜文库

杰夫里·迪弗

林肯·莱姆系列

杰夫里·迪弗 Jeffery Deaver（1950— ）

杰夫里·迪弗一九五〇年出生于芝加哥，十一岁时写出了第一本小说，从此笔耕不辍。迪弗毕业于密苏里大学新闻系，后进入福德汉姆法学院研修法律。在法律界实践了一段时间后，他在华尔街一家大律师事务所开始了律师生涯。他兴趣广泛，曾自己写歌唱歌，进行巡演，也曾当过杂志社记者。与此同时，他开始发展自己真正的兴趣：写悬疑小说。一九九〇年起，迪弗成为一名全职作家。

迄今为止，迪弗共获得六次MWA（美国推理小说作家协会）的爱伦·坡奖提名、一次尼禄·沃尔夫奖、一次安东尼奖、三次埃勒里·奎因最佳短篇小说读者奖。迪弗的小说被翻译成三十五种语言，多次登上世界各地的畅销书排行榜。包括名作《人骨拼图》在内，他有三部作品被搬上银幕，同时也为享誉世界的詹姆斯·邦德系列创作了最新官方小说《全权委托》。

迪弗的作品素以悬念重重、不断反转的情节著称，常常在小说的结尾推翻，或者多次推翻之前的结论，犹如过山车般的阅读体验佐以极为丰富专业的刑侦学知识，令读者人呼过瘾。其最著名的林肯·莱姆系列便是个中翘楚。另外两个以非刑侦专业人员为主角的少女鲁伊系列和采景师约翰·佩勒姆系列也各有特色，同样继承了迪弗小说布局精细、节奏紧张的特点，惊悚悬疑的气氛保持到最后一页仍回味悠长。

除了犯罪侦探小说，作为美食家的他还有意大利美食方面的书行世。

杰夫里·迪弗 重要作品年表

少女鲁伊系列

1990 Death of a Blue Movie Star《蓝调艳星之死》

1991 Hard News《重要新闻》

1988 Manhattan Is My Beat《心跳曼哈顿》

采景师约翰·佩勒姆系列

1992 Shallow Graves《法外行走》

1993 Bloody River Blues《血河变奏》

2001 Hell's Kitchen《地狱厨房》

林肯·莱姆系列

1997 The Bone Collector《人骨拼图》

1998 The Coffin Dancer《棺材舞者》

2000 The Empty Chair《空椅子》

2002 The Stone Monkey《石猴子》

2003 The Vanished Man《消失的人》

2005 The Twelfth Card《第十二张牌》

2006 The Cold Moon《冷月》

2008 The Broken Window《破窗》

2010 The Burning Wire《燃烧的电缆》

2013 The Kill Room《杀戮房间》

2014 The Skin Collector《人皮拼图》

2016 The Steel Kiss《钢吻》

2017 The Burial Hour《安葬时刻》

2018 The Cutting Edge《快乐至死》(暂译)

凯瑟琳·丹斯系列

2007 The Sleeping Doll《睡偶》

2009 Roadside Crosses《路边的十字架》

2012 XO《唱片》

2015 Solitude Creek《孤独的小溪》

詹姆斯·邦德系列

2011 Carte Blanche《全权委托》

科尔特·肖系列

2019 The Never Game《游戏中毒》(暂译)

杰夫里·迪弗 重要作品年表

非系列作品

1992 Mistress of Justice《正义的情妇》

1993 The lesson of Her Death《她死去的那一夜》

1994 Praying for Sleep《祈祷安息》

1995 A Maiden´s Grave《少女的坟墓》

1999 The Devil´s Teardrop《恶魔的泪珠》

2000 Speaking in Tongues《说悄悄话的熊》

2001 The Blue Nowhere《蓝色骇客》

2004 Garden of Beasts《野兽花园》

2008 The Bodies Left Behind《弃尸》

2010 Edge《先手》

2013 The October List《十月名单》

燃烧的电缆

The Burning Wire

[美] 杰夫里·迪弗 著
王雨佳 译

新 星 出 版 社 NEW STAR PRESS

献给最杰出的编辑玛丽苏·露奇

老天，这里根本没有所谓的规则。我们倾其所有只为达成目标。

——托马斯·阿尔瓦·爱迪生

构建人类历史上的首个电网

第一部分 故障检修员

“地球日”来临前三十七小时

一个人脖子以下的部分约值每日几美元，而脖子以上的价值则等同于其大脑所能创造的一切。

——托马斯·阿尔瓦·爱迪生

1

阿冈昆联合电力照明公司那栋占地庞大且结构复杂的综合大楼就位于纽约皇后区的东河之上。此刻，晨间督导员正坐在大楼控制中心的办公室里，对着电脑屏幕上不停闪烁的红色指示灯皱眉：

严重故障。

这条信息下方冷冷地显示着故障发生的精确时间：上午11:20:20:003。

他坐直了身体，放下印着蓝白色希腊运动员图案的咖啡纸杯，旋转椅随着他的动作吱嘎作响。

电力公司控制中心的每位工作人员都有一个独立工作台，乍看之下和机场的空中交通管制员十分类似。控制中心灯火通明，放眼望去几乎被一面巨大的电子屏幕占满，上面显示着被称为“东北电力中枢”的综合电网的每一条电流走向，它们正源源不断地为整个纽约市、宾夕法尼亚州、新泽西州和康涅狄格州供应每日所需的电量。控制中心的设计风格和室内装潢可以说是十分现代——如果现代指的是一九六〇年的话。

督导员眯起眼睛紧盯着屏幕，上面正显示着来自全国各地发电机的送电信息：有蒸汽涡轮发电机、各种反应堆和尼亚加拉大瀑布的水电站大坝。就在这团像超大盘意大利面般交错纠缠的电力线路图中，一个小小的区域上，有个代表麻烦的红色环状指示灯正在闪烁。

严重故障。

“怎么回事？”督导员问。这个胡须花白的男人挺着啤酒肚，穿着白色短袖衬衫，在电力行业三十余年的工作经验早已让他见怪不怪，问这个问题更多是出于好奇。像这样亮起重大故障指示灯的情况并不罕见，然而真正发生严重事故的情况却少之又少。

一个年轻的技术员答道：“显示说 MH-12 区出现了断路器完全分离。”

阿冈昆联合电力的十二号变电站位于曼哈顿的哈莱姆区，那里黑灯瞎火，无人监管，看起来肮脏又荒凉——“MH”便是“曼哈顿”的缩写——即便如此，它却是当地主要的区域变电站。十二号变电站可以承接十三万八千伏特的电量，通过多个变压器将电压降低至原数的百分之十后进行分流，再通过电缆输送到各个地区。

忽然，大屏幕上又弹出了几个字，闪着红光在显示时间和先前的严重故障提示信息的下方出现：

MH-12 已关闭。

督导员在自己的电脑上敲了几个键，脑海中回忆起过去只能通过无线电、电话和绝缘开关操作的情景，鼻尖仿佛又嗅到了机油、黄铜和发热的人造塑胶的味道。他吃力地辨认着屏幕上密密麻麻的文本信息，自言自语般低声沉吟：“断路器都打开了？怎么回事？负载数据正常啊。”

就在此时，又一条信息出现了：

MH-12 已关闭。

启动 RR[①] 调配 MH-17、MH-10、MH-13、

NJ-18 电力支援受损区域。

“路径重置操作已启动。”有人突兀地喊了一声。

在市郊和乡村地带，电网是实际可见的东西——比如头顶交错横陈的高压电缆、路边高耸的电线杆和连接千家万户的输电线。无论哪条线路出了故障都能被轻易找到和修理。可大多数城市里的电流，例如纽约，却统统都汇入地下的绝缘电缆中。绝缘材料再好也会随着时间和地下水的腐蚀而逐渐损坏，最终造成短路和断电，因此电力公司通常都会依赖于电网的双重甚至三重冗余系统[②] 来避免服务中断。所以当 MH-12 变电站关闭时，电脑便自动重置了输电路径，调配其他电站的电力补足所需区域的供电。

“无断线或限电的情况。”另一个技术人员报告。

电网中的电流就像一栋房子里的水，通过一根主水管引入，再从多个不同的水龙头中流出。关闭其中一个水龙头便会增加其他龙头承受的水压。电流亦是如此，不过它的流动速度可比水快多了——时速将近七亿英里。像纽约这种大城市的电量需求之大可想而知，这便直接导致承担额外供电需求的变电站电压不断飙升——与水压同理。

好在这个电网系统在设计之初便已考虑到了这点，所以此刻电压指示灯依旧是平安无事的绿色。

但督导员想不通的是，究竟是什么导致了 MH-12 的断路器分

---

① RR 是 Reroute 的缩写，在这里代表电流路径重置。

②三重冗余系统是用来增强系统安全性的。在机械设备上安装三个传感器，传感器信号通过检测系统驱动三重冗余继电器，进入系统后三个传感信号都会被系统处理，当三个传感器有一个出现故障的时候，不影响这个信号点的工作。

离。通常情况下，变电站断路器分离多半是因为短路或者用电高峰期电力需求过高造成的——比如清晨、上下班高峰和傍晚，要么就是天气太热人们纷纷启动大功率空调的时候。

然而这个气候宜人的四月上午 11:20:20:003 显然并不属于上述任何一种情况。

“派个故障检修员去 MH-12 看看。可能是电缆损坏，或者哪里短路——”

然而他的话还没说完，屏幕上就已经亮起了第二个红色警示灯：

严重故障。

NJ-18 已关闭。

另一座位于新泽西州帕拉姆斯市附近的区域变电站也突然关闭了。那本是为了弥补曼哈顿十二号变电站断电损失的一座支援电站。

督导员哼了一声，像是发笑又像是咳嗽。他的眉头皱得更紧，满脸困惑：“这到底是怎么了？电力负载明明都在正常范围。”

“传感器和指示器功能也都正常。”技术人员报告。

“难道是 SCADA[①] 出了问题？”督导员问道。阿冈昆电力帝国的一切都由几台大型 UNIX 计算机上精密的“数据采集与监控系统”监管。当初震惊世界的二〇〇三年美加大停电事件起因之一便是一系列的计算机软件错误，那次事故的规模至今仍是北美之最。如今的系统虽然能够保证绝不让上次的灾难重演，却并不能确保计算机不会出现新的错误。

“不清楚。”其中一名副手字斟句酌地答道，“但我估计只能是这个原因了，系统诊断结果显示线路和配电装置并无问题。”

督导员盯着屏幕，等待下一步指示。按理说，接下来便会显示

---

①数据采集与监控系统（Supervisory Control And Data Acquisition，缩写为 SCADA），一般是有监控程序及资料收集能力的电脑系统。

由哪一个变电站——或者哪些变电站——补入支援因 NJ-18 关闭造成的供电缺口。

然而这样的指示信息并未出现。

如此一来，为了不让这座城市的两大区域被黑暗笼罩，它们所有的用电需求只能全部由曼哈顿的另外三座变电站：十七号、十号和十三号独立承担。精密的 SCADA 程序此刻显然毫无用处：它本该调配其他电站的电力过来支援的。不用想也知道这三座电站目前的进出电量有多高。

督导员挠了挠头，发现无法继续等待支援电站上线，便对高级副手下令道："手动转移 Q-14 号电站供电至 MH-12 号的东部服务区。"

"遵命。"

等了几秒钟却不见反应，督导员忍不住斥道："我是说，立刻。"

"呃，正在尝试。"

"正在尝试。什么叫'正在尝试'？"这个操作只需要在键盘上按几下就能完成。

"配电装置没有反应。"

"不可能！"督导员沿着台阶往下走了几步来到技术员的电脑前，伸手键入了几个连做梦都能倒背如流的指令。

然而屏幕上空空如也，什么反应都没有。

倒是电压指示器有了变化：指示灯条开始从绿色部分向上攀爬，进入了黄色区域。

"这可不太对劲儿。"有人喃喃地说了一声，"有麻烦了。"

督导员跑回自己的工作台，一屁股坐下。吃了一半的格兰诺拉麦片能量棒和印着古希腊运动员的杯子全被他震落到地上。

就在此时，仿佛巨大多米诺牌阵上的另一片骨牌也应声倒下，第三个红色指示灯出现了，就像箭靶上刺眼的红心，随着众人的心跳不停搏动。SCADA 计算机程序也继续冷漠地发送着报告：

严重故障。

MH-17 已关闭。

“天哪，又多了一个！”有人忍不住低声惊呼了起来。

不仅如此，这一次也同样没有任何其他变电站承担起支援纽约市庞大供电需求的意思。也就是说，现在只剩下两座变电站勉强疏导原本该由五座电站分担的电量。进出电站的输电线温度不断攀升，大屏幕上的电压指示灯条已经完全变成了黄色。

MH-12 已关闭。

NJ-18 已关闭。

MH-17 已关闭。

启动 RR 调配 MH-10、MH-13 电力支援受损区域。

督导员厉声道：“立刻向受损区域调派更多电力支援，不计方法和来源！”

此时，坐在附近一张控制台的女人猛然直起身体说：“我调到了四万伏特，正从布朗克斯经馈电线输送。”

四万伏特的电此刻也只是杯水车薪，通过馈电线传输更是有诸多问题。正常情况下这种电线所能承受的电量仅为调配电量的三分之一左右。

有人又从康涅狄格州调配到一部分电力。

电压指示器的灯条还在向上攀爬，不过速度倒是慢了下来。

或许情况已经得到了控制。“接着找！”

然而刚才从布朗克斯调配电力的女人却再次惊呼起来，声音中透着难以置信的惊讶：“等等，输电量自行降低至两万伏特，原因不明。”

还不止如此，整个区域一个接一个都出现了这种情况。技术人员刚从一个地方调配到少量电力来减轻变电站压力，另一个地方的供应来源便会随之枯竭。

而这样的状况正以令人惊恐的速度蔓延着。

这可是每小时七亿英里啊……

然而即便如此，灾难也未曾停下脚步，又一盏红灯亮起，仿佛又一发出膛的子弹。

严重故障。

MH-13 已关闭。

有人忍不住轻声说："这不是真的吧。"

MH-12 已关闭。

NJ-18 已关闭。

MH-17 已关闭。

MH-13 已关闭。

启动 RR 调配 MH-10 电力支援受损区域。

这就好比一座大型水库只能通过一个小小的水龙头倾泻全部的水量，或者冰箱门上向外喷冷水的喷水口。MH-10 号变电站承受的电压直线飙升，这座位于曼哈顿市克林顿区西五十七号街的老旧建筑物此刻的电力负载已达到平日的四五倍之多，并且还在不断增长。其中的断路器随时可能爆炸，引发更大规模的爆炸和火灾，让中城区的绝大部分区域退回到黑暗的殖民时期。

"北面的情况似乎没那么糟，从那边想想办法。从北面调配一部分电力过来，先试试马萨诸塞州。"

"我这边有五六万伏的样子，普南镇。"

“很好。”

可是紧接着有人大叫道：“哦，上帝啊！”

督导员看不清是谁，因为此刻所有人都紧盯着自己的屏幕，埋着头，浑身僵硬。“怎么了？”他怒道，“别跟我鬼哭狼嚎的。说话！”

“曼哈顿十号的断路器设置！快看！断路器！”

老天啊，这可如何是好……

MH−10号变电站的断路器被重置了。这就意味着从现在开始，将有高于安全负载十倍的电压通过该电力端口。

如果阿冈昆联合电力控制中心不能及时降低进入变电站的电压，那么电站里的线缆也好、开关也罢，很快都将遭受毁灭性的电流冲击。届时，这个变电站必然逃不过爆炸的命运。可在此之前，强大的电流便将如滔天巨浪般通过各条分流馈电线，冲进林肯区中心以南各街区的地下变压器，在无数写字楼和摩天大楼的供电点喷发而出。有的断路器或许可以及时反应切断线路，但其他的老式变压器和供电板却经不起这样的冲击，最终熔化成具有高导电性的金属块，为电流打开通路，导致电弧闪，引发灼灼烈焰与强烈的爆炸，将电器或插座周围的一切焚为灰烬。

恐怖分子——这是督导员今晚第一次想到这个词：这是一次恐怖袭击。他大喊道：“打给国土安全局和纽约市警察局。然后重置断路器，该死的。重置断路器！”

“断路器无回应，我和MH−10之间的信号被封锁了。”

“这他妈怎么可能封锁得了？”

“我也不……”

“里面有人吗？老天啊，如果有，叫他们赶紧离开！”变电站里通常是没有人的，但有时候会有工人进去做定期检查和维修。

“是，遵命。”

此时大屏幕上的电压值指示灯已是一片鲜红。

“长官，我们要甩负载吗？”

督导员狠狠地咬了咬牙，他也在思考这个选项。甩负载其实就是轮流停电，是电力行业在极端情况下才会考虑的选择。“负载”即用户正在使用的电量。所谓甩负载，就是通过人为操作，有计划地关闭部分电网以避免造成整个系统的大崩溃。

这是任何一家电力公司只有在万不得已的情况下，为了保证电网继续运行才会选择的处理方式，然而这样做却会对人口密集的曼哈顿地区带来严重后果。且不说对数以百万计的电脑造成的损害，光是因为停电而可能造成的人员伤亡就令人忧虑。除此之外，九一一紧急报警热线也会无法拨通；交通灯熄灭，救护车和警车会被堵在路上；大楼里的电梯纷纷停止运行，造成民众的恐慌是几可预见的结果。即便是白天，大停电也必然导致趁火打劫和强奸案件数量的上升。

电力是维持民众诚实守法的基础。

“长官？”技术人员急切地问道。

督导员死死地盯着还在继续攀升的电压指示灯，然后猛地拿起听筒拨通了上级的电话，那是阿冈昆联合电力的一位高级副主席：“赫尔伯，我们遇到麻烦了。”他简短地说明了情况。

“怎么会有这样的事？”

“我也不清楚，可能是恐怖分子。”

“天哪，联系过国土安全局了吗？”

“刚刚联系过了，我们一直在想办法把其他地方的电力调配到受波及的区域，可似乎不大奏效。”

他看了眼已经鲜红一片却还在向上攀升的指示灯条。

副主席说：“知道了，你有什么办法？”

“没有别的办法，只能甩负载。”

“如果这样做，这座城市的一大片区域起码会有整整一天陷在黑暗中。”

“可目前也没有别的办法了。如此庞大的电量，若不赶紧处理，变电站会爆炸的。”

他的上级沉默了一会儿：“曼哈顿十号变电站还有另一条传输线路，对吗？”

督导员抬头望了望大屏幕。一条高压电缆穿过变电站向西往新泽西州的方向延伸而去：“是的，但目前尚未启用，只是流经那边的电缆通道而已。”

“但你有办法接通这条线，让电流转向供应其他线路吗？”

“手动操作？或许可以，只是……那就意味着要派人进入MH-10号变电站。这样一来，要是我们不能在他们完成工作前控制好电流，变电站就会爆炸，他们都会没命。就算保住了性命也是全身三级烧伤。”

电话那头又停顿了片刻：“稍等，我打给杰森。”

那是阿冈昆联合电力照明公司首席执行官的名字，但私下里人们都称她为“至尊全能者”。

督导员一边等待，一边环视着身边的技术人员，不时看看大屏幕上那一盏盏红色亮点。

严重故障……

终于，督导员的顶头上司回复了，声音听起来有些嘶哑。他先清了清嗓子，隔了一会儿才说：“你需要派人进去，手动操作转接线路。”

“这是杰森的意思？”

电话那头又顿了一下：“是的。”

督导员压低声音说：“我不能让这里的任何人去，这简直就是自杀。”

“那就找几个志愿者。杰森说，你不可以——听清楚了——无论什么情况下，都绝对不可以甩负载。”

2

M70 号公交车司机绕开车流，将车子缓缓驶向五十七号大街的公交站台。这座站台就在十号大道与阿姆斯特丹大街交会的地方。司机心情不错，新公交车有自动倾斜功能，可以在停靠的时候向人行道倾斜，方便乘客上下车。车内还增加了方便轮椅移动的斜坡、更加灵活的方向控制系统以及最重要的一点：一个防震的驾驶座。

天知道他有多需要这样一张椅子，一天八个小时都要坐在上面呢。

他对地铁、长岛铁路和北方大都会[①]都没有兴趣，却唯独偏爱公交车。尽管这里时常交通混乱，人们也偶尔缺乏耐心、骂骂咧咧，可他喜欢公交车乘客的多样性。你能看见社会中形形色色的人，从律师到生活拮据的音乐家，再到送快递的年轻人。出租车太贵，味道还不好闻；地铁也不是总能在你想停的地方停。走路呢？拜托，这里可是曼哈顿，你要是闲着没事干当然可以，但这里又有谁是真正的闲人呢？再说了，他喜欢人，喜欢开车的时候和每一位上车的乘客点头微笑或致以问候。纽约市民其实并没有大家说的那样不友善，他们有时只是害羞罢了。内心有些不安、有些戒备，又或者单纯只是忙着想事情而已。

---

①长岛铁路和北方大都会都是美国的火车公司。

有时候一切其实很简单，只需要一个微笑、一次点头、一句简单的话语……他们就能变成你的新朋友。

他也很高兴自己可以成为这样的新朋友。

就算只能维持七八个街区的时间。

当然，像这样跟每一个人打招呼有时也会遇到一些奇怪的人。醉汉、坏脾气的家伙和瘾君子，不过他可以到时候再决定自己是否应该全神戒备。

毕竟这里是美国的曼哈顿。

今天阳光明媚、空气清爽。美丽的四月是他最喜欢的月份之一。现在是上午十一点半，公交车上挤满了打算赴午餐约或利用午休跑腿办事的人。车子一路朝东驶去，车流缓慢地向前移动着，司机小心翼翼地往公交站牌挪过去，那里站着四五个等车的人。

公交车驶近站牌时，他的目光不经意地扫过那些等车的人，落在了他们身后那栋老旧的棕色建筑上。那是一座二十世纪早期的建筑，有好几扇网格状的窗户，楼里总是暗沉沉的。他从没见过那里有人进出。真是个阴森的地方，像个监狱。建筑物正面有一张斑驳的告示板，蓝色的板面上用白色涂料写着几行大字。

阿冈昆联合电力照明公司

MH–10 号变电站

私有财产

危险　高压　严禁擅入

平时他几乎不会去注意这栋建筑，然而今天却有什么吸引了他的视线，感觉有些东西和平常不一样了。那是一条垂挂在窗户外的离地约十英尺的线缆，直径大概半英寸。线缆外包裹着深色绝缘材料，但末端的塑料或者橡胶材料却被剥开，银色的金属线裸露在空气中，末尾插在一片平整的黄铜装置上。好粗大的一条线缆啊，他想。

就这么挂在窗口，安全吗？

他踩下刹车，让公交车彻底停住，然后摁下开关，打开车门。倾斜机制开始工作，庞大的公交车略略倾向路侧，伸出的金属梯离地只有几英尺。

司机那张宽阔红润的脸转向车门，听着车门发出悦耳的喷气声。等车的人们鱼贯而入。“早安。”司机开心地打起了招呼。

一位八十多岁的老婆婆上了车，手里提着一支 Henri Bendel[①] 牌的购物袋，也向司机点了点头，然后拄着拐杖颤巍巍地向后座走去，无视前面的老弱病残专用座位。

瞧，纽约市民就是这么惹人喜爱！

后视镜里有什么在移动。一辆卡车闪着黄灯快速接近，车身上印着“阿冈昆联合电力”。三名工人下车后聚在一块儿，似乎在商量些什么。他们都拿着工具箱，戴着厚厚的手套，穿着厚夹克。三人脸上的表情有些凝重，望着那栋大楼，慢慢朝里走去，并不时交头接耳地讨论着。其中一人一直在摇头，一副忧心忡忡的样子。

司机转头看着最后一位准备登车的乘客，那是一位年轻的拉丁裔小伙子，手里拿着公交卡站在车外。他正望着变电站的方向皱眉。这时，司机看见小伙子抬起头，好像在嗅空气的味道。

一股刺鼻的气味传来，有什么东西在燃烧。这让司机想起以前妻子的电动洗衣机马达短路后，绝缘材料被烧着的味道。好难闻。一股浓烟从变电站前门缓缓涌出。

看来阿冈昆的人来这儿就是为了这个。

这可麻烦了。司机忖度着，不知接下来是否会大停电，连带着红绿灯也不工作了，要是这样他今天可就惨了。原本二十分钟的穿城之旅会变成几个小时还完不了。总之，不管怎样他都应该赶紧离

① Henri Bendel，亨利·班德尔，美国拥有一百三十二年历史的高端手袋配饰品牌。

开，把这块地方给救火车腾出来。他招手示意最后一位乘客："嘿，先生，我要开车了。快上来，上车……"

就在最后一位乘客一面因焦味皱着眉头，一面转过身踏上悬梯的时候，司机听见变电站里传来一声巨响。那声音十分尖锐，像枪响。紧接着一道刺目的强光猛然爆开，仿佛十几颗太阳同时出现，占据了挂着线缆的窗户和公交车之间的整片区域。

只一瞬，最后那位乘客便被这片耀眼的白色火光吞噬。

司机的视野逐渐模糊，只剩下灰色的残像。那仿佛是劈山裂帛的声音与枪声混杂在一起，震耳欲聋。尽管系着安全带，他的身体还是不受控制地被狠狠推撞到侧窗上。

嗡嗡作响的耳膜中传来乘客们惊恐的尖叫。

透过半张的双眼，他看见火焰正在熊熊燃烧。

在意识逐渐消失前，司机甚至产生了一丝幻觉，仿佛自己才是这场大火的源头。

3

“有件事我必须告诉你：他已经离开机场，一个小时前出现在墨西哥市中心。”

“糟糕，”林肯·莱姆叹了口气，猛地闭上眼睛，“真是太糟了……”

坐在莱姆的红色“暴风箭”[①]牌轮椅旁的阿米莉亚·萨克斯探出身，冲黑色电话扩音器问道：“怎么回事？”她拢了拢长长的红发，在脑后高高地扎了一个马尾。

“等我们收到伦敦来的航班信息时，飞机已经降落了。”扩音器里的女人声音干脆利落，“他好像是躲在运货车上，从工作出口溜出去的。我把墨西哥警察局调来的监控录像给你，有链接。请稍等。”女人转头吩咐助手有关录像的事，声音变得模糊。

时间刚过正午，莱姆和萨克斯正坐在由一楼客厅改建而成的法医实验室里。这是他位于中央公园西面的一栋维多利亚哥特风格的联排别墅，这里以前可能住过一些不修边幅的维多利亚人——莱姆喜欢这么想象。比如狡猾的商人、奸诈的政客以及上流社会的混蛋；当然也可能是一位刚正不阿却四处碰壁的警官。莱姆曾写过一本关于纽约史上重大犯罪案件的经典著作，并动用自己因此累积的

①“暴风箭”，是一个轮椅品牌。

资源追查过这栋房子的历代房主，可惜至今尚无结果。

刚才通话的女士工作的地方应该比这里现代得多，而且她的办公室远在三千英里之外：加州调查局蒙特利办公室，简称CBI。CBI探员凯瑟琳·丹斯几年前和他们一起调查过某起案件，而该案件的主要嫌疑人正是他们这次追查的男人。他叫理查德·罗根，至少就他们目前所知是这样，不过林肯·莱姆却更习惯以他的代号来称呼他：钟表匠[①]。

他是个职业罪犯，对待犯罪如对待其个人爱好——组装钟表般态度严谨且充满热情。莱姆曾与这个杀手交过几次手，并成功挫败过他的其中一次计划，可惜却未能及时阻止另外一起。不过，于莱姆而言，他们之间的较量目前还是自己略输一筹，毕竟“钟表匠”依然逍遥法外。

莱姆仰头靠在轮椅上，在脑海中想象着罗根的样子。他曾近距离见过此人。他身材精瘦，一头小男孩般蓬松的深色头发，被警察审讯时眼神中透着一丝戏谑，仿佛这是件有趣的事情；无论怎么质询他都不曾透露有关自己罪行的丝毫线索。他身上有种与生俱来的冷静，莱姆认为这正是此人最可怕的特质。情绪会造成错误与疏忽，然而却没有一个人能从理查德·罗根身上看出任何情绪波动。

他完全有本事参与任何盗窃、非法武装或其他需要同时具备缜密谋划与大胆执行力的犯罪阴谋，却偏偏选择了雇用杀人的勾当——谋杀目击证人、告密者、政客或者公司高层。最新调查显示，他刚接受了墨西哥某处的暗杀任务，于是莱姆打电话联系了凯瑟琳，后者在国境以南有不少眼线——并且几年前还险些被钟表匠的同伙杀掉。因为这一层关系，凯瑟琳被指派为美国方面的代表参与追捕引渡钟表匠的行动，与她合作的是墨西哥联邦警察局的高级调查官，年轻且勤奋的阿尔特洛·迪亚兹。

---

①指前作《冷月》（新星出版社，二〇二〇年出版）。

那天清晨他们刚获悉钟表匠打算乘飞机前往墨西哥城的消息，丹斯便联系了迪亚兹，后者立刻手忙脚乱地增派警力到机场拦截。可惜，根据丹斯的最新汇报，他们显然还是晚了一步。

“你准备好看录像了吗？”丹斯问。

“放吧。”莱姆抬了抬右手食指（那是他唯一能动的几根手指之一），把轮椅移到屏幕前。他是 C4[①] 脊椎截瘫，肩膀以下基本没有知觉。

前方的几个显示屏中有一个正在播放某座机场的夜间监控录像。画面内侧的栅栏两旁堆满了垃圾、废弃的纸箱、罐头和桶。一架私人喷气式货机缓缓驶入镜头，就在后舱门打开的一瞬间，一个人影跳了出来。

“那就是他。”丹斯轻声道。

“我看不太清。”莱姆回答。

“那绝对就是罗根。”丹斯坚持道，“他们找到了半截指纹——我马上发给你。”

录像中的男人活动了一下手脚，然后四下打量着，将一个口袋甩到肩上，躬着身子跑到附近的小棚子后面躲了起来。几分钟后，一位工人走过来，扛着一个两只鞋盒大小的包裹。罗根和他打了个招呼，用一个信封换走了包裹。工人左右看了看便快步离开了。过不多久，一辆维修车驶来停在旁边，罗根爬上车尾藏在一块防水布下，然后，维修车驶离了画面。

“那架飞机后来怎么样了？”他问。

“按照原本的行程安排飞往南美。正副机长均声称对此次偷渡事件毫不知情。这当然是在撒谎，可我们没有审讯他们的司法权力。”

“那个工人呢？”萨克斯问。

“墨西哥联邦警局把他带走了，他只是机场薪资最低的勤杂工。

① C4 表示颈椎第四节。

说有人告诉他只要帮忙运送那个包裹，就能得到几百美元的外快。钱就放在信封里，指纹就是在那只信封上找到的。”

“包裹里有什么？”莱姆问道。

“他说不知道，但那也是谎话——我看过审讯录像了。美国缉毒局的人正在审他。我本想亲自上阵，用点小技巧从他嘴里套出线索来，但真要这么做恐怕得花点时间。”

莱姆和萨克斯交换了一个眼神。丹斯口中的“小技巧”可一点也不小。她是人体动作学——即解读身体语言——方面的专家，同时也是美国最顶尖的审讯专家之一。受美墨两国之间的微妙关系所限，一个加利福尼亚探员要想进入墨西哥对其公民进行正式审讯必须先完成一大堆书面文件申请，而美国缉毒局却早已获得在该国公干的批准，省下了不少麻烦。

莱姆又问：“是在城里什么地方发现罗根的？”

“一个商业区。我们的人追踪他到一家酒店，但他并未入住。迪亚兹的人认为他只是去那儿见某个人的。等他们部署好监控设备，人早就跑了。好在如今所有执法部门和酒店都有他的照片。”丹斯又补充说，迪亚兹的上司、一位相当资深的警官将会接手调查工作，“他们打算严肃对待这起案件，我很欣慰。”

是啊，欣慰，莱姆想，但同时又觉得沮丧。在差一点儿就要逮住猎物的时候失去他的踪迹，而此刻情况又是如此难以把控……他发现自己连呼吸都急促了起来。他回忆起上次与钟表匠的较量：罗根打了所有人一个出其不意，还轻松解决了那次的任务目标；而莱姆本已掌握了罗根计划的全部信息，却错误地估计了他的战略。

“说起来，”他听见萨克斯在问凯瑟琳·丹斯，“你的浪漫周末过得如何？”这听起来应该和丹斯的个人感情有关。这位有两个孩子的单身母亲已守寡多年。

“我们相处得很不错。”电话那头的探员如实回答。

“你们去了哪儿？”

莱姆搞不明白萨克斯干吗这时候关心丹斯的私人生活，但她直接无视了他不耐烦的白眼。

“圣巴巴拉。路上顺道去了一趟赫兹城堡……听着，我还在等你俩过来做客呢。孩子们真的很想见见你们。韦斯给学校写了一篇关于法医的报告，里面还提到了你呢，林肯。他的老师曾在纽约生活过，对你是久仰大名。”

“是啊，能去就好了。”莱姆应道，脑子里却只想着墨西哥城。

萨克斯听出了他声音里的不耐烦，莞尔一笑，告诉丹斯他们还有事得先挂了。

挂上电话，她替莱姆擦了擦额头上的汗珠——他自己倒没察觉——然后两人望着窗外默默地坐了一会儿，一只鹰隼模糊的影子掠过视野。它收起翅膀，回到在莱姆别墅二楼筑的巢里。这在大城市里并不罕见——毕竟这里有数不清的肥美鸽子——但这些猛禽通常会选择更高的地方筑巢。然而不知为何，好几代鹰隼都选择了在莱姆的别墅安家落户。他喜欢看到它们。鹰隼很聪明，观察它们是件有趣的事，而它们也是完美的访客，从不向他索取任何东西。

此时，一个男人的声音忽然打破了平静：“所以，你搞定他了吗？”

“谁？”莱姆不快地反问，“你这‘搞’字用得可真有文化。”

说话的人叫汤姆·莱斯顿，是林肯·莱姆的护理员，他回答：“钟表匠啊。”

“没有。”莱姆愤愤地说。

“也就只差那么一点儿了，不是吗？”护理员问，他穿着一条深色休闲裤，一件笔挺的黄色商务衬衫，系着一条花朵纹饰的领带。

“噢，只差那么一点儿。”莱姆嘀咕着，“只、差、那么一点儿。这话可真中听。下次你被狮子咬住的时候，汤姆，要是护林员的子弹也只差那么一点儿射中狮子，你觉得如何？还是你会想：唉，等会儿，还是一枪中的打死它比较好？”

“狮子不是濒危物种吗？”汤姆回道，连讽刺的语气都懒得带上。他对莱姆的尖刻完全免疫。他照顾莱姆已经很多年了，比许多夫妻的婚姻存续时间还长，所以他也和那些最难应付的伴侣一样，对莱姆的脾气了如指掌。

“哈。真幽默，濒危物种。”

萨克斯绕到莱姆的轮椅后，双手按住他的肩膀，轻轻做起了推拿。萨克斯身材高挑，体形保养得比纽约警察局大多数同龄探员都好；尽管膝盖和腿脚常受关节炎的折磨，她的臂膀和双手却十分有力，而且很健康。

他们都穿着工作服。莱姆是黑色运动裤搭配深绿色的针织衫，而她除了刚脱下的深蓝色外套，还穿着一条同颜色的长裤和一件白色女士衬衫；领口的扣子敞开着，露出脖子上的珍珠项链。她的格洛克手枪插在腰间的合成皮枪套里，两支弹夹裹在弹夹套里并排挂在腰带上，旁边还有一支泰瑟电击枪。

莱姆能够清晰地感知到她手指的力度；他从近乎致命的脊椎骨折中存活下来，变成第四节颈椎以下高位截瘫，但肩膀上方的知觉系统还很敏锐。尽管曾经也考虑过接受高风险外科手术来改善身体状况，但最后他还是选择了另一种不同的复健方式。通过一系列专业的复健运动和理疗，他终于夺回了对部分手指和手掌的控制权。左手无名指是可以动的，被地铁梁柱砸伤脊椎时，这根手指奇迹般地并未受到任何影响。

他很享受手指用力摁在肌肤上的感觉，这让他觉得好像身体唯一剩下的知觉部分得到了强化。他垂目看了看已经没用的双腿，闭上眼睛。

汤姆仔细打量了他一番，问：“你还好吗，林肯？”

“还好吧？除了苦寻多年的罪犯白白从手里溜走了，还顺便逃到西半球第二大城市里躲起来以外，我简直好得不得了。”

“我不是说这个，你脸色看起来不大好。”

“你说得对，我确实需要吃点药。”

“吃药？”

“威士忌，喝两口脸色就好了。”

“不行，你不能喝酒。”

“我说，要不咱们来做个实验。科学研究、卡迪尔理论、绝对理智。这总没意见吧？我很清楚自己的状态，所以接下来要喝点威士忌，然后跟你汇报实验结果。”

“不行，现在喝酒还太早。”汤姆无动于衷地否决道。

“已经是下午了。”

“还差几分钟才到。”

“真该死。”莱姆的语气还像平时一样粗暴，但实际上他早已沉沦在萨克斯精准的推拿中。几缕红发从马尾中落下，悬在他的脖颈上，有些痒，但他没有动。既然输掉了单一麦芽之战，他决定不再搭理汤姆，可后者的一句话很快便将他的注意力拉了回来：“你刚刚打电话的时候，朗打电话来找你了。”

“是吗？怎么不早说？”

“你说跟凯瑟琳通话的时候不允许打扰。”

“好吧，那你现在说。”

“他会再打来。说是跟某个案件有关，有点麻烦。”

“真的？”对于钟表匠案的挫败感在听到这个消息时倏然减退。莱姆知道自己的坏心情还有另一个源头：无聊。刚分析完一起复杂且有组织的案件就意味着接下来的好几个礼拜都将无所事事，因此一听到有另一件案子可以忙，他便心情大好。对于高位截瘫的人来说，其中一件极其难熬却常常被大家忽略的事情，便是日复一日毫无新意的生活。一成不变的环境、一成不变的人、一成不变的活动……还有陈词滥调、空洞的保证，以及医生毫无感情的检查报告。

说实话，受伤后真正拯救了他，把他从打算请人协助自杀的深渊里搭救出来的正是莱姆热爱的老本行：运用科学知识侦破犯罪案件。

没有人会在面对未解之谜时还感到无聊。

汤姆还是有些不放心："你确定要管吗？你的脸色看起来有点苍白。"

"那大概是因为最近都没时间去沙滩晒太阳，你说是吧。"

"行了，我就问问。哦对了，阿伦·科裴斯基待会儿会过来一趟。你打算什么时候见他？"

这名字听起来耳熟，但念起来滋味儿不大好的样子："谁？"

"他是那个残疾人人权协会的，想过来谈谈给你颁奖的事情。"

"今天？"莱姆隐约记得曾接过这么一个电话。如果和案件无关，他通常不怎么关心。

"你之前说好就是今天的，你答应要见他。"

"噢，我真需要得奖啊。该拿它怎么办好呢？当镇纸吗？你认不认识需要镇纸的人？还是你就需要？"

"林肯，这个奖是为了表彰你以身作则，激励身有残疾的年轻人。"

"我年轻的时候可没人激励过我，还不是一样混得很好。"这话不完全正确——尤其是没人激励这部分——但每次感觉被打扰时莱姆就会变得斤斤计较，尤其是对于访客。

"就半小时。"

"半小时也没有。"

"太迟了，他已经快到了。"

有时候，这位看护助理简直战无不胜。

"那就到时候再说。"

"科裴斯基可不是来这里等着晋见国王的朝臣。"

莱姆觉得这个比喻还不错。

但这些关于得奖和皇室的想象在手机上亮起"朗·塞利托"警督名字的瞬间一扫而空。

莱姆用右手能动的手指接通了电话："朗。"

"林肯，听着，事情是这样的。"警督的声音听上去很苦恼，根据听筒里传来的环绕立体噪音判断，他显然正在开车，并且速度很快，"我们可能遇到恐袭了。"

"可能？这可不够具体。"

"好，那我换个说法。有人破坏了电力公司系统，用五千华氏度的火焰烧了一辆公交车，还关闭了林肯中心南部六个街区的电网。这样够具体了吗？"

4

一行人浩浩荡荡地从城里出发，终于抵达了目的地。

国土安全局的代表是一位相当年轻却身居高位的官员，看样子他的母亲应该是在康涅狄格州或者长岛的某个乡村俱乐部里怀孕并生下了他。当然，对莱姆而言，这只是一次人口普查性质的观察结论，而非对其出生的质疑。这个年轻人眼神明亮、炯炯有神，显然，他对自己在执法机构中的地位毫无概念，这没什么大不了，因为几乎每一个在国土安全局工作的人都有过相同的困惑。他的名字叫盖瑞·诺博尔。

FBI也派了人来，来者毫无意外是一位经常与莱姆和塞利托合作的特工：弗雷德·德尔瑞。如果FBI的创始人J.埃德加看到这位非裔美国特工一定会大感惊讶和不满，这并不完全是因为他一看便知并非出生于新英格兰地区，更是因为这位特工身上所缺乏的"第九大街风格"。"第九大街"是首都华盛顿FBI总部的代称。德尔瑞只有在便衣侦查工作需要的时候才会穿白衬衫打领带，在他看来，这身行头和衣柜里的其他角色扮演服装别无二致。而他今天的穿着可以说是相当纯粹的德尔瑞风了：深绿色的格子花呢套装下是一件典型的华尔街金融巨头气质的粉色衬衫，透着一股漫不经心的味道，还系着一条橘红色的领带，就是莱姆巴不得赶紧扔进垃圾桶的那种。

跟德尔瑞一起来的还有他的新晋上司——被委任管理FBI纽约办公室的助理特工主管塔克·麦克丹尼尔。他的特工生涯始于华盛顿，后被派驻至中东和南亚地区。这位助理特工主管身材很是结实，有一头浓密的深色头发，面色黝黑，不过一双蓝色的眼睛倒是雪亮，被他盯着让人如坐针毡，甚至连他简短地打声招呼说“嘿”，也让莱姆怀疑自己是否撒了什么谎，被他怀疑了。

这样一张脸对于执法部门的探员来说无疑是有用的，必要的时候莱姆也会摆出这种表情。

纽约警察局的代表正是一身富态的朗·塞利托，他穿着灰色西装外套和一件粉蓝色衬衫，这种搭配在他身上很少见。他的领带——上面的斑点花样看起来像污渍一样——是浑身上下唯一没有皱巴巴的东西，那可能是同居女友瑞秋或者他儿子送的生日礼物。站在这位重案组探员身后的是萨克斯和罗恩·普拉斯基。普拉斯基是一位金色头发、看上去十分年轻的巡警，他的正式身份是塞利托的下属，但实际上大部分时间是和莱姆及萨克斯一起进行犯罪现场调查。普拉斯基身着纽约警察局的标准制服，可以从外套的V形领口处清楚看见里面的T恤。

今天从FBI来的两位特工——麦克丹尼尔和诺博尔对莱姆的大名均是如雷贯耳，却从未亲眼见过本尊，因此当终于见到这位坐着轮椅在实验室里灵活穿行的瘫痪法医顾问时，两人的脸上都显出了不同程度的震惊、同情以及不安。不过这份好奇与不安很快便被藏匿了起来，正如大多数希望讨好主人的客人一样。只是他们很快又被另一种更加怪异的景象震惊了：一间雕梁画栋的古典风格客厅里竟然摆满了足以让一个中型城市犯罪现场调查部眼红的检测设备。

做过自我介绍后，国土安全局的诺博尔上前一步站在众人前面，其他人则散立在他身后。

“莱姆先生……”

“叫我林肯就好。”莱姆打断他。一旦有人对他摆出特别恭谨顺从的态度，莱姆便会十分恼火，在他看来，称呼姓氏其实是在用一种隐晦的方式同情安慰他，仿佛轻抚着他的头发说：可怜的孩子，真遗憾你下半辈子都只能在轮椅上度过了，因此我们会对你加倍礼貌的。

萨克斯听出了这句话背后的含义，不着痕迹地翻了个白眼，莱姆忍住了笑意。

“没问题，林肯。”诺博尔清了清嗓子，“情况是这样的。不知您对电网——就是供电网络系统了解多少？”

“不怎么了解。”莱姆坦率地回答。他在大学攻读的虽是科学专业，却从未研究过电力学，唯一的了解大概只停留在“物理学的电磁现象是自然界除了重力和强弱核能之外的四大基础能量之一”这种程度。但那属于学术研究的范畴，就实际应用而言，莱姆对电力的主要兴趣仅限于这栋别墅是否有足够电量来支持他的实验室设备运行。这些设备很耗电的，逼得他不得不两次改造线路以获得更多电力来满足需求。

不过莱姆也很清楚，他现在能活着完全归功于电：比如刚发生意外时向他肺部输送氧气的人工呼吸器；如今为他轮椅供电的电池；控制家里触屏兼声控式ECU环境调节装置的电路，当然还有眼前那一台台电脑。

没有电线，他的人生将陷入一片灰暗。不，很可能根本连人生也没了。

诺博尔接着说：“目前所知的情况是，不明嫌疑人溜进电力公司的其中一座变电站，接入了一根外部电缆。”

“不明嫌疑人只有一个？”莱姆问。

“还不清楚。”

“接入外部电缆，了解。”

“然后黑进公司电脑系统控制了电网。他修改了程序，让远超变电站安全电压值的电流被输送至该处。”诺博尔下意识地抚弄着手腕处动物形状的袖钉。

“因此引起了电流闪跳，”FBI探员麦克丹尼尔补充道，“也就是电流想要进入地下。这种现象被称为电弧闪，即爆炸。就像闪电那样。”

一团温度高达五千华氏度的电火花……

助理特工主管继续道：“这种现象能产生无比强大的力量以及离子体。就是一种物质的状态——”

“——非气、非液，亦非固体。”莱姆不耐烦地替他说完。

“没错。即使是最小的一次弧闪也拥有相当于一磅TNT炸药的威力，何况这次弧闪可一点也不小。”

“他的目标是那辆公交车？”莱姆又问。

“看起来是这样。”

塞利托接口道：“可公交车的轮胎是橡胶的。电闪雷鸣的时候躲进车里反而最安全，我记得之前在哪儿读到过。”

“确实如此。”麦克丹尼尔回答，“但不明嫌疑人显然早就考虑过这一点了。那是一辆可倾斜的公交车，他要么是算准了公交车的金属悬梯恰好能接触到路脊，要么就是盼着那时候恰好有人一脚着地一脚踏在公交车上，只要这样就足够弧闪击中车子了。”

诺博尔又转了转动物袖钉：“但他选的时机出了问题，或者目标计算失误。电火花击中了车旁的公交站牌。死了一名乘客；震聋了附近几人的耳朵；有些人被炸飞的玻璃碎片划伤；还引起了火灾。要是弧闪直接击中公交车，伤亡人数肯定不止这些。我想至少会有一半乘客死亡，就算不死也是三级烧伤。”

“朗提到了停电的事。”莱姆说。

麦克丹尼尔此时略微放松了些，重新加入了话题：“不明嫌疑人利用电脑关闭了该区域的另外四所变电站，因此所有电流都转流至五十七号大街的那一座电站。弧闪刚一发生，这座变电站就关闭了，但阿冈昆已经想办法重新开启了其他几座。目前克林顿区有大约六个街区暂无电力供应，你没看新闻吗？”

“我不怎么看新闻。”莱姆回答道。

萨克斯问麦克丹尼尔：“公交车司机或者其他人有看到任何可疑的人和事吗？”

“没什么特别重要的信息。当时现场还有几名工人，说是收到阿冈昆电力公司总裁的命令要求进入变电站尝试重置电流路径之类的。谢天谢地，弧闪发生的时候他们还没来得及进去。”

“当时里面没有人？”弗雷德·德尔瑞问道。这位特工和其他人似乎略有些格格不入，莱姆猜新官上任的麦克丹尼尔还没抽出时间来向团队做自我介绍。

“没有。变电站里基本上都是设备和仪器，除了定期检查和维修，里面不会有人。”

“电脑是如何被黑的？”朗·塞利托问，一屁股坐进一张藤椅，椅子发出吱吱嘎嘎的声响。

盖瑞·诺博尔答道：“这一点尚不清楚。我们现在正尝试重现当时的情景。局里的白帽黑客[①] 已经在着手模拟恐袭情景了，可惜都没能成功侵入。但这也没什么好惊讶的，坏人总比我们快一步——技术方面。”

罗恩·普拉斯基问：“有人承认吗？”

“暂时没有。”诺博尔回答。

莱姆问：“既然如此，为什么认定是恐怖主义？我觉得这倒是关闭警报器和安保系统的好办法。最近有什么谋杀或者抢劫案的报告吗？”

“目前暂时没有。”塞利托应道。

“认为是恐怖分子有几个原因。”麦克丹尼尔说，“其中一点是，我们的‘模糊图案及关系剖析系统’的计算结果指向这一可能；另

---

①白帽黑客就是业界所称的“白帽子”，可以用英文 white hat hackers 表示，指用自己的黑客技术来维护网络安全的黑客，他们其实是信息安全从业人员。

外，事件刚发生的时候，我就派人排查了来自马里兰州的信号。”他顿了顿，似乎在暗示在场的所有人不得泄露他下面要讲的话。莱姆推断这位FBI探员说的是某种地下情报组织——它们是政府的秘密监察机构，表面上不一定符合司法程序，却可以通过法律漏洞执行任务，以确保及时发现并阻止国境内潜在的恐怖活动。国家安全局——世界上最优秀的窃听机构——恰好就在马里兰州，“最新的SIGINT[①] 系统截获了一些有趣的信息。”

SIGINT又称“信号情报”，可监控移动手机、卫星电话、电子邮件等。如果有人利用电力系统策划袭击，使用它来进行反击应该是个不错的手段。

“我们认为拦截到的信息属于当地一个新兴的恐怖组织，尚未被归类到现有的组织名册中。”

“叫什么？”塞利托问。

“该组织名称里有‘正义’，还有‘为了’这个词。”麦克丹尼尔解释道。

为了、正义……

萨克斯问道：“没有别的信息了吗？”

“没有了。有可能是‘为了真主阿拉的正义’‘为了受压迫者的正义’之类的。目前毫无头绪。”

“这些词组是英文的吗？”莱姆确认道，“不是阿拉伯语、索马里语或者印尼语？”

“是的。”麦克丹尼尔回答，“我正在对拦截到的所有通信进行多语种及方言程序检测。”

“是合法的，”诺博尔立刻补充道，“我们通过合法渠道截获的所有通信。”

“可他们的大部分通信都在云端里进行。”麦克丹尼尔说，并没

①即信号情报（指通过监测无线电通信或其他电子情报来截获传输的信号）。

有过多解释。

“呃，长官，您的意思是？”罗恩·普拉斯基追问道。这正是莱姆想问的，只是他的态度不会如此恭敬罢了。

“你是问‘云端’的意思吗？”助理特工主管答道，“这是从最新计算机技术衍生而来的概念——你的个人数据和程序并非储存在自己的电脑上，而是在别的服务器中。我曾就此写过一篇分析文章。我用这个词来指代新的通信协议。很少有不法分子会使用有标准协议的手机或电子邮件。一部分人对于如何利用新科技发送信息很感兴趣，比如博客、推特、脸书等；还有将代码嵌入可上传或下载的音乐及视频中。我个人认为他们最终拼凑出了一套新的系统，适用于各种改装手机和使用替代频率的无线电装置。”

云端。不法分子。

“你为什么认为‘为了某某正义’的组织是这起袭击的发起者？”萨克斯问。

“我们并无证据。”诺博尔老实回答。

麦克丹尼尔插嘴道：“只不过，过去几天SIGINT系统拦截到的信息中有货币流通的迹象，还有一些诸如人事变动和‘这将会是条大新闻’之类的信息。所以事件一发生，我们便立刻联想到了，认为说不定与之有关。”

“而且‘地球日’也快到了。”诺博尔适时提醒道。

莱姆不太清楚“地球日”指的是什么，而且对此毫无兴趣，他想当然地认为那不过是另一个公共节日或者活动之类的：街上到处都是看热闹和参加节日游行的人，白白浪费纽约市警察局的人力物力，不然本可以让他们帮忙查案的。

诺博尔说：“这或许并非巧合。选择在‘地球日’前几天攻击电网，此事甚至惊动了总统阁下。”

“美国总统？”塞利托问。

“没错。他正在参加一个可再生能源峰会，不在华盛顿。”

塞利托陷入了沉思："会不会是有人想借此滋事？生态主义恐怖分子。"

这在纽约市可不常见，毕竟这里并非伐木业和露天剥采[①]业聚集的地方。

"说不定是叫'为了环境的正义'。"萨克斯猜测。

"可是，"麦克丹尼尔说，"这里有个小问题。SIGINT 截获的一条和'为了某某正义'组织相关的通信中出现了一个叫'拉曼'的名字。没有姓氏。我们的伊斯兰教恐怖分子监控名单上有八个未建档的'拉曼'。我们觉得可能就是其中之一，但无法确定是谁。"

诺博尔厌烦了拨弄自己的狗熊或海牛图案的袖钉，顺手又抓起一支做工精良的笔把玩起来："我们——我是说国土安全局认为，这个拉曼有可能是某个长期潜伏的恐怖小组成员，说不定从'九一一'的时候就在了。平时故意不按照伊斯兰教习俗生活，做礼拜也只去温和派清真寺，并且避免与阿拉伯人有过多接触。"

麦克丹尼尔补充道："我已经联络了一名五角大楼的 TC 组特工。"

"TC 组？"莱姆问，情绪开始有点暴躁。

"就是通信技术小组，负责实时监控。还有特殊技术专家，必要时可以帮我们攻占通信节点。另有两位联邦司法部的律师。此外我们正从各处调派总共两百名特工。"

莱姆和塞利托对视了一眼。就一个目前不属于任何已知案件的单发事件而言，参与调查的人员数量实在有些庞大，并且调配人手的速度也出奇的快。要知道，目前距离袭击才过去两小时而已。

FBI 助理特工主管察觉了他们的反应，说："我们有理由相信已经出现了新型恐怖主义，因此也拟定了新的反击方式。想想看，之前发生在中东和阿富汗的无人机袭击事件，你们可知控制人员当时

①露天剥采是采矿的一种方式。

其实身处科罗拉多州的斯普林斯市和奥马哈？”

云端。

“现在TC小组已经就位，我们应该很快就能拦截到更多有用信息，但传统侦破手段也必不可少。”他环视了实验室一圈。看来指的是法医刑侦学手段，莱姆想。然后，助理特工主管看着德尔瑞说：“民间侦查也同样重要，尽管据弗雷德所说收获不大。”

德尔瑞的才能不仅在于优秀的便衣侦查技巧，更在于他对秘密线人的发展和掌握。自“九一一”恐怖袭击以来，他不仅成功获取了一大帮伊斯兰裔线人的信任，更是自学了阿拉伯语、印度尼西亚语和波斯语。此外，还经常和纽约市警察局名声在外的反恐部门合作。德尔瑞探员也赞同上司的意见，他一脸严肃地说：“我联系了布鲁克林、新泽西、皇后区和曼哈顿的眼线，目前尚未得到任何关于‘正义’组织和‘拉曼’的线索。”

“毕竟事情才刚发生。”塞利托提醒道。

“是啊。”麦克丹尼尔缓缓道，“这种事当然需要周密的计划，你觉得需要多久？一个月？”

诺博尔说：“我想差不多，少说也得这么久。”

“看看，这就是那该死的云端的能力。”

莱姆从主管的话里听出了对弗雷德·德尔瑞的不满：线人应该在事件发生前就提供情报。

“继续保持，弗雷德。”麦克丹尼尔说，“你也算尽力了。”

“我会的，塔克。”

诺博尔放下笔看了看表：“国土安全局会负责与华盛顿和国家相关部门的协调工作，若有必要，也会联络各国大使馆。警察系统和FBI像平时一样跟进案件。而你，林肯，我们对你的犯罪现场调查能力早有耳闻，所以想请你负责现场微迹证的分析工作。我们召集的反恐精英小组再过二十分钟，最多不超过半个小时便将抵达变电站。”

“没问题，我们很乐意帮忙。”莱姆答道，“但我需要勘查整个现场：从入口到出口，以及第二现场，可不仅仅是微迹证。整个流程缺一不可。”他看了塞利托一眼，后者坚定地点了点头，意思是“我支持你”。

客厅里有一瞬间尴尬的沉默，所有人都明白这句话背后的含义：谁才是掌握这次案件侦查主导权的人。如今警察工作的本质是，谁掌握了法医刑侦的主导权就相当于掌握了整个案件调查的主导权。这一切都要归功于过去十年间犯罪现场调查技术的突飞猛进。仅凭搜索现场和分析遗留物品及微迹证，法医刑侦专家便能获得对案件侦破最有利的信息并缩小嫌疑人范围，他们同时也是最早发现破案线索的人。

由国土安全局的诺博尔、FBI的麦克丹尼尔和纽约市警局的塞利托组成的三驾马车原本应该负责战略决策的制定，可如果他们接受了莱姆的提议，让他主导犯罪现场侦查，就意味着他将成为本次案件调查的实际主导者。这其实不难接受。此人从事犯罪刑侦工作的时间比他们都长，而且硕果累累，考虑到目前除了一些物证以外根本没有关于目标嫌疑人的信息或其他重大线索，那么向法医学专家寻求帮助才是最稳妥的方案。

最重要的是，莱姆对本次案件非常感兴趣。主要是因为无聊……

好吧，还有些自负的因素。

因此他选择了最强有力的说服方式：一言不发，只是静静地盯着国土安全局负责人盖瑞·诺博尔。

麦克丹尼尔有些沉不住气——这可意味着要让别人对他负责的犯罪现场指手画脚——诺博尔斜了他一眼，问：“塔克，你觉得呢？”

“我知道莱姆先生……林肯很有实力，让他来指挥现场调查没有问题，但前提条件是要保证事无巨细，和我们保持沟通。”

“那是自然。”

“另外我们也需要派人参与现场调查，并且要第一时间得到所有调查结果。”他看着莱姆的眼睛而不是身体说，“但最重要的是，反应要快。”

听这意思，莱姆心想，是在怀疑像我这样的身体情况能不能办得到呗？塞利托有些不安地动了动，但这话其实很合理，并没有强硬拒绝的意思。就算换作莱姆也会这么问。

他回答：“明白。”

“很好，我会让证据响应小组配合你的一切调查。”助理特工主管向莱姆保证。

诺博尔说：“现在来说说怎么应付媒体。现阶段我们想尽可能弱化对本次案件可能是恐怖袭击的报道，而是作为一次意外事故处理。可惜已经有媒体暗示实际情况可能不止如此，民众很恐慌。”

“是这样没错。”麦克丹尼尔点了点头，“我办公室里有台专门监测网络点击量的电脑。现在搜索引擎上关于‘电刑’‘电弧闪’和‘大停电’等关键词的搜索量激增。YouTube上关于弧闪的视频播放量也居高不下。连我自己都上网查过，看起来非常可怕。前一秒两个人还在镜头前摆弄配电板，然后突然一道闪光充斥整个镜头，下一秒就看到其中一人躺在地上，半身着火。”

“还有，”诺博尔接着说，“民众很担心弧闪不只会在变电站内产生，还可能发生在家里或者办公室里。”

萨克斯问：“会吗？”

麦克丹尼尔对于弧闪的知识显然还不够全面，但他坦言：“我想是有可能的，但不清楚发生弧闪的电流强度是多少。”说着眼睛不自觉地瞟了瞟身旁一个二百二十伏的插座。

“行了，我们最好现在就开始行动。”莱姆说着，看了萨克斯一眼。

后者朝大门走去：“罗恩，跟我来。”普拉斯基转身跟上。片刻后大门关闭，紧接着便传来萨克斯的大功率汽车引擎发动的声音。

“有一件事值得注意，是关于我们用电脑模拟的其中一种可能。”麦克丹尼尔补充道，“不明嫌疑人这次或许只是试试水，看看电网是否可以成为恐怖袭击的目标。这次事件颇为草率，最后死亡人数也只有一个。我们把相关信息输入系统后得出的计算结果显示，嫌疑人下次有可能尝试不同的袭击方式。也就是说这次事件甚至可能只是一次单一事件。”

“只是一次……？”莱姆问，对这个用词感到恼怒。

“单一事件——只发生一次。我们的风险分析系统的运算结果显示，本次事件有百分之五十五的可能性不会再次发生，还不算最糟糕的情况。”

对此，莱姆的回答是：“可这难道不也表示，在纽约的某个角落里，有某个人正面临着百分之四十五的概率遭遇电击身亡吗？……而且说不定此刻正在发生。”

5

阿冈昆联合电力照明公司的MH-10号变电站位于林肯中心南部一片颇为安静的区域，仿佛一座迷你的中世纪古堡。建筑材料是切割得并不均匀的石灰石，在历经了纽约城几十年的污染和风雨摧折后早已斑驳不堪。奠基石磨损严重，只能辨认出其上刻着的一串数字：一九二八。

现在是下午两点不到，阿米莉亚·萨克斯驾驶着她的栗色福特牌“都灵眼镜蛇”轿车缓缓滑进目的地，停在被烧毁的公交车后面。这辆打眼的轿车和排气管响亮的突突声立刻吸引了周围不少看热闹的人以及正在处理现场的警察和救火员的注意。她抬脚跨出驾驶席，将一张写着NYPD[①]的卡片放在方向盘上方的平台上，回身双手叉腰站定，目光一寸寸扫过现场。罗恩·普拉斯基也从副驾驶座走了出来，反手“砰”的一声重重关上了车门。

萨克斯觉得这个地方有些古怪。变电站的周围高楼环伺，每一栋都是动辄二十几层的现代摩天大厦，被紧紧围在中间的电站四角不知为何建了几座小塔楼。石墙上有斑驳的白色痕迹，那是寄居在周围的野鸽的杰作，当爆炸尘埃落定之后又纷纷飞了回来。窗户上的玻璃颜色昏黄，外面还镶着漆黑的围栏。

---

①纽约市警察局的英文缩写。

厚重的金属大门敞开着，里面一片幽暗。

随着一声尖厉的警笛呼啸，一辆NYPD犯罪现场调查部门的快速响应车缓缓驶入现场。刚停好，三名皇后区总部指派的技术人员便从车里跳了下来。萨克斯曾与他们打过多次交道，于是朝其中一位拉丁裔男士和一位亚裔女士点头致意，领导他们的是一位叫格雷奇恩·萨洛夫的高级警探。萨克斯也向警探点了点头，后者挥手示意，沉着脸看了一眼变电站的大门，转身走向车子尾部，新来的警员们正在从上面卸载仪器和设备。

萨克斯的注意力转移到人行道和大街上，现场被黄色的警示胶带封了起来，外面聚集着大约五十个人，盯着警察的行动看热闹。被电流袭击的公交车烧得只剩一个变了形的框架，就摆在变电站门前；右侧轮胎完全瘪了，靠近车头的涂漆已经完全焦黑，一半的车窗被熏得黑乎乎的，什么也看不清。

一位急救人员走上前来点头致意，那是一位身材壮实的非裔女性。萨克斯说："你好。"

急救人员略带犹豫地再次点了点头。按理说医疗技术人员见过的伤亡惨状比任何警员都多，可她的身体却在止不住地颤抖："探员，您最好过来看一下。"

萨克斯跟着她走到一辆救护车前。一具尸体躺在冰冷的担架上，正等着被运往停尸房。尸体上盖着一张深绿色的防水布。

"看样子这是最后上车的那位乘客。我们以为能把他救回来的。可惜……最终还是没能如愿。"

"触电身亡？"

"您最好亲自看看。"她轻声说着，撩开了防水布。

鼻腔里传来皮肉烧焦的味道，萨克斯刹那间浑身僵硬、汗毛倒竖。她缓缓看向死者，那是一位拉丁裔的男人，应该是穿着商务套装——从身上的衣物残片勉强能推测出来。他的背部和右侧身体的一大半都已烧得面目全非，翻开的皮肤和烧焦的衣料熔化纠缠在一起。萨克斯估计了一下，应该是有二三级烧伤。然而，这并非最让她不安的地方；以她多年的罪案调查经验，各种意外或纵火的严重烧伤并不少见，但这具尸体最可怕的部分却是急救小组剥离残留的衣物后暴露在空气中的皮肉。尸体的皮肤上有几十个整齐排列的孔洞，布满全身，看上去就像是被一支巨大的霰弹猎枪击中了一般。

急救人员说："这些伤痕绝大多数都直穿身体而过。"

穿透了整个身体？

"怎么造成的？"

"不知道。干这行这么多年，我从没见过这样的伤口。"

而萨克斯又发现了新的奇特之处，这些伤口的形状个个清晰可见："一滴血也没有。"

"无论是什么造成的，都直接灼烧并封住了伤口的血流，所以才……"她的声音渐渐低了下去，"所以才让他保持着这样的状态活着撑了这么久。"

萨克斯简直无法想象那种痛苦。"为什么会这样？"她问道，一半是自言自语。

这问题很快便有了答案。

"阿米莉亚。"罗恩·普拉斯基叫了一声。

她抬起头望着他。

"公交车站牌。老天，你过来看看……"

"天啊。"她喃喃地走到现场封锁带附近。公交站牌柱子离地约六英尺的地方被炸开了一个宽约五英尺的大洞，金属柱子仿佛被喷枪灼烧的塑料般熔化扭曲成了一团。她抬头望着公交车残留的车窗和路边停靠的一辆快递运货车。原以为玻璃应该在烈火中被灼烧变形，然而事实却并非如此，同样的弹孔——和尸体上的如出一辙——也击中了这些车辆，甚至击穿了金属车身。

"你看。"她轻声说，指着人行道和变电站正面：一百多个大大小小的坑洞遍布石砖墙的表面。

“难不成是炸弹？”普拉斯基问，“或许响应小组看漏了。”

萨克斯打开一只塑料口袋，取出一双蓝色的防水手套，戴上后蹲下身，从车牌柱底下轻轻拾起一颗泪珠状的小小金属残片。金属片上还残留着高温，烤得手套有些发软。

当她终于意识到这是什么的时候，不禁打了个寒战。

“这是什么？”普拉斯基问。

“电弧闪熔化了车牌柱。”她四下打量了一番，发现石砖地面、公交车身、周围的建筑物外墙以及附近停靠的车辆上都嵌着百十来个同样的残片。

就是它们杀死了那个年轻的乘客。一场被极高温度熔化的金属之雨以每秒上千英尺的速度从空中狠狠撒落。

年轻的探员缓缓吸了一口气：“被这样的金属液击中……融穿身体。”

萨克斯忍不住再次战栗起来——实在难以想象那是怎样的痛苦，更不敢想象如果这场袭击的波及范围更广将会导致怎样的人间炼狱。这段街道上行人相对较少，要是变电站坐落在曼哈顿市中心，至少会有十到十五名路人以同样的惨状死去。

萨克斯抬起头，望着不明嫌疑人的武器：大楼的其中一扇窗户外悬挂着一条约两英尺长的粗线缆，居高临下地俯瞰着第五十七号大街。线缆通体包裹着黑色绝缘材料，只有末端被剥离开，裸露在外的金属线相互纠缠着插在一块被灼烧过的黄铜板上。那片铜板看起来就是一块普通的工业零件，根本想象不到竟会是如此骇人的爆炸装置。

萨克斯和普拉斯基来到FBI指挥车旁，加入那二十几名分别来自国土安全局、FBI和纽约市警察局的队伍。他们个个全副武装，身着专业装备或罪案现场工作服，有的则穿着普通工作套装或警服。人们听从指挥，井然有序地分工，要么寻找目击证人，要么检查是否还有遗留的炸弹和其他机关陷阱，这些都是恐怖分子的惯用伎俩。

就在这群人附近，孤零零地站着一位五十岁上下、脸颊瘦削的男人，他双手环臂望着变电站，脖子上挂着一块印着阿冈昆联合电力字样的工作牌，是公司指派此处的高级代表：负责该区域电网管理的现场督导员。萨克斯向他询问阿冈昆对本次事件了解多少，他说了一个账户名，萨克斯立刻把这一信息写进记事本。

“有安保录像吗？”

这个瘦削的男人回答：“很抱歉，没有。我们没有安装摄像头。变电站门上有多重安全锁，而且说实话里面也没什么好偷的，更何况还有这么高的电压。电压本身就是一只最好的看门犬，还是一条大恶犬。”

萨克斯又问：“那你认为他是怎么进去的？”

“我们刚到的时候大门是锁上的，数字密码锁。”

“谁知道密码？”

“所有员工都知道。但这个人并没有从大门进入。密码锁里有一个记录芯片，只要门被打开过就会留下记录。这两天以来并未发现任何进出记录。而那个，”他指着窗外悬挂的电缆，“之前并没有。他一定是通过其他渠道进入的。”

萨克斯转头对普拉斯基说：“你那边的工作完成后，去后门检查一下，包括窗户和屋顶。”然后又看着阿冈昆的员工问：“从地下进入的可能性有多大？”

现场督导员回答：“据我所知没有可能。进出变电站的电线管道大小不足以让人通过，但也可能还有其他我不知道的管道。”

“都查一下，罗恩。”接着萨克斯便开始询问公交车司机，后者被玻璃割伤，有些许脑震荡，刚接受完紧急治疗。司机的视觉、听觉都暂时受损，却坚持要留在现场协助警方，只可惜从他那里并没有得到太多有用信息。这个胖乎乎的男人认真地描述着自己是如何被悬挂在窗外的线缆吸引了注意，说他以前从未见过这种事；后来闻到了焦味；接着便听见变电站里传来爆炸声；最后就是那道可怕的闪光。

“太快了。”他低声道，“我这辈子也没见过这么快的事。”

他被气流推撞到窗户上晕了十几分钟才醒来。睁眼时，他感觉四周一片寂静，看着毁于一旦的公交车，脸上的表情仿佛被人背叛了一般痛苦。

询问结束后，萨克斯又转向在场的其他探员和警察，告诉他们现场指挥将由自己和普拉斯基负责。她心里有些打鼓，不确定FBI的塔克 · 麦克丹尼尔是否真的有将这个决定吩咐下去。执法部门的高级官员们当面笑眯眯地应承了你，背后却假装失忆，根本不履行诺言的事情可并不罕见。好在这些联邦探员确实收到了指令，有些人对于让纽约市警察局掌握现场主导权颇为不满，但其他人——比如FBI证据响应小组的绝大部分人——看起来却并不介意，还对萨克斯充满了敬意和好奇，毕竟她隶属于那位鼎鼎大名的林肯 · 莱姆的团队。

她转头看着普拉斯基说：“开始干活儿了。”然后走向快速响应车，顺手将红发绾成一个髻并穿上工作服。

普拉斯基迟疑了一下，扫了一眼人行道那上百个还在冷却中的金属残片，目光转向变电站大楼，最后停留在窗外悬挂的线缆上：“里面的电力系统已经确认关闭了，是吧？”

萨克斯没有回答，只示意他跟上。

6

男人穿一身阿冈昆联合电力不起眼的深蓝色工装，头上戴着一顶没有标识的棒球帽，脸上还架着一副安全防护镜，正忙着捣鼓位于曼哈顿切尔西区一间健身俱乐部后门的配电箱。

他一边忙着安拆零件、接转电线，一边想着有关今早意外事件的报道。新闻早已铺天盖地。

> 今晨，某电力公司位于曼哈顿的一所变电站发生了过载事故，产生的巨大电火花击中了电站附近的一块公交车站牌，并波及旁边停靠的一辆纽约大都会运输署公交车，造成一人死亡、多人受伤的惨剧。
>
> “那简直就像，你知道，被闪电击中了一样。”其中一名目击者，也是当时公交车上的乘客称，“亮光瞬间充满了整个人行道，刺得我什么都看不见。那声音根本无法形容。先是像低沉的哀号，然后是巨大的爆炸声。吓得我现在一看到任何带电的东西就怕。真是吓死我了。我是说，任何人目睹这事儿都会被吓破胆的。”

害怕的可不止你一个，男人心想。人们对电的认知——以及惊叹和恐惧——五百多年以来一直如此。这个词语源自希腊语的“琥珀”，指树脂凝成的固体，被古人用作摩擦生电的工具。早在基督时代以前，就有科学文献记录过埃及、希腊、罗马的河流及海岸附近发现了电鳗或其他带电鱼类，并且能发出电击，使人身体麻木。

他一边工作，一边偷瞄俱乐部泳池里慢吞吞划着水的五个人，思绪被水池吸引了过去。那里的两男三女都到了退休年龄。

最让他觉得神奇的鱼是电鳐，连潜水艇都是用它的名字为武器命名。电鳐的拉丁语名字中有“torpore”① 这个词素——意思是“使僵硬或麻痹”，这便是其名字的由来。这种鱼的身体里有两块类似于蓄电池的组织，由成千上万个胶质块构成，能够产生电流，再通过电线一样复杂的神经系统在体内传输。它们利用自体产生的电流进行自我防御或攻击。电鳐会潜伏起来静静等待，然后出其不意地发射电流，将猎物击晕或者直接杀死它们——体形较大的电鳐甚至能够产生高达两百伏的电压，比电钻所需的电压还高。

多么神奇啊……

他结束了配电箱的工作，满意地打量着自己的作品。和全世界的电工及专业电技师一样，他对自己干净利落的工作成果感到骄傲。他发现操作电流远不止一项技术工作那么简单，而是一种科学和艺术的结合体。他关上门朝俱乐部的另一边走去——在靠近男士更衣间的地方停下，躲起来静静等待。

就像一只电鳐。

这个街区位于离市区较远的“西侧”——属于住宅区；没有上班族会在这个时间来健身房跑步、游泳或者打壁球。现在是下午，离下班时间还早，否则等下班后这里会挤满上百号人，全是当地居民，都期待着用汗流浃背来释放一天的紧张与压力。

他并不希望这里聚集一大群人，至少目前还不需要，那是以后的事。

①英文中“鱼雷”是 torpedo。

所以现在人们只要把他当成一个不需要注意的维修工就好。他的目光落到一个消防箱上，伸手打开盖子，心不在焉地检查着里面的东西。他又想到了电鳐。居住在咸水区的电鳐体内是并联电路，产生的电压相对较低，这是因为盐水的导电性比淡水更好，不需要足以杀死猎物的电击强度。而栖息在淡水河流及湖泊中的电鳐则不一样，它们体内是串联电路，能产生更高的电压以弥补淡水缺少的导电能力。

而这一点不仅令他感到惊叹，更和他此刻所做的事息息相关——即测试水的导电性。他不确定自己的计算是否准确。

等了不过十分钟就听见有人朝这边走了过来，那是刚才游泳池中的一位，是个有些秃顶的男人，六十岁左右，趿着拖鞋啪嗒啪嗒地走着。他闪身躲进了淋浴间。

穿着工装的男人隔着门窥视着进来的人，那人按下开关，就着热腾腾的水流开始洗澡，完全没有察觉自己正在被人监视。

三分钟，五分钟。洗发液、沐浴液、冲洗……

维修工的耐性越来越低，每过一分钟就多一分被发现的危险，他紧紧攥着手中的遥控器——那是一个汽车遥控锁大小的东西——察觉到自己肩膀肌肉紧绷的力度。

电击导致心脏停搏。他无声地笑了笑，稍稍放松了一些。

游泳的男人终于洗完澡走出了淋浴间。他拿毛巾擦拭了身体，然后穿好浴袍，重新穿上拖鞋，往更衣室门边走去，伸手握住了门把手。

就在那一刹那，穿工装的男人同时摁下了遥控器上的两个按钮。

上了年纪的男人发出一声惊呼，整个身体都僵了一下。

他踉跄退后，定睛望着门把手，又看了看自己的手指，接着飞快地伸出手，再次摸了一下门把。

这真是个愚蠢的动作，你的动作怎么可能快得过电流？

不过这次男人并未遭到电击，他可能以为刚才只是被把手上的金属倒刺钩到或者手指关节炎忽然犯了而已。

实际上，这个小小的陷阱里只有几毫安电流。他可不打算现在就杀人。这么做只是为了测试两件事：第一，他做的这个遥控器是否能够隔着钢筋水泥的墙面实施远程操控？如果可以，那很好。第二，水的导电能力究竟有多强？这是安全工程师们经常讨论甚至著书立说的课题，却没有人真正用实践来量化评估——所谓实践，指的是搞清楚最少需要多少电量才能让穿着湿漉漉皮质拖鞋的人产生心颤甚至杀死他。

答案是，根本不需要多强的电流。

很好。

真是吓死我了……

身着工装的男人走下楼梯，从后门离开。

他又一次想到了鱼和电流的事，不过这一次并不是关于产生电流，而是探测。具体说来就是，鲨鱼。说真的，它们确实拥有这方面的第六感：能够远程探测猎物体内生物电流的神奇能力，即便对方相距尚远。

他低头看了看表，估计警方对变电站的调查正开展得如火如荼。但不管是谁，调查这次事件的人并不具备鲨鱼那样的第六感，这可真是不幸啊。

就像纽约城熙熙攘攘的人群一样，即将遭遇不幸。

7

萨克斯和普拉斯基身穿粉蓝色连帽式特卫强[①]工业防护服，头戴面具、脚踩防护靴，面上还罩着一副安全护镜。按照莱姆一直以来的教导，他们在靴子上分别套上一个橡皮圈，这样有助于快速区分自己和他人的脚印。接着萨克斯又在腰上拴了一条带子，上面固定着无线电／视频传输器和武器。一切装备妥当后，她抬脚跨过了黄色警戒带，这个动作引发了关节炎的疼痛。每当天气潮湿，或者刚完成某个高难度的罪案现场指挥工作，又或者在追捕逃窜的嫌疑人后，她的膝盖和髋关节都会疼痛难忍，这种时候她总会在心里默默羡慕林肯·莱姆的毫无知觉。当然她永远不会把这个想法说出来，甚至不曾在这个疯狂的念头上逗留过哪怕一秒，然而不可否认的是，它确实存在。只能说，莱姆那样也算是祸中有福。

她在人行道上停留了一会儿，然后孤身一人向危险区域走去。当莱姆还是“调查资源部”部长的时候（那是纽约市警察局专门负责犯罪现场调查的部门），总是命令手下的刑侦人员单独行动，只有现场范围实在太大的情况下才有例外。之所以这么做，是因为如果知道现场还有别的刑侦人员在，人的专注力会降低，因为潜意识里你认为即使自己漏掉了什么线索，其他人也能补上。另一个原因则

①连体式工业防护服的一个品牌。

与罪犯总会在现场留下线索同理，无论穿上多么先进的防护服，搜查人员也会留下痕迹，而这些痕迹很可能混淆甚至毁掉现场。搜查人员越多，这种风险就越大。

她望着大门内依旧烟雾缭绕的幽暗，忽然想到了别在腰间的枪。那是金属的。

线路都已确认切断……

好了，前进。她对自己说。案件发生后越早搜索现场越有可能找到有力的证据。哪怕只是一滴汗水也包含着大量有用的DNA，要是蒸发掉就会失去这些线索。有价值的纤维也好，毛发也罢，都很容易被风吹走，而无关紧要的细碎物件又可能被风带入现场，干扰或者误导调查方向。

她戴上耳机接收器，整了整兜帽，又调整了一下话筒的位置，然后按下传输器按钮。耳机里立刻传来了莱姆的声音："……能听见吗，萨克斯？你……好了，你上线了，我就说嘛。那是什么？"他问。

他能同步看到她眼中的事物，这都多亏了萨克斯额前的微型高清摄影机。她这才发现自己正无意识地看着公交站牌柱子上的大洞，于是跟莱姆解释了情况：电弧闪过后形成了高温金属雨。

莱姆沉默了一会儿，然后说："真是个了不得的武器……好了，我们开始吧：走格子。"

走格子有好几种方法。其中比较常见的一种是从外围的一个角落开始，沿着弧形路线往里走，边走边缩小半径，就像不断缩小的同心圆，直到最终抵达圆心。

可是林肯·莱姆却更喜欢用格状网的方法。他常常教导学生把勘查路线想象成修剪草坪——要来回走两个方向。先沿着直线从现场的一头走到另一头；然后转身，往左，或往右踏出一步，再沿着刚才来的方向走回去；等走到尽头再转回来，沿着第一次的方向走，如此反复。

莱姆坚持用这种烦琐且重复的方法是因为，对犯罪现场的首次勘查极为重要。要是首次搜查只是走马观花，人就会下意识地认为现场有价值的信息仅止于当时找到的那些，后续搜查通常都没什么用。

萨克斯心中暗笑：她正打算在这次的勘查中加上一种完全不同的搜索方式，但并不想现在告诉莱姆——以后再说好了。现在最重要的是集中精神。

调查犯罪现场就像进行一场寻宝游戏，目标很简单：找到可能被嫌疑人遗留的任何事物——以及必然会留在现场的东西。早在一百多年前，法国犯罪学专家埃德蒙·罗卡就曾说过，只要有案件发生，犯人与现场或与受害者之间便必然会相互留下某种痕迹。这些蛛丝马迹或许不一定肉眼可见，但你若找对了地方，并且足够耐心细致，就一定能发现。

阿米莉亚·萨克斯现在要做的就是这样的搜查，先从变电站外部开始，调查有关武器的一切线索：那条悬挂在窗外的电缆。

“看起来他……”

“或者他们。”莱姆的声音从耳机里传来，纠正了她，“这案子若是那个‘正义’组织搞的鬼，他们的成员人数肯定不少。”

“你说得对，莱姆。”他这么说是想确保萨克斯不要一上来就犯现场勘查最容易犯的错误：把自己的思维禁锢在某个狭隘的预判上。如果现场有一具尸体、遍地鲜血和一支余温尚存的手枪，那么第一印象必然是受害者遭枪击而死。可是如果你轻易地认定这个想法，很可能就会漏看落在旁边的小刀，而那才是真正的凶器。

萨克斯接着刚才的话说：“他或者他们看起来是从里面动的手脚。但我认为中间某个阶段至少得有人站在外面的人行道上确认距离和角度。”

“好瞄准公交车？”

“对。”

“好的，那就继续——勘查人行道。”

萨克斯照办，双眼细细扫过人行道的路面：“烟蒂、啤酒罐。但靠近大门和挂着电缆的窗子那边却什么也没有。”

“别管那些。干这事儿的人可没有闲心抽烟喝酒。能够策划安排整起事件，此人一定很聪明——但只要是他出现过的地方，就一定会留下某种线索。靠近大楼。”

“这里有个窗台，看见了吗？”她低头看着一个离地约三英尺高的石砌窗台。上面插满了尖刺，显然是为了防止鸽子或人类站在上面，却可以被当作踏脚石伸手去够窗子里的东西，“窗台上有脚印，但不够大，不能用静电吸附法采集。”

“别急。”

她弯腰向前探出头，莱姆看着萨克斯眼前的一切：靠近大楼的地方有几个像是鞋尖留下的印子。

“采集不了吗？”

“不行，不够清晰。但我看着像是男人的尺码。很宽，方头，只能看出这些。没有脚掌和脚跟的印子。但至少我们可以知道，如果这案子真的是一帮人干的，留在外面设置陷阱的也只有一个。”

她继续勘查人行道，却没再找到任何看似相关的物证线索。

“采集微物迹证样本，萨克斯，然后去变电站里面看看。”

在她的指示下，两名技术人员在大门口架起几台大功率的卤素灯[①]。萨克斯拍了照片后，又从人行道和电缆附近的窗台上采集了一些物证样本。

“别忘了……”莱姆开口道。

“对比物证。”

“哟，反应比我快了嘛，萨克斯。”

然而并不是，萨克斯心想。莱姆做了她这么多年的导师，若还

①一种强光灯。

不能熟记他的犯罪现场勘查顺序和技巧，还有什么资格吃这碗饭？于是她走到现场半径之外，选了个地方再次采集微物迹证——所谓对比物证，就是用来和方才采集的物证做对比的对照样本。从离犯罪现场较远的地方采集来的物质成分若和不明嫌疑人活动处的物质成分有所不同，就意味着有机会掌握关于嫌疑人的某些个人特征。

当然事无绝对……但犯罪现场的调查工作就是如此。就算不能得出明确结论，也必须竭尽所能、事无巨细地勘查检测。

萨克斯把证物袋交给技术人员，然后对刚才问过话的阿冈昆现场督导员招了招手。

一直孤零零地站在一边的督导员见状立刻跑了过来：“什么事，警官？”

“我现在要进去搜查。你能告诉我具体应该找什么吗？比如嫌疑人对电缆动了什么手脚？我需要知道当时他必须站在哪里、碰过什么才能做到这种事情。”

“我去找找定期来这里做维护的工人。”他仰头望了望站在一边的工人，然后叫了一个男人的名字。那人穿着深蓝色的阿冈昆联合电力连体工装，戴着一顶黄色安全帽，听到叫声后把手里的烟扔在一旁走了过来。现场督导员为他们做了简单的介绍，然后向他说明了萨克斯的要求。

“是，长官。”男人回答。尽管萨克斯此刻正穿着宽松的蓝色特卫强工业防护服，男人的眼睛却不由自主地从变电站转到她的胸口，并在那里流连了一小会儿。她很想故意垂目看看男人宽大的肚腩，但还是忍住了。狗总会胡乱撒尿，你也不能次次都纠正它们。

她问：“我能找到他用来连接外部电缆的电源吗？”

“里面一切都摆放得明明白白，可以。”男人回答，“我认为他会选择靠近断路器的电源。就在主楼里，进去以后右转。”

“问问他不明嫌疑人动手脚时这里的电流是否断开。”莱姆的声音传来，“这能让我们对嫌疑人的技术水平有所了解。”萨克斯照做。

“哦，没有。他直接切入了一条活线。”

萨克斯相当震惊：“怎么做到的？”

“穿上PPE——就是个人防护设备，然后再在外面用绝缘材料严严实实地裹上。”

莱姆接着说：“我还有个问题。你问问他平时总盯着女人的胸部看，还有时间工作吗？”

萨克斯忍住笑意。

她朝变电站大门走去，途中再次经过了人行道上那些斑斑点点的坑洞，刚才的笑意瞬间蒸发。她停下脚步转头对督导员说：“我最后再确认一次。已经断电了，对吧？”她朝变电站点了点头，“所有线路都已切断。”

“哦，是的。”

萨克斯转过身。

督导员赶紧又补了一句：“除了那些蓄电池。”

“蓄电池？”她驻足回望。

督导员解释道：“就是用来运作电网断路器的电池。它们不是电网的一部分，所以并没有和电缆连接。”

“好吧，蓄电池。会有危险吗？”那个浑身布满被高温金属液熔穿的孔洞的尸体总在她的脑海里挥之不去。

“呃，会有一定的危险。”这是个显而易见的答案，他说，“但电池终端都覆有绝缘罩。”

萨克斯再次转身往变电站走去：“我要进去了，莱姆。”

快要走到大门时她发觉，在强光灯的照射下，大门内的空间似乎反倒比之前显得更加幽深且不祥了。

一扇通往地狱的门，她想着。

“萨克斯，你晃得我头晕。你在干吗？”

这声抱怨让萨克斯猛然惊醒，意识到自己正在四处张望，在大门前犹豫不定。她发现自己正不由自主地用手指摩擦着大拇指节，虽然莱姆看不到这一幕。有时候连她自己都不知道这个小动作的力道如此之大，以致磨破皮肤留下了星星点点的血迹。眼下的情况虽然不妙，她却更不愿此时磨破防水手套让自己的痕迹污染现场。她松开手指说："我只是在观察环境。"

可惜他们认识的时间太久，久到已容不下任何谎言，于是他问："你怎么了？"

萨克斯深吸了一口气，终于老实答道："我得承认后背有点发凉。电弧闪什么的，还有受害者的死状，太惨了。"

"要不你再等等？打电话叫几个阿冈昆的电力专家来。让他们带着你勘查。"

话虽如此，她却能从他的声音、语气和说话的节奏中感受到，他其实并不希望这么做。这是她欣赏莱姆的其中一个特质——他尊重她，却并不宠溺。在家里、吃晚餐、上床的时候是一个样子，但在这里、此时此刻，他们是犯罪学专家和罪案现场刑侦人员。

她想起了自己的口头禅，是从父亲那儿学来的："只要你保持移动，他们就抓不到你。"

那就动起来。

"不用了，我没事。"阿米莉亚·萨克斯抬脚，跨进了地狱之门。

8

“你能看清吗？”

“能。”莱姆回答。

萨克斯打开额头上的探照灯。灯虽小，功率却大，光柱刺破了周围的黑暗。但即便如此，还是有不少灯光无法企及的昏暗角落。变电站内部就像个巨大的洞穴，和从人行道上观察时感觉完全不同，在周围摩天大楼的衬托下，它显得愈加渺小而狭窄。

残留的烟雾刺得她眼睛发酸，焦味也熏得鼻腔难受。莱姆坚持每个现场刑侦人员都必须亲自嗅闻空气的味道，因为有时候气味可以暴露嫌疑人的重要特征和犯罪性质。不过这里唯一能闻到的只有刺鼻的烟味：烧焦的橡胶和混杂着金属气息的油烟。这让她想起了汽车引擎。脑海中忽然闪过一幕幕记忆的碎片：星期天的下午，她和父亲忍着腰酸背痛伏在雪佛兰或者道奇肌肉车[①] 前，翻开引擎盖，认真捣鼓着下面的各种机杼，直到它们能够重新启动；还有最近的一些回忆：萨克斯和她认的侄女帕米一起调试她的“都灵眼镜蛇”轿车，帕米有只小狗叫杰克逊，乖巧地趴在脚凳上一动不动地望着她们忙碌的身影。

萨克斯缓缓转头，让头顶的探照灯逐一扫过眼前的黑暗，她注

①肌肉车（Muscle car）是美制、双门、大马力、高性能的跑车。

意到好几台庞大的仪器，棕黄色和灰色的那几台看上去相对较新，还有几台却像是上个世纪的遗留物：深绿色的表皮上嵌着长方形的金属板，上面注明了生产厂商和城市。有些金属板上只有地址并无邮编，足见其年代之久远。

电站的主厅是圆形，俯瞰着下方二十英尺处的开放式地下室，中间有无数管道阻挡着视线。主厅的大部分结构是混凝土，但也有一些平台和楼梯是钢铸的。

金属。

她知道对于电流来说，金属是相当良好的导电材料。

她顺着记下的方位找到了嫌疑人的线缆，从窗外拉进室内的部分约有十英尺长，末端连接着刚才工人所说的仪器。她的眼前浮现出嫌疑人站着接合线缆时可能的姿势和位置，于是便对该区域展开走位勘查。

这时莱姆问：“地上的是什么？在反光。”

“看起来像是油渍或者油。”她回答，但声音渐渐低了下去，“有的设备被火烧裂了，也可能当时这里发生过二次弧闪。”她又发现了圆形的焦痕，有十好几个，看上去就像是电火花正面击中了墙面和周围的设备。

“很好。”

“什么？”

“这样他的脚印一定清晰可见。”

这话倒是没错。然而当她望着地上的油渍时，心里却在想：油会不会同金属和水一样，也具备良好的导电性呢？

还有，那些该死的蓄电池在哪儿？

果不其然，她在窗边发现了几枚清晰的脚印。嫌疑人在窗户上打了个洞，把那条致命的线缆拉了进来，与附近的阿冈昆电缆接合在一起。

“也可能是其他工人的脚印。”她说，“弧闪过后进来检查时留下的。”

“这正是我们需要排查的地方，不是吗？”

她和罗恩·普拉斯基稍后会让所有现场工人留下鞋印用以比较，好排除嫌疑。因为就算幕后主使是“正义”组织，他们也完全有可能收买内部人员做内应。

她将证据号码牌一一放好，又给鞋印拍了照，说：“这些脚印应该就是咱们那位不明嫌疑人的，莱姆。都属于同一人，而且和外面窗台上的脚尖印很相似。”

“太好了。”莱姆轻声说。

萨克斯为每一个脚印都做了静电采集，然后把样本片放在门边，回身接着检查线缆。这根线缆比想象得更细，直径只有约半英寸，外表包裹着某种黑色绝缘材料，而里面是银色的金属，纠结缠绕成一条长长的电线。竟然不是铜线，这个发现让她很惊讶。线缆总长约十五英尺，一头用两片宽大的铜制插闩连在阿冈昆的主要输电线上，插闩上有约四分之三英寸大小的孔。

“看来这就是那个武器？”莱姆问。

“就是它。”

“重吗？”

萨克斯握住橡胶材质的绝缘套试着抬了一下：“不重，是铝的。”然而，让她觉得困扰的是，这么一根又轻又细的电线竟能拥有和炸弹一样可怕的杀伤力。她观察着，判断了一下自己需要从工具箱里拿出哪些东西才能拆除线缆，然后离开大楼回到自己的车旁，从后备厢中取出一个袋子。那里装着她的个人工具箱，收纳着修理汽车和家用电器的工具，却比犯罪现场调查小组快速响应车里的工具趁手多了。它们都是她的老朋友。

“进行得顺利吗？”普拉斯基问。

“正在进行。”她含糊地应了一句，“你查出他是怎么进来的了吗？”

“我检查了楼顶，没有侵入的迹象。不管阿冈昆的人怎么说，我都觉得应该是从地下进入的。接下来我会去调查附近的沙井和地下室。目前没有发现任何明显的入侵路径，但我想这未尝不是件好事。这个人很可能非常自负，要是我们够幸运的话，应该能有不错的发现。”

莱姆总是提醒手下的侦查人员，要记住每个案件都是由多个现场构成的。实际的犯罪可能只发生在其中一个地方，但实施犯罪必然需要考虑出入路径——而这可能是两条不同的路线。如果犯人不止一个，那么路线也许更多。有的地点用来实施犯罪，有的则可能是用来接头，甚至某家汽车旅馆还可能是事后吹牛和分赃的地方。可恰好是这样的地方——第二或第三现场——犯人十有八九会因放松警惕而忘记戴手套或清理现场。有时候他们甚至会把写有自己名字和住址的信息随手乱扔。

莱姆通过萨克斯的麦克风听见了这番对话，于是说：“说得好啊，小子。只是下次别再说什么‘幸运’。”

“遵命，长官。”

“还有你那沾沾自喜的笑容也省了吧，我都看见了。”

普拉斯基的脸僵了一下。他差点忘了阿米莉亚·萨克斯现在就是莱姆的眼睛、耳朵和手脚，于是赶紧转身离开，继续调查嫌疑人进入变电站的路径。

带着工具返回变电站后，萨克斯用纸胶布把每个工具都仔细擦拭了一遍，以防留下任何外来物质污染现场，然后才起身走到断路器旁。这里正是犯人利用插闩连接线缆的地方。她伸出手，小心翼翼地接近电缆裸露的金属部分，却在即将触到时不由自主地停了手。她盯着那段金属线，后者正在探照灯的照射下闪闪发光。

“萨克斯？”莱姆的声音忽然传来，吓得她一激灵。

她没有回答，脑中闪现出车牌柱上的大洞、周围熔化扭曲的金属和被打成筛子的年轻受害者。

所有线路都已切断……

话虽如此，可万一她把手放到上面时，两三英里外某个控制室中的某个人忽然决定启动线路怎么办？万一有人不知道此处正在进行刑侦调查，一时疏忽按下了开关又会怎样？

那些该死的蓄电池到底在哪儿？

“这里的证据非常重要。”莱姆提醒道。

“知道了。”她在扳手上盖了一张尼龙布，以防工具上可能残留的任何污渍转移到现场的零件或插闩上，与嫌疑人留下的痕迹混在一起。她向前探出身体，短暂的迟疑后将扳手稳稳地钳在了第一个插闩上。稍微用了用力，插闩便松开了，她尽可能让自己动作快些，随时提防着突如其来的灼热电流。虽然她也知道，真到了那个时候，强大的电流会让她一击毙命，什么也感觉不到。

第二个插闩很快也被解开，线缆终于卸了下来。她卷起电线，用一张塑料布裹起来，又将解开的插闩和螺钉等放进证物袋，再把这些东西堆在大门外，方便普拉斯基或技术人员拿取，再回到现场继续勘查。地面上出现了更多足印，看上去都和刚才发现的不明嫌疑人脚印一致。

她突然仰起了头。

“你这样我看得眼晕，萨克斯。”

她却仿佛自言自语般问道：“那是什么？”

“你听到什么了？”

“是的，你没听见吗？”

“我要是听见就不会问你了。”

那像是一种轻轻击打的声音。她缓缓走到变电站中央，望着消失在脚下黑暗中的管道。

是幻觉吗？

不对，那声音绝不是幻觉。

“我也听见了。”这次换莱姆说道。

“是从下面发出的，地下室。”

这个声音很有规律，不像人类的声音。

不会是定时炸弹的嘀嗒声吧？她想着，这或许是个陷阱。嫌疑人很聪明，他肯定知道犯罪现场调查小组会不遗余力地搜索变电站，所以他想要阻止调查。她把这些想法告诉了莱姆。

后者回答：“可他要是真想设陷阱，为何不设在电缆附近？”

对于这个问题，两人同时想到了答案，只是莱姆抢先一步说了出来：“因为地下室对他的威胁更大。”他接着问，“如果里面完全断了电，那声音是哪儿来的？”

“听起来不像是读秒器的嘀嗒声，莱姆。或许那并不是定时器。”她努力越过交错的管道向下望去，小心避免触到任何金属物品。

他说：“太暗了，什么也看不见。”

“我下去看看。”言罢，萨克斯便沿着螺旋阶梯往地下室走去。

金属制的阶梯。

十英尺、十五英尺、二十英尺。头顶探照灯发出的光线照亮了地下室的墙面，但总是只能看见靠近顶端的部分。残留的浓烟环绕着，光照以下仍陷于一片混沌。萨克斯尽量放缓呼吸，小心避免被烟雾呛到。快走到底部时眼前已是一片漆黑，几乎伸手不见五指。这里离主厅地面足足有两层楼高，探照灯的光芒仿佛投入了一片虚空之境，但这是她唯一的照明设备。于是萨克斯缓缓转头，让灯光可以从一边照向另一边。她勉强能辨认出周围有成堆的箱子、机械和布满墙面的线缆与电箱。

她迟疑了一下，伸手去摸武器，然后迈步走下了最后一级阶梯。

突然，一股力量冷不防地贯穿身体，她惊呼了一声。

“萨克斯！怎么了？”

刚才没看见的是，地下室的表面覆盖着足足两英尺深的微咸水，冰冷刺骨。周围的浓烟阻挡了视线，她根本不可能发现。

"是水，莱姆。我没料到会有水。还有，你看。"她抬头盯着上方约十英尺的地方，一根管道正在不断向外渗水。

声音的来源就是这里。不是秒针嘀嗒，而是水滴落下的声音。变电站里竟然有水，这实在太匪夷所思——并且相当危险——所以她刚才压根儿没有往这边想。

"是爆炸造成的？"

"不，莱姆，他在上面钻了个洞，我能看见。应该说是两个。墙上也在渗水——这就是地下室积水的原因。"

水不是和金属一样具有良好的导电性吗？萨克斯默默地想。

而她此刻正站在一汪水泊中间，身旁就是层层叠叠盘绕蜿蜒的电线、开关和电路，中间嵌着一张告示牌，上面刻着几个大字：

危险：十三万八千伏特。

莱姆的声音突然打破沉寂，吓了她一跳："他淹没地下室是为了毁灭证据。"

"原来如此。"

"萨克斯，那是什么？我看不清楚。那边的箱子，大个儿的那个。往右看……对，就是那个。是什么？"

哈，终于找到了。

"是蓄电池，莱姆。备用电池。"

"充满了电的？"

"他们说是，但我不……"

她吃力地涉水走向蓄电池，低头看了看。电池上的仪表盘显示充电已完成。在萨克斯看来，与其说是充好了电，不如说是电量过载，因为指针所指的位置早已超过了百分之百。她忽然想起阿冈昆工人的话：不用担心，因为上面有绝缘罩。

然而并没有那种东西。她知道蓄电池的绝缘罩是什么样子，但这里并没有那样的罩子。两块金属电极就那么裸露在空气中，上面还连着粗壮的电缆。

“水位正在不断上升，要不了几分钟就会没过电极。”

“电量足够产生弧闪吗？”

“这我无法估计，莱姆。”

“肯定是可以的。”他喃喃道，“他想利用弧闪毁灭一些能确定他身份的重要证据。一些他既无法带走又不能当场销毁的东西。你能想办法阻止水流吗？”

萨克斯飞快地看了看四周：“没找到任何可以控制水流的装置，等等。”

她继续检视着地下室：“但我也看不出他到底想销毁什么。”然而话音未落她便看见了：就在蓄电池的后方，离地约四英尺处的墙面上有一扇门。门不大，差不多只有十八英寸宽，正方形。

“就是那儿，莱姆。他就是从那儿进来的。”

“另一边应该是下水道或者线路甬道。但你先别管，普拉斯基可以从街上追踪到这里。你先出来。”

“不，莱姆，你好好看看——这扇门很窄。要想进来一定得很用力才能在里面挪动。上面一定会留下重要的证据，比如纤维、毛发，甚至DNA。否则他怎么会费尽心机想要毁掉？”

莱姆犹豫了。他知道萨克斯说得没错，却又不愿让她陷入发生另一次弧闪的危险中。

萨克斯向着小门挪动了几步。可当她走动的时候，双腿的动作荡起了一小簇波浪，差点洒在电极上。

她顿时浑身僵硬。

“萨克斯！”

“嘘——”萨克斯轻声说道。她必须全神贯注，于是她尽量每次只挪动几英寸，将扬起的水波控制在电极位置以下；但她很清楚，就算如此小心翼翼，再过一两分钟水位还是会没过电极。

她拿出一把直刃螺丝刀，开始拆卸门框。

水位就快到达电池顶端了。每次俯身对着涂漆门框用力转动螺丝刀时总会荡起一阵涟漪，在浑浊的水面上荡漾，随着不断高涨的水位险险拂过电池顶端。

蓄电池的电压显然比引起先前那次弧闪的几十万伏要低，不明嫌疑人大概无意造成太大的破坏。他只是想制造一场规模足够毁掉那扇门及其上线索的爆炸而已。

她无论如何都想得到那扇门。

“萨克斯？”莱姆屏住呼吸轻声唤道。

她没有回答，努力忽略着脑海中受害者身上密密麻麻的孔洞和泪滴状的金属熔液……

终于，最后一枚螺丝也被卸了下来，但干燥的油漆却仍把门框粘在墙上。她把螺丝刀的尖头插进门框的缝隙中，一只手用力拍打刀柄。一声轻响后，金属框终于落了下来，她立刻用手接住。门框比她想象得要重，差点拿不住。好在她及时稳住了身体，没有激起太大的涟漪。

门后是狭窄的地下线路甬道，嫌疑人就是从这里一点点爬进变电站的。

莱姆紧张地低声命令道：“进入甬道，里面安全。快！”

“我也想啊。”

可是卸下来的门太大了，即便斜着往里推也进不去，只因外面的门框增加了宽度。“进不去。”她说，然后简单地说明了情况，“我从楼梯上去。”

“不行，萨克斯。别管那扇门了。从甬道出去。”

“这可是非常重要的物证。”

她紧紧拽住金属门，按照自己的逃生计划，转身朝楼梯涉水而去，每走几步都要回头看看电池的情况。她小心翼翼地挪着步子，大气也不敢出。但即便如此，每走一步还是会漾起波纹涌向电极。

“现在什么情况，萨克斯？”

“我快到楼梯了。”她轻声说，仿佛稍微大一点的声音都会激起水花似的。

就在她走到离楼梯只有几步之遥的地方时，水位终于没过了蓄电池上部，打着漩儿，先是吞没了其中一个电极，紧接着又是另一个。

没有意料中的弧闪。

什么动静也没有。

她的肩膀略微放松了一些，心脏怦怦直跳。

“看来是个哑弹，莱姆。我们不用担……”

话音未落，一道白光突然暴涨、充斥了整个视野，随即而来的是如劈山裂帛般的巨响，阿米莉亚·萨克斯不由自主地仰面向后飞了出去，淹没在浓黑的汪洋中。

9

“汤姆！”

助手立刻冲进房间，仔细地打量着莱姆：“怎么了？你还好吗？”

“不是我！”他的上司吼道，双目圆瞪，朝着一片漆黑的显示器偏了偏头，“是阿米莉亚。她在现场，蓄电池……又发生弧闪了。音频、视频信号全部中断。打给普拉斯基！赶紧找人！”

汤姆·莱斯顿紧张地眯起了双眼，好在多年的看护经验让他有足够的定力面对任何危机，再紧急的情况下也能冷静完成工作。他沉着地拿起座机话筒，看了一眼旁边写着电话号码的便签，拨通了紧急联络电话。

恐慌并不会龟缩在体内的某处，也不会像……没错，电流那样从头到脚迅速扫过。恐慌是一种从内到外席卷全身的战栗，连灵魂也不能幸免，即便全身瘫痪也能清晰感受到它的侵蚀。莱姆的心中满是对自己的愤怒。发现蓄电池的时候他就应该命令萨克斯立刻离开的，发现水位在上涨时也是。他总是犯同样的错误，太过于关注案件本身，太过于在意达成目标、找到不起眼的纤维、半枚指纹或者任何能够识别嫌疑人的蛛丝马迹……却忘记了背后的代价：他在用人的生命做赌注。

难道不是吗？想想自己的遭遇吧。他曾是纽约市警局的警监，稳坐调查资源部部长的位子，却在某次亲自搜查犯罪现场时，为了捡起尸体上的一根纤维而不顾危险伏下身子，这时头顶受损的横梁因承受不住压力，应声而落，从此彻底改变了他的人生轨迹。

现在也是一样——是他向阿米莉亚·萨克斯灌输了相同的观念——恐怕已经造成了更加无法挽回的后果：她可能已经死了。

汤姆终于接通了电话。

“是谁？”莱姆立刻问，死死地盯着助理，“你在跟谁说话？她怎么样了？”

汤姆抬起一只手。

“这是什么意思？你这动作是想说明什么？”一滴汗从莱姆额头滑过。他知道自己的呼吸正变得越来越急促，心脏也怦怦乱跳，尽管他的胸部早已没了知觉，他却能感觉到头颈上脉搏的跳动。

汤姆回答：“是罗恩，他在变电站。”

“我他妈的知道他在那儿，现场什么情况？”

“出了点……意外。他们是这么说的。”

意外……

“阿米莉亚在哪儿？”

“他们还在找，有人已经进去找了，说是听见了爆炸声。”

“的确发生了爆炸，我他妈亲眼看见了！”

助理转目看着莱姆：“你……你还好吗？”

“别问这个了，现场什么情况？”

汤姆继续盯着莱姆的脸看：“你脸很红。”

“我没事。”轮椅上的犯罪学家尽可能平静地回答道——好让这个年轻人继续认真讲电话，“真的。”

助理于是偏过头继续听，但让莱姆恐惧的是，他看见助理的身体忽地僵硬了起来，连肩膀也微微耸起。

不……

“好。”汤姆对着话筒说。

“好什么？”犯罪学家吼道。

汤姆没有理他。“把信息告诉我。”他说，然后用肩膀和脖子夹着电话，开始敲击键盘，那是实验室的主电脑。

屏幕一跳，恢复了图像。

莱姆已经彻底放弃了伪装的冷静，就在他快要抑制不住火气的时候，屏幕上突然出现了阿米莉亚·萨克斯浑身湿淋淋却显然毫发无伤的身影。几缕濡湿的红发黏在脸上，就像黏在潜水服上的水草。

“对不起，莱姆，我在下面把主摄像头搞丢了。”她一边拼命咳嗽一边用手抹了抹额头，然后一脸恶心地看着自己的手指。画面有些卡。

失而复得的欣喜立刻取代了恐慌，尽管愤怒——对自己的愤怒——依旧在熊熊燃烧。

萨克斯回望着摄像头，眼神勉强能算得上是在盯着莱姆，看上去略显诡异。她说：“我现在用的是阿冈昆工作人员的电脑，上面有个摄像头。你能看见我吗？”

“可以，可以。你还好吧？”

“鼻子里灌了几口相当恶心的水，但我没事。”

莱姆紧接着问：“发生了什么事？弧闪……”

“那不是弧闪。蓄电池并不是用来制造这个的。阿冈昆的人告诉我电池里没有足够产生弧闪的电压。不明嫌疑人的目的是制造炸弹，这显然可以利用蓄电池来完成。只要把通风口堵上，再让电池过度充电产生氢气，等水漫过电极、引起短路、产生火花，就能点着氢气。刚才的爆炸就是如此。”

“医疗队检查过了吗，确定你没事了？”

“没有，没那个必要。爆炸声音很大，但实际上并没有多少威力。我是被房间里飞过来的塑料片击中的，力道不大，连瘀青都没有留下。爆炸的冲击波把我掀翻了，但我一直用手举着门，没让它浸水。我想应该没有造成太大的污染。”

“很好，阿米……”说到一半他却突然打住了，出于某种原因，多年前开始他们之间便有个不成文的迷信规定：绝不称呼对方的名字，只用姓氏。刚才差一点说漏了嘴让他很是后怕，“很好，看来他是从那儿进去的。”

“一定是。”

这时他才注意到，汤姆已经到墙边拿了个血压仪回来，正把它套在莱姆的胳膊上。

“别这样……”

“安静。”汤姆喝道，让莱姆闭了嘴，“你脸很红，还一直出汗。”

“那是因为现场刚刚发生了一起该死的意外，汤姆。”

“你头疼吗？”

他的确觉得头疼，却回答：“不疼。”

“别说谎。”

“一点而已，根本不是事儿。”

汤姆啪的一声将听诊器拍在莱姆胳膊上，说：“很抱歉，阿米莉亚，我需要让他安静三十秒。”

“没问题。”

莱姆又开始反抗，但很快便决定放弃，因为越快量好血压就可以越早回去工作。

他一动不动地望着胳膊上的气囊膨胀，又看着汤姆仔细听着血压仪里的声音，过了一会儿，后者抬手扯掉了血压仪的搭扣：“有点高，你得小心别让血压再往上升。现在我得处理一些小事情。”

这是个委婉的说辞，而莱姆总是粗鲁地称之为“屎尿小事”。

萨克斯问道：“你那边情况怎么样，汤姆？没事吧？”

“没事。”莱姆拼命让自己的声音听起来平静无恙，好隐藏他内心突如其来的脆弱，尽管他也搞不清楚这种感情是因为萨克斯刚从鬼门关走了一遭，还是因为自己糟糕的身体状况。

他觉得十分尴尬。

汤姆说："他刚才血压飙升，我不希望他继续打电话了。"

"我们会把全部证据带回来的，莱姆。半个小时后见。"

汤姆斜着身体正要挂上电话，莱姆忽然觉得头上被人拍了一下——那只是一种感觉，而非现实。他大喊："等等！"这声吼既是对汤姆，也是对着电话那头的萨克斯。

"林肯。"助理抗议道。

"拜托你，汤姆。就两分钟，很重要。"

汤姆一脸狐疑地听着他的礼貌恳求，犹豫地点了点头。

"是罗恩负责调查嫌疑人进入地底甬道的地点，对吗？"

"是的。"

"他在吗？"

画面不够清晰还有些卡，萨克斯四处张望了一圈说："在。"

"让他过来。"

萨克斯转头呼叫罗恩。片刻后罗恩的脸出现在屏幕上，他正坐着，双眼紧盯着摄像头："长官？"

"你在变电站后门找到嫌疑人进入甬道的地方了吗？"

"是哒。"

"是'哒'？小子，你听起来像只鸡。咯咯哒，咯咯哒。"

"对不起。是的，我找到了。"

"在哪儿？"

"后门的侧巷里有个小箱子，那里有个沙井，写着'阿冈昆电力'，是用来检修蒸汽管道的入口。这个地道并非和变电站直接相连，但离入口处二十到三十英尺的地方有个格栅。有人在上面开了一个缺口，大小刚好够一人爬进爬出。虽然他们后来又把缺口补上了，但我能看出来。"

"最近弄开的？"

"是的。"

"是因为切口还没生锈吧？"

“嗯呢。呃，我是说，是的。缺口后就是那个甬道，非常旧了。可能是很早以前用来运送煤炭之类的东西的，直通阿米莉亚发现的小门。她把门拆下来的时候我就在甬道另一头，看见那边有光透了过来，后来又听见电池爆炸的声音和她的尖叫，我就立刻从甬道进去把她救了出来。”

莱姆的态度软了下来：“谢谢，普拉斯基。”

现场有一瞬尴尬的沉默。莱姆很少对人用如此温和肯定的语气说话，以至当他这样做的时候人们反而不知该如何回应。

“我也很小心不要破坏现场。”

“若是为了救人，就算把现场破坏殆尽也没关系。你记住了。”

“好的。”

犯罪学家接着道：“你勘查过那个沙井，还有被切开了的格栅吗？还有甬道？”

“是的长官。”

“有什么特别的发现吗？”

“只有脚印，我做了现场取证。”

这时汤姆低声却坚定地提醒道：“林肯？”

“再一分钟就好。听着，小子，现在我需要你去做一件事。你看见变电站对面的餐厅或者咖啡店了吗？”

罗恩往右边转了转头：“看见了。等等，你怎么知道有？”

“哦，我闲来无事到处乱逛发现的。”莱姆回答，轻笑出声。

“我……”屏幕那头的年轻人顿时慌了神。

“我知道是因为我推测那里应该会有。我们的不明嫌疑人需要一个能够看见变电站爆炸的地方。但他不能选择酒店，因为入住需要登记姓名，也不能选写字楼，因为那样太可疑了。他需要一个能放松安坐的地方。”

“哦，我明白了。您是说他能通过观赏自己的杰作得到心理上的兴奋和愉悦。”

表扬时间结束了：“我的神啊，小子，你说的那是犯罪侧写。而我对犯罪侧写的看法是什么？”

“呃，您不太喜欢。”

莱姆看见站在罗恩背后的萨克斯嘴角勾起一丝笑意。

“他需要监视设备运作的情况。那是他制造的一个特别装置，电弧闪枪可没法按步枪射程做射击测试，所以他得仔细观察，记录改良武器所需的电压值和断路器数据。他需要确保这把枪能在目标公交车抵达的时间准确开火。他于十一点二十分控制了电网计算机，仅仅十分钟，一切就结束了。你去找餐厅的经理谈谈……”

“是咖啡店。”

“——那就是咖啡店经理，问问在爆炸前有没有人进来、坐在窗边直到事故发生，然后立刻离开的。他会尽量避免与赶来的警察及消防员相遇。对了，看看店里有没有 WiFi、供应商是谁。”

汤姆此刻已经戴上了手套，正不耐烦地比画示意。

要处理屎尿小事了……

普拉斯基答道：“没问题，林肯。”

“然后——”

年轻的警员替他说完：“封锁餐厅，仔细勘查他坐过的地方。”

“非常正确，小子。然后你们俩，赶紧给我滚回来。”

莱姆轻轻挥动尚能活动的手指挂掉了电话，比汤姆伸出去摁通话键的手快了零点零一秒。

10

“云端。”弗雷德·德尔瑞思索着。

他想起当初助理特工主管塔克·麦克丹尼尔刚到纽约FBI就任时，曾召集全体特工做了一次类似讲座的训话，内容和几个小时前在莱姆家所说的差不多：关于坏蛋们使用的新型通信技术；关于科技的飞速发展如何为那些家伙提供了便利却阻碍了执法人员。

云端啊……

德尔瑞当然能够理解这个概念。如今在执法部门工作的人都知道，麦克丹尼尔喜欢用高科技手段来搜索和追捕犯人。可这并不表示他也喜欢这样的做法，真是一点也不喜欢。因为“高科技”意味着每个人的生活都将从根本上、像化学连锁反应一样发生质的变化。

包括他的生活。

今天下午天气清爽，德尔瑞乘着地铁往市中心去，不禁想起了在玛丽山曼哈顿学院当教授的父亲，他老人家写过好几本关于非裔美国哲学家和文学评论家的书。父亲三十岁时便轻松进入学术界做研究，而这一研究就是一辈子。他过世的时候就趴在那张用了几十年的书桌上——那张被他称作“家”的桌子，就那样倒在了自己寻来的有关某本日记的资料堆上，那时候马丁·路德·金遇刺的消息还清晰地印在世界人民的脑海中。

父亲的一生见证了政治的风云变幻——共产主义的消退；种

族隔离的创伤；非国家性敌人① 的诞生。计算机逐渐取代打字机和实体图书馆；汽车中加入了安全气囊；电视频道从四个台——外加UHF超高频段——增加至上百个。然而这一切都不曾让他的生活方式发生质的变化。老德尔瑞在与世隔绝的学术界披荆斩棘，尤其对哲学充满热情。哦，他还曾想让儿子也走这条路，研究存在的本质和人类的状况。他曾十分努力地想让儿子也爱上这些研究。

某种意义上来说他是成功的。年轻的弗雷德善于发现问题，头脑聪敏且慧眼如炬，也确实对关于人的一切深深着迷：形而上学、心理学、神学、认识论、伦理学以及政治。这些都让他觉得无比有趣。然而，在他作为研究生助理工作满一个月后便清楚地认识到，如果不把这些理论和才能用在实践当中，自己一定会发疯的。

秉着不撞南墙不回头的信念，他几经斟酌，最终决定将这一切应用在最直接也最有挑战性的领域。

弗雷德选择了加入FBI。

改变……

父亲原谅了儿子的离经叛道，和他一起喝着咖啡，在布鲁克林的展望公园徜徉，他们通过交谈，终于明白了一个事实：尽管两人用的实验室和研究方法完全不同，最终的期望和见解却是一致的。

人类的状况……由父亲观察记录，由儿子亲身体验。

弗雷德对于生命本质的强烈好奇和独到见解，让看似风险重重的卧底工作变得轻而易举。和其他不得不参考剧本且演技有限的卧底探员不同，德尔瑞可以不着痕迹地成为任何人。

有一次，他曾因任务需要扮成纽约街头的流浪汉，在FBI大楼附近徘徊，曼哈顿FBI助理特工主管——也就是德尔瑞当时的直属上司——径直从他身旁经过，还扔了一枚二十五美分的硬币给他，完全没能认出来。

---

①指完全独立或半独立于国家政府的敌对者，通过暴力、威胁或袭击的方式达成自己的目的。

这对德尔瑞来说就是最大的肯定。

他是一条完美的变色龙。上个礼拜还在扮演精神混沌、哭求毒品的瘾君子，这个礼拜就可能变成身怀不为人知的秘密并四处寻求买主的南非使节；下个礼拜则变成索马里伊斯兰教的伊玛目[①]军官，宣扬仇美理论，熟练地引用上百条《古兰经》经文。

他的家里存放着几十件不同的角色服装，要么是自己买的，要么是想办法搞来的，统统堆在他和赛琳娜在布鲁克林购买的联排别墅地下室里。他的事业风生水起、晋升连连。对于一个既有使命感又有专业技能，并且对耍心眼儿、背后中伤同事等伎俩完全不屑一顾的人来说，这是无可厚非的必然结果。如今的德尔瑞主要负责管理其他 FBI 卧底特工和各个行业的秘密线人——或者叫内应——他偶尔也会根据需要亲自上阵。每逢其时，他都依然和过去一样充满热情。

可变化却总是不期而至。

云端……

德尔瑞承认，无论好人坏人都正在变得越来越聪明，并能熟练地使用各种科技手段。这种变化是明显的：HUMINT——指通过人与人的沟通接触得来的情报——正在逐渐被通过电子通信技术手段得来的情报（SIGINT）所取代。

这种变化对德尔瑞来说是令人不安的。比如赛琳娜小的时候曾经一度想当伤感情歌歌手；她会跳舞，这一点上赛琳娜可以说是颇具天赋，无论芭蕾还是爵士舞都能信手拈来，可却恰恰没有唱歌的天分，就像现在的德尔瑞一样。他对于依靠数据、数字和科技手段的新型探案方式实在是心有余而力不足。

于是他依旧坚持使用自己的线人，坚持亲自上阵执行任务，倒是也能获得想要的结果。可在面对麦克丹尼尔和他的团队——啊，

①伊斯兰教的领袖称谓。

抱歉了——是他的技术通信团队时，德尔瑞却无奈地感到自己可能真的——呃，老了。现任的助理特工主管亦非凡人，不仅精明还很勤奋，每周几乎有六十小时都坚守在岗位上，外加心思缜密、高深莫测。如果有一天他手底下的特工和总统站在了对立面，只怕必要时他也会毫不犹豫地选择保护自己人。不过他的方法的确很奏效，比如上个月，麦克丹尼尔的手下就成功破解了一组发自密尔沃基外围的加密卫星手机信号，因此获得了大量来自基要主义者[①] 的详细情报。

这样的结果对于德尔瑞和像他一样的老派特工来说，不啻一声响亮的警钟：你们的时代已经远去了。

直到现在，他还在为那日在莱姆家做汇报时听到的话受伤，虽然对方或许并不是故意的：

没关系，继续保持，弗雷德。你也算尽力了……

这话的意思仿佛在说：我可没指望你能找到关于“正义”组织和“拉曼”的有用信息。

麦克丹尼尔或许的确有资格批评他也说不定。毕竟德尔瑞的情报网称得上是铺天盖地、无孔不入，正常人都会期待他能从中获取恐怖分子的行动信息。他定期与线人接头，无论是形貌可怖的地痞流氓还是可怜兮兮的罪犯，他都一刻不停地督促他们办事；不仅如此，除了为那些迫于生计或压力给他提供情报的人以必要的保护，他还不得不同那些——用德尔瑞奶奶的话来讲就是——“内心膨胀”的老油条费心周旋。

可惜他收集到的所有信息，无论是恐怖分子成形或不成形的计划中，都没有任何关于“拉曼”“正义”组织或者超大电火花爆炸的线索。

然而麦克丹尼尔的人却凭着个假身份，坐在椅子上轻轻松松便

---

①信奉正统派基督教的人。

打探到了与这些重大威胁有关的情报。

想想之前发生在中东和阿富汗的无人机袭击事件，你可知道控制人员其实身处科罗拉多州的斯普林斯市和奥马哈……

除此之外，德尔瑞心中还有个忧虑，是在年轻的麦克丹尼尔上任时产生的：是不是自己已经退步了？

“拉曼”说不定就在他眼皮子底下。“正义”组织的成员或许曾在布鲁克林或者新泽西州堂而皇之地学习了电子工程，正如当年“九一一”空袭的绑匪曾光明正大地在美国学过飞机驾驶一样。

除此之外还有别的事情：不得不承认，最近他有些分心。那是在他“另一个人生”中发生的事——他这么称呼自己与赛琳娜的个人生活，并不遗余力地将之与工作远远隔开，就像你绝不会把汽油搁在火源边上一样。而最近“另一个人生”中发生了一件大事：弗雷德当父亲了。赛琳娜一年前生了个宝宝，是男孩儿。但他们一早便商量好了，赛琳娜坚持，有了孩子也不能影响弗雷德的工作，即便这意味着他时不时就得去执行危险的卧底任务。因为她能够理解，这份工作之于他正如舞蹈之于自己的意义一样。要是真逼着他离开岗位每天坐在办公桌前，最后恐怕只会对他更不利。

可是，当了父亲会对他的工作产生影响吗？德尔瑞很期待有一天能带着小派斯顿去公园玩耍，或者去商店买零食吃，还要给他讲故事。有一天赛琳娜经过托儿所时，看到德尔瑞的大手里握着一本克尔凯郭尔的存在主义著作《恐惧与战栗》，她忍俊不禁，然后温柔地将之换成了《晚安月亮》。德尔瑞这才知道，原来语言的选择即便对于初生的宝宝来说也同样重要。

此时地铁正好停靠在“维列奇村”一站，站台上的乘客蜂拥而入。

与此同时，多年的特工经验让他本能地在人群中注意到了四个人：两个一看便知是扒手的家伙；一个身上肯定藏着小刀或者美工刀的少年；还有一个满头大汗的年轻上班族，一只手正死死地护着衣服上的一个口袋，要是按得再用力一点，只怕要把袋里的可乐压爆了。

形形色色的人群……弗雷德·德尔瑞真是太爱他们了。

不过这四个人和他现在的任务无关，所以他选择了无视并告诉自己：行了，你就是搞砸了。你漏掉了“拉曼”的线索，还有“正义”组织的。好在人员伤亡和损毁程度都不大。麦克丹尼尔的态度的确有点居高临下，但还不至于让你当替罪羊，至少现在还没有。这要是换了别人，肯定眼睛都不带眨的。

德尔瑞还有机会，只要能追踪到不明嫌疑人的线索，阻止他的下一次恐怖袭击，就还有机会后发先至、挽回颜面。

下一站到了。他走下地铁，出了站台，向东而去。他的目的地是那边的烟酒店、廉租楼、老旧昏暗的酒馆俱乐部、空气里弥漫着油腻气味的餐馆和竖着西班牙文、阿拉伯文或者波斯文招牌的出租车运营中心。这里不像纽约西村那样每个人都行色匆匆；这里的人基本不怎么挪动，大都只是闲闲地坐着——在外面的多数是男人——要么倚在快要朽坏的椅子上，要么蹲坐在门槛上。这里的年轻人很瘦削，上了年纪的却很肥胖。每个人的眼中都闪着戒备和怀疑的目光。

正是这样的地方才往往隐藏着至关重要的信息。这里才是弗雷德·德尔瑞的办公室。

他踱着步走到一家咖啡厅前，透过窗子朝里看了看——视线有些模糊，这窗子已经几个月没擦了。

有了，就在那儿。他发现了目标，这一次他要见的人将会决定他面临的是救赎还是堕落。

这是他最后的机会。

他用一只脚轻轻碰了碰另一边的脚踝，确认藏在那里的手枪还在，然后打开门走了进去。

11

“你还好吗？”萨克斯问着，走进了实验室。

莱姆的声音有些僵硬：“我很好，证据带来了吗？”他一口气说完两句话，连气儿都没有喘。

“技术人员和罗恩会带过来，我自己开车回来的。”

也就是说，这个疯女人是像F1赛车手一样飙车回来的。

“那么，你还好吗？”汤姆问她。

“湿透了。”

这是显而易见的。萨克斯的头发已经快干了，不过衣裳还湿漉漉的。她应该没什么大碍，这一点他们从刚才的视频电话中便看出来了。莱姆先前还惊慌得浑身颤抖，但既然她没事了，现在他更想赶紧着手研究物证。

可这难道不也意味着，在纽约的某个角落里，有某个人正面临着百分之四十五遭遇电击身亡的可能性吗？而且说不定此刻就正在发生。

“嗯，他们到哪——？”

“发生了什么事？”萨克斯问汤姆，顺带瞄了莱姆一眼。

“我说了我很好。”

“我在问他。”萨克斯的情绪有些急躁。

“血压有点高，很不稳定。”

“可现在不是已经好了吗，汤姆？”林肯·莱姆试探地说，“目前情况稳定。这就好比忽然听说俄罗斯向古巴发射了导弹一样，当时局势确实很紧张，可既然迈阿密并没有被炸成满是辐射的废墟，就表示当前威胁已经解除，对不对？都、过、去、了。打给普拉斯基，还有皇后区的技术人员。我要尽快拿到物证。”

但他的助理无视了这段话，只对萨克斯说：“暂时不需要吃药，但我会看好他的。”

萨克斯再次仔细打量了莱姆一番，然后说要上楼换洗一下。

“怎么了？”朗·塞利托问，几分钟前他刚从市里赶过来，“你哪里不舒服吗，林肯？”

“噢，上帝啊！”莱姆终于爆发了，“你们都聋了吗？都听不见我说话？”话音未落，他看了一眼大门的方向却立刻改口说：“啊，你终于来了，今天可真热闹。该死的，普拉斯基，至少你还能带点儿有用的东西回来。搜到了什么？”

刚进门的年轻警察一身警服，推着一辆装牛奶箱的手推车缓步而来，这是犯罪现场调查员们常用的运送物证的方式。

又过了一会儿，两名来自皇后区犯罪现场调查总部的技术人员又抬了一大捆用塑料膜紧紧包裹住的东西：是那根线缆。这是莱姆工作以来见过的最奇怪的武器，当然，也是最致命的一种。同样被搬进来的还有变电站地下室的那扇小门，也用塑料膜五花大绑地捆着。

“普拉斯基？咖啡厅如何了？”

“您的猜测是止确的。我在那儿也有所发现，长官。”

犯罪学专家抬了抬眉毛，示意那声“长官”是多余的。毕竟他已经从纽约市警察局退休，不再是总警司了。现在的他和路人无异，并不配被冠以任何正式的官方头衔或“长官”的尊称。另一个原因是，他一直希望能够破除盘踞在普拉斯基内心的那丝不安——那诚然是因为年轻，但却又不止如此。普拉斯基第一次和他查案时脑袋曾受过很严重的伤，差点终结了作为警察的职业生涯。然而，尽管他仍偶尔需要与突然发作的混乱和目眩等后遗症搏斗，他还是毅然选择了继续留在警局。他之所以坚持警察的职业没有放弃，很大程度上是受了莱姆的影响，后者也一样不曾放弃。

为了把普拉斯基培养成一名顶尖的犯罪现场调查员，莱姆最重要的任务之一就是让他磨炼出一颗刀枪不入的钢铁之心。没有这样的自信与勇气，即便拥有全世界最高的才能也依旧没有用武之地。他想在死前亲眼见证普拉斯基晋升至整个纽约市犯罪现场调查部门的最高层，他有这个信心。他心中有一幅美好的蓝图：普拉斯基和萨克斯共同执掌犯罪现场调查部，完成莱姆的未偿之志。

莱姆向犯罪现场调查部的技术人员表示了感谢，后者离开时冲他恭敬地点头示意，一脸努力想要记住这间法医实验室样貌的神情。可不是谁都有机会亲自前来这间实验室见到莱姆的，他在整个纽约市警察局的地位十分特殊；加之最近局里有较大的人事变动，法医部部长被调去了迈阿密戴德县，所以目前由部里几位高级探长共同管理，直到上头指派一位新部长为止。有传言说，上面或许会考虑让莱姆重新执掌犯罪现场调查部。

当副局长为此事专程登门拜访时，莱姆一针见血地指出有关JST——即纽约市警察局就业标准测试的若干问题。其中包括体能测试，要求申请者必须完成一系列限时障碍任务：冲向一面六英尺高的障碍物并跃过；制伏一个坏蛋假人；迅速爬上楼梯，把一个重约一百七十六磅的假人模型拽到安全的地方，然后用惯用手单手扣动扳机十六次，再用另一只手扣动十五次。

莱姆向副局长表明，现在的他无论如何都不可能完成这些测试，或许最多只能想办法越过一个五英尺高的障碍物。不过，他对于副局长的这番美意倒是很受用。

萨克斯换好衣服下楼来。她穿着牛仔裤和一件浅蓝色的毛衣，下摆扎进腰带里，头发已经洗过了，还略带些水汽的样子，却已再次向后梳起，用黑皮筋扎成了马尾。

此时门铃再次响了起来，汤姆开门让进一个人来。

此人身形瘦削，年约不惑，神情举止都颇为低调，很容易让人联想到中年会计师或者鞋店店员。他名叫梅尔·库柏，莱姆心中整个美国最了不起的法医刑侦人员之一。手握数学、物理和有机化学三个学位，同时担任“国际鉴别协会”和“国际血型检验协会”的职务，一直以来都是犯罪现场调查总部炙手可热的专家。不过，几年前莱姆想办法把他从纽约北部的单位调来纽约市警察局，所以理论上来说，一旦莱姆和塞利托有什么案子需要帮助，库柏一定会放下手中的事情立刻赶来。

“梅尔，很高兴你有空过来。”

“唔，有空……难道不是你打电话给我部门的中校，狠狠威胁了一番，说若是不让我放下手头的案子立刻赶来，就会好好修理他吗？”

“我这么做可是为了你啊，梅尔。让你查内幕交易的案子简直就是大材小用。”

“多谢你让我暂时脱身。”

库柏朝众人友好地点了点头，屈起手指将哈利·波特式的圆眼镜往鼻梁上推了推，然后迈开穿着暇步士[①] 皮鞋的脚无声地穿过大厅走向检验桌。从外表上看，库柏可以说是莱姆这辈子见过最文弱的男人，当然比起现在的莱姆还是好多了，可此人举手投足间却又有着一种仿佛足球运动员般的矫捷优雅，莱姆记得，库柏曾拿过交谊舞冠军。

“说说案件详情吧。”莱姆转向萨克斯。

她翻开笔记本，将电力公司现场负责人的话向众人逐一转述。

“阿冈昆联合电力公司负责为全国大多数地区提供电力——用他

①一个皮鞋品牌。

们的行话来说就是供应‘果汁’。包括宾夕法尼亚、纽约、康涅狄格和新泽西等。”

“你是说东河边上那些大烟囱？”

“对。”萨克斯对库柏说，“那是他们的总部所在，还有一个蒸汽发电厂。话说回来，阿冈昆督导员认为不明嫌疑人可能在过去三十六小时内的任一时间点侵入变电站并操纵电缆。这些变电站通常都无人看守。今天上午十一点刚过，他或者他们便入侵了阿冈昆电脑系统，不断关闭该区域周围的各个变电站，再将所有电力集中导入五十七号大街的那一座。一旦电压过高，就必然形成闭合回路，无论有没有出口，电流都会跳转至另一条线路或流向地下。一般这种时候变电站里的断路器就会跳闸，但嫌疑人把它重设成了允许通过十倍电压的上限值，这么一来就相当于……”她指了指线缆，“等着发生大爆炸。就像水坝一样，一旦压力值超过临界点，水流必将从某个地方倾泻而出。”

“这是纽约市的电网运作结构。现场的工人画的，非常有帮助。”萨克斯抽出一张画着图表的纸，走到白板前，拿起一支深蓝色的马克笔，将纸上的内容誊抄在白板上。

发电站或输入电流（345,000伏）

↓（通过高压电缆）

输电变电站（将345,000伏降转为138,000伏）

↓（通过区域输电线）

区域变电站（将138,000伏降转为13,800伏）

↓（通过配电馈线线路）

1. 识别主要大型商用楼电力系统（将13,800伏降转为120/208伏），或者

2. 进入接到变压器（将13,800伏降转为120/208伏）

↓（通过进电线）

住家及办公室等（120/208伏）

写完这些萨克斯继续说道："好了，那么位于五十七号大街上的MH－10号就是一座区域变电站，进电线中的电压极高。按理说他可以选择任何一条区域输电线做手脚，可我估计他认为那样很危险，毕竟电压太高，因此转而选择了该区域变电站输出部分的电缆，那边的电压只有一万三千八百伏。"

"噻……"塞利托轻叹了一声说，"只有。"

"当他接好电缆后，又将断路器最高值上调，好让整座变电站都被高压电流占据。"

"然后就炸了。"莱姆接道。

萨克斯拿起一个物证袋，里面装着几粒泪滴状的金属。"然后就炸了。"她重复道，"现场到处都是这些东西，简直像霰弹片一样。"

"是什么？"塞利托问。

"公交站牌柱子熔化后形成的金属液滴。爆炸的冲击波让它们向四面八方散开，击中了周围的混凝土墙面和车辆。受害者身体有灼烧的痕迹，但那并非致命原因。"莱姆察觉到她的声音不自觉地低沉了一些，"就像被一支大型霰弹枪击中，高温瞬间凝固了伤口边缘，"她说着做了个痛苦的表情，"让他神志清晰地撑了很久。看看这个。"她朝普拉斯基点了点头。

后者将一张闪存卡插进身旁的电脑，很快屏幕上出现了一个案件信息文件夹，又过不久，一张张照片依次显示在周围的高清屏幕上。年复一年的罪案现场调查工作已经在很大程度上让莱姆对恐怖的画面习以为常，然而这些照片却让他无法平静以对。年轻的受害者浑身布满了一个个小孔，许多小孔中都嵌着一粒小小的金属块。现场几乎没什么血迹，金属粒上的高温瞬间封闭了伤口周围的血管。嫌疑人事先是否知道他的武器能让伤口立即止血？他是故意要让受害者意识清晰地感受撕心裂肺的疼痛吗？那么，这是可以代表他犯罪特征的惯用手法吗？此刻，莱姆终于明白了萨克斯的忧虑从何而来。

“上帝啊。”大个子警探喃喃道。

莱姆整了整思绪，不让尸体的惨状影响自己，然后问：“他是谁？”

“路易斯·马丁，一家音乐商店的副经理，二十八岁，没有犯罪记录。”

“和阿冈昆、大都会捷运局……这些机构有什么关联？有任何可能导致被杀的理由吗？”

“完全没有。”萨克斯回答。

“看来是恰巧在错误的时间出现在了错误的地点。”塞利托轻声道。

莱姆问：“罗恩，咖啡店的情况怎样？有什么发现？”

“大约十点四十五的时候，有个穿深蓝色工装的男人进了店。随身带着一台笔记本电脑，在店里上了会儿网。”

“蓝色工装？”塞利托问道，“有公司标志吗？或者身份证件？”

“没人注意，不过现场的阿冈昆工人穿的制服也是一样的深蓝色。”

“具体形容一下？”眉毛眼睛已经全皱在一起的警探继续追问道。

“很可能是白种人，四十岁上下，戴眼镜，黑帽子。也有几个人说并没有戴眼镜，也没戴帽子。至于头发颜色，有说金发的，也有说红发、黑发的。”

“什么目击证人。”莱姆轻蔑地哼了一声。就算某个嫌疑人赤裸上身当着十个人的面开枪，事后在每个目击者的证词中，也很可能出现他身穿不同颜色T恤的十个版本。当然，在过去的几年间，莱姆对于目击证人证词价值的怀疑多少有所减轻——这都要归功于萨克斯高明的审讯技巧和凯瑟琳·丹斯的肢体语言分析能力，后者证明了这种分析方式充分的科学依据，并能在绝大多数审讯中得出一致的结果。然而，这依旧不能完全根除他心底的怀疑。

“那这名穿工装的男人干了什么？”莱姆接着问。

“没人说得清，当时现场一片混乱。他们说只记得听到一声巨响，整条街都被刺眼的白光笼罩，然后所有人都惊恐地往外跑。没人记得这人去了哪里。”

“他把咖啡也带走了？”莱姆又问。饮料杯是个好东西，就像身份证件一样，会因为牛奶、糖分和其他添加剂的黏性而留下使用者的DNA、指纹及其他重要线索。

“恐怕是的。”普拉斯基答道。

“该死，你在桌上有任何发现吗？”

“有这个。”普拉斯基从牛奶箱里抽出一个物证袋。

“空气？”塞利托戏谑地眯起眼睛挠了挠啤酒肚，仿佛下意识地宣泄着对自己近来节食效果的不满。

然而莱姆却看着空空如也的证物袋勾起了嘴角：“干得漂亮，小子。”

“干得漂亮？”塞利托不解，“明明什么也没有。”

“这是我最乐见的证物，朗。看不见的线索才是最棒的，这一点我待会儿解释。现在我对黑客更感兴趣。”莱姆笑道，“普拉斯基，咖啡厅的无线网络查过了吗？我刚才想了想，估计他们没有吧。”

“是的，您怎么知道？”

“他可不想冒险使用垃圾网络，恐怕是用某个手机热点登录的。我们必须查明他是如何黑进阿冈昆电脑系统的。朗，让计算机犯罪部的人查查，请他们联系阿冈昆网络安全部的人。帮我看看罗德尼有没有空。”

纽约市警察局计算机犯罪部是由约三十名警探和辅助人员组成的精英调查团队。莱姆有时会和其中一位叫罗德尼·萨内克的警探合作。在莱姆眼中那位警探是个年轻人，但其实并不清楚他的真实年龄。那人身上有一种稚气，衣着随意、不修边幅，还有一头黑客常见的蓬松乱发——这种形象通常很是减龄。

塞利托打了电话，简单吩咐了几句便挂断了，告诉莱姆，萨内克会立刻联系阿冈昆的技术部门，调查黑客入侵电网服务器的细节。

库柏几乎是一寸一寸地检查着线缆，一边问道："就这些吗？"言罢提起一个装着变形小金属块的物证袋，就是那些像霰弹片一样的金属，又补充道，"当时路上行人不多可真是万幸。这要是发生在第五大道上，恐怕得死几十人。"

莱姆无视了他的感叹，把注意力集中在萨克斯身上。他看到萨克斯的双眼正直愣愣地盯着那些金属颗粒。

于是，像要故意打断她对金属粒的注意一样，他刻意用格外严厉的声音说："各位，赶紧行动。我们该工作了。"

12

慢慢坐到小隔间里的弗雷德·德尔瑞正看着对面一个面色苍白、身材瘦削的男人。此人年龄难辨，要么是因纵欲无度而显得颓废的三十岁上下，要么是保养得还算良好的五十岁左右。

男人穿着一件明显过于宽大的运动衫，大概是趁人不注意的时候从某个小慈善店或者服装店的货架上偷来的。

“吉普。”

“呃……我已经不用这个名字了。”

“换名字了？你是乐事薯片吗？这次又是什么口味的？”

“我不明白……”

“你现在叫什么？”德尔瑞问，深深地皱着眉头，娴熟地扮演着面对这类人时的特定角色。管他是叫吉普还是什么，此人是一个有虐待癖的瘾君子，在一次便衣伏击行动中被德尔瑞抓了起来。为了获取信任，德尔瑞当时不得不假装兴致勃勃地笑着听他绘声绘色地描述如何折磨了一个不想付钱买毒品的学生。紧接着便是突袭和逮捕，在几番交涉和一段时间的服刑之后，他成功被德尔瑞降服，成了他的一名线人。

也就是说，他放的这条长线得时不时收一收，敲打敲打。

“以前是叫吉普，不过我决定改变一下。现在我叫吉姆，弗雷德。”

改变。这可真是今天的关键词。

“哎呀，你管我叫什么？‘弗雷德？’你当我是你的兄弟还是好朋友？我可不记得咱俩有这种交情。我是不是还得专门为你排排日程，把你介绍给父母？”

“对不起，长官。”

“你还是别改口了，就叫我‘弗雷德’吧。你说‘长官’的时候我总觉得可疑。”

眼前的这个男人渺小而卑鄙，但德尔瑞知道必须小心行事。绝不能小看恐惧带来的压力，但也绝不放过任何可以利用这种情绪的机会。

恐惧会催生出敬畏，这就是这个世界的法则。

“咱们今天要谈的事情很重要，我记得你差不多得去赴约了吧。”

他指的是听证会，关于这个男人获批离开目前所在的司法管辖区的事。失去他，德尔瑞并不可惜，因为吉普的利用价值也差不多到头了。这便是秘密线人的本质，就像货架上的酸奶一样，保质期很短。吉普也好，吉姆也罢，正打算向纽约州假释委员会申请许可令搬去佐治亚州。怎么偏偏选了这么个地方？

“要是您愿意美言几句，弗雷德长官，那就再好不过了。”他用湿漉漉的浑浊双眼看着面前的探长。

华尔街的人真应该好好学学秘密线人圈的行事规则。没有什么衍生品、违约互换，也没有保险金或造假账这些复杂的玩意儿，一切都简单明了。你给内应一些甜头，对方也会用等值的信息与你交换。

线人要是没有值得交换的东西则立刻出局；而你要是没有支付相应的“酬劳”便会惹得一身臊。

流程极其清晰透明。

“好啊，”德尔瑞说，“我知道你想要什么了，现在来谈谈我想要的。话说在前头，这件事可是时间紧迫，容不得耽搁。你明白我的意思吗，吉姆？”

“有人很快就要倒大霉了。”

“说得没错。好了，听着，我要见布伦特。”

空气有一瞬间的安静。

“威廉·布伦特？我怎么会知道他在哪儿？”换了名的吉普，瘦小的吉普——回答的时候声音明显抬高了许多，很明显，他绝非全然不知情。

于是德尔瑞悠悠地拖长了声音说：“佐治亚州的事情我可得好好考虑考虑呢。”

接下来的六十秒，吉普纠结地做着内心斗争。

“我是说，或许我可以……问题是，有可能……”

“你要么把话好好说完，要么就闭嘴。”

“让我先确认一些事情。”

叫吉普还是詹姆又或者吉姆的家伙站起身来，走到旁边的角落，拿出手机不知给谁发起了短信。德尔瑞瞅着觉得好笑，难不成还怕他凭按键的声音解析短信内容吗？这小子在佐治亚说不定能过得很好。

德尔瑞喝了一口服务员端来的水，内心盼望着这个骨瘦如柴的家伙能成功完成任务……他一生最大的成就之一便是招揽了威廉·布伦特做线人。那是一名中年白人男性，看起来有些文弱，就像沃尔玛超市收银台的工作人员一样。曾经有一伙国内恐怖主义团伙——由种族主义者和分裂主义者构成——打算在某个周五晚上一举炸掉数座犹太教堂，然后嫁祸给伊斯兰原教旨主义分子。这帮恐怖分子有钱，却没有好的渠道，于是找来当地一个管理严密的黑帮组织帮忙，后者也对犹太人和穆斯林颇为厌恶。当时布伦特正受雇于这个黑帮，在几次接触中被德尔瑞所扮演的神经紧张的人设——一个来自海地、想要出手火箭推进式手榴弹的军火贩子——所蒙蔽，对他放松了警惕。

后来布伦特被捕，德尔瑞将他转变成了自己的线人。让人大跌眼镜的是，成为秘密线人的布伦特竟然展现出了前所未有的实力，仿佛这辈子便是为此而生似的。他成功潜入了该种族主义团伙和黑帮的高层，彻底挫败了他们的阴谋。此一役本算得上是让他偿还了此前对社会的所有亏欠，然而布伦特此后却依旧保持着线人的身份与德尔瑞合作，并先后扮演过很多角色——冷酷刻薄的雇佣杀手、珠宝店和银行劫案的主谋、激进的反堕胎活动家等。他凭实力证明了自己绝对是德尔瑞用过最杰出的秘密线人之一。他就像一只机敏的变色龙，简直就是德尔瑞隐藏在阴影里的另一个自己（虽然未经证实，但几年前还曾有人怀疑布伦特偷偷组建了自己的线人网络——而且就在纽约市警察局内部）。

布伦特在德尔瑞手下工作了一年，直到了解他身份的人越来越多，才不得已选择了待遇优渥的证人保护计划，隐匿了行踪。不过有传言说他还在同时扮演多个角色，并且其中一个新角色依旧在街头巷尾的幽暗情报网络中活跃着。

既然德尔瑞的其他线人并未提供任何有关“正义”组织、“拉曼”或者电网袭击的有用情报，他本能地想到了威廉·布伦特。

吉普终于发完短信坐了回来，长凳被压得吱吱作响：“我想我能安排。不过这到底是怎么一回事，老大？我是说，我可不想被他干掉。”

这一点，德尔瑞想了想，倒是秘密线人圈和华尔街的一大区别。

他说：“不不，吉米小子，你没明白我的意思。我可不是让你去当内鬼，只是要你帮忙牵线搭桥。只要你能让我和他面对面坐下来谈谈，我保证你隔天就能安稳地坐在佐治亚的大街上吃桃子。”

德尔瑞将一张写着电话号码的卡片滑到他面前：“让他打这个电话，赶紧去办。”

“现在？”

“现在。”

吉普朝厨房偏了偏头："可我还没吃午餐呢。"

"你当这是什么地方？"德尔瑞猛地斥道，一脸惊讶地四下望了望。

"怎么了？"

"你就不能叫个外卖吗？"

13

距袭击事件已经过去了五个小时，莱姆实验室里的紧张气氛有增无减。尽管搜集了不少物证，案情却依旧一筹莫展。

“那条线缆，”莱姆有些不耐地问，“来自何处？”

库柏又抬了抬鼻梁上的眼镜。他戴上乳胶手套，在接触物证之前又用宠物毛发清洁胶带裹了裹，再撕下用过的胶带丢掉。自从莱姆为新泽西州警察局调查过某起案件后，便一直要求自己的团队在查案前必须依此操作，因为他发现当时检测出来的部分纤维其实并非来自尚在拘留中的嫌疑人，而是某位警探的衣服口袋。那位警探在看过一档高人气的悬疑电视剧后，便有样学样地在自己大衣口袋里也装了一副备用橡胶手套。外来物质污染物证的概率虽然很小，但法医专家的工作绝不仅仅是寻找和分析证据，还必须确保证据的原始性，这样才能在法庭上有力地驳斥嫌疑人那帮虎视眈眈的辩护律师团，并最终将其定罪。

在经历了令人汗颜的新泽西纤维事件后，如果检验手套不是直接从无污染密封袋或者盒子里取出的，他便要求调查人员必须在戴上后再次清洁。

库柏用外科手术剪刀剪开包裹着电缆的塑料层，让里面的金属线裸露在空气中。这条电缆总长约五英尺，大部分表面都覆盖着厚厚的黑色绝缘层。里面的金属线并非一个整体，而是由许多条银色金属线缠绕而成的。其中一头连接着一块被烧变了形的厚黄铜板，而另一头则连着两块中间有孔的大铜制螺栓。

“阿冈昆的人说，这两块叫作开口螺栓。”萨克斯说，“是用来拼接线路的，用它可以将电缆连接到主线上。”

接着她又说明了嫌疑人是如何将铜板——电力公司工人叫作“导电条”的东西——悬挂在窗外的。铜制螺栓与电缆是用两个四分之一英寸的螺母紧紧连接的。弧闪发生的时候，电流通过铜板冲进了距离最近的地面导体，也就是那块公交车站牌。

莱姆瞄了一眼萨克斯的拇指，上面破了皮，黑乎乎的，还残留着干涸的血迹。她在焦虑的时候有咬手指和挠头的坏习惯。此刻萨克斯内心的焦虑正如阿冈昆变电站内的电压一样节节攀升，她又将拇指放到了唇边，但像是要努力抑制这种冲动似的，又将手指放了回去，随即戴上了检验手套。

朗·塞利托在打电话，询问正在五十七号大街上排查目击证人的警察的工作进展情况。莱姆飞快地向他投去询问的一瞥，可他比平时更为纠结严肃的表情已说明了这一努力目前暂无成果。于是莱姆回过头继续研究电缆。

“梅尔，用摄像头扫一遍。”莱姆指示道，“慢一点。”

技术专家库柏将手持摄像机挪到电缆上方，从头到尾仔仔细细地拍了一遍，再把它反过来，从尾到头也拍了一遍。整个过程都在莱姆面前的大型高清屏幕上同步播放。他紧紧盯着屏幕。

过了一会儿，莱姆喃喃道：“本宁顿电气制造，南芝加哥，伊利诺伊州。型号为 AM-NV-60。零规格，可承受电压为六万伏。”

普拉斯基难以置信地笑了一声：“你是怎么知道的，林肯？你还学过电缆知识？”

“都印在上边呢，小子。”

“哦，是我没注意。”

“你是没注意。咱们的嫌疑人专门剪了这个长度的线缆，梅尔。

你怎么看？不是机器剪切的。”

“同意。”库柏拿着一支放大镜，凑近了检查金属线缆和变电站电缆连接的那头。接着，他将摄像机对准线缆被切割的部分，问：“阿米莉亚？”

家用机械师萨克斯认真看了看，回答：“手锯。”

开口螺栓的确是电力产业特有的零件，但来源却可能有几十种。

把这条线缆和导电条连起来的螺栓也是同样的标准材质，来源难辨。

“先把信息表做出来。”莱姆吩咐。

普拉斯基立刻从实验室的角落推来几张白板，萨克斯在其中一张顶上写下：犯罪现场：MH-10号阿冈昆变电站，五十七号大街西；又在另一张上写下：不明嫌疑人侧写。然后将目前为止了解到的所有信息分别列出。

“这条电缆是在变电站就地取材的吗？”莱姆问。

“不，变电站里没有多余的电缆储备。”普拉斯基回答道。

“那就去查他是从哪儿搞来的，立刻联系本宁顿电器制造。”

“好的。”

“现在，”莱姆继续道，“嫌疑人使用的金属工具和硬件材料已经有了，这就表示会留下工具痕迹。手锯。咱们近距离观察一下这条电缆。”

库柏打开一台大物体显微镜，将连接线插进电脑接口，再调到低倍率，仔细研究着线缆的切口：“切割面很新，工具十分锋利。”

莱姆羡慕地看了看库柏麻利的双手，它们正准确地控制着显微镜头和转轴，然后转目继续看着大屏幕：“是很新，但能看出缺了一齿。”

“在靠近手柄的地方。”

“对。”通常，在人们正式开始切割之前，都会让工具停留在需要切割的部位三到四次。这么一来就会留下工具的印迹，尤其是用锯子切割类似于这条铝合金电缆一样较软的材料时，最容易看出锯齿是否有缺失或弯曲等细节，而这一点能够帮助刑侦人员在排查嫌疑人所持物品时识别其中是否有作案工具。

“那么，开口螺栓呢？”

库柏在所有的螺栓上都发现了特别的摩擦痕迹，很可能是嫌疑人使用扳手时留下的。

“软铜真是个好东西。”莱姆轻声道，“棒极了……看来他经常使用这些工具，越来越像是内部人员作案了。”

塞利托挂断电话，说：“一无所获。说不定真有人见过穿蓝色工装的人，但那很可能是爆炸发生一个小时后的事了。当时现场惊慌失措的人群正遇上反向而来的阿冈昆维修团队，他们可都穿着该死的蓝色工装。”

“你查到什么了吗，小子？”莱姆不耐烦地问，“告诉我电缆的来源。”

“他们让我等。”

“跟他们说你是警察。”

“已经说了。”

“那就告诉他们你是警察局长，大人物。”

“我……”

话还没说完，莱姆的注意力就被别的东西吸引住了：那是变电站地下室甬道口的门上用作框架的铁杆。

“他是怎么切开这些的，梅尔？”

仔细检查后发现，这些铁杆不是用手锯而是断线钳夹断的。

库柏用显微镜检查了铁杆的末端，又用显微镜上附着的数码摄像机拍了好几张照片。他把照片传输到中央控制电脑上，很快它们便显示在屏幕上。

“有什么特别的痕迹吗？”莱姆问。就像缺失的手锯锯齿和螺栓螺母上的刮痕一样，任何不寻常的痕迹都有可能帮助警方锁定工具持有者与犯罪现场之间的联系。

“这个怎么样？”库柏问，指着屏幕。

每张照片中，铁杆切面的同一个位置上都有个小小的月牙形刮痕。“就是它了，非常好。”

还举着电话听筒的普拉斯基忽然抬起头，握笔的手紧了紧。看来本宁顿电器制造公司终于派了人来，同这位年轻的新晋纽约市警察局大佬接洽。

通话只进行了片刻便挂断了。

“那根电缆到底怎么回事，普拉斯基？”

“首先，那个型号的电缆相当常见。他们——”

“有多常见？”

“他们每年能卖出上百万英尺，基本上是用作中等电压配电线。”

“六万伏电压属于中等？”

“我想是的。任何电力供应批发店都能买到，不过他们倒是说阿冈昆通常会大批量订购。”

塞利托问：“是谁负责订购？”

“技术支持部门。”

“我立刻给他们打电话。”塞利托说着拿起了电话，简单沟通了几句后挂断说，“他们说会检查库存，看看是否有线缆丢失。”

莱姆盯着铁门：“所以他是从小巷子里的沙井进入，然后顺着巷子下的甬道爬进阿冈昆变电站的。”

萨克斯说：“也许他之前曾因工作原因下到过放蒸汽管道的沙坑里，然后发现了那条甬道。”

“这就表示嫌疑人肯定是内部工作人员。”莱姆心里希望如此，如果是内部人员作案，查案就轻松多了，“再接再厉。足印、靴子。”

萨克斯说：“地下甬道和变电站被动过手脚的电缆附近皆留下了相似的足印。”

“咖啡厅里有足印吗？”

“有一个。”普拉斯基答道，指着一张静电足印纸，“就在咖啡桌下面，看上去是同一双鞋。”

梅尔·库柏看了看采集的足印，同意了他的说法。普拉斯基继续道：“阿米莉亚还让我查了现场所有阿冈昆工人的足印，没有匹配的。”

莱姆转头看着足印：“你能看出是哪家的鞋吗，梅尔？”

库柏正在检索纽约市警察局的足印数据库，里面收录着上万种不同的鞋印和靴印样本，绝大部分都属于男性。大多数需要现场操作的重大犯罪案件都是由男人完成的。

几年前莱姆曾大力促进鞋印数据库内容的扩大与更新，他说服了所有大型制鞋商，让他们自愿提供旗下所有产品的扫描数据，收录在纽约市警察局数据库中并定期更新。

当他从事故的打击中振作起来，重新回到法医刑侦工作第一线后，也一直参与维护警局物品及材料数据库的工作，其中便包括鞋印数据库。前不久刚结束的案子中有涉及数据挖掘技术，这一点给了莱姆新的灵感，提出了一个到目前为止已经被全国多个警局采用的项目。他建议（呃……强迫）纽约市警察局招聘了一位电脑程序专家，设计了一套计算机图片影像分析构建系统，提取数据库中每双鞋的鞋垫信息，根据其穿着的时间长短模拟不同阶段的鞋垫形态——比如全新的鞋垫、使用六个月后、一年后甚至两年后的状态。同时还可以模拟同样的鞋子被外八字或内八字脚的人穿过后不同阶段可能的形态。不仅如此，他还要求程序专家为不同身高及体重的人鞋子的磨损程度及形态做分析建模。

该系统耗资巨大，却以令人惊讶的速度完成并上线，以至现在几乎可以不费吹灰之力便能很快得出有关鞋主人身高、体重、走路特征及鞋子品牌和使用时长等细节信息。

已经有三四宗案件的嫌疑人因为这个系统被准确识别。

库柏的手指在电脑键盘上翻飞，很快便回复道：“找到一个匹配项。亚伯森－芬威克足靴及手套公司。型号E－20。”他凑近细细读了一遍屏幕上的信息，“意料之中的是，这款靴子有特殊绝缘材料。是专门为需要频繁接触电源的工人制作的，符合美国材料与试验协会的F2413－05电器危险标准规定。尺码为十一号。”

莱姆眯起眼睛打量着足印：“落脚十分用力，很好。”这意味着鞋底的印记里将保留不少有用的物质线索。

库柏却接着说：“这双靴子很新，几乎没有太多磨损，因此也无法从中获得太多关于嫌疑人身高、体重或其他特征的有用信息。”

“但至少可以推测此人走路是直线。同意吗？”莱姆盯着屏幕上的足印说，那里有从检验台的摄像头里传来的图像。

“是的。”

于是萨克斯把这一点也写在了白板上。

“做得好，萨克斯。那么，小子，你找到的隐形线索是什么？”莱姆看着那支贴着“爆炸地点对面咖啡厅——嫌疑人曾坐过的咖啡桌”标签的塑料袋问。

库柏已经开始检验了：“金发，长一英寸，自然发色，并未染发。”

头发是莱姆偏爱的微量物证，通常可以被用作DNA检测的样本——如果末端连着发囊的话——同时也能通过发色、发质和形状，在很大程度上判断嫌疑人的外貌特征。甚至在推测年龄和性别上也能达到一定程度的准确性。如今，分析头发所包含的信息正作为一种有效工具不断得到法医学的青睐，因为诸如毒品等成分在头发中残留的时间会比尿液及血液更长。一英寸的头发中记录着约两个月的药物使用史。在英格兰，头发更是经常被用来当作酒精检测的工具。

“还不能确定这就是嫌疑人的。”塞利托指出。

“这是自然。”莱姆低声道，“现在说什么都为时尚早。”

普拉斯基却说：“但可能性很高。我跟店主谈过，他说每次客人离开后他都会督促店员把桌子擦干净。我查过，因为突然的爆炸，嫌疑人离开后还没有人打扫过那张桌子。”

“做得好，小子。”

库柏接着发表关于头发的发现：“既无自来卷也无后天烫发的特征。直发，无褪色迹象，我认为年龄应该在五十岁以下。”

“做个毒性化学分析，尽快。”

“我立刻送去实验室。”

“找外面收钱的实验室。”莱姆叮嘱，“多给点钱，让他们快些出结果。”

塞利托不满地嘟囔着：“我们可没那么多钱，再说咱们的皇后区警察实验室不也挺好嘛。”

“朗，如果不能赶在嫌疑人再次草菅人命之前得出结果，再好也没用。”

“阿普顿检验室如何？”库柏问。

“挺好。记住，多给点钱。”

“神啊，世界又不是围着你转，林肯。”

“不是吗？”莱姆问，一脸半真半假的惊讶表情。

14

梅尔·库柏通过SEM-EDS检测——即扫描式电子显微镜和X光能量分散谱——对萨克斯从疑犯接驳电缆处搜集来的微物迹证样本进行了逐一检验和分析，说："发现了一些矿物质，和变电站周围的对比物证成分都不一样。"

"成分是什么？"

"大约有百分之七十是长石，还有石英、磁铁矿、云母、方解石和闪石，还掺杂了一定的硬石膏。奇怪的是，其中还含有大量的硅。"

莱姆对纽约市的地质情况相当熟悉。以前身体无恙的时候，他经常一个人在市里四处漫游，提取不同地方的尘土及岩石样本，输入数据库，以便来日更好地匹配嫌疑人和场所。但眼前这些足印中的矿物成分组合却让他很是迷惑，这显然不是来自附近他熟悉的区域。"我们需要一个地质学家。"莱姆想了想，按下快捷键拨通了一个号码。

"喂，你好？"电话那头传来一个温和的声音。

"亚瑟。"莱姆打了个招呼，那是他住在不远处新泽西州的堂兄。

"嘿，是你呀。身体怎么样？"

莱姆烦躁地觉得今天似乎每个人都在关心他的健康，尽管于亚瑟而言那只不过是平常的寒暄。

“我挺好。”

“上周见到你和阿米莉亚可真好。”

莱姆最近才重新和亚瑟·莱姆恢复联络，他们从小一起在芝加哥郊外长大，就像亲兄弟一样。这位犯罪学专家对于周末去郊外踏青没什么兴趣，因此当莱姆忽然提议要接受亚瑟和他妻子朱迪的邀请，去他们在海边的度假小屋过周末的时候，萨克斯很是吃惊。等到了才发现，亚瑟为了让他行动更加方便，早已铺设了一条轮椅坡道。他们和汤姆、帕米以及帕米的狗儿杰克逊一起去郊游玩耍，在那里住了好几天。

莱姆过得很开心。女人们带着狗儿在海滩漫步的时候，他和亚瑟则兴致勃勃地谈天说地，从科技到学术乃至世界大事，两人的思维随着一杯接一杯的单一麦芽威士忌而逐渐模糊。不得不说，亚瑟和莱姆一样，在家里私藏了不少好酒。

“我开的是免提，亚瑟，这边还有……呃，一大帮警察。”

“我看了新闻。我敢打赌，这次的电站事件肯定是你带头调查吧。太可怕了。新闻上说可能只是一次意外，可是……”他没有再说下去，只怀疑地笑了一声。

“不，根本不是什么意外。只是我们还不清楚嫌疑人到底是心怀不满的内部员工，还是恐怖分子。”

“有什么我能帮忙的吗？”

亚瑟也是一位科学家，某种程度上来说比莱姆还要博闻广识。

“确实需要你的帮助。我想简单问一下——但愿是个简单的问题。我们在罪案现场提取了一些线索，和周围的物质都不匹配。实际上，和我所熟悉的纽约市所有区域的地质信息都不吻合。”

“笔我已经准备好了，说说你有什么发现。”

莱姆把刚才的检验结果告诉了亚瑟。

亚瑟沉默不语。莱姆想象着堂兄盯着笔记沉思的样子，他的大脑一定正在飞速旋转，筛查各种可能，终于他开口了：“矿物颗粒有多大？”

“梅尔？”

“你好，亚瑟。我是梅尔·库柏。”

“你好，梅尔。最近还在跳舞吗？”

“上周我们刚赢了长岛探戈舞蹈比赛，这周日还要参加区域赛。当然，前提是能完成这边的工作。”

“梅尔？”莱姆催促道。

“颗粒大小？是的，非常小，直径大概零点二五毫米。”

“好的，我敢肯定那是 tephra。”

“什么？”莱姆不解。

亚瑟把单词拼了一遍给莱姆听：“就是火山灰，来自希腊语，是‘灰烬’的意思。当它刚从火山口被喷射至空中的时候，叫作‘火成碎屑’——也就是碎石屑——但是一旦落了地就叫 tephra，火山灰。”

“本土的？”莱姆问。

亚瑟的声音听起来带了些笑意：“对某些地方来说大概是吧，但你若指的是纽约州附近，已经没有了。要是西部海岸出现严重侵蚀且伴以强风，倒是有可能在东北部找到一星半点儿，可惜最近连这样的也没有了。就你所得到的成分来说，我认为很可能来自西北太平洋地区。或许是夏威夷。”

“也就是说，无论如何，这些成分都肯定是被嫌疑人或者某个人带到现场的。”

“我是这么认为的。”

“好的，多谢了，我回头再打给你。”

“哦对了，朱迪说她会把阿米莉亚想要的食谱邮件发给她。”

这对莱姆来说倒是个新鲜事儿，想来一定是上周末两位女士在沙滩上对话时提到的。

萨克斯插口道：“不急。”

电话挂断后，莱姆忍不住抬眉望着萨克斯问：“你开始学习烹饪了？”

“帕米会教我的。”她耸了耸肩，“能有多难？我猜应该和重建一个汽车化油器差不多，只不过用的都是易碎的零件罢了。”

莱姆望着白板上的内容：“火山灰……或许嫌疑人最近去过西雅图、波特兰或者夏威夷这些地方。可是，我认为那些灰烬很难在跨越那么远的距离后还能有如此大量的残留。他一定是住在什么博物馆、学校或者某个地质展览机构附近。这些地方会用到火山灰吗？比如给石头抛光之类的，像是金刚砂。”

库柏忖道：“足印里的矿物成分十分繁杂且无规律，不太可能是商用研磨。而且要我说的话，质地也太过细软了。”

“唔。那么珠宝店呢？他们会用熔岩做珠宝吗？”

这个问题问倒了所有人，因为没人听说过用岩浆做珠宝的，于是莱姆总结说嫌疑人要么曾参加过某个与这些物质有关的展览或展示会，要么就是在有这些展览的地方附近居住，又或者这样的地方是他的下一个袭击目标。“梅尔，让皇后区的人现在就开始打电话——查询相关区域所有和火山或者岩浆有关的展览，无论是巡回展还是本地的固定展出，先从曼哈顿开始。”他望了一眼包裹在塑料膜里的甬道门，“好了，现在该看看阿米莉亚潜水带回来的好东西了。菜鸟，是你大显身手的时候了，给我们露一手吧。”

15

年轻的警官用黏毛滚筒清理了乳胶手套——这赢得了莱姆赞许的目光——然后将甬道门抬了起来，门的周围还连着一圈铁制门框。门边长约十八英寸，是正方形，算上门框的话要再宽两英寸左右，上面涂着深灰色的涂料。

萨克斯说得没错，这扇门的大小和甬道口刚好吻合，不明嫌疑人要想通过它进入变电站，极有可能会留下一些身体或衣物的线索。

门的两侧各有四个小小的转动式门闩，用来开门。由于门闩太小，戴着手套操作很不方便，所以嫌疑人打开时有可能会脱掉手套，特别是考虑到他原本就计划利用电池炸弹炸掉甬道门毁灭证据的话。

指纹大致分为三类。肉眼可见的指纹（比如白墙上沾着鲜血的手指印）；按压型指纹（可留在易凹陷的软性材料上的指纹，比如塑胶炸弹）；以及“隐性指纹”（肉眼无法看见的指纹）。提取隐性指纹方法很多，但就留在金属表面的指纹来说，最好用也最简单的方法便是使用寻常超市里就能买到的强力胶，即氰基丙烯酸酯。方法是将留有隐性指纹的物体和装着强力胶的碟子一起放入一个气密罩，然后加热直到强力胶汽化为止，其形成的蒸气将会黏着在手指留下的任何物质成分上——氨基酸、乳酸、葡萄糖、钾和三氧化碳等——最终形成一枚清晰的指纹印。

这一过程就像变魔术一样，可以让原本隐形的指印现出原形。

然而这个案子却不一样。

“什么也没有。”普拉斯基泄气地说，拿着一支福尔摩斯式的放大镜，眯起眼睛不甘心地打量着门，“只有手套的印子。”

“没什么好大惊小怪的，此人一直都很谨慎。好了，现在试着从门框内侧搜集线索，那是他有可能接触的地方。”

普拉斯基照办，用一支软毛刷轻轻扫过检验纸，又拿棉签提取了各处微物迹证样本。他将能够找到的所有潜在证据分门别类地装进了证物袋——但在莱姆看来证据还是太少——并按次序排列好，交给库柏分析。

这时，塞利托忽然接了个电话，然后说：“等等，我开免提。”

“喂？”一个声音传来。

莱姆看了塞利托一眼，轻声问：“谁？”

“萨内克。”

纽约市警察局的计算机犯罪研究专家。

“你查到什么了，罗德尼？”

电话那边隐隐传来嘈杂的摇滚乐声。“我几乎可以肯定，这个入侵阿冈昆电网服务器的家伙一定早就知道他们的系统密码。事实上，我可以肯定这一点。首先，我们完全没有发现任何企图入侵的痕迹。既没有强行破坏系统，也没有残留的恶意木马代码碎片，连可疑的驱动程序或内核模块……”

“直接说结论吧，不介意的话。”

“好吧，我想说的是，我们检查了全部端口……”莱姆叹了口气，萨内克踟蹰了一下，然后说，“也就是说，这既是，也不是内部人员干的。”

“意思是？”莱姆嘟囔着问。

“袭击是从阿冈昆电力公司的大楼外部发起的。”

“这个我们已经知道了。”

“但嫌疑人必须先从阿冈昆的皇后区总部获得密码才行，不管本人还是同伙。这些密码是拷贝在硬盘上，用非联网的随机代码生成器生成的。”

“这么说，”莱姆总结道，主要是为了确认，“不是黑客从外部攻击电网系统，不是黑客干的。”

“基本不可能是。真的，林肯，我没有找到任何恶意程序……”

“明白了，罗德尼。他在咖啡店用的网络有查到什么吗？”

“用的是预付手机，通过USB插口连接电脑上网。期间使用了一个位于欧洲的代理器。”

以莱姆的技术知识储备，他很清楚这话其实就意味着：什么也没查到。

“多谢，罗德尼。你居然能听着那种音乐工作？”

电话那头的男人笑了几声：“有问题随时打给我。”

随着电话的挂断，喧闹的重金属噪声也消失了。

库柏正巧也在打电话，过了一会儿挂断说：“我和总部材料分析部的人联系上了，她曾学过地质学，并且和许多定期举行公开展览的学校都很熟。我让她帮忙查查有关火山灰和岩浆的线索。”

普拉斯基还在躬着身子检查甬道门，忽然眯起双眼道：“我想我有发现了。”

他指着上方门闩的部分说：“看起来像被擦过。”然后拾起放大镜，边看边说，“这里有一个小小的金属倒刺，很锋利……我想他可能勾破了手，还流了血。”

“真的吗？”莱姆兴奋起来，法医刑侦调查中，没有什么能比DNA更有用了。

塞利托却插嘴说：“既然已经擦过了，还能查出什么？”

莱姆还没来得及回答，弯腰盯着新发现的普拉斯基却率先开口，语带笑意：“那你觉得他会拿什么来擦呢？会不会用口水？那东西和血液一样有用。”

他的回答正是莱姆心中所想，于是下令道：“用ALS试试。”

所谓 ALS 即“替代光源”，它能让平时肉眼看不见的唾液、精液和汗液等残留物显露出来，这些物质中都含有大量 DNA。

执法部门会在调查某些特定类型的案件时提取 DNA 样本——比如性犯罪——有些情况下还不仅仅是储存样本。如果嫌疑人曾犯过需要采集 DNA 样本的罪行，他的信息就一定会出现在 CODIS 里，即“美国联合 DNA 索引系统数据库”中。

片刻后普拉斯基戴好护目镜，像个手持法杖的巫师一样，将发射替代光源的电筒指向甬道门上方发现摩擦痕迹的地方。一团很小的黄色光团缓缓显形。他大叫：“有了，有了！虽然很少。”

“小子，你知道人体是由多少细胞组成的吗？”

“呃……不、不知道。”

“超过三万亿个。”

“竟然有这么多……”

“那你知道 DNA 采样最少需要多少个细胞吗？”

普赖斯基回答：“您的书上说，大约一百个。”

莱姆抬起一边眉毛说：“记得很清楚嘛。”然后继续道，“你觉得那么大一团东西里有足够一百个细胞吗？”

“我想……应该够了。”

“可不是吗？萨克斯，看来你游这一圈没有白费。要是任由电池爆炸，这些证据肯定没了。好，梅尔，让他学学怎么提取样本。”

普拉斯基悻悻地退到一边，把这个高难度任务交给库柏。

“可以做 STR 吗？”莱姆问，“还是样本已经降解了？”

被称为 STR 的“聚合酶链反应短串联重复检测法”是犯罪调查中最标准的 DNA 检测方法，快且准，错误率仅为十亿分之一，还能识别样本主人的性别。但是，尽管只需少量样本即可进行检测，这些样本的形态却必须保存完好。若是被变电站的积水和热度损毁，就需要进行另一个测试——线粒体 DNA 检验——而这种检验耗时更长。

“我想应该可以。”库柏小心翼翼地采集了DNA，然后打电话让化验室的人来取，“我知道——要尽快！”他赶在莱姆开口之前把台词说了出来。

“不用想着省钱。”

“钱是从你口袋里出吗，林肯？”塞利托不满地咕哝道。

“我会给你最优惠的客户折扣，朗。还有，普拉斯基，你的发现很棒！”

“谢谢，我……”

然而，感觉本日份的赞扬已经用完的莱姆转移到了下一个话题：“门的内侧查得如何了，梅尔？要知道，咱们的进展太慢了。”

库柏逐一拿起那些微物迹证，放在检验纸或者显微镜下观察，然后说：“基本上都和已有样本及对比物证吻合……除了这个。”那是一个极小的粉红色圆点。

“用GC。”莱姆下令。

过了一会儿，梅尔开始研读GC气相色谱／质谱仪和几个其他仪器的分析结果：“pH值呈酸性，数值约为2，还有柠檬酸和蔗糖。除此之外……算了，我直接把结果转到大屏幕。”

屏幕上出现了一连串单词：槲皮素3-O-芸香糖苷-7-O-葡萄糖苷和金圣草黄素6，8-二-C-葡萄糖苷（stellarin-2）。

“好吧。”莱姆不耐烦地说，“果汁。照这个pH值来看，很可能是柠檬汁。”

普拉斯基忍不住笑出了声：“您怎么连这个都知道？对不起，我是说您是怎么知道的呢？”

“小子，你能从一个案子里发现多少信息取决于你的脑袋里本身储备了多少知识。好好做功课吧！记住了。”莱姆说完又转头去看库柏。

“还有某种菜油、不少盐和某种我不知道的化合物。”

“什么成分？”

“蛋白质含量很高。里面的氨基酸成分是精氨酸、组氨酸、异亮氨酸、赖氨酸和甲硫氨酸。还有许多脂类，主要是胆固醇和卵磷脂，然后是维生素 A、B2、B6、B12，烟酸，泛酸和叶酸。还有大量的钙、镁、磷、钾。”

“味道不错。”莱姆说。

库柏点了点头：“这肯定是食物，问题是哪一种？”

尽管身体的意外并没有损坏味觉，食物于林肯 · 莱姆而言却更多是生存必需的能量来源，而非物质享受，跟威士忌完全不能比。

“汤姆？”没人应声，莱姆深吸了一口气。就在他正要喊第二声的时候，助手从门口探出头来。

“您还好吗？”

“你为什么总问这个问题？”

“您需要什么？”

“柠檬汁、菜油和鸡蛋。”

“您饿了？”

“不、不、不。这些材料一般会用在什么样的食物里？”

“蛋黄酱。”

莱姆抬眼看了看库柏，后者摇了摇头：“质地粗糙，还带点粉色。”

助手想了想：“那我想应该是希腊红鱼子泥色拉。”

“那是什么？餐厅的名字？”

汤姆笑道：“是希腊的一种前菜，一种可涂抹的酱。”

“鱼子酱，是吗？用来抹面包的。”

汤姆对萨克斯说：“的确是鱼卵，但这种酱使用的是鳕鱼，不是鲟鱼。一般鱼子酱指的都是鲟鱼子。”

莱姆点了点头：“啊，高级盐水，这么说是鱼。行吧，这种食物常见吗？”

“希腊餐厅、杂货店和熟食店都有。”

“有没有哪里会比别的地方更常见？比如城里的希腊人聚居区？”

“皇后区。”普拉斯基答道，他就住在那里，“阿斯托利亚区，那里有很多希腊餐厅。”

“我可以回去工作了吗？”汤姆问。

“行行行，回去吧。”

“多谢。”萨克斯对他说。

助手挥了挥戴着黄色乳胶手套的手，消失在门后。

塞利托问：“他可能一直在皇后区四处巡视，寻找下一次袭击的目标。”

莱姆耸了耸肩，这是他还能完成的几个肢体动作之一。他暗自忖度：嫌疑人的确需要寻找下一个合适的目标，但他仍倾向于另一种可能。

萨克斯的目光对上了他的双眼：“你在想，阿冈昆的总部就在阿斯托利亚区，对吗？”

“没错，而且所有证据都指向内部人员作案。”他问，“公司管事的人是谁？”

罗恩·普拉斯基说他曾在变电站外和工人们聊过：“他们提到了一位董事会主席兼执行总裁。名叫杰森，安迪·杰森。似乎大家都有点怕他。”

莱姆盯着白板看了好一会儿，然后说：“萨克斯，你想不想开着那辆漂亮的新车兜兜风？”

“当然。”萨克斯立刻拿起电话打给电力公司，让总裁助理安排半小时后会面。

就在此时，塞利托的电话又响了。他抽出手机看了一眼来电显示：“阿冈昆的人。”他摁下接听键，“我是塞利托警督。”莱姆注意到他的脸逐渐僵硬了起来，只听塞利托道：“你确定吗？……好。谁有准入权限？……谢谢。”接着便挂了电话，“狗娘养的。”

“怎么了？”

“电话是供应部主管打来的。他说阿冈昆公司位于哈莱姆区的一家仓库上周被盗了，在一一八号街，他们认为是内部人员顺手牵羊。嫌疑人有仓库钥匙，并非破门而入。”

普拉斯基问：“就是他偷了线缆？”

塞利托点点头：“还有开口螺栓。”

然而莱姆从警督圆圆的脸上还读出了另一层信息。“多长？”他问，声音低得像在耳语，“他偷了多长的线缆？”

“你想得没错，林肯。七十五英尺的线缆和十二个螺栓。真不知道麦克丹尼尔怎么想的，竟然说这是一次独立事件？简直胡扯，这个不明嫌疑人根本没打算收手。”

犯罪现场：MH-10号阿冈昆变电站，五十七号大街西

- 受害者（死亡）：路易斯·马丁，音乐店副经理。
- 未在任何物体表面找到指纹。
- 电弧闪造成金属熔化，并形成四处飞溅的颗粒。
- 零规格绝缘铝线电缆：
  - 本宁顿电气制造，型号为AM-NV-60，可承受电压六万伏。
  - 切割工具为手锯，新锯片，有断锯齿。
- 两个“开口螺栓”，中央各有直径为四分之三英寸的孔洞。
  - 无法追踪来源。
- 螺栓上留有特殊工具痕迹。
- 黄铜“导电条”，用两个四分之一英寸螺母连接在电缆上。
  - 均无法追踪来源。
- 鞋印：
  - 亚伯森-芬威克牌E-20型号，电工专用，十一号尺码。
- 嫌疑人切断金属栏杆进入变电站，断面留有特殊工具痕迹，工具为断线钳。
- 地下室甬道门及门框：
  - 发现并提取DNA信息，已送检。

- 希腊食物，希腊红鱼子泥色拉。
- 金发，长一英寸，自然发色，年龄在五十岁或以下，提取自变电站外街道对面的咖啡厅。
  - 已送至检验室进行毒性化学分析。
- 矿物质微物迹证：火山灰。
  - 非纽约市本地自然地质成分。
  - 展览、博物馆、地质学学校?
- 阿冈昆电力公司控制中心软件被人用内部密码侵入，而非外部黑客攻击。

不明嫌疑人侧写

- 男性。
- 四十岁左右。
- 可能是白种人。
- 可能戴着眼镜和帽子。
- 可能不高，金发。
- 身穿深蓝色工装，和阿冈昆工人的制服很类似。
- 对电力系统十分熟悉。
- 足印显示没有影响动作或步态的身体状况。
- 可能与盗取七十五英尺的木宁顿牌电缆和十二个开口螺栓的嫌疑人为同一人。准备实施其他袭击？能进入阿冈昆公司的仓库，利用钥匙实施盗窃。
- 可能是阿冈昆内部员工，或认识内部员工。
- 与恐怖分子的关系？与“为了（未知）正义”组织的关系？恐怖组织？名为“拉曼”的人是否参与其中？提及金钱转移、人事变动和某件“大事”的加密信息。

16

高山仰止。

这是阿米莉亚打开车门，跨出“都灵眼镜蛇”时脑海中想到的第一个词。车就停在皇后区阿斯托利亚“阿冈昆联合电力照明公司”总部的停车场。这片厂区的占地面积约有好几个街区大，正中央矗立着一座结构复杂、高耸入云的大楼，外面覆盖着暗红和灰色的墙板，最高处离地约两百英尺。这座大厦就像个庞然大物，把底部长长的墙面上各个出入口衬得仿佛玩具屋的门一样，从门内下班离开的人显得无比渺小。

大楼的好几个位置都架设了连通的管道，这和她的设想一样，四处遍布着电线。然而只用“电线”来形容却并不准确，那些全是粗大又笨重的电缆，有的包裹着绝缘层，有的却是裸露在空气中的银灰色金属，在安全灯下熠熠生辉。这些线缆中一定涌动着上千万伏的电流，从大厦内流出，沿着一系列金属、陶瓷或其他绝缘装置（据她猜测）涌入更加复杂的高压电线架、辅助设施和电塔之中。它们各自有着不同的通路和方向，就像人的手骨，从一根粗大的臂骨往下，逐渐散开成手掌骨架和手指骨。

萨克斯仰起头，望见头顶上那四座遮天蔽日的烟囱，它们也是暗红与灰黑色的，上面的红色警示灯在夕阳薄暮中不停闪烁。这些大烟囱她自然是知道的，多少年来凡是到过纽约的人没有谁不知道它们。在东河岸边荒芜的工业用地上，它们就是最醒目的风景。可她却从未如此接近过这些庞然大物，仿佛四把直入云霄的利剑，着实摄人心魄。她记得冬天的时候见过黑烟或者洁白的蒸汽从这些烟囱里冒出，此刻却只有热量和看不见的气体从烟囱口汩汩逸出，搅动着天顶的气流，泛起一圈圈透明的涟漪。

忽然她听到一阵喧闹，于是回头看向停车场，那里黑压压地聚着大约五十人的抗议示威团体。人们高举着标语牌，嘴里念念有词，估计都是在控诉这个“吃肉不吐骨头”的大坏蛋公司。他们是没瞧见萨克斯开的车，那可比他们的私家车要多耗五倍的黑金（汽油）呢。

她能感觉到脚底来自地面下方的震动，就像一座高速运转的十九世纪的巨大引擎。她听见了一阵低沉的轰鸣。

萨克斯关上车门向大厦正门走去，两个保安正直勾勾地盯着她。他们显然对这位一头红发、身材高挑的女士感到好奇，也对她的老派红色跑车很感兴趣，但更多的是为她看到大厦时的反应忍俊不禁。保安的脸上分明写着：我知道，真的很了不起，对不对？就算已经在这儿工作了这么多年，我也还是会感到震惊。

然而，当萨克斯亮出警徽和身份后，保安的表情立刻变得谨慎起来——他们显然早已接到通知，知道会有警察登门，却没想到会是她——两人立刻将萨克斯迎进大厅，那是阿冈昆联合电力公司执行总部所在的区域。

她曾因最近参与调查的某起案件去过一家位于市中心的大型数据挖掘公司[①]，但和那家公司充满时尚感的摩登大楼不同，阿冈昆的总部大厦简直就像一座展示二十世纪五十年代生活场景的立体博物馆：亚麻色的木质家具、装裱在雕工精致的画框里的发电厂和输电塔的照片，还有棕色的地毯。员工大部分都是男性，着装简直保守

---

①见林肯·莱姆系列《破窗》。

到令人难以置信：白衬衫加深色西装套装。

气氛沉闷的大厅里人来人往，一些区域放着写有阿冈昆公司采访文章的报纸杂志做装饰，比如《电力时代》《输电月刊》和《电网》，等等。

时间已接近六点半，却还有几十名员工没走。他们的领带已经松开，袖子高高挽起，一脸愁容。

保安带着萨克斯来到走廊尽头，指引她走到一扇写着“A.R.杰森”的办公室门前。这一路驶来虽然很是畅快——包括在高速路上将车速飙到七十码——萨克斯还是见缝插针地做了些背景调查。杰森的名字不是安迪而是安德莉亚，安迪是安德莉亚的简称。萨克斯一向很看重事前的调查准备工作，就比如今天这样，必须尽可能多地了解会见对象。在问询中保持主导权是十分重要的。罗恩就不假思索地以为这位CEO是男性，试想如果今天她首次登门便张口求见杰森“先生”那将会是对自身可信度多么大的打击。

进门后还有个接待室，萨克斯就站在这里等。一位总裁秘书或者私人助理样子的女人正在忙碌，她穿着一件黑色的紧身圆领无袖上衣，脚踩一双高度惊人的高跟鞋，几乎是踮着脚俯身在文件柜中四处翻找。萨克斯估计这位金发女士年纪在三十八九到四十出头，此刻她正皱着眉头，为找不到老板要的文件而一脸沮丧。

从接待室到总裁办公室的走廊上站着一位气势非凡的女士，发色灰白，穿着高领衬衫和一件严肃犀利的棕色西装外套，正抄着手、皱眉看着接待室里的翻箱倒柜。

“我是萨克斯警探，提前打过电话。”当这位不苟言笑的女士转头望向她时，萨克斯向她自我介绍道。

正在此时，接待室里的年轻女士终于从文件柜里抽出了一个文件夹，急急忙忙地交给了那位年长的女士，说：“找到了，瑞秋。是我的错，你吃午餐的时候我刚好把它收起来了。要是你能帮我复印五份就太感谢了。”

“是，杰森女士。”瑞秋回答，转身走向一台复印机。

接着，CEO杰森踩着大高跟儿向萨克斯娉婷走来。她直视着萨克斯的双眼，用力地握了握手说：“请进，警探。看来我们有很多话需要聊聊。”

萨克斯回头看了一眼穿着棕色西装的私人助理，转头跟上货真价实的安德莉亚·杰森走进了总裁办公室。

看来自己的功课做得也不怎么样，她沮丧地想。

17

安德莉亚·杰森似乎意识到刚才的一番忙乱对来访者略显失礼，说："我可算得上是本国大型电力公司中第二年轻且唯一的女性高层了。可即便掌管着人事雇用的最终决策权，阿冈昆的女性雇员也只有十分之一，和美国绝大多数大公司一样。这就是这个行业的本质。"

萨克斯正打算询问杰森为何会选择从事这个领域的工作，女CEO却未卜先知地说道："我的父亲曾在这行工作。"

这让萨克斯差点忍不住想告诉她，自己之所以选择成为警察也是受了父亲的影响，他曾是一名巡警，为纽约市警察局供职多年。但最终她还是把话吞了回去。

杰森有一张棱角分明的脸，妆容浅淡、双眸澄碧，嘴唇是自然的淡粉色，双眼和唇边略有些皱纹但并不明显，除此之外皮肤光洁如丝，一看便知不常出门。

她也在仔细观察萨克斯，然后朝办公室里的一张大咖啡桌点了点头，桌子周围摆了一圈办公椅。萨克斯落座时她正好拿起电话："请稍待片刻。"她用修剪整齐却并未涂指甲油的手指拨了几个号码。

杰森总共给三个人打了电话——内容都是关于这次袭击的。第一位是名律师，萨克斯能听出来；第二位是公司的公关部门或者外聘的公关公司；第三通电话花的时间最久，内容明确：为公司的所有变电站及相关设施增派额外安保人员。杰森边打电话边拿着一支镀金笔在便条上写写画画，她口齿清晰、言简意赅，从不使用任何类似于“我说……”或者“你知道……”这样毫无意义的词。趁着杰森对电话发号施令的时候，萨克斯默默观察起办公室来。她注意到宽大的柚木办公桌上放着一幅照片拼图，上面是青少年时期的安德莉亚和家人。从几张照片中可以看出，杰森有一个弟弟，只比她小几岁。他们俩长得很像，只不过弟弟是棕发而杰森是金发。最近的几张照片中，杰森的弟弟身着军装，已经长成了一名英俊健壮的小伙子。其他几张照片看起来都是弟弟在旅游途中拍摄的，有几张怀里还搂着漂亮的姑娘，每一张里的女孩儿都不一样。

杰森的照片里却从来见不到这样浪漫的主题。

办公室的四壁要么放着书架，要么挂着老照片、画报或地图。图画看着像是从有关电力发展的历史博物馆里淘来的。其中一张地图的标题写着“首座电网”，上面是曼哈顿下城区珍珠大街附近的部分街道。萨克斯看见上面有一个清晰的签名：托马斯·A. 爱迪生。她估摸着那应该是这位伟大发明家本人的真实笔迹。

杰森终于挂断了电话，身体前倾，手肘枕在办公桌上。她看起来睡眼惺忪，但下颌的线条与紧闭的薄唇却显示了她此刻的严肃。“自事件……发生至今已经过了七个小时。我本来希望你们至少已经抓住了某个嫌疑人，但若果真如此，”她喃喃地说，“应该会有人打电话通知我，而不是派人登门造访。”

“是的，我来是有几个有关案件调查的问题想问你。”

安德莉亚再次细细打量了萨克斯一番：“我和市长、州长以及纽约FBI的局长都有联系，哦，还有国土安全局。我以为来的会是他们其中的任何一位，没想到却是警察。”

她这么说并不是要给萨克斯难堪，至少不是故意的，不过萨克斯倒也没当回事：“纽约市警察局负责犯罪现场调查取证的工作，我来的目的就是与此有关。”

“这样就清楚了。”安德莉亚的表情略放松了些，“都是女人我就直说了，有时候我的防备心比较重。我以为那些大男人不把我当回事呢。”她脸上闪过一丝狡黠的微笑，“那是常有的事，意外地常见。”

“我很明白。”

“我想也是。女警探，嗯？”

“是的。”萨克斯心中惦记着案件进展，便直接问道，“我可以提问了吗？”

“当然。”

安德莉亚办公室的电话一直在响，不过她刚才已经叫来私人助理做了一番指示，后者回到接待区后每通来电都只响了一声便安静下来，转接至私人助理支线。

“在开始询问前我想先确认一下：你是否已经更改了电网软件系统的准入密码？”

安德莉亚皱了皱眉：“当然。这是我们最先做出的处理。市长或者国土安全局的人没有告诉你们吗？”

并没有，萨克斯心想。

安德莉亚继续道：“我们还增加了多层额外的防火墙，黑客不可能再攻破。”

“很可能不是黑客干的。”

安德莉亚猛地抬起头：“可是今天早上塔克·麦克丹尼尔还说可能是恐怖分子干的，他是你们FBI的人吧？”

“我们有了一些新发现。”

“不是黑客还能是什么？有人从公司外部操纵并更改了输电线路和曼哈顿十号电站的断路器——就是五十七号大街上的变电站。”

“我们能确定他是从公司内部得到的系统密码。”

“这不可能，一定是黑客干的。”

“这也不失为一种可能，其实关于这点我正想跟你谈谈。即使是恐怖分子，他们也一定有内部的联系人。我们计算机犯罪部的人询问过你的 IT 人员，说没有发现任何黑客攻击的痕迹。”

安德莉亚沉默地盯着办公桌。她看起来不太开心——是因为听说了有内鬼的可能吗？还是因为自己的员工在她不知情的情况下跟警察透露了信息？萨克斯看见她在便签本上写了几笔，心里琢磨她该不会是为了提醒自己事后惩罚那个多嘴的技术人员吧。

萨克斯接着说：“有人看见嫌疑人穿着阿冈昆的制服，最起码也是和员工制服十分接近的蓝色工装。”

“嫌疑人？”

“袭击发生前后，有人在变电站对面的咖啡厅目击到一名男子，带着一台笔记本电脑。”

“有更详细的信息吗？”

“白人男性，四十上下。就这些。”

“好吧，制服其实很容易就能买到，自己也能做。”

“是啊，但还不止如此。记得那根用来制造电弧闪的线缆吧？那是本宁顿牌的，贵公司会定期批量订购。”

“这我知道，但大部分电力公司都用这款。”

“就在上周，贵公司位于哈莱姆区的仓库有七十五英尺的同型号本宁顿线缆被盗，还有十二个开口螺栓。它们是用来分——”

“我知道它们能用来干嘛。”安德莉亚脸上的皱纹似乎变深了。

“无论进入仓库的是谁，他手里都有钥匙。除此之外他还通过阿冈昆的蒸汽管道沙坑爬进了通往变电站的地下甬道。”

安德莉亚紧接着她的话说：“也就是说，他不是靠解开变电站大门上的电子锁入内的？”

“是的。”

“那么，这不就是证据，证明并非内部员工作案吗？”

“刚才我也说了，有这种可能。但这并非唯一的线索。”萨克斯将找到希腊食物的信息说了出来，提醒她这意味着嫌疑人很可能就在附近。

安德莉亚对于警方短时间内所能掌握的信息之详细似乎有些震惊："希腊红鱼子泥色拉？"

"离贵公司总部不远处共有五家希腊餐厅，都在步行范围内。若是搭出租车，约十分钟的距离内还有二十八家。留下的所有痕迹都很新，说明他很可能是在职员工，或者至少是从某位在职员工处获得的密码。说不定曾在附近的餐厅碰过面。"

"哦，拜托，全市的希腊餐厅数不胜数。"

"如果系统密码是从内部流出，那么谁手里有这个密码？"萨克斯问，"这是关键信息。"

"知情人十分有限，且均受到严格管控。"安德莉亚仿佛接受渎职质询一般不假思索地回答，这话听着像是反复排练过的台词。

"都有谁？"

"我，还有六名高层，就这些。不过，探长，这些人都是公司的老员工了，不可能干出这种事，简直无法想象。"

"据我所知，密码的存放和电脑系统是分开的。"

如此详细的信息让安德莉亚再次惊讶地眨了眨眼："是的。密码由高级控制中心主管随机设置，并且保存在隔壁的安全档案室。"

"我想要这些人的名字，有必要查清楚是否有人未经许可进入过档案室。"

安德莉亚对于嫌疑人可能是内部员工这一点显然无法接受，但还是配合地说："我会打给安全部主管，这些信息他应该有。"

"我还需要过去几个月内被派去维护变电站对面沙井里的蒸汽管道的所有员工姓名。就是电站以北约三十英尺处，一条小巷子里的沙井。"

CEO 拿起电话，彬彬有礼地让私人助理立刻召集两名员工来办公室见她。通常情况下，身居此位的人多半已经怒吼着发号施令了，然而安德莉亚·杰森却依旧冷静自持。这一点只让萨克斯更觉棘手。

只有内心弱小且不安的人才总喜欢发怒，在警察系统内这样的人便十分常见。

刚挂断电话不久，被传召的其中一人便来了，可能办公室就在附近。这是一位身材敦实的中年商人，穿着灰色休闲裤和白衬衫。

“安德莉亚，有什么进展吗？”

“有一些，坐吧。”言罢她转头看着萨克斯。

“这位是鲍勃·卡瓦诺，高级运营副总裁。这位是萨克斯警探。”

两人握手致意。

鲍勃问萨克斯：“有什么头绪吗？锁定嫌疑人了？”

萨克斯还没来得及开口，安德莉亚·杰森便面不改色地回答：“警方认为是内部人员作案，鲍勃。”

“内部人员？”

“目前看起来是这样。”萨克斯说，将他们发现的信息简单陈述了一遍。想到公司里可能出了叛徒，卡瓦诺的脸色也很难看。

杰森问：“你能查查蒸汽维护部门最近都派了谁去 MH−10 号变电站附近的沙井检修吗？”

“时间范围？”

“过去两三个月内。”萨克斯回答。

“我不确定是否有值班表，但我会查的。”他立刻打电话要求相关信息，然后回头等待下文。

萨克斯说：“现在我们来谈谈此事与恐怖分子可能的关联。”

“你不是说内部员工作案吗？”

“恐怖组织策反内部人员做奸细的事例并不少见。”

“我们要不要查查那些穆斯林雇员？”卡瓦诺问。

“我倒有些怀疑外面那些示威者。”萨克斯说，“比如生态恐怖主义？”

卡瓦诺耸了耸肩。“媒体一直抨击阿冈昆不够绿色。”他字斟句酌地说，并没有看杰森。看来这个问题已经是公司里的老生常谈了。

杰森对萨克斯说："我们有可再生能源项目，并且一直努力实施。但公司必须考虑到现实情况，还有每个项目的可行性，不能浪费时间。高举可再生能源的大旗是为了政治正确，但其实大部分人对这东西根本没什么概念。"说着她轻轻挥了挥手。

想到最近发生的几起生态恐怖事件的严重性，萨克斯请她多解释一下。

这句话仿佛打开了安德莉亚的话匣子。

"氢能电池、生物燃料、风力农场、太阳能农场、地热能、甲烷发电、潮汐能发电机……你知道这些能产生多少电能吗？还不够满足全国百分之三的能耗。美国一半的电力供应都靠煤炭。阿冈昆用的是天然气，占百分之二十；核能约十九；氢能百分之七。

"没错，未来对可再生能源的利用会不断增加，但其发展速度非常非常缓慢。拿我自己的话来说，接下来的一百年间，它们对发电业的贡献都不过是杯水车薪。"安德莉亚越说越来气，"而且，这些项目的起步成本高得惊人。发电设备不仅贵得离谱，性能也不一定可靠；不仅如此，发电设施通常都设在远离主要电力负载中心的地方，这就意味着运输和交通又是一大笔开支。以太阳能农场为例，它不是被称作未来潮流吗？你知道太阳能发电是电力产业中耗水量最大的吗？这些农场一般都设在哪里？在光照最强烈——也就是说，水资源相对最少的地方。

"可谁要是敢说这些，一准儿会遭到媒体的口诛笔伐，华盛顿和纽约州首府也不会放过你。你听说参议员要来市里参加'地球日'的事了吗？"

"没有。"

安德莉亚继续道："他们都是'联合能源小组委员会'的，帮总统处理环境相关的事务。他们会参加星期四晚上在中央公园举行的大型集会，你猜他们会做些什么？还不是拿我们做靶子，一通控诉呗。哈，他们才不会直接提到阿冈昆的名字呢，但我敢保证肯定会有人朝我们指手画脚。从公园里就能望见我们的大烟囱。他们肯定是故意选在那里搭台唱戏的……好吧，这些都是我的个人观点。但这些理由足够让阿冈昆成为恐袭的目标吗？我个人认为不大可能。的确有一些政治或宗教原教旨主义者把美国的基础设施当作目标，但要说生态恐怖主义，我看不太可能。”

卡瓦诺对此表示赞同：“生态恐怖主义？我不记得公司遇到过这方面的麻烦。我在这家公司工作已经三十年了——安德莉亚父亲在位的时候我就在这里，那时候还靠煤炭发电呢。我们自己倒是一直担心会有绿色和平组织或者自由主义者之流来搞破坏，可这样的事并没有发生过。”

安德莉亚肯定了他的说法：“的确没有，主要是抵制和抗议。”

卡瓦诺刻薄地笑了笑，说：“这些人根本看不穿这其中的讽刺，他们在会展中心参加完‘新能源博览会’后乘地铁来这里示威，却不知道那个博览会用的也是阿冈昆发的电，前一晚做标语时用的电灯也是我们的供电。依我看，说他们让人觉得讽刺还不够准确，不如说是伪善更贴切？”

萨克斯说：“话虽如此，在我们询问过相关人员或者获得更多信息之前，我还是倾向于考虑生态恐怖主义的可能。你们有没有听说过一个名号里有‘为了……正义’这些字眼的组织？”

“为了什么的正义？”卡瓦诺问。

“这个还不清楚。”

“这我倒从没听过。”安德莉亚回答，卡瓦诺也说没有，但他补充说会问问阿冈昆的区域办公室，看那里是否有人听过。

正说着，他的电话响了起来。卡瓦诺一边接电话一边抬眼看了看安德莉亚·杰森。他默默地听着，然后挂断电话对萨克斯说：“蒸汽管道沙井已经有超过一年没派人检修了，那些线路都已关闭。”

“知道了。”这消息让萨克斯有些受打击。

卡瓦诺说：“要是没别的事，我就回去联系区域办公室了。”

他刚走，一位高大的非裔美国人便出现在门口——那是安德莉亚传召的另一个人——杰森请他坐下。她再次为二人做了介绍。安全部主管伯纳德·沃尔是萨克斯在公司里见过的唯一一个没穿工装的非白色人种。这个身材魁梧的男人穿着一件宽松的白色衬衫和深色西装外套，看着十分呆板别扭。他系着一条大红色的领带，剃光了头发，头顶在灯光的照射下闪闪发光。萨克斯朝天花板瞄了一眼，发现顶灯每隔一盏便缺一个灯泡。是为了节约吗？以杰森的反绿色立场，这么做莫不是为了降低耗能以提升公司的公众形象？

沃尔和萨克斯握手时偷偷瞄了一眼她别在腰间的手枪。真正警察系统出身的人是不会对这玩意儿感兴趣的，那不过是警察的标配，就像贸易行业配备的手机或圆珠笔一样。只有业余警卫才会为此着迷。

安德莉亚·杰森简单介绍了一下状况，然后问了他关于计算机系统登录密码的事。

"密码？只有几个人知道。我是说，都是相当高层的人。要我说也就那么些人，太明显了。你确定不是黑客攻击吗？现在的年轻人可厉害着呢。"

"百分之九十九确定。"萨克斯回答。

"本尼[1]，派人查一下控制中心隔壁安全档案室的人员出入情况。"

沃尔摸出电话拨了个号，让助理按照指示处理一下。他挂断电话又说："我还以为会有恐怖分子跳出来发声明，你却说这是内部作案？"

"我们认为要么是内部人员，要么是有人得到了内部人员的帮助。不过，我也想了解一下是否有关于生态恐怖主义的线索。"

"就我在公司四年多的经验来看，这里只有生态抗议示威活

①伯纳德的昵称。

动。”说着，他朝窗户的方向偏了偏头。

“你有没有听说过一个叫‘为了某某正义’的组织？跟环境问题有关的？”

“没有，长官。”沃尔面无表情地回答，脸上看不出一丝情绪的波澜。

萨克斯继续：“最近有没有被炒鱿鱼的员工与公司产生纠纷的情况，比如对公司怀恨在心？”

“对公司吗？”沃尔问道，“他们炸的是一辆公交车。这不像是针对公司的吧。”

杰森插了一句：“公司的股票已经下降了八个百分点，本尼。”

“噢，是了。是我疏忽了。有这么几个人，我把名字给你。”

萨克斯紧追不放：“我还需要所有有精神问题、情绪管理问题和情绪不稳定的员工名字和信息。”

沃尔说：“除非情况严重，否则安全部一般不会记录他们的名字。我指的是对他人或自己有暴力行为或威胁的情况。现在一时也想不到这样的人，但我会跟人事部和医疗部确认。有些信息是内部保密的，但我可以把名单给你。你可以从名字查起。”

“谢谢。是这样，我们认为此人很可能从阿冈昆的一座仓库里盗取了电缆和一些零件，就是一一八号大街上那座仓库。”

“这我记得。”沃尔说，眯起眼睛，“我们调查过，损失很小，只有几百美元的样子。也没找到什么线索。”

“谁有仓库的钥匙？”

“那些钥匙是标配，所有地勤员工都有一套。要说当地的话，八百个人吧，外加督导员。”

“有最近被炒掉的员工或者有监守自盗或盗窃嫌疑的员工吗？”

沃尔看了杰森一眼，不确定该不该回答这个问题。后者淡淡地给了他一个肯定的表情。

“没有。至少我的部门没有得到这样的消息。”此时他的手机忽然响了起来，他看了一眼屏幕接起电话，“不好意思，我得接一下。你好，我是沃尔……”萨克斯观察着他接电话时的表情，看来不是什么好消息。沃尔来回看着面前的两人，不久便挂了电话。他清了清嗓子，声音低沉：“可能——我也不太确定——但我们可能出现了安全漏洞。”

“你说什么？”杰森怒道，面色开始发红。

“是东九区的登录记录。”他看着萨克斯说，“控制中心和安全档案室所在的侧楼。”

“然后呢？”杰森和萨克斯同时追问。

“控制室和安全档案室之间有一道安全门。本应自动关闭的，但智能锁记录却显示这道门几天前曾持续保持打开的状态约两小时。要么是出了故障，要么是哪里卡住了。”

“整整两个小时？无人监管？”安德莉亚·杰森怒不可遏。

“是的，总裁。”沃尔答完抿了抿双唇，紧张地揉搓着光滑的头顶，“但这不像是外人能做到的，因为大厅的安全系统没有任何异样。”

萨克斯问：“有监控录像吗？”

“没有，那里没有安装。”

“档案室附近有人守着吗？”

“没有，门外是一条空走廊。那里甚至都没有被标注为需要安全监督的地方。”

“能在那段时间进入档案室的人数大概多少？”

“所有具备进入东九区到东十一区权限的人都有可能。”

“那是多少人？”

“很多。”他勉强答道，垂下了双眼。

又是个令人沮丧的消息。尽管萨克斯原本也没抱太大期望：“能给我一份那天所有有权进入该区域的人员名单吗？”

沃尔又打了个电话，同时杰森也拿起了桌上的电话，不知对谁就安全漏洞的问题大发雷霆。几分钟后，一位穿着奢侈金色女士衬衫、顶着时尚蓬松发型的年轻女士怯生生地出现在了办公室门口。她看了安德莉亚·杰森一眼，然后将手里的一摞文件递给了沃尔："本尼，这是你要的人员名单。你找人事部门要的名单也在里面。"

说完她便转身，马不停蹄地逃离了这个龙潭虎穴。

沃尔检阅名单的时候萨克斯一直看着他的脸。整理名单并没有花太多时间，可结果却并不理想。四十六个人，沃尔说，都有进入档案室的权限。

"四十六人？我的天。"杰森泄气地靠在椅背上，转头望着窗户外面。

"好的。现在要找的是这些人当中有谁……"萨克斯指着准入权限的名单，"有不在场证明，又有谁有能力篡改电脑系统并且在变电站嫁接电缆。"

杰森盯着一尘不染的办公桌。"我不是技术专家，只是从父亲那里继承了运营电力产业的天赋——我只知道发电、输电、配电。"她想了想说，"但我知道有一个人能帮上忙。"

她又打了个电话，完事后抬眼说："几分钟后人就会到了。他的办公室在'火炉'的另一边。"

"火……？"

"涡轮机房。"她指了指窗外烟囱高耸的方向，那里是公司大楼的另一侧分支，"我们为发电机输送蒸汽的地方。"

沃尔检视着另一张较短的名单："这是过去六个月中，我们曾训诫过或因为各种原因炒掉的员工名单——有些是有精神问题，有些是药物检测不过关，比如工作的时候喝酒。"

"只有八个人。"杰森说。

她的声音里是不是透着自豪？

萨克斯将两份名单做了对比。短名单上的人——有问题的员工——都不具备获得电脑系统密码的权限。她很是失望，本以为交叉对比会有发现的。

杰森向沃尔表示了感谢。

“但凡有任何需要，警探，请随时联系我。”

萨克斯也感谢了这位安全部主管，后者随即离开了办公室。她对杰森说：“我需要拷贝这些人的简历，名单上的每一个人。员工信息档案也行，要有过往学历、经历等一切相关信息。”

“可以，我来安排。”总裁吩咐助理立刻复印名单，并整理拷贝相关人员的个人信息。

这时一个微微喘着粗气的男人出现在杰森办公室门口。萨克斯估计此人有四十五六岁的样子。他胖乎乎的、头发蓬松飞扬，棕色的发丝间夹杂着灰发。用“可爱”来形容他应该并不过分。萨克斯觉得他浑身都透着一股孩子气：一双水汪汪的眼睛、高抬的眉毛和有些毛躁的性格；皱巴巴的衬衫袖子高高挽起，休闲裤上似乎还粘着食物残渣。

“萨克斯警探，”杰森开口道，“这位是查理·索墨斯，特别项目经理。”

男人和萨克斯握了手。

安德莉亚看了看表，站起身来、披上了一件精心挑选的西装外套。不会是整晚没睡吧，萨克斯默默地想。杰森拍了拍衣肩上的皮屑和灰尘：“我得去外包公关公司开会了，晚点还要举行记者招待会。查尔斯，可以请你带萨克斯警探去你的办公室吗？她想问几个问题。请尽全力协助她。”

“没问题，乐意之至。”

安德莉亚说完再次看了一眼窗外，这是她的帝国——由这座庞然大物般的大厦、结构卓然的电塔、层层叠叠的电缆和一座座高压电线架构成。远处的东河水流湍急，夕阳下波光粼粼，而她仿佛就是这艘巨舰的舰长。安德莉亚不断摩擦着右手的拇指和食指，这是她正在承受巨大压力的表现，萨克斯一看便知，因为她也经常这么做："萨克斯警探，嫌疑人袭击变电站时用了多长的线缆？"

萨克斯告诉了她。

CEO 点点头，双眼一直盯着窗外："这么说，他还有足够实施另外六七次袭击的材料。除非我们能捉住他。"

安德莉亚似乎并未期待一个回答，她这话也似乎并不是对着房间里的任何人说的。

18

下班时间，位于东村的汤普金斯公园里完全是另一番不同的景象。年轻的夫妻们推着婴儿车悠闲漫步，有的穿着“布克兄弟”牌衬衫，有的打着耳洞、文着运动系的文身；街头音乐艺人、相互依偎的情侣和一群群二十出头、刚刚逃离令人厌烦的日常工作的年轻人，他们的脸上洋溢着对夜晚好时光的兴奋与期待。这里的空气中混杂着热狗、炖菜、咖喱和熏香的复杂味道。

弗雷德·德尔瑞坐在一棵枝繁叶茂的大榆树旁的长椅上。他到得早，抽时间读了读广场上的碑文，才知道这里竟然就是“哈瑞奎师那运动”[①] 的发起者于一九六六年首次在印度之外的国家带领会众吟唱颂歌的地方。

这事儿他还是头一次知道。相比于神学，德尔瑞更喜欢世俗哲学，不过他对世界各大宗教都有所研究，并且知道哈瑞奎师那的教义中有四大基本法则，只有遵守这些教规才被视为正统：慈悲、自律、诚实以及身体和心灵的洁净。

正当他比较着这些品质的实践在如今的纽约和南亚地区有何异同时，忽然听见身后响起一阵脚步声。

---

①“哈瑞奎师那”即 Hare Krishna，是印度教的传统唱诵。Krishna 是印度教崇拜的大神之一。这个词，梵文的意思是“深蓝、黑色”。“奎师那”是一个有争议、基于印度教的大型宗教团体，由帕布帕德创办；该组织的工作包括教授瑜伽和推广素食，有着众多支持者。

他的手还没来得及伸向腰间的武器便听一个声音唤道："弗雷德。"

这让德尔瑞很是烦恼，他竟然没注意到有人接近。威廉·布伦特对他虽然没有威胁，却完全具备成为危险分子的条件。

难道自己真的老了吗？

他朝来人点点头，示意对方坐下。布伦特穿着一件看上去有些旧的黑色西装外套，是个其貌不扬、略有些双下巴的人，但一双眼睛却是炯炯有神；喷了发胶的头发一丝不苟地向后梳起。他戴着一副不锈钢的框架眼镜，是那种即便在德尔瑞手下做线人时也属于过时的款型，却很实用。这是典型的威廉·布伦特做派。

秘密线人跷起二郎腿，望着旁边的大榆树。露出的脚踝处能看见彩色菱形花纹的袜子，脚上的皮鞋已经有些磨损。

"近来可好啊，弗雷德？"

"还行，就是忙。"

"你总是很忙。"

德尔瑞懒得问他最近都在干什么或者换了哪个名字、做什么工作之类的问题，反正也得不到答案，白费时间罢了。

"那个叫吉普的真是个怪人，对吧？"

"是啊。"德尔瑞表示同意。

"你觉得他还能活多久？"

德尔瑞顿了顿，还是诚实地回答："三年。"

"差不多。不过要是能去亚特兰大，说不定还能再长点儿。只要他不惹事儿。"

听到布伦特掌握的信息量依旧可观，德尔瑞有些欣慰，毕竟连他自己都不知道吉普会被送去哪里。

"我说，弗雷德，你知道我现在有工作了吧。正经工作。所以，你找我来是为了什么？"

"因为你有顺风耳。"

“顺风耳？”

“我之所以喜欢用你当线人，就是因为你消息灵通，总能听见有用的消息。我总感觉你的这项技能直到今天也没荒废。”

“和巴士站的爆炸有关吗？”

“嗯哼。”

“电力故障。”布伦特嘴角勾起一丝微笑，“新闻上是这么说的。我从不明白人们为何对新闻媒体如此执着。我们为什么相信他们的说法？成天就只知道说些没用的，比如哪个没有演技的演员或者某个大胸、嗑药的二十九岁流行歌手行为不检点之类的。这种东西配占用我哪怕百万分之一秒的注意力吗？……说到那个巴士站，弗雷德，这事儿绝对没有那么简单。”

“没那么简单。”在德尔瑞心中，吉普基本上很符合那种专为电视频道制作的狗血电影中的角色，而威廉·布伦特则是演技上乘的体验派演员，堪称惟妙惟肖，那是经年累月的台词功底加上天赋异禀的自然演技，“我需要更多信息。”

“我很喜欢跟你合作，弗雷德。你……和别人不一样，总是这么直率。”

看来我也算是上道了，演技开窍的道。特工心想，嘴里却说：“我们就在这儿聊吗？”

“我已经不做这行了，当内应对身体可不怎么友好。”

“人们总是忍不住重操旧业。现在的经济状况简直一团糟，看来社会保障监督体系也没有想象的那么好。”德尔瑞回应道，“我们要在这儿继续聊吗？”

布伦特盯着大榆树，整整十五秒钟什么也没说：“就在这儿说吧。告诉我你知道的线索，我看看是否值得为此花时间、担风险。我指的是我们俩的。”

我们俩的？德尔瑞琢磨着他的话，然后说：“我们也没多少头绪。不过，这件事可能牵涉到一个叫‘为了某某正义’的恐怖团伙，只是我们还不知道全名。该团伙的首领或许是一个叫'拉曼'的人。"

"巴士站的案子是他们干的？"

"有可能。电力公司内部说不定还有人牵涉其中，目前暂无人选。男人还是女人，我们都不知道。"

"官方到底隐瞒了什么信息？是炸弹袭击吗？"

"不是，嫌疑犯操纵了电网系统。"

布伦特在镜框后抬了抬眉："电网，电流……好家伙。这可比简易炸弹可怕多了……利用电网也就意味着，到处都是爆炸物，每间民宅、每个办公室。他只要按下几个按钮，我们就都死定了，而且死得很难看。"

"所以我才来找你。"

"'为了某某正义'……知道他们接下来的计划吗？"

"不知道。伊斯兰教徒？印欧人？政治目的？境内组织？境外攻击？生态恐怖主义？我们一无所知。"

"这名字是打哪儿来的？翻译的？"

"不，截获信息的时候就有这几个字眼。'正义'和'为了'，都是英文。还有一些其他的词语，但他们尚未破解。"

"他们。"布伦特的脸上浮起一丝笑意，让德尔瑞不由得怀疑他是否早已知悉自己来这里的原因，比如被新世界的电子浪潮推到了淘汰的边缘，那个所谓的SIGINT。"有人承认吗？"布伦特问，声音柔和。

"还没有。"

布伦特陷入了沉思："要策划这样一起袭击可不是一两天的事，需要大量事前准备。有太多细节需要部署。"

"可不是嘛。"

布伦特的脸部肌肉微微动了动，德尔瑞知道他一定想到了什么。这让他有些激动，但面上却依旧不露声色。

布伦特轻声证实了他的推测："是的，我的确有所耳闻。有消息说有人打算搞点破坏。”

“跟我说说。”德尔瑞尽量压抑着自己语气里的期待。

“信息还不够清晰，目前仍是一团迷雾。”他解释道，“至于是谁告诉我的消息，我可不能让你直接跟他们联系。”

“和恐怖分子有关吗？”

“还不清楚。”

“也就表示并非全无可能。”

“可以这么说。”

德尔瑞感觉心脏跳漏了一拍。根据多年和线人打交道的经验，他知道自己已经接近了事实的核心：“要是不阻止这个团伙或个人……将会造成大量伤亡，惨重的伤亡。”

威廉·布伦特几不可闻地哼了一声，很显然他对此根本不在乎。爱国情怀和人世间的道德法则于他而言犹如街角的垃圾，毫无价值。

华尔街怎么不学着点……

德尔瑞点点头，示意谈判可以继续。

布伦特开口：“我会把名单和地址给你，无论有什么发现都会通知你。但是，一切全权交给我来安排。”

布伦特和吉普不同，布伦特早在还是德尔瑞的线人时便展现出了优秀的悟性：自控力、心灵的洁净——好吧，至少身体是洁净的。

还有最重要的一点：诚实。

德尔瑞愿意相信他。他斜眼看定眼前的男人，说：“可以。我可以把一切都交给你安排，我可以不插手，但唯独不能等太久。”

布伦特说：“拿钱办事，很快会有答案，这是你应得的回报。”

“你想要的是……”德尔瑞不介意付钱买线人的情报。当然他更喜欢给他们一些其他的好处——比如减轻量刑；和保释委员会谈条件；免除起诉；等等。但给钱也没问题。

一分钱一分货。

威廉·布伦特说：“世界正在改变，弗雷德。”

哎，怎么说到这上面来了？德尔瑞在心里默默地笑了一声。

“而且我也有了想要追寻的新目标。怎么了？有什么困难？”

还能有什么困难，当然是缺钱了。

德尔瑞张口：“要多少？”

“十万。先付钱，保证出结果。我一定会给你一个交代。”

德尔瑞“哈”地笑出了声。管了这么久的线人，他还从未支付过多于五千美元的金额。就那么一笔小小的费用上次便为他们取得了港口贪腐案的重大突破，成功起诉了涉案人员。

可他现在居然跟他要十万美元？

“狮子大开口啊，威廉。”他说，并不在乎这个名字布伦特是否早已不用了，“这个数可比我给所有线人的备用金加起来都多。恐怕把其他所有人的备用金加起来都不够。”

“噢。”布伦特哼了一声，再无他言。换了是他也会这么做的，弗雷德·德尔瑞想象着自己若是布伦特会如何继续这场角力。

警探身体前倾，骨节嶙峋的双手轻轻一拍说：“你等会儿。”德尔瑞站起身来，像不久前吉普在那个臭烘烘的廉价餐厅里一样，向一旁走去，其间路过了一名踩着滑板的年轻人、两个咯咯笑着的亚洲女孩儿和一位彬彬有礼且兴高采烈地发着传单的男人，传单上的内容是关于二〇一二世界末日的预言。他一直走到大榆树旁边才掏出手机拨了一个号码。

“我是塔克·麦克丹尼尔。”听筒里传来一个精干的声音。

“是我，弗雷德。”

“有进展了？”助理特工主管听起来有些吃惊。

“或许。是我的一个线人，曾经的线人。暂时还没有确切的消息，但此人从不让我失望。只是，他要求付一笔钱。”

“多少？”

“我们有多少？”

麦克丹尼尔顿了顿：“不多，他有什么值钱的料？”

“现在还没有。”

“名字、地点、行动、数字？细枝末节的线索？……有任何信息吗？”

他就像一台逐一排查清单信息的电脑。

“没有，塔克。目前还没有情报，这将是一笔投资。”

助理特工主管最终说：“我或许能给六到八千的样子。”

“就这些？”

“不然他想要多少？”

“我们正在谈。”

“说实话，前段时间我们迫不得已对这部分经费的底线做了些调整，弗雷德。这次的事件谁也没想到，你懂的。”

麦克丹尼尔忽然收紧了对预算的控制，是因为他之前把局里能调用的所有钱都拨给了SIGINT和技术通信团队，而首当其冲被调用的自然便是线人预备金。

“先给六千，看看情况再说。若是好料，我或许可以加到九千甚至一万，虽然有点勉强。”

“我认为他很可能已经掌握了一些关键信息，塔克。”

“这个嘛，先让我看看证据再说吧……稍等……好了，弗雷德，TC团队的人找我，先挂了。”

电话“啪”的一声挂断了。

德尔瑞狠狠地关上手机，盯着榆树默默地站了一会儿，耳边断断续续传来路人的对话：“那姑娘可真火辣，知道吗，但就一点不怎么对劲……不，是玛雅历，我是说，那或许是一个预言……那不就全部玩儿完了吗……哟，最近怎么样啊，兄弟？……”

然而他的脑海中却只盘绕着几年前他的前FBI搭档的声音，那声音说：没问题，弗雷德，我替你去。然后便代替德尔瑞出了差。

接着耳边又响起两天后纽约FBI特工主管有些嘶哑的声音，他对德尔瑞说，他的搭档死了，和许多人一起死在了俄克拉何马州联邦大厦的恐怖炸弹袭击中。当时他的搭档正在其中的一间会议室里，而那里坐的原本应该是德尔瑞。

从那一刻起，原本好整以暇地坐在开着中央空调的舒适会议室里的弗雷德·德尔瑞便下定决心，从今以后要把捉拿恐怖分子以及任何打着真理的名义滥杀无辜的犯罪分子作为自己执法事业的首要任务，无论他们拥护的是政治、宗教还是某种社会理念。

是的，他正逐渐被助理特工主管疏远，不受重用。可德尔瑞想做的事本就不是自我表现或维护传统办案方法。

他要做的，是全力阻止在他看来这世上最可恶的罪孽：滥杀无辜。

他转身回到威廉·布伦特身边坐下，说："好，就十万。"接着，两人互换了电话号码——包括特别联络电话和使用一两天便会作废的预付电话。德尔瑞看了看表，说："今晚，法学院附近的华盛顿广场，国际象棋桌边见。"

"九点？"布伦特问。

"九点半吧。"德尔瑞说着起身，按照秘密线人世界的交易法则独自离开了公园，威廉·布伦特则继续坐在长椅上，假装看报纸或者欣赏旁边的大榆树。

又或者他正计划着如何使用这一大笔钱。

不过，有关这位秘密线人的想象很快便被更重要的事情取代了。弗雷德·德尔瑞思考着该如何安排周密的配合计划；而这一局里他这只变色龙又该扮演怎样的角色，该从何处着眼，采取怎样的方法来说服或哄骗，又该找何人寻求帮助。他很确信这次也一定能成功，毕竟这些都是他的看家本领。

只是他从未想过有一天竟然需要把这些技巧用在自己的雇主——美国政府和人民身上——好从他们那里凑齐十万美元。

19

阿米莉亚·萨克斯跟着查理·索墨斯，正往阿冈昆联合电力公司的“火炉”走去。路程错综复杂，她能感受到室内温度在不断上升，每走一步，耳边隆隆的机械声也随之变大。

她感觉自己已经迷路了。上楼、下楼，她跟着他一边走一边不停地用黑莓手机收发着短信。随着地势不断下降，她不得不开始仔细观察行进的方向。走道逐渐变得僻静，不再像是给访客参观的样子。终于，手机信号彻底消失了，她只好把黑莓放回口袋。

温度更高了。

索墨斯在一扇厚重的大门前停住了脚步，门边的墙上挂着一列安全帽。

“你担心弄乱头发吗？”他问，门的另一边机械声轰鸣，他不得不提高音量。

“我不想变成秃子，”她也大声回答着，“但只要不掉头发，我无所谓。”

“只会乱一点而已，这是通往我办公室最快的路。”

“越快越好，我赶时间。”她抓起一顶安全帽戴在头上。

“准备好了吗？”

“我想是的，里面是什么地方？”

索墨斯想了一下说：“地狱。”然后偏了偏头示意她往前走。

她又想起了路易斯·马丁布满全身的焦孔，呼吸不自觉地急促了起来，并且意识到自己伸向门把的手有些踟蹰。她用力握住把手，拉开了厚重的钢铁大门。

没错，这里是地狱。熊熊的火焰和刺鼻的硫黄味包围着他们。

房间里的温度高得令人窒息，起码在一百华氏度以上。萨克斯感觉皮肤被灼热的空气燎得生疼，关节的疼痛却奇怪地减轻了不少，是高温抑制了关节炎的症状。

时间已经很晚，接近晚上八点，但“火炉”里还满满地坐着工作人员。供电需求一日之内会如潮水般起落，却从不会停止。

这个昏暗的空间至少有两百英尺高，到处屹立着高压电线架，还有上百台仪器设备。位于中央的是一列巨大的浅绿色机器，其中最大的一台是个长长的、末端呈圆形的机械，很像半圆拱形的尼森式活动房屋，能看见里面错综复杂的管道和线路。

“那是‘模母’。”索墨斯大声说，指着那台机器，“英文缩写M-O-M，代表‘中西部运行机械’，印第安纳州加里县。二十世纪六十年代制造。”他的声音里透着尊敬。索墨斯补充说，那是皇后区综合工厂的五台发电机中最大的一座，接着又解释说，“模母”首次安装时被列为全国最大型的发电机。除了它和另外几台之外，剩下的发电机都只用数字加以区分，并没有名字——另外四台是用来产生极高温蒸汽的机器元件，它们一起供应着纽约城的电力需求。

阿米莉亚·萨克斯的确为这座巨大的机械感到震惊。她放慢脚步，仔细观察着这些大型组件，想看清其中的每一个组成部分。人类的大脑是多么神奇，双手又是多么灵巧，竟能造出这样了不起的东西。

“那些是锅炉。”索墨斯指着几个在萨克斯看来像是楼中楼的装置，有差不多十到十二层楼高，“它们能产生蒸汽，每平方英寸三千磅。”他换了口气，“生成的蒸汽进入两个涡轮，一个高压一个低压。”说着又指了指模母的一部分，“然后送入发电机。它会不断发电——三万四千安培、一万八千伏特，可向外输送的电流会上升到三十万伏特。”

尽管四周充斥着炎热的气流，萨克斯还是感到了一阵寒意，这些数字让她再次想起了路易斯·马丁和他被炽热的金属雨滴熔透的身体。

索墨斯继续用一种在萨克斯听来充满自豪的语气说，整个皇后区设施的发电量——算上模母和其他涡轮设备——总共接近两千五百兆瓦，大约占整个纽约城全部用电量的百分之二十五。

他又指着一列大罐子说：“那些是用来让蒸汽冷凝成水、再用水泵抽回锅炉的装置，不断循环。”他继续自豪地吼道，“总共用了三百六十英里长的管道和一百万英尺长的电缆。”

尽管这一切令人瞠目结舌，尽管这个空间如此宽敞，萨克斯还是被一阵突如其来的幽闭恐惧症击中，肚子里翻江倒海。周围的噪声震耳欲聋，炙热的温度包裹着身体。

索墨斯似乎注意到了她的反应：“跟我来。”他抬手示意萨克斯跟上。五分钟后两人终于从另一扇门走出了房间，并脱下安全帽挂在墙上。此处的走廊尽管依旧温热，与刚才仿佛身处地狱般被炙烤的体验相比却已经算得上是无比凉爽了。

“你受不了了，是吧？”

“是的。”

“没事吧？”

她摸了一把正涔涔流下的汗水，点了点头。索墨斯从身边的卷筒纸上扯下一片纸巾递给她，看样子是用来擦脸和脖子的。萨克斯接过来，擦干了汗水。

“这边请。”

索墨斯带着她又走过几条通道，进入了另一栋楼。抵达办公室前，两人又不知上下了几次阶梯。看着眼前的一片狼藉，萨克斯拼了命才忍住笑意。他的办公室里堆满了电脑和她不认识的器具，有上百种不同的设备零件和工具，还有线缆和电子元件、键盘、各种形状和颜色的金属、塑料与木制材料。

除此之外还有垃圾食品，堆积成山的垃圾食品。薯条、椒盐卷饼和苏打水，中式快餐外卖和热狗，还有撒着糖粉的甜甜圈，充分暴露了他衣服上食物残渣的来源。

“抱歉，特别项目组的工作方式就是如此。”他一边说着一边把椅子上的打印资料挪开，请萨克斯坐下，“呃，至少算是我的工作方式。”

“你的工作到底是什么呢？”

他略有些羞赧地回答说自己是一个发明家：“我知道，这听起来像十九世纪的老古董或者自吹自擂，可这就是我的工作。而且我觉得自己是全世界最幸运的人，现在的工作正是我小时候的梦想：建造发电机、马达、灯泡……”

“你还自己做灯泡？”

“只不过把卧室点着了两次。好吧，其实是三次，但只有两次需要叫消防队来。”

萨克斯发现墙上挂着一幅爱迪生的画像。

“他是我的英雄。”索墨斯说，“了不起的男人。”

“安德莉亚·杰森的办公室墙上也挂着跟他有关的图片，是一张电网的照片。”

“那的确是托马斯·阿尔瓦的亲笔签名……但要我说的话，杰森更像塞缪尔·因萨尔。”

“谁？”

“爱迪生是科学家，因萨尔是商人。他是爱迪生联合电气公司的管理者，创造了世界上第一个大型垄断电力通用公司，不仅为整个芝加哥电车系统供电，还向公众免费赠送首批电器产品——比如熨斗——吸引人们迷上使用电器。他真是个天才，可惜最后却弄得灰头土脸的。是不是听起来有些耳熟？他借贷过高，结果遇到了‘大萧条’[①]，公司垮了，成千上万的股东血本无归。跟安然公司[②]有点像。你想知道一个小八卦吗？安达信会计事务所[③]跟因萨尔和安然都有来往。

“但我呢？做生意的事情交给别人去操心，我只要认真做发明就好。虽然百分之九十九的尝试都不成功，不过……怎么说我的名下也有二十八项专利，而且为阿冈昆创造了将近九十个作业流程和产品。有些人只知道看电视或玩游戏，而我——发明好东西。”说着他指了指一个大纸箱，里面放满了正方形和长方形的纸巾，“那是我的‘纸巾档案’库。”

“你的什么？”

“我在星巴克或者熟食店买东西的时候，有时灵感会突然出现，所以就赶紧用纸巾写下来，再回到这里仔细思考、画图。但我总把这些原始创意留着，放进这个箱子。”

“看来如果将来有人为你建博物馆的话，里面得有一个‘纸巾展厅’。”

“我还真想过。”索墨斯的脸从额头一直红到圆圆的下巴。

“那么你究竟都发明了些什么呢？”

“我想我的才能或许跟爱迪生刚好相反。他想让人们使用电力，而我想让人们不用。”

“你老板知道你的这个理想吗？”

他笑了起来，说：“或许我应该这么说，我想让人们更加有效地用电。我是阿冈昆的‘无瓦专家’。是‘无瓦’不是‘兆瓦’哦。”

“没听说过。”

---

①指一九二九年至一九三三年之间全球性的经济大衰退。

②曾是一家位于美国得克萨斯州休斯敦市的能源类公司。在二〇〇一年宣告破产之前，安然拥有约二十一万名雇员，是世界上最大的电力、天然气以及电信公司之一。然而真正使其在全世界声名大噪的，却是这个拥有上千亿资产的公司于二〇〇二年在几周内破产，以及持续多年精心策划，乃至制度化、系统化的财务造假丑闻。

③安达信会计事务所（Arthur Andersen），成立于一九一三年，曾经是全球最大的会计师事务所，二〇〇二年因安然事件被迫退出审计业务领域。

“大家都这么说，这样很不好。这个说法是伟大的科学家兼环境主义者埃默里·罗文斯提出的。他的理论是，建立减少用电需求的激励机制，帮助人们更加有效地使用电力，而不是老想着建新的发电站。一座标准电站所产生的电量几乎一半都被浪费掉了——就从那些大烟囱里溜走。整整一半啊！你想想。但我们公司的烟囱上装了一系列热能收集器和冷却塔，所以阿冈昆的电力损失只有百分之二十七。

“我一直在思考关于便携式核能发电机的点子——能装在驳船上的那种，这样就能从一个区域运到另一个区域。”他身体前倾，双目熠熠生辉，“还有最新的大难题：电的储存。它毕竟不是食品，不能做好了在货架上存放一个月。电一旦产生，要么立刻用掉，要么就只能浪费，一刻都不能等。我正在想办法创造新的储电途径。还有调速轮、气压系统、新电池技术……

“哦对了，最近我还花了不少时间在全国到处跑，寻找别的小型可替代能源公司和可再生能源公司，和他们建立联系，好让他们加入主电网，比如‘东北电力中枢’——那也是我们公司的——然后把电卖给我们，而不是只有我们把电卖给一个个小社区。”

“我以为杰森并不怎么支持可再生能源和可替代能源。”

“确实，但她也不傻，这毕竟是未来的趋势。我认为我和她的唯一争议只是这个所谓的‘未来’将何时到来而已。我认为会很快。”索墨斯做了个鬼脸笑道，“当然，你也看见了，她一个人的办公室就和我整个部门的办公室一样大，而且还在第九层，可以俯瞰整个曼哈顿……我却在地下室。”说完这些他的表情逐渐严肃起来，“那么，我能为你做些什么呢？”

萨克斯说：“我手上有一份阿冈昆的员工名单，这些人可能和早上的袭击事件有关。”

“我们的人？”索墨斯愕然。

“看起来是这样。至少有人和嫌疑人勾结。此人大概是男性，不过也有可能是和一位女性合作。这个人获得了电脑的准入密码，入侵了电网控制软件系统，不断关闭变电站，让全部电流改道进入五十七号大街上的那座变电站，并且调高了那里断路器的最高限值。”

“原来是这么一回事。”索墨斯忧心忡忡，“是通过电脑。我曾经怀疑过，但不知道具体细节。”

“其中一些人会有不在场证明——这一点交给我们来查。我需要你做的，是告诉我谁具备这种操纵电路、创造电弧闪的能力。”

索墨斯看起来很开心：“我真是受宠若惊，安德莉亚居然还知道我们在下面做些什么。”但很快，明亮的笑容便退去，换成了一抹迟疑的微笑，“我是嫌疑人之一吗？”

杰森首次提到他的时候萨克斯便在名单上发现了他的名字。她定神望着他的双眼说：“你也在名单上。”

“这样啊，那你还打算相信我？”

“从今天上午十点半开始到接近正午，也就是袭击发生的时候，你一直在参加电话会议，而且嫌疑人可能获取电脑密码的那段时间你也不在城里。电子钥匙数据显示你并未在其他时间进入过安全档案室。”

索墨斯抬起了一边眉毛。

她拍了拍黑莓手机：“这就是我一路上收发信息的内容。我让纽约市警察局的人查过你，已经排除了嫌疑。”

她感觉自己的语气里透着一丝歉意，但索墨斯却眨着亮晶晶的双眼，说：“托马斯·爱迪生会很欣赏你的。”

“什么意思？”

“他曾说过，所谓的天才其实就是有才华又愿意花时间做功课的人。”

20

阿米莉亚·萨克斯并不想把名单全部交给索墨斯，因为他很可能认识上面的一些人，从而主观排除这些人作案的嫌疑，又或者刚好相反，因为认识而主观认定某些人有嫌疑。

但她没有对此多做解释，只请他告知可能策划这场袭击并使用电脑的人员名单。

索墨斯打开一包薯片，递给萨克斯。她婉拒了他的好意，于是索墨斯自己抓了一把塞进嘴里。他看起来不太像个发明家，倒是更接近一个中年广告文案：头发蓬松，蓝白条纹的衬衫也没有塞进裤腰，还有点啤酒肚。他戴着一副时尚的眼镜，不过镜框上“某某制造”的字样却让萨克斯怀疑那是产自某个亚洲国家的商品。只有凑近了看才能发现他眼角和唇边浅浅的皱纹。

他喝了一口苏打水，咽下嘴里的薯片，说：“首先是更改电流路径，让它们全部流向五十七号大街的变电站对吧？只这一点就能缩小范围。这里的员工没有谁有那个本事。实际上，能做到这一点的人本来就没几个。你必须非常熟悉SCADA，那是我们的数据采集和监控系统。只在大型Unix计算机上运行。此人多半还得懂EMP——能源管理程序，我们用的是Enertrol公司的系统，也是基于大型Unix计算机的，这种操作系统相当复杂。大型互联网路由器通常会使用这种系统，和Windows或者苹果系统不一样，没办法靠上网查询操作方法来学。必须要正经学过SCADA和EMP的人才会用，我是说正经上课，或者最起码在控制室实习过至少六个月甚至一年以上。”

萨克斯做了笔记，又问：“有人知道如何制造电弧闪吗？”

“跟我说说这个弧闪究竟是如何发生的。”

萨克斯向他说明了电缆和公交车站牌的事。

他问：“所以目标对准的是窗外？像架了一把枪那样？”

她点点头。

索墨斯沉默了一会儿，他想到了别的事情：“那样很可能导致几十人死亡……还有那些烧焦的伤口，太可怕了。”

“有谁能做到这点？”萨克斯追问。

索墨斯看起来又在发呆，萨克斯发现他经常露出这样的神情。过了一会儿，他说：“我知道你想查的是阿冈昆的员工，但你要明白，电弧闪是所有电工必学的首要知识。无论是作为有执照的技师，还是在建筑、制造行业或者军队工作……只要他的业务会接触到足以造成弧闪的电流强度就必须学习相关知识和操作规范。”

“所以你的意思是，任何了解应该如何避免或防止造成弧闪的人都有能力制造弧闪。”

“没错。”

萨克斯迅速在笔记本上记了下来，然后抬头说：“但现在咱们先就贵公司的员工分析一下吧。”

“好的。这里的员工有谁能做到这一点是吧？既然涉及火线，那么就必然是现在或曾经拥有执照的电工，可能是以个人签约的形式，也可能是某家通用设施公司的电线维修工，或者‘故障员’。”

“也可能是什么？故障员？”

索墨斯笑了起来：“这名字不错，是吧？就是故障检修员，线路故障或者发生短路等问题时派去检修的督导人员。你要知道，公司里的很多高层都做过这份工作，一步步升上来的。他们现在坐在办公桌后好整以暇地处理能源分配事务，可不代表不能闭着眼睛操纵三相配电箱。”

“并且制作弧闪枪。”

“没错。所以你要找的应该是接受过Unix和能源管理程序培训的人，以及做过电线维修员、故障检修员或者从事个人签约外包电工工作的人。陆军、海军、空军内部都有很多这样的电工。”

“多谢指教。”

忽然一阵敲门声响起，一位年轻的女士站在门口，手臂下夹着一只很大的牛皮纸文件夹：“杰森女士说您需要这些？人力资源部的材料？”

萨克斯接过装着员工简历和信息的文件夹，向女士道了谢。

索墨斯又吃起了甜点，一块纸杯蛋糕。吃完一个又拿起一个。他喝了几口苏打水说：“我有话想说。”

萨克斯抬起一边眉毛看着他。

“我能给你上一堂课吗？”

“上课？”

“安全须知课。”

“我时间不多。”

“很快，但非常重要。我在想，目前的形势对你们不太有利，调查这个……你们怎么称呼他？”

“我们说‘嫌疑人’，意思是‘犯罪嫌疑人’。”

“‘嫌疑人’听起来比较酷。假如你们追查的只是普通嫌疑人，比如银行劫匪、杀手……你们肯定能预料到他可能携带着枪支或者刀具。这些你们都已经习以为常了，所以也知道如何自保。你们自有对付他们的方法。可是用电流当武器或设置陷阱……这可完全是两码事。电是什么？看不见的东西，却无处不在。我是说，走到哪里都避不开的。”

萨克斯脑海里又浮现出那些炙热的金属液滴，还有路易斯·马丁遍布全身的可怕孔洞。

她还清楚地记得现场弥漫的那股焦味，恶心得打了个寒战。

索墨斯指了指墙上的一张告示。

牢记《国家消防协会指南第七十号文件》[1] 精神。

仔细阅读，认真学习。

NFPA70 能在关键时刻保护你的生命安全！

萨克斯心里着急，想要继续询问案件信息，但又忍不住想听听他要说些什么："我真的没多少时间，请你继续。"

"首先，你得充分了解电的危险性，也就是电流强度，或者就叫电流吧。你知道那是什么吗？"

"我……"萨克斯以为自己能答上来，却发现竟不知该如何用语言定义这个概念，"不知道。"

"让我们用管道系统来类比电路吧：水通过水泵送进水管里，那么水泵便会产生水压，让一定量的水按照一定的速度在水管里流动。管道的宽度和状况决定水流流通的难易程度。

"换作电力系统也是一样。只不过里面流通的是电子而非水分子，管道也换成了电缆或者用别的导电材料制成的管道；发电机和电池则扮演着水泵的角色。推动电子流动的压力则称为电压。在电缆中流动的电子数量称为安培，即电流强度。流通阻力——我们称为电阻——则是由电缆或者传导电子的材料的宽度和性质所决定。"

目前为止萨克斯都能听懂："有道理，以前怎么没人这么解释过。"

"现在我们就来说说这个电流强度。记住：这是流动的电子数量。"

---

①指的是《美国国家消防协会指南》中的国家电气规范文件。

“好的。”

“多大的电流强度能够杀死一个人？只要一百毫安的交流电就能让心脏产生纤维性颤动，从而导致死亡。那是只有十分之一安培的电流强度，你平时吹头发用的电吹风都要用十安的电。”

“十安？”萨克斯轻声道。

“是的，长官。电吹风而已。换句话说，一张电刑椅也只需要十安培的电就够了。”

他仿佛没看见萨克斯的不安，接着说：

“电流就像弗兰肯斯坦的怪物一样——因闪电而生，既愚蠢又了不起。说它愚蠢是因为，一旦被创造出来，它想干的只有一件事：回到地面。说它了不起是因为，它天生就知道达成目的最有效的途径。电流总会自动选择阻力最少的路径。你可以徒手抓着一根十万伏特的电缆，只要当时的条件是电流通过电缆更容易回到地面，那你就不会有事。但如果当时你是更好的导体……”他偏了偏头，显然结果不会很好。

“所以，我希望你记住我个人关于处理电流的三大原则：第一，尽可能避免接触。这个家伙很快就会知道你们在查他，说不定会操纵火线设下陷阱。远离金属物品——扶手、门、门把手、没铺地毯的地面、电力设备、机械，等等。还有潮湿的地下室和积水。你见过街道上的变压器和电开关吗？”

“没有。”

“不，你一定见过，只是没注意而已，因为我们的市政规划总会想办法把它们隐藏起来，或者设计得不引人注目。变压器的组件样子很吓人，城市里一般把它们安排在地下、无公害建筑物里或者用中性涂漆外壳罩起来。有时候你很可能就站在一个能接收一万三千伏电压的变压器旁却不自知。所以从现在开始，要小心任何写着‘阿冈昆’字样的东西，尽量远离。”

“还有，你得记住，有时候就算你认为自己已经远离了危险，危险却很可能还在身边。有个东西叫‘孤岛’。”

“孤岛？”

“假设市里某处电网出了故障，比如像今天这样。你认为所有线路都断了，对吧？所以你认为很安全。这么想既对，也不对。安德莉亚希望阿冈昆是这里的垄断电力公司，可惜我们不是。如今的电力供应都是通过所谓的分散式发电进行，小型发电厂也可以将生成的电流输送至电网。当阿冈昆的电力中断时，其他小型电厂还在继续运作，持续不断地向电网供电，这样就会形成孤岛：一片没有任何电力的空白区域。

“接下来就会产生反向馈电。你关上断路器回去继续工作，却不知道下游的低压电线有可能开始反向输送电流到变压器……”

萨克斯明白了：“然后变压器再次升压。”

“没错。然后你以为已经断了电的线路就会重新活过来，并且相当活跃。”

“足够伤人的电量。”

“正是如此，还会产生电磁感应。就算你确定已经关闭了电路——关得死死的，不可能产生孤岛或者反向馈电——但只要附近有另一条火线，你手上的电缆就也有可能重新充满足以杀人的电压。这就是电磁感应的结果。一条电缆中的电流可以激活另一条线缆，就算已经切断电路，只要距离够近就会激活。

“所以，首要原则是：远离电流。那么第二个原则是什么呢？如果实在无法远离，那就做好自我保护。穿上PPE，也就是个人防护设备、橡胶靴和手套，这可不是《CSI犯罪现场调查》里那种娘娘腔的玩意儿。是更厚的、工业标准的橡胶工作手套。工具一定要使用绝缘材料的，或者有带电操作杆最好。那是玻璃纤维的材质，就像曲棍球杆一样末端连着工具的装置。我们处理火线时会用到它。

“保护好你自己。”他重复道，“还记得我说过电流会选择阻力最小的路径这一点吗？人类的皮肤在干燥时导电性很差，但湿润的时候，尤其是有汗液的时候，因为有盐分，电阻力会直线下降。若是皮肤上还有伤口或烧伤的痕迹，将变成最好的导体。干燥的皮鞋垫是不错的绝缘体，但湿的皮鞋垫就和湿润的皮肤一样——尤其是当你恰好站在导电表面上时，比如潮湿的地面或者地下室。要是你不小心踏进积水里？那可真是完蛋了。

“所以，如果你不得不接触可能带电的东西，比如要打开一扇金属门，千万确保你浑身都是干燥的，还要穿上绝缘材料的鞋子；开门也要尽量用操作杆或者别的绝缘工具，而且只能用一只手——你的右手，因为距离心脏相对远一些。左手一定要放在衣服口袋里，以免不小心触到什么东西，形成闭合回路。脚下也要多加小心，看好落脚的地方。

“你见过鸟儿停在没有绝缘保护层的高压电线上吧？它们可没有防护措施。那么，为什么它们可以平安无事地站在几十万伏电压的金属线缆上呢？天上为什么没有掉电烤乳鸽呢？”

“因为它们只站在一条线上，没有碰到另一条线。”

“没错。只要它们不碰回流线或者电塔就没事。它们身上的电压和脚下的电缆相同，却没有电流通过它们的身体。你也必须保证自己像电缆上的鸟儿一样。”

这个说法让萨克斯觉得自己听起来无比脆弱。

“处理和电流有关的事情之前，一定要把身上所有的金属物品都摘掉，尤其是珠宝。纯银是地球上最好的导体，铜和铝也是。金子也不差。与之相对的是介电质——也就是绝缘体。比如玻璃和聚四氟乙烯，其次是陶瓷、塑料、橡胶和木头。它们的导电性能差。如果能站在这些材质的东西上，哪怕只是薄薄的一层，也可能是生与死的区别。

“这就是第二原则：自我保护。”索墨斯继续，“最后，第三个原则：如果你无法避开电流，也没有良好的保护措施，那就彻底切断电路。所有电路，无论大小，想办法彻底关掉。所有电路都有开关、断路器和保险丝。只要关上电路或断路器，或者拿掉保险丝，电流便会立刻被切断，甚至都不需要知道断路器究竟安在哪里。如果你拿两根电线分别伸进家用插座的两个孔里，然后把电线末端连起来，会怎么样？”

“断路器会跳闸。”

“没错，任何电路都可以这样切断。但别忘了第二个原则，操作的时候一定要保护好自己。因为电压如果够高，两根电线相触的时候会爆出很大的火花，甚至有可能产生电弧闪。”

索墨斯又伸手拿起另一块垃圾食品：椒盐卷饼。他喝了一大口苏打水，把嘴里嚼得咔嚓直响的食物冲下喉咙：“要认真讲我能说一个小时，但这些是最重要的基本知识。你都记下来了吗？”

“记下来了。真的非常有用，查理。谢谢。”

索墨斯的建议听起来都很简单的样子，可尽管萨克斯从头到尾都认真地听了，却还是无法否认自己对这件特殊武器的陌生。

路易斯·马丁怎么可能避得开，怎么可能保护得了自己，又如何能够切断电路？答案很明显：他无计可施。

“要是你还有什么技术方面的问题，随时打给我。”索墨斯给了她两个手机号码，“还有，噢，等等……这个。”他递给萨克斯一个黑色塑料盒子，盒子侧面有一个按钮，顶上是一个液晶显示屏，看起来就像一个被拉长了的手机：“我的发明之一，非接触式电压探测仪。普通的电压探测仪只能测量最高一千伏特的电压，并且必须放在靠近电线或者终端的地方才行。可我的发明最高可以测量一万伏特，而且敏感度非常高。就算在离电源四五英尺的地方也能探测电压、读取数值。”

“谢谢，这个一定会很有用的。”她笑了一声，端详着探测仪，“可惜没人想到做一个枪支探测仪，不然就能知道街上的行人谁带了武器。”

萨克斯只是开个玩笑，但查理·索墨斯却若有所思地点了点头，一脸认真思考的表情：估计是把她的话当真了。说完再见，索墨斯又抓了一把薯片塞进嘴里，然后提笔开始疯狂地画草图。萨克斯注意到他下意识抓过去的又是一张纸巾。

21

“林肯，这位是科裴斯基医生。”

汤姆站在实验室门口，身旁站着一位访客。

林肯·莱姆心不在焉地抬起头。现在是晚上八点半左右，尽管阿冈昆的案子迫在眉睫，但等不到前往电力公司面见总裁的萨克斯回来，他也无能为力。因此，他勉强同意了接见残疾人人权协会的代表，接受他的嘉奖。

科裴斯基可不是来这里等着面见国王的侍臣……

“请叫我阿伦。”

来人语调柔和，身着保守西装外套和一件白衬衫，打着橘黑相间的斜条纹领带，看起来就像一块糖果。他缓步走到犯罪学家面前点头示意，并没有要握手的意思，甚至没有瞄过一眼莱姆的腿或者轮椅。毕竟科裴斯基在残疾人人权协会工作，莱姆的状况对他来说并不罕见。这个态度莱姆很是赞许。他认为每个人或多或少都有某种残疾，从感情创伤、关节炎，到肌肉萎缩症。人生就是一种严重的残疾，而问题其实很简单：我们该如何面对？莱姆很少深思这个问题。他从不是残疾人人权的倡导者，相反还认为这会干扰他的工作。他是个犯罪学家，只不过和大多数人相比手脚稍显不灵便罢了；而他会想尽办法弥补这一缺陷并照常工作。

莱姆看了一眼梅尔·库柏，然后朝大厅对面的房间偏了偏头，于是汤姆带着科裴斯基走了进去，莱姆则坐着轮椅跟在后面，并顺手将实验室的滑门半关了起来，消失在门后。

“坐吧，如果你愿意。”莱姆说，后一句话是为了缓和语气，心里却盼着来人就这么站着，办完事情赶紧回去。医生手里提着一个公文包，里面或许装着作为奖励的镇纸。他只要把它拿出来、送给莱姆、再拍张照就可以走了。整件事圆满收官。

医生坐了下来：“我关注你的工作很长时间了。”

“是吗？”

“您了解‘残疾人资源委员会’吗？”

莱姆还依稀记得汤姆曾做过的简介：“您做了很多好事。”

“好事，是啊。”

没有下文。房间里一片沉默。

赶紧进入正题吧……莱姆盯着窗外想，仿佛新的任务正扇着翅膀朝别墅飞来，就像早上见到的猎鹰一样：抱歉，我得走了，有任务……

“多年来我曾和许多残疾人共事过。脊髓损伤、脊柱裂、肌萎缩性侧索硬化症，还有很多其他问题，包括癌症。”

真是稀奇。莱姆从未想过疾病也能被定义为残疾，不过或许有些疾病确实符合残疾的定义。他看了一眼墙上的挂钟，指针走得可真慢。此时汤姆端着托盘进来了，上面放着咖啡：哦，我的老天爷啊，还有饼干。他狠狠地瞪了助手一眼——这可不是在开茶话会——可这记眼刀却像一阵青烟般飘散，被后者完全无视了。

“谢谢你。”科裴斯基说着端起了杯子。莱姆失望地发现他并没有往里加牛奶。毕竟牛奶是凉的，加进去可以降低咖啡的温度，好让他赶紧喝完走人。

“你要吗，林肯？”

“不用，谢谢。”他冷冷地回答，这反应却和刚才的眼神一样被汤姆彻底无视了。后者放下托盘，溜回了厨房。

医生向后靠在皮椅上，发出一阵沙沙的摩擦声："这咖啡真不错。"

那可真荣幸呢。莱姆略点了点头。

"您事务繁忙，所以我长话短说。"

"非常感谢。"

"莱姆探长……林肯，您相信任何宗教吗？"

这个残疾人协会一定还有个教会分支，大概不会颁奖给异教徒。

"不，我不信。"

"不相信来世？"

"我没见过任何足以证明其存在的客观证据。"

"很多人都这么想。这么说来，于你而言，死亡就等同于平静、安息。"

"取决于我是怎么死的。"

访客和善的面孔上浮起一抹微笑："我没有和您还有您的助手准确介绍自己的身份，但我这么做是有原因的。"

莱姆对此一点也不在意。如果此人假扮他人混进来是为了杀他，那他早就死了。他抬了抬眉毛，意思是：没关系。解释清楚，赶紧把事儿办完。

"我不是残疾人人权协会的人。"

"不是？"

"对。但我时不时需要把自己说成是某某组织的成员，因为我的真实身份经常让人把我赶出来。"

"耶和华见证人[①]？"

来者轻笑了起来："我来自一个叫'死亡尊严'的组织，是一个始于佛罗里达州倡导安乐死的组织。"

莱姆听说过这个组织。

---

①是一个被世界主流基督教公认的异端组织。

“您考虑过协助自杀吗？”

“是的，几年前考虑过。但我决定不去死了。”

“但您依然把它作为一个可选项。”

“谁不是呢？无论是否残疾。”

对方点点头：“确实。”

莱姆说：“很显然，选择最有效的方式结束自己的生命并不值得嘉奖。那么，我能为你做些什么？”

“我们需要更多的宣传，通过像您这样拥有公众知名度，并且希望选择转变的人。”

转变。这倒是说得够委婉。

“您可以拍摄一个 YouTube 视频，接受采访。我们觉得，或许有一天您会需要使用我们的服务……”他从公文包中抽出一个小册子。那是个色彩柔和、制作精良，封面还印着花朵的册子。莱姆注意到，那些花既不是水仙也不是雏菊，而是玫瑰。玫瑰的上方印着两个字：选择。

他把册子放在莱姆面前的桌上：“如果您有兴趣以名人的身份帮我们宣传，我们不仅可以为您免费提供服务，还能给予补偿。不管您相不相信，以一个小团体而言，我们发展得还算不错。”

估计使用他们的服务都要提前支付费用，莱姆想着：“我想我真的不适合。”

“您只要说自己一直把协助自杀当作一种可行的选择就够了，我们也可以帮您拍视频，并且……”

话还没说完，门口突然传来一声怒吼，把莱姆吓了一跳：“给我滚出去！”科裴斯基也明显为之一震。

汤姆冲进了房间，医生见状身体不由得向后靠去，手中的咖啡杯掉在地上摔得粉碎，咖啡也洒在了衣服上：“等等，我——”

平常总以冷静面目示人的助手此刻却面部红涨、青筋暴起，双手正因愤怒而发抖：“我让你滚出去！”

科裴斯基起身，依然保持着冷静："听我说，我正在和莱姆探长商量。"他平静地说，"您没必要这么激动。"

"滚！立刻！"

"我很快就走。"

"现在就走。"

"汤姆……"莱姆开口。

"闭嘴。"助手咬着牙说。

医生脸上的表情仿佛在说：你的助手竟然可以用这种态度跟你说话？

"别让我再说一次。"

"说完我就会走。"科裴斯基向助手缓缓靠近了一步。他和大多数从事医学类事业的人一样，身材保持得很好。

然而汤姆作为护理人员，日常工作便包括把莱姆从床上和椅子上抬上抬下，还要负责帮助他使用各种器械进行复健，同时还身兼理疗师的职责。他上前一步，直逼科裴斯基面门。

这场对峙只持续了几秒钟，医生便率先放弃。"行、行、行。"他举起双手，"天哪，没必要这么——"

汤姆抓起公文包摔到他的胸前，强势地把人带出了房间。片刻后莱姆听见门"咣"的一声关上，震得墙上的挂画纷纷晃动。

又过了一会儿，汤姆重新回到房间，羞愧之色溢于言表。他把地上的陶瓷碎片清扫干净，又擦了桌子："我很抱歉，林肯。我查过，的确有这么个残疾人组织……所以就大意了。"他的声音有些沙哑，摇了摇头，脸色阴郁，双手还在颤抖。

莱姆一边滑动轮椅往实验室驶去，一边对他说："没关系，汤姆。别担心了……其实也不全是坏事儿。"

助理用困惑的双眼望着莱姆，却迎上后者的一脸微笑。

"至少我不用浪费时间写什么获奖感言，可以立即回去工作。"

22

电流是我们赖以为生的东西。从大脑传递至心脏和肺部的脉冲电流与日常生活中的普通电流别无二致。

但电也是足以致命的武器。

晚上九点，距离阿冈昆 MH－10 号变电站袭击事件已经过去整整九个半小时，身着深蓝色阿冈昆联合电力公司工装制服的男人扫视着眼前的场地：这里将是他的狩猎场。

电流与死亡……

男人所在的地方是一片室外公开的建筑工地，并没有人注意到他，因为周围还有其他工人模样的人。尽管他们穿着不一样的制服、戴着不同的安全帽、来自不同的公司，却有着一个共同的特点：都是依靠自己的双手做粗活重活并被那些“体面人”瞧不起。那些人依赖着他们提供的服务，生活富足而安逸，却毫无感恩之心。

像这样当隐形人从安全的角度来说很有优势。比如此刻他正在安装一个改装强化过的设备，比早前在健康俱乐部测试过的功率更大。在电力行业术语中，只有达到七万伏特才配被称作“高压”。但在他的计划中，所有系统都必须确保能够承受高于此数值至少两三倍的电压。

他再次环视场地，这里就是明天袭击的目标地点，他的脑海中不停盘旋着有关电压和电流强度的信息……还有与之相伴的：死亡。

这世上充斥着各种关于本·富兰克林[1]和他那荒谬的“雷雨中的铜钥匙”实验的荒谬报道。实际上，当时富兰克林根本不是踩在谷仓的潮湿地面上，手里抓着的不过是一段干燥的丝带，只不过丝带的一端系在潮湿的风筝线上而已。风筝本身根本没有受到雷击，只是吸收了附近聚集的雷雨云所释放的静电。最终形成的也并非真正意义上的闪电霹雳，而是优美的蓝色电火花，就像从湖面跃起捕食的鱼儿一样，在富兰克林的手臂上一闪而过罢了。

之后欧洲的另一位科学家也尝试过相同的实验，却因此遭受雷击身亡。

自从有了发电技术，电工便成了最容易遭受电击并最终被烧死或者心脏骤停的人群。早期的电网还曾导致过多起马匹死亡事件，谁让它们那么不走运，都打着金属马蹄，又踩在潮湿的鹅卵石道上呢。

托马斯·阿尔瓦·爱迪生和他那同样知名的助手尼古拉·特斯拉穷尽一生都在与对方就“直流电”（爱迪生）和“交流电”（特斯拉）谁更厉害的问题较劲，彼此都向公众散播着关于另一种电流的恐怖故事，试图赢得公众认可。这场著名的角力战被称为“电流之战”，并经常登上报纸头条。爱迪生总喜欢拿电击致死做文章，警告公众使用交流电很容易遭受电击并惨死。交流电的威力的确较大，但其实只要是足以运作某种设备的电量，无论直流或交流都可以致人死亡。

人类的首张电刑椅就是爱迪生公司的一名员工发明的，还狡猾地使用了特斯拉所倡导的交流电。用这张电刑椅执行的第一例死刑是在一八九〇年，执行者并非通常意义上的“行刑者”，而是位“国

①本杰明·富兰克林（Benjamin Franklin）是十八世纪美国的实业家、科学家、社会活动家、思想家、文学家和外交家。他是美国历史上第一位享有国际声誉的科学家和发明家。风筝实验是本杰明·富兰克林的一次关于雷电的实验，据说他将一把铜钥匙系在风筝线的末端，在雷雨夜放入空中，从而证明了天上的雷电与人工摩擦产生的电具有完全相同的性质。

家级电工”。虽然最终死刑犯确认死亡，但整个过程却持续了八分钟。我们只能祈愿囚犯在最后全身起火前已经失去了知觉。

后来又有了电击枪。根据遭受电击的个体和电击部位的不同，这种枪有时候也能造成死亡，除此之外还有电力行业中人人自危的电弧闪。电弧闪的确令人恐惧，就像他今天早上制造的那场袭击一样。

电流与死亡……

他装作结束工作，一脸疲惫地在工地上四处溜达。这里的工人已经换了班，只有稀稀拉拉的几个夜班执勤员工。他慢慢接近他们，依旧没有引起任何注意。厚厚的安全护镜和黄色的阿冈昆安全帽是他最好的伪装，就像电缆中的电流，隐遁于无形。

首次袭击造成了爆炸性新闻，这是毫无疑问的，但目前为止新闻报道却仅将之解释为城市变电站发生的一起“意外”。播报员们翻来覆去地说着关于短路、电火花和临时停电的废话。尽管也有不少关于恐怖分子的猜测和传言，却没有任何实际证据或线索。

但这只是暂时的。

早晚会有人意识到，一名阿冈昆电力公司的员工正在到处搞破坏、设陷阱，造成一系列极其惨烈且痛苦的死亡事件。目前的低调只是暂时的。

他离开工地往地下通道走去，一路上依旧无人怀疑。这身制服和胸前的工牌就像芝麻开门的咒语，让他一路畅通无阻。他潜入另一条肮脏而炎热的甬道，穿戴好个人防护设备，开始继续更改电缆。

电流与死亡。

用这种方式夺走生命是多么优雅啊，比从五百米开外拿枪杀人美多了。

如此纯洁、简单，又如此理所当然。

人可以阻断电流或者更改其流通路径，却无法作假。电流一旦产生，就会本能地寻找一切可能的途径回到大地的怀抱，就算通路是人的身体，途中还会带走一条生命，也绝不会有哪怕一瞬间的犹豫，在电光火石间完成自己的使命。

电流无心，无所谓愧疚。

这也是他崇拜这件武器的其中一个原因。电和人不一样，永远不会背叛自己的天性。

23

每晚的这个时候，城市总像重生般焕发着活力。

晚上九点的到来仿佛赛车道上挥下的绿旗，预示着狂欢的开始。

纽约市的死寂不在夜晚，而在于整座城市的精神变得麻痹与颓丧之时；讽刺的是，那恰好是一天最繁忙的时候：早晚高峰期和午前午后的时段。而每天唯有从此刻开始，人们才纷纷卸下一日的疲惫与麻木，重新振作、焕发活力。

每个人都在兴奋地做着各种重要的决定：去哪间酒吧？叫哪些朋友？穿哪件衣服？到底要不要戴胸罩？

要不要带上避孕套？……

一切准备妥当后：开门，上街。

弗雷德·德尔瑞正大步流星地走着，感受着夜晚清爽的空气和其中涌动的活力，就像脚下埋藏的电缆中汩汩的电流。他不怎么开车，也没买车，却觉得现在的心情仿佛按下了赛车加速器一般，引擎轰鸣，载着你向命运的远方飞驰。

离开地铁站已经两个街区了，然后是第三个、第四个……

此刻除了心情，还有别的东西让他感觉热得烫手：那是揣在包里的十万美元钞票。

走在人行道上，弗雷德·德尔瑞忍不住想：我是不是大错特错了？不，我所做的事从道德上来说是正确的。我不惜冒着失去工作、蹲监狱的风险，只为一件事：能够锁定嫌疑人的重要线索，无论大小，不管他是“正义”组织还是别的什么人，只要能保护市民的生命安全。区区十万美元对于出钱的组织来说根本不算什么，但目光短浅的官僚机构却肯定不会漏看任何一笔支出。可是，就算官僚机构不计较，就算威廉·布伦特的情报真能开花结果，帮他们阻止未来的袭击，德尔瑞就真的能够坦然无视自己此番渎职之举吗？他内心的罪恶感会不会像肿瘤一样越长越大？

他会不会因为无法面对罪恶感而性格大变，进入灰色地带，变得毫无价值？

改变啊……

内心的纠结让他差一点便要转身回联邦大楼把钱还回去。

可是，不行！他做的事情是正确的。他愿意承担相应的后果，不惜一切代价。

所以，该死的威廉，你最好给我拿点真东西出来。

德尔瑞过了街，缓缓朝威廉·布伦特走去，后者有些惊讶地微微眨了眨眼睛，似乎没想到德尔瑞真的会来。他们并肩而立。这并不是一场设好的局——不是便衣行动——也不是在招揽线人，只是两个男人约定在街上碰头谈生意而已。

他们身后坐着一个十几岁、浑身脏兮兮的男孩，正弹着吉他，嘴唇上新打的唇环还渗着血，口里含混不清地哼着歌。德尔瑞和布伦特沿人行道走着，空气里的味道和周围的声音渐渐消散。

特工问：“你有发现了？”

“是的，有。”

“是什么？”他再一次努力压抑着声音里的急切。

“现在透露还为时尚早。这个发现是指向另一个线索的，我保证明天会给你确切的消息。”

保证？这个词在线人界可不常见。

但威廉·布伦特是线人界的阿玛尼。

再说了，德尔瑞此刻也没有别的选择。

“那么，”布伦特貌似随意地问，“手续都办好了？”

“是的，拿着。”警探把一个用《纽约邮报》折起来的东西递给布伦特。

不用说，这种事他们以前也做过，上百次不止。布伦特掂都没掂一下便轻车熟路地把包裹塞进了公文包，完全没有要打开数数的意思。

德尔瑞看着那包钱在眼前消失，就像看着一口棺材被人埋进地下。

布伦特没有过问这笔钱的来源。干吗要问呢？跟他又没关系。

名牌线人边思考边总结道：“白人男性、手段高超。内部员工或有内部联系。‘为了某某正义’组织。拉曼。有恐怖主义的可能，但也可能不是。熟悉电力相关知识。有重大计划。”

“这是我们目前掌握的所有信息。”

“我认为有这些就够了。”布伦特说，声音中并无一丝傲慢。德尔瑞觉得这是个积极的信号。这要换了平时，就算是付给线人约定好的酬劳——五百美元左右——他也会觉得亏，但这一次他的直觉告诉他，布伦特一定会带来重要的情报。

德尔瑞说：“明天见面。东村，卡梅拉。你知道在哪儿吗？”

“知道。时间？”

“中午。”

布伦特皱了皱他那张本就皱巴巴的脸，说：“五点。”

“三点？”

“好。”

德尔瑞差点就要忍不住对他说：“拜托了。”这是一句他本以为这辈子绝不会对线人说的话。不过他还是拼命把话咽了回去，眼睛却忍不住盯着对方的公文包看了好一会儿，里面装着或许能将他一生事业焚为灰烬的东西。如果真的变成那样，他的人生也就毁了。儿子天真烂漫的笑脸忽然在脑海中浮现，他努力让自己不去多想。

“和你做生意很开心，弗雷德。”布伦特微笑着点头道别。街灯的光影在他宽大的镜片上一闪而过，他的背影逐渐消失在夜色中。

24

“萨克斯回来了。”

窗外传来一阵汽车引擎熄火前的突突声，复又归于平静。

莱姆这话是对塔克·麦克丹尼尔和朗·塞利托说的，二人刚抵达不久（他们是各自前来的），就在“死亡医生”被赶走后不久。

萨克斯此刻一定正把印着“纽约市警察局官方工作证”的卡片扔到驾驶窗前，下车往别墅里来。果不其然，很快便传来了开门声和她急匆匆的脚步声。她本就有一双大长腿，再加上目前事态的紧急性，走廊上回荡的脚步声完全可以用“大步流星”来形容。

萨克斯走进大厅，向在场的所有人点头示意，又飞快地观察了一下莱姆的状态。他注意到她脸上的表情：关怀中透着审慎，和所有照顾高位截瘫病人的人一样。她对全身瘫痪症状的研究比他本人还要深入，并且能够处理他所需的所有日常隐私照料工作，有时候甚至可以完全代替助手。莱姆最初对此感到十分尴尬，但她却半开玩笑半撩人地问：“这和那些相互照顾的老年夫妻有什么区别吗，莱姆？”这让莱姆无言以对，心中却也释然。“有道理。”这是他唯一能想到的回答。

可即便如此，这也并不表示他总能坦然接受她或者其他人的体贴包容。于是他瞪了她一眼，然后转头盯着白板上的证据列表。

萨克斯四处看了看：“奖品呢？”

“出了点小问题，是假身份。”

“什么意思？”

他简单说明了一下科裴斯基医生的真实身份和目的。

“不会吧！”

莱姆点了点头：“所以并没有什么镇纸。”

“你把他赶出去了？”

“是汤姆干的，而且非常干脆利落，但我现在并不想讨论这个话题，我们还有工作要做。”他瞄了一眼萨克斯的挎包，“有什么发现？”

她从包里拿出几份文件，说：“我拿到了可能获得阿冈昆电脑准入密码的员工名单，还有他们的简历和员工档案。”

“心怀不满的和有精神问题的员工呢？”

“没有与案件相关的。”

她详细说明了与安德莉亚·杰森会面的情形：没有记录显示任何员工被派往五十七号大街维修蒸汽管道；暂无恐怖主义威胁的迹象，但公司已派人进一步调查。“重点是，我和他们特别项目部的人谈过了——简单来说就是，负责研究替代能源的部门。此人名叫查理·索墨斯，人还不错。他给了我一些能够操纵电缆制造弧闪的人的侧写信息，这样的人必须是电工行业的专家，有可能是军队电工、电力公司线路维修员或者故障检修员……”

“这头衔倒蛮适合你。”塞利托插嘴道。

“其实就是负责解决疑难杂症的人，相当于工头。要想制造电弧闪，必须有实际的电工工作经验。那不是随便上网查查就能学会的。”

莱姆朝白板偏了偏头，萨克斯立刻将要点逐一写在上面。她补充道：“至于篡改电脑系统，只有经过严格的专业培训或长期在职培训的人才能办到。也不是件容易的事。”她对SCADA和EMP程序做了简单的解释，并强调嫌疑人必须相当熟悉这些程序和系统才可能篡改。

随后萨克斯把这些信息也写在了白板上。

塞利托问："名单上有多少人？"

"四十多个。"

"嚯！"麦克丹尼尔叹了一声。

莱姆假设这份名单中就有嫌疑人的名字，那么或许萨克斯和塞利托有办法把人数缩小到一个合理的范围。不过，现在他最需要的就是实际证据，可这东西他们目前几乎没有，至少没有能够顺藤摸瓜的有力证据。

距离袭击发生已将近十二个小时了，而他们却连咖啡厅里的男人是谁都不知道，甚至无法锁定任何一个嫌疑人。

线索的稀缺令人沮丧，但更让人头疼的是，不明嫌疑人侧写表中的这一点：很可能和盗窃七十五英尺的本宁顿牌线缆及十二个开口螺栓的嫌疑人为同一人。这场袭击莫非还远未结束？

此人现在是否正在篡改别的电缆？公交车袭击案发生前根本没有任何预警，这或许就是他的犯罪特征。说不定很快就会传来新的恐怖消息：某处再次发生电弧闪爆炸，死亡人数达到几十人。

梅尔·库柏拷贝了名单，并将名字分为几组，一半交给萨克斯、普拉斯基和塞利托，剩下的交给麦克丹尼尔，让他督促手下的联邦探员跟进。萨克斯把手上的名单和阿冈昆的员工档案信息进行对比，筛选出重合的人名，又将剩下的档案资料交给麦克丹尼尔。

"这个叫索墨斯的人，你相信他吗？"莱姆问。

"是的。查过了，他是清白的。而且他还给了我这个。"萨克斯拿出一个小小的黑色电子设备，用它指着莱姆附近的一根电线。她按了一个按钮，看着设备上的显示屏："唔，两百四十伏。"

"我呢，萨克斯？你看我带多少电？"

她笑了起来，调皮地用黑盒子对准莱姆，后者故作迷人地挑起一边眉毛。这时，萨克斯的电话响了起来，她低头瞄了一眼屏幕，接起了电话。简单聊了几句后，萨克斯挂断电话说："是鲍勃·卡瓦诺，运营副总裁，负责调查公司在本区域的分支与恐怖主义的关联。调查的结果是没有任何证据显示有针对阿冈昆电厂及电站的生态恐怖主义威胁或袭击。只有一件事值得注意，有报告称有人入侵过公司在费城的几个主变电站。年约四十的白人男性，没人认识他，也没人知道他当时在干吗。现场没有监控录像，他在警察赶到之前就跑了。这是上周发生的事。"

种族、性别和年龄都符合……"就是这个人，他到底想干什么？"

"除此之外暂无公司其他设施被入侵的报告。"

嫌疑人的目的是否在于获取电网以及变电站的安保信息？关于这一点，莱姆能做的只是推测，于是决定暂且不提。

麦克丹尼尔也接起电话，却一言不发，只是呆呆地注视着白板上的证据清单，过了一会儿便挂断了："技术通信团队发现了更多关于'为了正义'恐怖组织的信息。"

"是什么？"莱姆急切地问。

"不是什么大新闻，但有一点很有意思：他们使用的暗号和以往讨论大型武器时用的一样。'纸和用品'，我们的算法提取出了这两个关键词。"

他解释说，地下组织通常会用到这样的词。比如最近破获的一起计划在法国搞恐怖袭击的事件中，不法分子的沟通记录就曾出现过"gâteau""farine"和"beurre"等字眼，在法语中分别代表"蛋糕""面粉"和"黄油"，实际指代的则是炸弹及其组件：炸药和引信。

"以色列情报局'摩萨德'就曾报道过黎巴嫩真主党[1]有时会用'办公用品'或'派对用品'等字眼来指代导弹或者烈性炸药。还有，现在我们认为除了'拉曼'，还有另外两个人物牵涉其中。分别

①真主党是一九八二年伊朗资助成立的什叶派伊斯兰政治和军事组织，主要主张是消灭以色列，把西方势力赶出黎巴嫩。

是一男一女，这是电脑分析的结果。”

莱姆问：“这些你都告诉弗雷德了吗？”

“好主意。”麦克丹尼尔拿出他的黑莓手机，打了一个免提电话。

“弗雷德，我是塔克。开着免提，莱姆也在。你那边有什么收获吗？”

“我的线人正在调查，很快会有结果。”

“很快会有？还没有落实任何信息吗？”

电话那头的德尔瑞顿了一下，然后说：“我还没有任何新的情报，暂时没有。”

“好吧，技术通信团队找到了一个新的线索。”塔克把刚才暗号的事情又跟德尔瑞说了一遍，并提到了可能有一男一女牵涉其中。

德尔瑞说会把这些消息告诉他的线人。

麦克丹尼尔问：“这么说他愿意接受我们提出的预算？”

“是的。”

“我就知道。你要是不强硬一点，这些家伙就会得寸进尺，弗雷德。线人就是这样。”

“嗯。”德尔瑞含糊其词。

“随时保持联络。”麦克丹尼尔挂上电话，伸了个懒腰，“这该死的云端。我们现在能扫荡到的信息还远远不够。”

扫荡？

塞利托拍了拍那叠阿冈昆员工档案，说：“我去市里走一趟，立刻找人开始调查。老兄，今晚会是个漫长的不眠夜。”此刻已经是夜里十一点了。

可不是吗，莱姆想。对他来说今晚也注定不眠，尤其是在这种毫无头绪，只能苦等的情况下。

他最讨厌等待了。

他看着证据清单上寥寥无几的线索想：我们的进展实在太慢了。

而我们要抓的嫌疑人却正以光速策划着袭击。

不明嫌疑人侧写

- 男性。
- 四十岁左右。
- 可能是白种人。
- 可能戴着眼镜和帽子。
- 可能不高，金发。
- 身穿深蓝色工装，和阿冈昆工人的制服很类似。
- 对电力系统十分熟悉。
- 足印显示没有影响动作或步态的身体状况。
- 可能与盗取七十五英尺的本宁顿牌电缆和十二个开口螺栓的嫌疑人为同一人。准备实施其他袭击？能进入阿冈昆公司的仓库，利用钥匙实施盗窃。
- 可能是阿冈昆内部员工，或认识内部员工。
- 与恐怖分子的关系？与“为了（未知）的正义”组织的关系？恐怖组织？名为“拉曼”的人是否参与其中？提及金钱转移、人事变动和某件“大事”的加密信息。
- 可能与阿冈昆的费城变电站入侵事件相关。
- SIGINT线索：指代武器的暗号，“纸和用品”（枪支、炸药？）。
- 涉案人员包括一男一女。
- 必须学习过“数据采集与监控系统”以及能源管理程序。阿冈昆使用的是Enertrol公司产品，两者均基于大型Unix计算机。
- 能够制造电弧闪的人很可能是曾经的或在职的线路维修员、故障检修员、有执照的私人电工、发电机技术工人、电工专家、军队电工等。

第二部分　最小电阻路径

“地球日”来临前十六小时

总有一天，人类会开始收割涨落的潮汐，囚禁太阳的能量，并打开原子能的魔盒。

——托马斯·阿尔瓦·爱迪生《关于未来发电》

25

早上八点整。

晨曦的微光洒进别墅，林肯·莱姆眨了眨眼，操作他的“暴风箭”牌轮椅避开了直射的阳光，从连通卧室和楼下实验室的迷你电梯中缓缓驶出。

萨克斯、梅尔·库柏和朗·塞利托已经于一小时前陆续抵达。

塞利托正在讲电话，说：“好的，知道了。”然后划掉了名单上的一个名字并挂断电话。莱姆看不出他是否回家换过衣服，也许他就在这儿的小办公室或楼下客房睡了一晚也说不定。库柏倒是回过家，至少回过一趟；萨克斯挨着莱姆身边睡了一会儿——基本上也就合了合眼。她早上五点半就起来继续筛查员工资料，力求缩小嫌疑人范围。

“查到哪儿了？”莱姆终于开了口。

塞利托喃喃地说：“刚跟麦克丹尼尔打了电话，他们查到六个，我们也查到六个。”

“你是说我们现在已经缩小到十二个嫌疑人了？那赶紧……”

“呃，不是的，林肯。我们排除了十二个人的嫌疑。”

萨克斯说：“现在的问题是，名单上的员工有很大一部分都是公司高层。他们的简历上并没有早年的工作经历和参加的计算机课程信息。所以我们得做大量调查来了解他们是否具备操纵电网和修改设备的技能。”

“DNA 检测结果还没出来吗？”莱姆烦躁地说。

“应该快了。”库柏回答，“已经在催了。”

“催。”莱姆讽刺地咕哝了一声。新的检测手段基本上一两天就能出结果，不像过去的RFPL（限制性片段长度多态性）测试，往往需要一个礼拜的时间。所以他想不通为什么直到现在还没拿到检测结果。

“也没有更多关于‘正义’组织的消息？”

塞利托说：“我们的人已经筛查过手上的所有文件了。麦克丹尼尔那边也是。国土安全局、烟酒枪支爆炸物管理局、国际刑警组织也一样。所有的档案记录中都没有关于他们或者‘拉曼’的信息。真他妈的诡异，那个什么云端，简直像斯蒂芬·金的悬疑小说里的东西。”

莱姆准备直接打给检验DNA的实验室。可当他把手指伸向拨号盘的时候，电话自己响了起来。他抬了抬眉毛，立刻按下“接听”键。

“我是凯瑟琳，早安，你起得真早。”此刻正是加利福尼亚州的清晨五点。

“是有点早。”

“有消息吗？”

“罗根又出现了——就在上次被发现的地方附近。我刚跟阿尔特洛·迪亚兹通过话。”

这位警探也起得很早，这是个好现象。

“现在他的上司也加入了调查，就是之前跟你提过的，叫鲁道夫·卢纳。”

丹斯解释说，据了解，卢纳的资历相当深：是墨西哥联邦警察局的二把手，那是相当于美国FBI的机构。尽管肩上担负着管理缉毒部门的繁重任务，还有追查政府内部腐败问题的职责，卢纳还是热情满满地接手了缉拿“钟表匠”的大任。虽然死几个人在墨西哥并不是什么值得大惊小怪的事，按理说不需要像卢纳这样位高权重的人亲自参与调查，可他是一个野心勃勃的男人，积极配合纽约市警察局查案可以算作是卖个人情给墨西哥边境以北的脆弱盟友。

“他做事高调，开着自己的雷克萨斯SUV满世界跑，随身配备两把手枪……像个牛仔一样。”

“值得信赖吗？”

“阿尔特洛说他虽然喜欢钻体制的空子，却是个可以信赖的人。而且很有能力。二十年的军龄，是只老鸟，有时候也会亲自上阵参与案件调查。甚至还会亲自收集证据。”

莱姆心下默默赞许。受伤前他也是这样的人，当时他还是调查资源部的部长。他至今还记得那些年轻的刑侦人员不知有多少次听见声响转过头来时惊讶的表情，因为发现他们上司的上司的上司正戴着手套、握着镊子、亲力亲为地检查着一根纤维或者毛发。

“他在破获经济犯罪、人口买卖和恐怖袭击的案子上建树颇多，并因此声名远播，把不少重量级罪犯送进了监狱。”

“并且现在还活蹦乱跳的。”莱姆说。这话并非出于讽刺，毕竟墨西哥警察局的局长不久前才刚被暗杀。

“他身边的安保工作确实相当严密。”丹斯说，然后又补了一句，“他想跟你谈谈。”

“把号码给我吧。”

丹斯照办，慢慢念了一遍电话号码。她见过莱姆，知道他行动不便。莱姆挪动右手食指，在特殊拨号板上逐一键入号码。随着他的动作，一串数字出现在他面前的平板显示器上。

随后丹斯又说，缉毒局还在审问给罗根递包裹的男人：“他说不知道里面有什么是骗人的。我看过录像，给负责审问的探员提供了一些审讯技巧建议。通常干这种事的人都会偷看一眼包裹里的东西，因为里面可能装着毒品或者现金。但他没动包裹的东西，这就说明里面装的并非以上两者。他们马上要再次开始审讯。”

莱姆向她道了谢。

“哦，还有一件事。”

“你说？”

丹斯给了他一个网站链接，莱姆再次用食指将地址键入了浏览器。

“看看这个网站。我觉得你或许想先见见鲁道夫的样子，这样能帮助你更好地了解他。”

莱姆不确定她的方法是否奏效，毕竟他工作时见的人不多。一方面，受害者往往早已身亡；另一方面，等他赶到的时候，杀人犯也早就逃之夭夭了。再说，按他的性子，谁也不见是最好的。

不过挂上电话后，他还是按照对方的建议打开了网站链接。那是一篇西班牙文的新闻报道，莱姆推断应该是关于一起重大毒品案的破获。负责案件侦破的正是鲁道夫·卢纳。新闻中有一张照片，照片中间站着一位大个子男人，被一群墨西哥联邦警察众星拱月地围着。那些人有的戴着黑色面罩隐藏真容，有的因为常年的工作需要表情警惕而严肃，令人望之生畏。

卢纳生了一张大方脸，面色黝黑，戴着一顶军帽，能隐约看出军帽下的脑袋寸草不生；他穿着一件橄榄色的警服，但相对于警察而言，他的气质更接近军人。他的胸前缀着许多金灿灿的勋章，留着两撇黑色的八字胡，下颌线清晰可见。照片上的他手里夹着一根香烟，正指着画面左边的某处，皱着眉头，表情威严。

莱姆用拨号板拨通了墨西哥市的号码。尽管可以利用语音识别系统，但既然右手食指好不容易夺回了一部分控制权，他更愿意多活动活动这部分身体机能。

拨打跨国电话只需要在前面加上国家代码即可，于是没过多久莱姆便听见了卢纳的声音。令人惊讶的是，后者的声音远比想象的温和，只是略有些口音，让人弄不清是来自哪里。他自然是个墨西哥人，但发元音的时候却带着一丝法国腔调。

“哎呀，是你啊，林肯·莱姆，真是荣幸。我看过很多关于你的报道，当然，还买了你的书。我下令让局里把它作为调查官培训课程的必读书目了。”他顿了顿，问道，“请恕我冒昧，你会着手改进DNA 调查机制吗？”

莱姆不禁失笑，几天前他还正在想这事儿来着：“我会的，只要这个案子能了结。督查……您是督查，对吗？”

“督查？抱歉。”他好脾气地说，“为什么大家都觉得除美国之外的所有警官都叫督查呢？”

“这个头衔通常代表执法培训及管理体系的权威，”莱姆回答，“电影电视里都这么演。”

卢纳轻笑了几声：“没了光纤电视我们这些可怜的警察可该如何是好啊？不是的，我是司令官。在我们国家军警系统是可以互通的。我看您书上写着您是RET警监，这个缩写是代表警局常驻技术专家的意思吗？我不是很了解。”

莱姆大笑道：“不，意思是我是退休的前警监。”

“是吗？但您却还在坚持查案。”

“的确如此。非常感谢你对这次案件的协助，这个男人非常危险。”

“能帮上忙是我的荣幸。您的同僚丹斯女士帮了我们很大的忙，顶着巨大的压力把一些重刑犯引渡回了墨西哥。”

“是的，她很有本事。”莱姆言罢，话锋一转进入正题，“我听说你发现了罗根的踪迹。”

“是我的助手阿尔特洛·迪亚兹和他的团队发现的，他们追踪到他两次。一次是昨天，在一家酒店里；另一次是前不久，在同一所酒店附近——商业区‘森林改革大道’附近的写字楼聚集区。当时他正在给那些写字楼拍照。这很可疑，因为那些写字楼并没有任何建筑艺术价值。一位交警认出了他，阿尔特洛的手下很快抵达了现场，但这位‘钟表匠’先生却在后援队赶到之前闻风而逃，是个相当狡猾的家伙。”

“用这个词来形容他再贴切不过了，他拍照的写字楼里都有哪些机构？”

“有好几十家公司，还有一些小型政府部门。里面有大公司的办事处、交通及商务运营组织，其中一栋楼的底层还有家银行。怎么了？”

“他去墨西哥可不是为了抢银行。据我们的情报显示，他的任务是杀人。”

“目前我们正在调查相关公司的人员背景和业务方向，看谁有可能成为他的受害者。”

莱姆不是不懂那些微妙的政治辞令和手腕，但他没时间浪费在遣词造句上，并且他直觉地认为卢纳也是这么想的：“你必须让你的人做得更隐蔽一些，司令官。必须比平时更谨慎。”

“是的，我明白。这家伙有天眼，对吗？”

“天眼？”

“就像后脑勺长了眼睛一样。凯瑟琳·丹斯说他就像只猫，总能料敌先机发现周围的危险。”

不，莱姆心想，他只是非常聪明，可以准确地预测对手的行动罢了，譬如那些象棋大师。但他只是回答：“完全正确，司令官。”

莱姆盯着电脑屏幕上卢纳的照片想，丹斯说得没错：事先知道对方的样子会帮助你在沟通时获得更多信息。

“我们这边也有几个这样的人。”卢纳再次轻笑起来，“实际上我就是其中之一，所以才能躲过那么多明枪暗箭活下来，我的很多同事可就没这么幸运了。我们会继续监视——尽量低调行事。等我们捉住他的时候，警监，你有没有兴趣亲自来处理引渡事宜？”

“我不怎么出门。”

电话那头顿了顿，然后有些沉重地说：“啊，请原谅，我忘记您受伤了。”

这是唯一一件连他自己都没办法原谅自己的事，莱姆在心里一字一句地想着。他答道：“没必要道歉。”

卢纳又说：“其实，我们这边非常——用你们的话怎么说来着？——墨西哥是个非常方便出行的地方。您会受到十分友好的接待，不会觉得不舒服。您要是来，可以住在我家，我太太做菜的手艺很棒。家里也没什么楼梯，不会让您感觉不方便。”

“我会考虑的。”

“这边有很多美食，我本人也收藏了不少麦斯卡，还有各种不同的龙舌兰。”

“既然如此，或许可以办一场庆功宴。”莱姆礼貌地顺着他说。

“那么，为了迎接您的到来，我得好好下功夫缉拿这家伙了……等您来了或许还能给我的下属们做个演讲，让他们好好学学。”

听到这里莱姆不禁心中暗笑，没想到这竟是一场讨价还价。莱姆若能造访墨西哥，对这个男人的事业自然是锦上添花，怪不得他处处配合。大概这就是拉丁美洲——无论执法部门还是商界——的办事方法吧。

“那真是我的荣幸。”莱姆抬眼，看见汤姆向他招了招手，指着门口。

“司令官，我有点事得先挂了。”

“感谢您能联系我，莱姆警监。一旦这边有任何发现，我会立刻通知您。无论多么微不足道的线索我都会告诉您的。”

26

在汤姆的带领下，西装笔挺、精神奕奕的助理特工主管塔克·麦克丹尼尔再次造访实验室。与他同行的还有一名助手，是个衣着精致且随和的年轻人，名字莱姆听过就忘了，不过他看起来是塔克重点培养的跟班。见到瘫痪的莱姆时，他眨了眨眼，飞快地挪开了视线。

助理特工主管宣布道："我们又从名单中排除了几个名字，不过事情有了一些新的进展。我们收到了一封恐吓信。"

"从哪儿寄来的？"坐在检验桌旁的朗·塞利托问，整个人看起来都皱巴巴的，像一只泄了气的皮球，"恐怖分子？"

"匿名信件，来源不明。"麦克丹尼尔一字一句地说。莱姆不怎么喜欢这个男人，但又不知道自己是否有些小题大做。不喜欢的原因一部分源于此人对弗雷德·德尔瑞的态度，一部分源于其个人风格；还有一部分嘛，谁都知道，有时候讨厌一个人并不需要理由。

所谓云端……

特工主管接着说："从内容上看就是一封典型的恐吓信，强调了生态环境的问题，但谁知道背后隐藏着什么呢。"

塞利托追问道："你确定是他寄的吗？"

鉴于刚刚发生了一场动机不明的袭击，之后忽然冒出各种自称是幕后策划者的人并不奇怪。他们会假借袭击之名威胁政府满足各种要求，否则就扬言要实施更多袭击，哪怕真凶其实并不是他们。

麦克丹尼尔冷冰冰地说："信中提到了公交车袭击案的细节，是真是假我们当然查过。"

这居高临下的态度正是莱姆不喜欢他的原因之一。

"收信人是谁，通过什么途径投递的？"莱姆问。

"安德莉亚·杰森。详细情况我会让她亲自来说，我来是想第一时间把情况告诉你。"

至少这位联邦主管不是来玩政治、划地盘的。这个事实让莱姆心中的不悦略微减少了些。

"情况我也已经通知了市长、华盛顿和国土安全局。来的路上已经开会简单讨论了一下。"

只是并没有让我们参与，莱姆心想。

助理特工主管打开公文包，拿出一个透明塑料袋，里面装着一张纸。莱姆朝梅尔·库柏点了点头，后者用戴乳胶手套的手接过信封，取出里面的纸，放在检验台上。他先用摄像头拍了照，纸上的笔迹文字便随即显示在实验室的所有屏幕上：

阿冈昆联合电力CEO安德莉亚·杰森收：

昨天上午大约十一点半，曼哈顿西五十七号大街上的MH-10号变电站发生了一起电弧闪爆炸事件。两个开口螺栓和一根本宁顿电缆将公交车站牌和变电站断路器后的电线连接起来；同时，关闭四座区域变电站，并提高MH-10号变电站断路器的电压上限，形成近二十万伏特的过载电压，最终形成了弧闪。

这次事件的发生完全是你咎由自取，是因为你的贪婪和自私。目之所及，整个电力产业尽皆如此，且必须得到制才[①]。安

①应该是"制裁"，但这里嫌疑人写了错别字。

然公司摧毁了人们赖以为生的财产，而你的公司却在摧毁人们乃至整个地球的生命。罔顾后果、毫无节制地使用电力将毁灭这个世界。你像病毒一样阴险且不动声色地侵入我们的生活，直到人们再也离不开这个可以夺取他们性命的东西。

人们必须了解，和你所宣扬的不同，他们其实并不需要使用如此庞大的电量。你必须告诉他们该怎么做。限你于今日之内让纽约市各区轮流停电——将供电量降低至非峰值电量的百分之五十，并维持半个小时，实施时间从中午十二点半开始。若你拒绝，今天下午一点整将有更多人死亡。

莱姆向电话偏了偏头，对萨克斯说："打给安德莉亚·杰森。"

萨克斯立刻照办，片刻后扬声器里传来安德莉亚的声音："是萨克斯警探吗？您听说了吗？"

"是的，我现在和林肯·莱姆、FBI 还有纽约市警察局的几位调查官在一起。他们把信带过来了。"

莱姆听见安德莉亚恼怒激愤地问："是谁干的？"

"我们还不清楚。"萨克斯回答。

"总不会连一点线索都没有吧。"

麦克丹尼尔简单地做了自我介绍，说："我们正在调查，但尚未锁定嫌疑人。"

"昨天上午出现在公交车站对面咖啡厅里穿工装制服的男人呢？"

"尚未查明身份。我们正在排查您提供的名单，但目前还没发现有明确嫌疑的人。"

"杰森女士，我是塞利托警探，纽约市警察局。你能做到吗？"

"做什么？"

"信上的要求。也就是，降低供电量。"

莱姆认为和坏蛋们周旋不失为一种办法，如果一点妥协能够为调查争取到更多时间，用来分析证据或追查嫌疑人也是不错的选择。

但这事毕竟他说了不算。

“我是塔克，杰森女士。我们强烈建议您不要妥协。从长远来看，这么做只会鼓励他们提出更加过分的要求。”他边说边看着对面的大块头警探，后者也直勾勾地回视着他。

塞利托坚持：“但这么做可以为我们争取时间。”

助理特工主管犹豫了，或许是担心让外人感觉警方内部不是一条心。但最终他还是说：“我坚持建议您不要妥协。”

安德莉亚·杰森答道：“这根本不值得探讨。让我在全市范围内将供电量降低到非峰值的百分之五十以下？这可不是调节灯光强弱。如果照信上说的做，就相当于更改整个‘东北电力中枢’电网的所有负载模式，导致几十个地区供电不稳或断电。我们有上百万用户使用开停式控制系统，一旦断电，他们的系统将彻底关停，进而导致数据转储和系统重置为默认模式。这并不是简单重启就能恢复的，需要好几天来重设程序，并导致大量数据损失。

“这还不是最糟的。有些人命关天的基础设施虽然可能有备用电源或发电机来维持供电，但绝非每个都有。医院的自主发电能力有限，那些系统也不是总能正常运转，那么做会出人命的。”

好嘛，莱姆心想，写恐吓信的人至少有一点没说错：电力、阿冈昆和其他电力公司的确渗透进了人们生活的方方面面。我们活着都离不开电。

“如你所说，”麦克丹尼尔说，“不能这么做。”

塞利托皱着脸，一副愁容。莱姆望着萨克斯说：“联系帕克？”

后者点点头，在黑莓手机上搜索出首都华盛顿“帕克·金凯德”的电话号码和邮箱地址。那是一位前FBI探员，现在从事私人顾问的职业，是莱姆心中全美国最棒的文件鉴定专家①。

“我现在就发过去。”萨克斯坐在工作台前开始编辑邮件、扫描

①帕克·金凯德的故事参见《恶魔的泪珠》（新星出版社，二〇〇九年七月出版）。

恐吓信，然后点击发送。

塞利托“啪”的一声翻开手机，联系了纽约市警察局反恐部门和“紧急勤务组”——即纽约市自己的“特殊战术及武器小组”——通知各部今天下午一点左右将会发生另一场袭击。

莱姆对着电话说：“杰森女士，我是林肯。您还记得昨天给萨克斯警探的名单吗？员工名单？”

“是的，怎么了？”

“能把他们的笔迹发给我们看看吗？”

“每个人的？”

“能得到多少发多少，尽快。”

“我想应该可以，我们基本上和每个员工都签了保密协议。可能还有医疗健康表、申请表和开支记录表。”

莱姆对于签名能在多大程度上反映出一个人的字迹特征持怀疑态度。他虽不是笔迹鉴定人员，但作为法医检验组的主管多少还是懂得一些字迹鉴别的知识。他知道人们在签名的时候往往很随便（这么做很愚蠢，因为草草写成的签名会比认真写下的更容易伪造），但在写便条或做笔记的时候却会比较认真，而这些文字才更能反映出他们平时的字迹特点。他向杰森说明了这一点，后者立刻回应说会派几个助手一起找，尽量筛选出能够找到的所有非签名手写字迹样本。尽管她依旧不太愿意怀疑此事有内部员工涉及其中，但态度上却似乎缓和了不少。

莱姆转头叫道：“萨克斯！联络上了吗？帕克在吗？什么情况？”

萨克斯点点头：“他好像在参加仪式还是什么的，电话正在转接中。”

金凯德是一位单身父亲，有两个孩子，罗比和史蒂芬妮。为了良好地平衡个人生活和工作，他辞掉了FBI的工作以便更好地照顾孩子们，并像莱姆一样当起了私人顾问。不过莱姆知道，面对这样的案子，金凯德一定会毫不犹豫地参与并竭尽所能地调查。

犯罪学家再次转头对电话说："杰森女士，可以请你扫描这些文件并发送至……"他挑起一边眉毛看了看萨克斯，后者默契地念出了帕克·金凯德的邮箱地址。

"记下了。"杰森回答。

"我猜这些应该是行业术语吧？"莱姆说，"'轮流停电''甩负载''服务电网'和'非峰值负载'。"

"是的。"

"这些用词能说明嫌疑人的任何特征吗？"

"不太能。这些的确是行业内的专业术语，但他如果知道如何操纵电脑和制造弧闪，懂得这些术语也不奇怪。任何从事电力行业的人都知道这些词。"

"你是怎么收到信的？"

"寄到我住的公寓楼来了。"

"你的住址是公开的吗？"

"虽然没有特意公开，但真想查也不是查不到。"

莱姆追问："具体是怎么收到的？"

"我住的公寓在上东区，有门卫。当时有人按了后门上通知大厅接收邮递的门铃，门卫去开门，回来的时候就看见这封信放在他的工作台上了。上面还特别标注了'紧急，立刻交给安德莉亚·杰森'的字样。"

"有安全监控录像吗？"莱姆问。

"没有。"

"后来这封信是谁处理的？"

"门卫。不过他只碰了信封，我找了办公室的送信工帮我拿上来的，所以他应该也碰过。当然还有我自己。"

麦克丹尼尔张了张嘴想说些什么，但莱姆抢先一步："这封信送来得很及时，也就是说，无论写信的是谁，他都知道你住的地方有门卫，可以立刻送到你手上。"

麦克丹尼尔点了点头，这显然也是他刚才想说的。他身边眼神清亮的小跟班也点了点头，像摆在车窗前会点头的小狗装饰物一样。

安德莉亚沉默了一会儿："我想你说得对。"声音中透着明显的忧虑，"看来他很了解我，甚至还相当了解。"

"你有保镖吗？"塞利托问。

"公司里有，我的安全部主管伯纳德·沃尔。您见过他的，萨克斯警探。他手下有四个全副武装的保安，每轮换班都有人负责。但家里没有，我从未想过……"

"我们会派巡警在你的公寓外蹲守。"塞利托说。趁他打电话安排巡警的工夫，麦克丹尼尔问："你有家人住在这里吗？我们也应该派人去保护他们。"

安德莉亚再次沉默，过了一会儿才说："为什么？"

"嫌疑人有可能利用他们作为威胁。"

"嗯。"杰森的声音听起来小了不少，有些干涩，像是有些受伤，但还是补充道，"我的父母住在佛罗里达州。"

萨克斯问："你还有个弟弟，对吗？我看你的写字台上摆着他的照片？"

"我弟弟？我们平常都不怎么联系，而且他也不住在这里……"此时电话那头传来另一个人的声音，打断了她。片刻后杰森说："那个……我很抱歉，州长来电话了。他刚听说了恐吓信的事。"

电话就这么"咔"的一声挂断了。

"这么一来，"塞利托举起双手，目光滑过麦克丹尼尔，最终停在莱姆脸上，"事情就他妈的变得相当简单了。"

"简单？"小跟班不解地问。

"可不是吗。"塞利托朝身旁显示屏上的时钟偏了偏头，"我们要是不妥协，那就把嫌疑人找出来。三小时之内，小菜一碟啊。"

27

梅尔·库柏和莱姆一起检查着恐吓信。罗恩·普拉斯基几分钟前也来了。朗·塞利托行色匆匆地往市里赶，要和紧急勤务组一起尽力排查嫌疑人身份，或者明确他的下一个袭击目标。

塔克·麦克丹尼尔望着恐吓信，仿佛望着一种他从未见过的食物。莱姆猜他会有这个表情完全是因为手写字迹并不属于执法部门云端的研究范畴，和高科技通信完全不搭边。他的计算机算法和精密追踪系统在纸张和墨水面前毫无用武之地。

莱姆看着恐吓信。不管放在便利店收银台旁边贩卖的书里怎么说，也不管小报上的权威专家怎么吹嘘，以他接受的专业培训和与帕克·金凯德共事的经验而言，他知道字迹其实并不能体现关于写字者的任何人格特征。虽然分析字迹确实可以有所启示，但前提是有另一份已经确认笔者身份的材料做对比，好确认两者是否出自同一人之手。帕克·金凯德此刻大概已经开始进行初步的对比排查了，用目前为止已知的恐怖嫌疑分子的字迹与名单上阿冈昆员工的字迹做比较。

从手写字迹和文字内容中还能看出嫌疑人的惯用手是左手还是右手、教育程度、所属国家或地区、精神和身体健康状况，以及受到酒精或药物影响的程度。

不过莱姆对这封信的兴趣却在更为基本的层面：所用纸张的来

源、墨水来源、指纹对比和残留在纤维中的蛛丝马迹。

然而所有的检测，哪怕在库柏锱铢必较的眼皮子底下走了好几圈，都没有得出任何有用的结论。

信纸和墨水的材料、型号和制式都是随处可见的大路货——成千上万家杂货铺都可以买到。信纸上只有安德莉亚·杰森的指纹，而信封上的指纹分别属于门卫和送信工；麦克丹尼尔的手下分别采集了两人的指纹并将结果发送给了莱姆。

毫无用处。莱姆很不甘心，目前为止唯一的结论是，嫌疑人很聪明，并且拥有高超的自我保护能力。

好在十分钟后，他们总算有了一项突破，至少勉强算得上是某种突破。

帕克·金凯德从位于弗吉尼亚州费尔法克斯的家中打来电话，那里同时也是他的文件鉴定办公室。

“你好，林肯。”

“帕克，有什么发现？”

金凯德说：“首先，关于字迹对比，阿冈昆提供的对照样本太少，我没法做出理想的详尽对比分析。”

“可以理解。”

“不过，我把范围缩小至十二名员工了。”

“十二名，太棒了。”

“名单已经整理出来了，你准备好了吗？”

莱姆看了一眼库柏，后者点点头，把金凯德念出的名字逐一写下。

“此外，我还能再告诉你一些有关嫌疑人的信息。第一，他的惯用手是右手。其次，我从他的遣词造句中总结出了一些性格特征。”

“你说。”

在莱姆的点头示意下，库柏走到写着不明嫌疑人侧写要点的白板前。

“他读过高中，并且很可能还上过大学。接受的是美国教育。虽然有个别拼写、语法和标点错误，但总的来说使用的词汇和句子结构复杂程度较高。我认为那些错误是源于压力，因为他所策划的事情。他有可能是在美国出生的。我无法断言他是否有外国血统，但英语一定是他的母语，并且我能够基本确定，也是他唯一懂得的语言。”

库柏把这些信息一一记下。

金凯德接着说：“他很聪明，没有使用第一人称和主动语态。”

莱姆明白他的意思：“没有透露己方的任何信息。”

“没错。”

“也就意味着他可能有帮手。”

“有这个可能。还有，字母的升部和降部[①] 有不一致的地方。这种情况一般会在嫌疑人难过或情绪激动的时候出现。写字的时候如果情绪愤怒或悲痛，笔画往往比较夸张。”

“很好。”莱姆朝库柏点点头，后者立刻把这一点也写在白板上。

“多谢了，帕克。我们会把这些考虑在内。”

电话挂断了。

“十二个人……”莱姆叹道。他转头望了望写着物证和嫌疑人侧写的白板，又看了看缩小的嫌疑人名单，“就没办法更快缩小范围了吗？”他愤懑地问，眼睁睁地看着时钟又往前走了一格，离嫌疑人给的截止时间又近了一分钟。

---

①升部（ascenders）：像小写字母 b、d、f、h、k、l 这样从 x 字高向上延伸的部分称为升部，其高度称为升部高，升部顶部的对齐线称为升部线。降部（descenders）：像小写字母 g、j、p、q、y 这样从基线向下延伸的部分称为降部。

犯罪现场： MH-10号阿冈昆变电站，西五十七号大街

- 受害者（死亡）：路易斯·马丁，音乐店副经理。
- 未在任何物体表面找到指纹。
- 电弧闪造成金属熔化，并形成四处飞射的颗粒。
- 零规格绝缘铝线电缆：
  - 本宁顿电气制造，型号为AM-NV-60，可承受电压六万伏。
  - 切割工具为手锯，新锯片，有断锯齿。
- 两个“开口螺栓”，中央各有直径为四分之三英寸的孔洞。
  - 无法追踪来源。
- 螺栓上留有特殊工具痕迹。
- 黄铜“导电条”，用两个四分之一英寸螺母连接在电缆上。
  - 均无法追踪来源。
- 鞋印：
  - 亚伯森-芬威克牌E-20型号，电工专用，十一号尺码。
- 嫌疑人切断金属栏杆进入变电站，断面留有特殊工具痕迹，工具为断线钳。
- 地下室甬道门及门框：
  - 发现并提取DNA信息，已送检。
  - 希腊食物，希腊红鱼子泥色拉。
- 金发，长一英寸，自然发色，年龄在五十岁或以下，提取自变电站外街道对面的咖啡厅。
  - 已送至检验室进行毒性化学分析。
- 矿物质微物迹证：火山灰。
  - 非纽约市本地自然地质成分。
  - 展览、博物馆、地质学学校？
- 阿冈昆电力公司控制中心软件被人用内部密码侵入，而非外部黑客攻击。

恐吓信

- 投递至安德莉亚·杰森的私人公寓。
  - 无目击证人。
- 内容为手写。
  - 已发送给帕克·金凯德分析。
- 普通常见纸张及墨水。
  - 无法追踪来源。
- 除杰森、公寓门卫和送信工外，未采集到任何指纹。
- 信纸上无可识别线索。

不明嫌疑人侧写

- 男性。
- 四十岁左右。
- 可能是白种人。
- 可能戴着眼镜和帽子。
- 可能不高，金发。
- 身穿深蓝色工装，和阿冈昆工人的制服很类似。
- 对电力系统十分熟悉。
- 足印显示没有影响动作或步态的身体状况。
- 可能与盗取七十五英尺的本宁顿牌电缆和十二个开口螺栓的嫌疑人为同一人。准备实施其他袭击？能进入阿冈昆公司的仓库，利用钥匙实施盗窃。
- 可能是阿冈昆内部员工，或认识内部员工。
- 与恐怖分子的关系？与“为了（未知）的正义”组织的关系？恐怖组织？名为“拉曼”的人是否参与其中？提及金钱转移、人事变动和某件“大事”的加密信息。
- 可能与阿冈昆的费城变电站入侵事件相关。
- SIGINT线索：指代武器的暗号，“纸和用品”（枪支、炸药？）。
- 涉案人员包括一男一女。
- 必须学习过“数据采集与监控系统”以及能源管理程序。阿冈昆使用的是Enertrol公司产品，两者均基于大型Unix计算机。
- 能够制造电弧闪的人很可能是

曾经的或在职的线路维修员、故障检修员、有执照的私人电工、发电机技术工人、电工专家、军队电工等。

- 帕克·金凯德提供的侧写信息，关于字迹：
  - 惯用手为右手。
  - 至少高中教育程度，很可能读过大学。
  - 接受美国教育。
  - 英语是母语，且可能只会一种语言。
  - 使用被动语态，以避免暴露同伙的存在？
  - 与阿冈昆十二名员工的字迹可匹配。
  - 写信时情绪激动、愤怒、悲痛。

28

坐在电脑前的梅尔·库柏突然直起身说："我想我找到了。"

"找到了什么？"莱姆的语气有些尖锐。

"缩小名单范围的方法。"库柏又直了直身体，将眼镜推到鼻梁正中，仔细查看着一封邮件，"是头发，就是从变电站对面的咖啡厅里提取的那根。"

"可是没有毛囊也就提取不到DNA。"莱姆直白地指出。案件始终没有大的进展，他心情很不好。

"我说的不是这个，林肯。头发的毒性化学分析报告刚发回来了，里面含有大量的长春碱和泼尼松，还有少量的依托泊苷[①]。"

"癌症患者。"莱姆说着，头向前倾了倾，像库柏一样调整了一下身体姿势，"正在接受化疗。"

"一定是的。"

麦克丹尼尔带来的FBI小门徒"哈"地笑了一声，问："你是怎么看出来的？"接着又转头对他的上司说："这可真厉害。"

"厉害的还多着呢。"罗恩·普拉斯基回了他一句。

莱姆无视了两人的对话："打给阿冈昆，问问他们名单上的十二个人里，有谁在最近五六个月内提出过癌症治疗的医保申请。"

---

①长春碱、泼尼松和依托泊苷都是治疗肿瘤类的药物。

萨克斯依言打电话联系了阿冈昆。安德莉亚·杰森接了电话——她身边似乎还有州长和市长——然后将萨克斯转接至安全部主管伯纳德·沃尔处。这位非裔美国人带着些许口音的浑厚嗓音透过扬声器传进在场的每个人耳中，他向众人保证会立即调查。

虽然和莱姆对“立即”的理解相差较远，但他不打算计较。三分钟后沃尔回了电话。

“之前的四十二人当中，有六名癌症病人。但你们给的十二人名单里只有两名，笔迹和恐吓信上的字迹都吻合。其中一人是能源配送部的经理，袭击发生的时候他应该刚出完差，正在回纽约的飞机上。”沃尔将查到的信息一一说与众人听，梅尔·库柏把这些都记了下来，朝莱姆点点头，然后拿起电话打给航空公司确认。如今“交通安全”已经成了执法部门不容忽视的重要工作职责，旅行时实名身份认证流程相当严格，要查证任何人的航班旅途信息都易如反掌。

“他的嫌疑可以排除了。”

“另一个人呢？”

“呃，另一个人倒是有一定可能。雷蒙德·盖尔特，四十岁。去年曾申请过白血病治疗的医保金。”

莱姆飞快地给萨克斯递了个眼神，后者即刻心照不宣。他们常常用这样的方式沟通。于是她在电脑前坐了下来，开始敲击键盘。

“他的履历是？”莱姆问。

沃尔如实回答：“进入阿冈昆之前曾在中西部的一家竞争对手公司工作。”

“竞争对手公司？”

沃尔顿了一下说：“啊，其实也不是严格意义上的竞争对手，不像汽车制造公司那么严峻。我们只是习惯用这样的称呼指代别的电力公司而已。”

“盖尔特现在负责什么工作？”

“他是故障检修员。”沃尔答道。

莱姆紧紧地盯着眼前的电脑屏幕。根据查理·索墨斯的说法，故障检修员是完全有能力利用变电站制造弧闪的。他开口道：“梅尔，查查盖尔特的档案，看他是否懂得如何操作SCADA和能源管理程序。”

库柏翻开盖尔特的员工档案：“没有特别注明，只说他参加过不少成人教育类课程。”

“沃尔先生，盖尔特已婚还是单身？”莱姆问安全部主管。

“单身，就住在曼哈顿。您需要他的地址吗，长官？”

“是的。”

沃尔把地址告诉莱姆。

“我是塔克·麦克丹尼尔。他现在在哪儿，沃尔先生？”麦克丹尼尔急迫地问。

“问题就在这儿，他两天前请了病假。没人知道他在哪儿。”

“他有没有可能最近去哪儿旅游过？比如夏威夷或者俄勒冈？总之，某些有火山的地方？”

“火山？为什么这么问？”

莱姆努力压制着不耐烦的情绪说：“他是否出过远门？”

“从他的值班表来看，没有。他是请过几天病假——我想应该是去接受癌症治疗了——但从去年至今从来没有休过假。”

“你能向他的同事、工友们了解一下他平时都喜欢去什么样的地方，工作之外还有些什么朋友，以及是否参加过什么组织吗？”

“遵命，长官。”

莱姆想到了希腊菜的线索，又问：“还有，查查有没有人经常和他一起吃午餐？”

“遵命，长官。”

“沃尔先生，盖尔特有紧急联络人吗？”麦克丹尼尔问。

沃尔汇报说，盖尔特的父亲已经去世，剩下母亲和一个妹妹住在密苏里州，然后将她们的姓名、住址和电话号码分别念了一遍。

莱姆和麦克丹尼尔一时间也想不出还有什么可以问的，便由莱姆向他道了谢，挂断了电话。

麦克丹尼尔让助手联系驻扎在密苏里州开普吉拉多市的FBI分支，请他们立刻进行监视。

“找个理由安排电话监听？”助手问。

“恐怕有点难，但可以试试。至少弄个电话记录器[①]。”

“我现在就办。”

“莱姆。”萨克斯唤了一声。

莱姆抬头看向屏幕，上面正显示着萨克斯疯狂折磨键盘后的杰作。一张美国交通局发放的驾照上印着一个面色灰白的男人照片。他面无表情地盯着相机镜头，一头金发剪得很短，只有大约一英寸长。

“看样子，”麦克丹尼尔说，“我们找到嫌疑犯了。干得漂亮，林肯。”

“哼，等抓到他再庆贺也不迟。”

莱姆眯起眼睛仔细打量着这张驾照，上面正写着刚才安全部主管给的地址：“他住在下东区？……那边可没什么学校和博物馆。看样子那些火山灰应该是从他的下一个袭击目标处沾上的。说不定就是下午的袭击目标。他需要一个公众场所，人多的那种。”

这样才会有许多受害者……

他瞄了一眼时钟，十点半。

“梅尔，催一下总部的那位地质学家。我们必须马上行动！”

“这就联系。”

麦克丹尼尔说：“我会向法院申请搜查令，再派一队特警突袭盖尔特的住所。”

莱姆点头同意，又赶紧打给还在拼命赶往市政厅的塞利托。

①描笔式记发器，用户电话线上的一种电子装置，可自动记录下用户的电话号码、打电话的日期和通话时间。

大个子警探咋咋呼呼的声音透过话筒传了过来："我刚闯了差不多五百个红灯，林肯。我在想，要是让那个混蛋把电网关了，没了交通灯我们就完了。根本不可能……"

莱姆打断他："朗，听着，我们已经锁定了嫌疑犯。雷蒙德·盖尔特，阿冈昆的故障检修员。虽然还没有确据，但看起来应该就是他了。梅尔会用邮箱把具体细节发给你。"

库柏正一边打着电话追问火山灰的事情，一边敲着键盘把疑犯的相关信息写进电子邮件。

"我立即调派紧急勤务组过去。"塞利托大声说。

"我们会派特警去的。"麦克丹尼尔飞快地插了一句。

真是跟小学生一样，莱姆暗想："不管派谁都不重要，重要的是现在立刻就去！"

通过扬声器，探长和特工主管商量决定成立专案调查组，各自负责召集并调派自己的团队。

待一切敲定后，莱姆警告说："离截止时间已经很近了，嫌疑人多半不在家里。若果真如此，我要求必须由我的人来勘查盖尔特的住处。"

"没问题。"麦克丹尼尔回答。

"我吗？"萨克斯扬起一边眉毛确认。

"不。如果能及时找到关于下一场袭击的任何线索，我需要你赶去现场。"他说着看了看普拉斯基。

"我吗？"同一个问句，却是完全不同的语气。

"现在就动身，小子。记住……"

"我知道。"普拉斯基抢着说，"那什么，电弧闪温度高达五千华氏度。我会小心的。"

莱姆闷笑了一声说："我本来想说的是：别搞砸了……好了，出发！"

29

成堆的金属铺散得到处都是。

罗恩·普拉斯基看了一眼手表：上午十一点整。离下一次袭击还有两个小时。

金属……导电性能良好，并且很可能还连着这栋廉价公寓的供电来源。

FBI和紧急勤务组带着搜查令闯入房间，却发现情况让人大失所望，又在意料之中——盖尔特并不在家。普拉斯基让两边的特警都暂时撤离，打算独自勘查这间下东区破旧石建公寓的地下室。和他一起突袭的还有另外三名特警，一共只有四人，这是莱姆的指示，目的是尽量减少对现场的污染和破坏。

现在特警均在外待命，普拉斯基一个人开始细细搜索起这个狭小的房间。房间里放着许多金属材料，说它们能被用来更改变电站的电流也不意外——那个陷阱可是差一点要了阿米莉亚的命。

他也想起了变电站外人行道上那些凝固的金属颗粒、混凝土墙面上的空洞和那个可怜的年轻人路易斯·马丁身上的伤口。他还想起了另一件更令人焦虑的事：阿米莉亚·萨克斯那双充满恐惧的眼睛。她以前从未露出过这样的表情，如果这个利用电流做成的陷阱连她都感到害怕……

昨晚，罗恩·普拉斯基等妻子珍妮回房休息后，上网查了很多有关电流的知识。莱姆曾说过，你对某个事物了解得越多，恐惧就会越少。知识能让人沉着。但这个理论并不适用于和电力、发电以及与电流有关的事物。因为他了解得越多便越觉得不安。尽管能够理解最基础的知识，他却始终无法忽视一个事实：有关电的一切都是隐形的。你永远不知道它在哪里，电就像一条盘踞在漆黑房间里的毒蛇。

他强迫自己不去多想。林肯·莱姆将勘查现场的任务交给他，他便会全力以赴。来的路上他给莱姆打了个电话，问需不需要使用无线对讲机和摄像头进行同步勘查，就像他有时候让阿米莉亚做的那样。

但莱姆却说："小子，我很忙。要是你到现在还无法一个人勘查现场，那就没救了。"

说完便"啪"的一声挂断了电话。

这种事要是换了旁人，一定会觉得受到了莫大的羞辱，但普拉斯基脸上却勾起了一个大大的微笑。他想立刻打电话给自己在第六警区执勤的双胞胎兄弟，把这令人振奋的消息告诉他。当然这只是想想而已，还是等周末一起去酒吧喝啤酒的时候再说吧。

好吧，那就撸起袖子一个人干吧。他戴上乳胶手套，开始勘查。

盖尔特的房间又脏又乱，让人倍感压抑，是典型单身汉的家。他似乎一点也不在意自己的生活环境和质量，这里阴暗、狭小，充满了发霉的味道。桌上的食物有的还很新鲜，有的却已过了期，还有的都快腐烂了。衣服也杂乱无章地堆叠在一起。莱姆说过，这次勘查并非是为了采集微物迹证样本（莱姆还警告普拉斯基"千万别搞错了证据链的顺序"），而是寻找盖尔特的下一个袭击目标，以及如果可能——他与"拉曼"和"正义"组织之间的关联。

这会儿他正在雷蒙德那张摇摇晃晃的破书桌各处快速翻查着，还有塞得满满当当的文件柜和纸箱子，里面尽是些汽车旅馆、酒店、公寓、朋友和度假屋的相关资料。

要是能出现一张用红笔画了叉的地图就好了，最好旁边还写着：袭击目标！

但怎么可能会有如此明显的证据。事实上，目前找到的都是些没用的东西。既没有通信簿、便条，也没有信件。座机上的出入电话记录都已删掉，按下“重拨”键也只能听见机械的电脑合成声询问需要拨打至哪个城市或州。盖尔特出门的时候带走了个人电脑，房间里没有台式机。

普拉斯基找到了一些纸张和信封，和那封恐吓信使用的非常类似。还有十几支笔。他把这些收集起来，装进证物袋。

在确定了没有其他有价值的物品后，他开始走方格，在屋内的重要位置放下号码牌，又拍了照，并采集微迹证样本。

他尽可能让自己动作迅速，尽管这意味着要不时和内心盘踞的恐惧搏斗。他害怕再次受伤，这让他有些退缩，可这样一来又会引出另一重恐惧：如果不能尽到百分之百的努力，便无法满足别人的期待，让自己的妻子、哥哥和阿米莉亚·萨克斯失望。

让林肯·莱姆失望。

可心底的恐惧是如此难以根除。

他的双手有些发颤，呼吸开始变得急促，一点点动静也会让他吓一跳。

他试着冷静下来，回忆着妻子温柔抚慰的低语：“你能行的，你能行的，你能行的……”

他再次开始搜查。忽然，目光落在位于房间后方的一个柜子上。正准备打开柜门的时候，他注意到上面的把手是金属的，而此刻，他的脚下正踩着一块油地毡，无法确定是否足够安全。即便戴着现场勘查的专业乳胶手套，他也不敢轻易触碰把手。于是，他捡起一张橡胶桌垫，隔着垫子握住门把手，小心翼翼地拉开了柜门。

里面的东西证明了雷蒙德·盖尔特无疑就是他们要找的罪犯：那里有把缺了一齿的手锯和一把断线钳。他知道自己的任务只是走方格和采集物证，但还是忍不住掏出一枚小型放大镜，仔细观察起两把工具。他注意到刀刃上有一道凹痕，很可能和变电站铁栅栏上留下的特殊痕迹吻合。他把两个工具分别装进证物袋并贴上标签。在另一个小柜子里，他发现了一双“亚伯森－芬威克”牌的靴子，十一码。

此时他的电话忽然响了，吓了他一跳。来电显示是林肯·莱姆。普拉斯基立刻接起电话：“林肯，我……”

“你找到他的藏身处了吗，小子？是不是租了汽车？有没有可能收留他的朋友？袭击目标的位置呢？”

“没有，他应该把这地方彻底清理过了。不过我找到了作案工具和靴子，绝对是他。”

“我要的是位置、地址。”

“是，长官，我……”

电话挂了。

普拉斯基愤愤地关上电话，小心翼翼地装好目前为止搜集到的所有物证，然后仔细地在房间里来回搜索了两次，包括冰箱的冷藏柜、冷冻柜和所有抽屉、柜子。哪怕是稍大一点的食物纸盒也不放过。

什么都没有。

现在沮丧已经彻底取代了恐惧。他只找到了证明盖尔特就是嫌疑人的证据，除此之外一无所获。但对此人身在何处、下个袭击目标是什么却毫无头绪。想着想着，他的目光再次落到书桌上。那里有一台便宜的打印机，上面的黄色小灯正在闪烁。他慢慢走了过去，上面的信息显示：清除卡纸。

盖尔特到底打印了些什么？

年轻警探小心地揭开打印机的顶盖，往里看了看，一团皱巴巴的纸正卡在里面。

他还看见了打印机上显示的一句警示标语：危险！触电风险！

清除卡纸或维修前先拔除电源线！

说不定还有尚未打印完的页面，里面可能包含着有用的信息，甚至可能是关键信息。但如果拔除电源插头，打印机内存程序就会自动删除余下需要打印的页面信息。

他小心地试着用手去够里面的卡纸，但那些熔化的金属颗粒却再次不受控制地浮现在脑海中。

五千华氏度……

他看了一眼手表。

糟糕。阿米莉亚跟他说过，接近电源的时候身上千万不要佩戴任何金属制品，他完全忘记了。这该死的头部创伤！他怎么就不能再谨慎些呢？他摘下手表，放进衣服口袋。可是，上帝啊，这样做有什么区别吗？于是他把精工牌手表拿出来放在书桌上，离打印机远远的。

他再次尝试用手去夹卡住的纸，内心的恐惧却又卷土重来。这样的犹豫不决令他对自己感到十分愤怒。

“该死。”他咕哝了一句转身走进厨房，找来一双硕大的粉红色橡胶手套。他戴上手套，四下打量了一圈，确保没有别的FBI探员或紧急勤务组特警偷看到这滑稽的一幕，然后回到打印机前。

他打开物证采集工具箱，挑选了一个最方便清理卡纸并让打印机继续工作的工具：镊子。当然，这把镊子是金属制的，如果盖尔特在打印机里做了手脚，它便是连接里面裸露电线的最佳媒介。

他瞄了一眼自己的手表，放在六英尺开外的桌子上。现在离预告的袭击时间还剩一个半小时。

罗恩·普拉斯基俯身向前，把镊子伸向两根极粗的电线之间。

30

新闻媒体平台上到处都是关于盖尔特的报道，连他的历任女友、参加过的保龄球队和看过的肿瘤医生都被挖出来接受采访。然而这个人却仿佛人间蒸发了一样，完全销声匿迹，没有一点线索。

梅尔·库柏在皇后区犯罪现场调查部的地质学家同事查出，纽约市区内共有二十一个可能涉及火山灰的展览，其中包括皇后区一位雕塑家的展，据说他用岩浆岩雕刻作品。

库柏咕哝道："两万美元就用来买这么个西瓜大小的东西，话说这个所谓的艺术品长得也跟西瓜似的。"

莱姆心不在焉地点着头。麦克丹尼尔刚回到联邦大楼，正在用电话扩音器向莱姆说明情况，盖尔特的母亲已经有些日子没听到儿子的消息了，但这并不奇怪，据说他最近因为癌症的事情心情很不好。莱姆问："申请到对他们的监视令了？"

麦克丹尼尔愤愤地说，法院认为他们没有足够的理由批准对盖尔特家人的窃听令。

"但我们可以用电话记录器。"警方无法用电话记录器窃听对话内容，却可以监控一切出入的电话号码，再从这些号码入手追查来源。

莱姆有些心烦意乱，又给普拉斯基打了个电话，铃声刚响便接通了，后者用颤抖的声音说，莱姆的来电"把他吓了个半死"。

年轻的警探告诉莱姆，他正在想办法从雷蒙德·盖尔特的打印机里提取信息。

“天哪，菜鸟，这种事儿怎么能自己干呢？”

“没关系，我在脚下垫了块橡胶垫。”

“我指的不是这个。电脑的事情应该交给专家，里面说不定设置了数据清除程序……”

“不不，没有电脑，我说的是打印机。被纸卡住了，我……”

“还是没有关于袭击地址和方位的线索吗？”

“没有。”

“一旦有所发现立刻，马上打给我。”

“我——”

没等他说完，电话又挂了。

专案调查组对于西五十七号大街和雷蒙德·盖尔特住宅附近目击者的调查工作进行得不是很顺利，嫌疑人行踪不明——现在已经用不着“不明嫌疑人”这个称呼了。盖尔特的手机也毫无信号，电池应该已经取出，无法追踪。这是从他手机运营商那里得来的消息。

萨克斯用自己的手机接了一通电话，埋着头，一言不发。片刻后她对话筒道了谢，然后挂上电话说：“是伯纳德·沃尔。他说已经和盖尔特部门的员工——纽约经济维修部——谈过了，大家都说他是匹孤狼，不爱跟人打交道，也没有经常一起吃午饭的朋友。他只喜欢独自一人处理线路工作。”

莱姆点点头，表示收到了信息，然后把关于火山灰和岩浆的消息告诉了视频那头的FBI助理主管：“我们找到了二十一个地点……”

“是二十二个。”库柏忽然插嘴道，他正在和那位懂地质学的同事通话，“还有亨利大街的布鲁克林艺术馆。”

麦克丹尼尔叹了口气：“这么多？”

“恐怕是的。”莱姆说，“我们应该通知弗雷德。”

对此，麦克丹尼尔没有回答。

“弗雷德·德尔瑞。”你的下属。莱姆在心里默默补充道，“他应该让线人知道盖尔特的事。”

“好吧，稍等。我把他的电话接进来。”

扬声器里传来拨号的声音，然后是一阵落针可闻的寂静。终于，电话接通了：“……好，我是德尔瑞。”

“弗雷德，我是塔克，还有林肯，我们正在视频会议。已经锁定嫌疑犯了。”

“是谁？”

麦克丹尼尔看了莱姆一眼，后者说明了关于雷蒙德·盖尔特的事情：“目前还不清楚他的动机，但一切线索都指向他。”

“人找到了吗？”

“没有。目前行踪不明，我们的人已经去他公寓搜查了。”

“截止时间依然有效吗？”

麦克丹尼尔答道：“没有任何信息表明这个截止时间作废。你那边有何进展吗，弗雷德？”

“我的线人手里有些重要线索，我正在等消息。”

“没有现在可以分享的吗？”助理特工主管语气有些尖锐。

“暂时没有。我下午三点会去见他，据说查到了一些东西。我会把盖尔特的名字和信息告诉他，这样或许能快点得到结果。”

弗雷德挂上电话不久，莱姆的电话又响了起来。“是莱姆警探吗？”一个女人的声音问。

“是我。”

“我是安德莉亚·杰森，阿冈昆联合电力。”

麦克丹尼尔向她表明自己也在，然后说：“他后来联络过你吗？”

“没有，可是我必须告诉你们一件事，关于变电站的。”她的声音因为焦急而变得有些沙哑，莱姆全神贯注地听着。

“请说。”

“我之前说过已经更改了计算机的准入密码，所以他无法再用同样的方法发起袭击。”

“没错，我记得。”

“此外，还下令加强了所有变电站的安保措施，全天二十四小时巡逻。但是，就在十五分钟前我们在上城区的一座变电站却着火了。位于哈莱姆的电站。”

“蓄意纵火？”

“是的。当时保安正在正门巡逻，看上去应该是有人从变电站背后的窗户扔了一个火焰弹之类的东西进去。火虽然扑灭了，却留下一个问题：电开关装置被烧坏了。也就是说，我们无法手动关闭那座变电站。所以目前这座电站处于不受控制的状态，除非关掉整个电网，否则电流一定会从那里的输电线通过。”

莱姆能从她的语气中听出浓浓的焦虑，对其缘由却不甚了了，于是请她进一步说明。

安德莉亚答道：“我认为他做了一件相当疯狂的事——直接转接了着火变电站里的一条区域输电线。那条线的电压约有十五万伏。”

“他是怎么做到的？”莱姆问，“我以为他昨天之所以选择那座变电站，是因为直接对主要输电线动手脚风险太大。”

“这倒是没错，只是……我也不知道，或许他发明了某种远程遥控开关，可以先篡改电路再激活电流。”

麦克丹尼尔问：“知道是哪里的线路吗？”

“我能想到的那根输电线大约有四分之三英里长，从哈莱姆区中心和城市西区地下穿过，直通到河边。”

“你确定无法关闭那条输电线吗？”

“只有把着火变电站里的电开关装置修好才行，但那需要好几个小时。”

“这次的电弧闪强度会和昨天一样严重吗？”莱姆问。

“是的，至少不会比昨天弱。”

“知道了，我们会查清楚的。”

“莱姆警探，塔克警探？”她的声音听起来比昨天缓和了很多。

麦克丹尼尔应道：“什么？”

“很抱歉，昨天我态度不是很好，但我是真没想到会是自己公司的员工干的。”

“我能理解。”麦克丹尼尔说，“好在我们已经知道嫌疑人是谁了。如果够幸运的话，还能阻止他再次伤害更多无辜的人。”

通话结束后莱姆大声道：“梅尔，你听到了吗？上城区？哈莱姆区的晨边高地。博物馆、雕塑家，什么都好，给我立刻筛选出最有可能的袭击目标！”言罢又打给皇后区犯罪现场小组的临时负责人——就是暂时接任他原本位置的人——让他立刻派一队人马前往着火的变电站：“让他们把能找到的证据全部带回来，立刻就去！”

“发现一个可能的目标！”库柏叫道，一边听着电话一边转头看向这边，“哥伦比亚大学，有全国最大的岩浆和火山岩标本博物馆。”

莱姆转头望着萨克斯，后者点了点头：“我可以在十分钟之内赶到。”

两人同时转头看着莱姆电脑屏幕上的时间。

上午十一点二十九分。

31

阿米莉亚·萨克斯正在位于曼哈顿北部晨边高地的哥伦比亚大学校园内。

她刚从学校的“地球与环境科学院”离开。当时，热情的接待员告诉她：“我们没有举办关于火山的展览，不过倒是有成百上千种火山灰、岩浆和其他火山岩的标本。每次本科生做完校外考察回来时，都会踩得满地灰。”

“我已经到了，莱姆。”她对着电话说，把了解到的关于火山灰的信息告诉了对方。

莱姆说：“我刚才又和安德莉亚·杰森通了电话，那条地下输电线几乎联通了从第五大道到哈得孙的全部主要区域，大致上是沿着一一六号大街的方向延伸。既然有火山灰，那就说明篡改线路的地方就在大学校园附近。萨克斯，你周围都有些什么？”

“大部分是教学楼，还有行政管理办公楼。”

“这些都有可能成为袭击目标。”

萨克斯从右向左环视了一圈。今天天清气爽，春意融融，学生们正悠闲地在校园中漫步、小跑，或坐在图书馆门口的阶梯上看书：“我看不出这里有特别明显的袭击目标，莱姆。这是一所老学校，大部分建筑看上去都是石木结构。没有钢铁、线缆之类的东西。我想不出他要怎么在这里设置大规模杀伤性的机关。”

莱姆闻言问道：“风向是朝哪里？”

萨克斯想了想：“似乎是向东边和东北边吹的。”

“按照逻辑，你认为如何？尘土一般不会随风飘得太远。或许最多几个街区。”

“我想是的，这么一来差不多应该在晨边公园的位置。”

莱姆说：“我会打给安德莉亚·杰森或者阿冈昆的其他相关人员，搞清楚这条输电线位于公园地下的什么位置。还有，萨克斯？”

“怎么了？”

电话那头的人犹豫了。她猜——不，她知道——莱姆是想叮嘱她注意安全，但他们其实早已心照不宣。

“没什么。”最终他答道。

并且唐突地挂断了电话。

阿米莉亚·萨克斯顺着风向走出了学校大门。她穿过阿姆斯特丹大街，朝校园东面晨边高地的一条街道走去，路过一片灰蒙蒙的公寓楼和被覆盖在阴影中的别墅区。放眼望去，全是花岗岩和砖石建筑。

电话再次响了起来，她看了眼来电显示：“莱姆，查到什么了？”

“刚跟安德莉亚聊过，她说输电线先沿着一一七号大街向北，然后再往西经过公园。”

“我就快到公园了，莱姆。没看见……哦，不。”

“怎么了，萨克斯？”

晨边公园就在眼前，快到午餐时间了，里面熙熙攘攘地聚满了人。小孩、保姆、商务人士、哥伦比亚大学的学生、街头音乐艺人……起码有上百号人正在公园里休憩、聊天、享受美好的阳光。公园旁的人行道上也是人来人往。然而让萨克斯惊恐的却不只是人数。

“莱姆，你知道吗，整个公园的西边，晨边小路那边？”

“怎么了？”

“正在施工，更换地下输水管道，全是粗大的铁制管道。上帝啊，要是他把盗接的电线引到那里……”

莱姆替她说完了这句话：“那么这场电弧闪就可能击中整条街道的任何一个地方。老天，还有可能是周围的任何一栋建筑物。办公室、宿舍、商店……或者甚至蹿到几英里以外去。”

“我得立刻找到他盗接线路的位置，莱姆。”她把手机滑进腰间的皮套里，朝工地小跑而去。

32

山姆·维特对纽约抱着复杂的情感。

这位六十八岁的老人此前从未来过纽约。过去他总计划着怎么从斯科茨代尔——这个他住了一辈子的地方到这里来旅游，而太太露丝也和他一样向往着亲眼看看这座国际大都市。然而他们的旅程却总是止步于加利福尼亚、夏威夷或者阿拉斯加游轮行。

讽刺的是，露丝去世后他第一次出差的目的地竟然就是纽约，并且车旅食宿全包。

很高兴终于来到了这座城市。

真遗憾露丝不能一起来。

此刻，他正坐在炮台公园酒店安静优雅的餐厅里，一边吃着午餐、喝着啤酒，一边和其他前来参加建筑财务大会的人闲聊。

那是典型商务人士的聊天话题：华尔街、喜欢的体育竞赛团队，等等；虽然也有人讨论个人竞技体育，但那也只限于高尔夫球。没有人谈论网球，那是维特最喜爱的运动。比如了不起的费德勒和纳达尔……但网球和那些像打仗一样兵分两队相互厮杀的运动是不一样的。没有人讨论关于女人的话题，因为都是一帮老家伙。

维特四下打量了一番，透过餐厅的那扇巨大玻璃观景窗认真观察着纽约市的风貌，不然回去被秘书和同事问起对这里的印象时都不知道该说什么。到目前为止，他对这座城市的印象是：相当繁忙、十分富有、无比嘈杂、一片灰蒙——就算天气晴朗也一样。仿佛连太阳都觉得给纽约市民普照阳光是一种浪费。

真是心情复杂……

这种心情包含着一部分愧疚，那是因为他正独自一人享受这盼望了多年的大都市之旅。他计划去看《魔法坏女巫》的音乐剧，看看现场表演和美国凤凰广播公司拍摄的电影哪一个更好；要是有时间，还想看《舞动人生》，看看和电影预告片比起来哪个更有趣。他还和早上刚认识的两位商人约好，晚上要一起去唐人街吃饭。那两人一个住在纽约，一个来自圣达菲市。

或许他心底总觉得，这样的纵情享受是对亡妻的背叛。

当然，露丝应该不会介意的。

可他的愧疚感却依旧不散。

维特不得不承认，这种复杂的心情中还有一部分是源自一种与周围格格不入的感觉。他的公司承接的是普通建筑工程，专注于最基础的项目：地基、车道、站台、人行道，等等——并不引人注目，却是人们日常生活必不可少的工程，并且相当来钱。他的团队成员都是些不错的家伙，既准时又遵守行规……但这些在商业界却并不见得是值得吹嘘的品质。他的公司很小，合资项目里的其他参与方都是比他更大的公司，对于商业运作、法律法规等事务比他有经验多了。

午餐桌上的闲谈总在“亚利桑那响尾蛇”“纽约大都会”和抵押贷款、利率以及高科技系统之间来回转换，都是维特听不懂的东西。他不自觉地再次转头望着窗外，注视着酒店旁边的大型建筑工地，看样子那里应该在盖新的大型写字楼或者公寓。

正看着，一名工人引起了他的注意。这个人的制服和别人都不一样——深蓝色的工装和黄色的安全帽——正扛着一大卷像是电线或线缆的东西，从工地后方的沙井里爬了出来，然后站在原地眨着眼睛四处张望。随后工人从兜里掏出手机打了个电话，然后关上手机悠闲地穿过了工地，可他却并没有离开，而是走进了工地隔壁的大楼。他意态闲适，步履轻松，显然对自己的工作相当满意。

一切看起来都是那么平常。穿着蓝色工装的男人大概就是三十年前的维特，也完全有可能成为他现在的雇员。

这位年迈的商人终于放松了些。这个场景让他感觉十分熟悉，仿佛回到了家乡——不只是那名穿蓝色工装的工人，还有其他穿着专业施工外套、拿着工具设备忙忙碌碌却依旧抽出时间插科打诨的人们。他想起了自己的公司和公司里的人，大家融洽得就像一家人。有几个安静瘦削的白人员工，个个都晒成了古铜色，看上去就像用混凝土烧制的人偶；还有那个名叫拉提诺的新工人，平时总爱夸夸其谈，做起事来却认认真真、一板一眼。

眼前的景象让维特感叹不已。说不定其实纽约也好，那些即将与他合作的项目方也好，都和他最熟悉的家乡，还有留在家乡的人们并无太大区别。

放松点。

接着，他的目光随着那个穿蓝色工装、戴黄色安全帽的男人落在工地对面的一栋楼前，工人走了进去。那是一所学校的大楼，山姆·维特注意到教学楼的窗户上贴着一些告示。

弹簧单高跷马拉松比赛募捐活动，五月一日。

跳跳更健康！

跨性别学生晚宴，五月三日。

赶快报名参加吧！

地球科学院演讲

“关于火山：近距离且个人化的研究”

四月二十日至五月十五日。免费参加，“火”力十足！

向公众开放。

好吧，他忍不住笑了一声：不得不承认，可能纽约到底还是和斯科茨代尔有些不同的。

33

莱姆一遍又一遍地检视着现有的证据，拼命想要从那些现场采集的看似毫无关联的金属、塑料和尘土中看出一点端倪，得到一丝灵感的火花，好帮助萨克斯尽快确定盖尔特究竟是从哪里盗接了电线，连到晨边高地至哈莱姆区的地下水管。

如果这真是盖尔特的计划。

灵感的“火花”……这说法真不吉利，他想。

萨克斯继续在晨边公园搜索，寻找嫁接在输电线上并且连通至水管的电线。莱姆知道这有多不容易——要想找到这条线、看清它被接在水管的什么位置，唯一的办法就是靠近。他还记得昨天说到路易斯·马丁千疮百孔的尸体时，她颤抖的声音和空洞的眼神。

从最近的辖区调来的几十名警员正在紧张地盘查晨边公园及水管工程周围的建筑物，可是电流难道不能顺着铸铁管传送到别的地方吗？电弧闪难道就不可能在几英里以外的某间厨房里产生吗？

就比如他自己的厨房，比如汤姆站在水池前清洗碗碟时会不会突然毫无征兆地出现？

莱姆看了看屏幕上的时间。如果接下来的六十分钟内他们还找不到这条线，事实就会替他们揭晓答案。

萨克斯回了个电话：“没有，莱姆。或许是我想错了。刚才我忽然想到，输电线必然会穿过地铁，那么如果他的袭击目标是某列车呢？那边也得搜一下。”

“我们还在和阿冈昆讨论，萨克斯，希望能尽快缩小范围。我回头打给你。”说完他冲梅尔·库柏喊道，“怎么样了？”

库柏正在和阿冈昆控制中心的一名督导员通话，后者和他手下的员工在安德莉亚·杰森的授意下，正努力排查这条输电线的各个部分，看是否有哪里出现异常电压起伏。这是可行的办法之一，因为输电线上每隔几百英尺就有一个传感器，用来探测电线的绝缘性和退化情况。这就表示，他们说不定有机会准确定位盖尔特动过手脚的地方。

可惜库柏的回答是：“没有发现。抱歉。”

莱姆闭了闭眼睛。之前虽不承认，但现在头疼却越来越强烈。他担心身体其他地方是否也在疼痛，这是四肢瘫痪之人无法摆脱的忧虑。没有痛觉就永远无法了解身体的状况。就算是渺无人烟的森林里，一棵树倒了也会发出巨响，可如果感觉不到疼痛，疼痛还存在吗？

莱姆意识到，这些念头带着点病态的意味，他也知道这些念头最近经常出现。原因他不清楚，却无法摆脱。

而且更奇怪的是，就在昨天的这个时间，他还为忍不住想喝杯威士忌而和汤姆各执一词地斗嘴，今天却一点也不想喝了。甚至连想到酒都觉得反胃。

这个发现比头疼更让他忧虑。

他睁大双眼，一行行扫过证据清单上的文字，却看不进去，仿佛眼前的文字是读书时学过的某门外语，经年不用已经不认得了。但很快他的目光便再次集中起来，看着清单上关于电流从发电站流入住家的描述，随着箭头往下指去，电压值也不断下降。

“十三万八千伏特……”

莱姆让梅尔·库柏打给阿冈昆的员工索墨斯。

“你好，这里是特殊项目组。”

“你是查理·索墨斯？”

“是的。”

“我是林肯·莱姆，阿米莉亚·萨克斯的同事。”

“哦，明白了。她跟我提过你。”索墨斯的声音很温和，“我听说犯人是雷·盖尔特[1]，我们的员工。真的吗？”

“看起来应该是，索墨斯先生……”

“嘿，叫我查理就行，不然听起来像在叫什么了不起的警长一样。”

“好吧，查理，你有跟进现在的最新情况吗？”

“我正在电脑上看电网图。安德莉亚·杰森——我们的总裁——让我随时监控电网状况。”

“他们还要多久才能把……那叫什么来着？着火的变电站里的电开关修好？”

“还要两三个小时吧。那条线暂时还是脱离控制的状态，我们也没办法关掉，除非把整个纽约市的绝大部分电网都关掉……有什么我能帮忙的吗？”

“有，我需要了解更多关于电弧闪的知识。目前看来盖尔特应该是盗接了一条输电线级别的主线，然后把接驳电线连到输水管道上，之后……”

“不，不，他不会这么做的。”

“何出此言？”

“那是一条地线，一触到就会短路。”

莱姆略作思索，随即想到了另一个可能：“他会不会只是假装要盗接输电线，实际上却在别的地方设了一个小陷阱？形成电弧闪最少需要多大的电压？”

“像昨天那种能造成大规模伤害的弧闪需要十三万八千伏，不过

---

①雷是雷蒙德的昵称。

单纯只是形成弧闪的话，需要的电压却少得多。只要超过电线或者终端所能承受的电压值上限就行。弧闪如果从那里跳转到另一条电线叫‘相到相’；如果跳转到地面则叫‘相到地’。普通住家的电流只会形成电火花，而不是电弧闪，最多两百伏特。一旦接近四百伏特，小弧闪就有可能形成了。要是超过六百伏特可能性就更大。但除非电压达到中高级别，否则很难产生严重后果。”

“这么说一千伏特也能形成弧闪？”

“只要条件满足，是的。”

莱姆盯着曼哈顿市的地图，目光集中在萨克斯此刻所在的地方。索墨斯的话瞬间让可能成为盖尔特袭击目标的地点成倍增长。

“不过，你为什么会问到电弧闪呢？”索墨斯不解。

“因为，”莱姆心不在焉地答道，“一小时之内，盖尔特将用它来杀人。”

“哦，盖尔特的笔记里有关于电弧闪的内容吗？”

闻言，莱姆才想起并没有见过这样的笔记：“没有。”

“所以这只是你的推测？”

莱姆很讨厌“推测”这个词以及它所有的同义词。他对自己感到愤怒，总觉得是不是看漏了什么重要的线索：“你接着说，查理。”

“电弧闪虽然很惊人，却并不是最有效的手段，因为很难完美地控制，你永远没法儿知道弧闪最终会在哪里形成。比如昨天早上的事，我是说，盖尔特本来想用整辆公交车当目标，结果却没打中……你想不想听听，如果是我要用电杀人会怎么做？”

林肯·莱姆飞快地答道：“是的，愿闻其详。”然后侧耳向着电话，全神贯注地听了起来。

34

一八八三年托马斯·爱迪生首次在新泽西州建立了“架空输电系统”——就是那些难看的电塔，但首个电网系统使用的却是埋在曼哈顿下城区路面以下的输电线，把位于“珍珠街”上的发电站产生的电流送往不同地点。当时，爱迪生总共有五十九名客户。

有的电线维修工很讨厌地下电网（又被称为“暗电网”），乔伊·巴尔赞却很喜欢。他进入阿冈昆才不过两年，在电力产业却已经差不多工作了十年。他十八岁开始就加入了这一行，进公司之前曾做过一阵私人项目，一路从学徒做到正式工。他的愿望是继续努力，有朝一日成为行业内的电工专家，这个梦想终有一天会实现的，但目前他更愿意进入大型电力公司工作。

说到大型电力公司，放眼全国还有谁能比得过阿冈昆联合电力呢？那可是国内顶尖的电力公司之一。

半小时前他和搭档接到上级故障检修员的电话，说华尔街附近一个地铁站的供电线路出现了异常波动。纽约大都会运输署的部分线路有自己的发电设施，相当于迷你“模母”，但电话里说的这条线却完全由阿冈昆提供电力。公司从皇后区传输高达两万七千五百伏的电压至沿途的各个变电站，再降压转换为六百二十五伏特的直流电供地铁使用。

附近的一个大都会变电站探测器显示，刚才有一瞬间的电压不稳。虽不至于影响正常地铁运载服务，却值得担忧——毕竟昨天早晨才刚在一个公交车站发生了那样可怕的爆炸。

而且，真该死，事件的幕后主导竟然就是阿冈昆公司的员工。雷·盖尔特，皇后区的一名高级故障检修员。

巴尔赞见过电弧闪——这个行业的所有工作人员或多或少都曾见过——那刺眼的电闪、爆炸和令人毛骨悚然的嗡鸣声都足以让他痛下决心，在今后处理任何电流相关的工作时都加倍小心。一定要穿戴防护手套、防护靴，使用绝缘操作杆，并且绝不佩戴任何金属制品。许多人都错误地以为丰富的经验能够让他们控制电流。

可惜啊，并不能。也没有人能跑得比电更快。

此刻，他的搭档刚回到地面上，巴尔赞留在下面继续寻找可能导致那一瞬间电流波动的理由。地下阴凉而空寂，但并不安静。引擎的轰鸣声和地铁驶过的震动就像地震一样。没错，他很喜欢待在这儿，置身于交错的电缆和充斥着发热的绝缘材料、橡胶以及油脂味道的空气中。纽约城就像一艘航船，地面下的结构和地面上一样错综复杂。无论哪一层甲板他都了如指掌，就像了解自己居住的布朗克斯街区一样。

他看不出是什么导致了电压的波动，阿冈昆的电缆看上去都没有问题。也许——

他顿了一下，眼光瞟到一个奇怪的东西。

那是什么？他好奇地想。和所有线路维修员一样，无论地上地下他都对自己负责的区域了如指掌，所以此刻也知道这个昏暗隧道的尽头有点不对劲：为地铁系统供电的其中一个断路器面板上突兀地连着一条线缆，不仅如此，这条线并没有向下延伸进地面、连接地铁线，反而穿过隧道的顶部向上连着。线缆的接驳手法十分娴熟——一个线路维修员的技术高低只要看他的接线手法便能知道——应该是专业人士做的。可会是谁呢？又是为了什么？

他停下脚步，看向了那根电缆。

接着，惊吓让他倒吸了一口凉气。隧道里还站着另一位阿冈昆工人。忽然遇到别人，对方显得比他还要惊讶。昏暗的光影中巴尔赞看不清对方的样子。

“嘿，你好啊。”巴尔赞点头示意。双方都没有要握手的意思。两人都戴着肥大的防护手套——在其他电介质正常的情况下，手套的厚度足以保护他们进行火线操作。

另一名工人眨了眨眼，抹了把汗说：“没想到下面还有人。”

“我也没想到。你也听说电压不稳的事了吗？”

“是啊。”男人应道，然后又说了些别的什么，可是巴尔赞一句都没有听进去。他的大脑正在飞速运转，思考这个男人究竟在用笔记本电脑做什么——没错，那是所有线路维修员工作时都会用到的设备，因为整个电网都已经实现了电子化，这个人却并没有用它检查电压水平或者开关设备的完整性。电脑屏幕上显示的是一段影像，看起来很像位于他们头顶上方的施工现场，感觉就像在看画质清晰的安全监控录像一样。

巴尔赞瞄了一眼他胸前的阿冈昆员工身份标牌。

哦，我的妈呀。

上面赫然写着：雷蒙德·盖尔特，高级技术服务操作员。

巴尔赞只觉得呼吸都要停止了，脑海里飞快地闪过早上督导员的训话，他召集所有的线路维修员，向他们说明了有关盖尔特和他所作所为的消息。

现在他终于知道了，那根接驳的电线是为了制造第二次电弧闪。

冷静点，他默默地告诫自己。下面黑黢黢的，盖尔特应该也看不清他的脸，所以他刚才震惊的表情应该没被看到。而且，公司和警方刚刚才发布声明，盖尔特说不定几小时前就已经待在下面了，可能还不知道警察已经查明了他的身份。

“唉，该吃午餐了，我快饿死了。”巴尔赞拍了拍肚子说，却很快意识到这样做太过刻意，“我得上去了，不然搭档会担心的。”

“行啊，保重。”盖尔特回了一句，转身继续看电脑。

巴尔赞也转身向着最近的出口走去，拼命忍住想跑的冲动。

但他很快就意识到这么做是没用的。

就在巴尔赞转身的一瞬间，眼角的余光瞟到盖尔特飞快地俯身拾起了地上的一个东西，对着他的后背。

巴尔赞撒腿就跑，然而盖尔特却比他更快，仓促间回头，他只恍惚地看见一支线路维修员常用的玻璃纤维绝缘棒在眼前一晃，然后猛地击中了他的安全帽。这一击力大无比，他仰面向后倒在了肮脏的隧道里。

他无力地睁着双眼，看见一根十三万八千伏特的线缆悬挂在头顶六英寸的地方。就在此时，绝缘棒再一次向他挥了过来。

35

阿米莉亚·萨克斯此刻正在做她最拿手的事。

或许不一定最拿手。

却是她最喜欢，也最让她感觉活力焕发的事。

开车。

将金属和肉体的张力都推至极限，风驰电掣地穿过城市的大街小巷，从看似不可能的小道上钻进钻出，同时考虑到密集的交通、人流和车流，迂回前行、左右侧滑。所谓飙车，并非乖乖地沿着道路指示行驶，也不是上蹿下跳，而是控制你的座驾、抓住一切可能的机会，硬生生闯出一条道来。

这些车被称为“肌肉车”是有原因的。

这辆一九七〇年款的四二八型福特“都灵眼镜蛇”跑车继承了上一代福特法兰跑车的性能，具备四百零五马的强劲马力和四百四十七英尺的纤巧扭矩。当然，萨克斯选择了加装四速变速箱，对速度的追求让她无法拒绝。不过换挡器用起来很费力，一旦调节不到位，之后就有得忙了，比如要把变速器齿轮从油槽中冲出来之类的。它不像现在那种包容性很强的六速同步齿轮离合器汽车，专为那些面临中年危机、戴着蓝牙耳机、满脑子都想着预约晚餐的生意人而设计。

“眼镜蛇”会喘息、咆哮、呜咽，能发出许多不同的声音。

萨克斯的身体绷得紧紧的。她飞快地按了一下喇叭，但还没等前面那个懒得打灯就想并线的司机反应过来，便已越过他绝尘而去。

萨克斯承认，她还是有点想念上一辆车的。那是一辆雪佛兰科迈罗SS型跑车，是她和父亲一起改装的，可惜在最近的一次案件中毁了。不过父亲曾提醒过她，不要对车子倾注太多个人情感。它可以是你的一部分，却并不是你，也不是你的孩子或者挚友。无论主轴、车轮、气缸、鼓式刹车还是复杂的电子系统都可能忽然不听使唤或者老化，让你束手无策。它们还可能背叛你，甚至杀死你。所以如果你以为那团拼接起来的钢铁、塑料、黄铜和铝合金会在意你的死活，那就大错特错了。

“艾米，一辆车子所谓的灵魂其实就是你选择倾注其中的感情，一分也不会多，一分也不会少。永远别忘记这点。”

所以，没错，失去了那辆科迈罗，她很是遗憾，这种遗憾将一直留在她心中，但她还是可以神采奕奕地驾驶这辆性能良好又适合自己的新车。现在这辆车的方向盘上正突兀地显示着那辆科迈罗的标志，那是帕米送给她的礼物，从萨克斯那辆报废的雪佛兰残躯上抢救出来的，她把它安在了新跑车上。

萨克斯在岔路口猛踩了一脚刹车，紧接着踩离合、降挡、调整引擎转速，查看左右道路车况，然后放开离合，一脚油门加速前进。车速逼近五十码，然后是六十码、七十码。她根本没空去看仪表盘上那像心跳般不停闪烁的蓝色指示灯。

此刻她正行驶在西侧高速上，即纽约的A9公路，她刚从几英里外的亨利哈得孙开过来。她一路向南飞驰，沿途熟悉的景象纷纷映入眼帘：停机坪、哈得孙河公园、泊着游艇的码头和车流拥挤的“荷兰隧道”。接着，鳞次栉比的金融中心写字楼出现在道路的右侧，她加快速度驶过原本世贸双塔所在的地方，那里还在重建。她想，要是虚空也能投下阴影，那一定是在这里。

一个控制完美的弧线转弯后，“眼镜蛇”驶进了炮台广场，萨克斯向东疾驰，转入曼哈顿下城区。

正当她灵巧地避开两辆出租车继续前行时，耳机里忽然传来沙沙声，略微打断了全副集中的注意力。被她超过的出租车上那名包着锡克教头巾的司机一脸震惊。

“萨克斯！”

“莱姆，怎么了？”

“你到哪儿了？”

“快到了。”

正说着她一打方向盘，车子来了个九十度急转弯，四个轮胎擦着路面留下乌黑的印记，福特跑车灵活地钻进拥挤的车流和马路边缘之间的空隙，整个过程中速度盘上的指针从未低于四十五码，而另一个指针也未曾低于五千。

她要赶往的地方是白厅街，就在斯通街附近。莱姆和查理·索墨斯的谈话引出了一个意料之外的结论。这个特别项目组的男人推测盖尔特这次可能不会使用电弧闪进行攻击，索墨斯将赌注压在他会利用电流在公众场所制造一次简单的触电事件，然而使用的电压值却足以杀死踏进陷阱的任何人。他打算用某种方法让行人变成闭合回路的开关，成为电流的通路。索墨斯解释说，这种方式不仅更加简单，还更有效，并且用不了多高的电压。

莱姆总结道，上城区的变电站着火其实只是一个障眼法，目的是掩盖盖尔特真正想要袭击的目标：很可能就在市中心。他检索了所有关于岩浆和火山灰的展览地址，发现了一个离哈莱姆区最远，却向所有公众开放的地方：阿姆斯特丹学院。这是一所社区大学，主要进行办公室文员技能培训并为商务人士提供专科教学，但他们的自由艺术专业却正在举办有关地质形成的讲座，其中就包括一场火山主题的展览。

“我到了，莱姆。”萨克斯把“眼镜蛇”滑到路边，停在学校正门口，车后的沥青路面上深深地印着两道焦黑的车胎痕迹。下车时轮胎的烟气还尚未从轮窝处散尽，这种气味让她不禁想到阿冈昆的MH－10号变电站——以及她尽管努力回避却不断浮现在脑海中的路易斯·马丁身上红黑色的孔洞。当她小跑着往学校入口赶去时，竟然少有地感谢双膝关节炎带来的刺痛，因为能让她暂时从那可怕的记忆中抽身。

“我看过这个地方了，莱姆，很大。比我预想得还要宽阔。”萨克斯目前并不是在做罪案现场勘探，所以没有上传实况视频。

“在袭击发生前，你还有十八分钟。”

她迅速扫视着这栋六层的教学大楼，不少学生、教授和教职员工正急匆匆地往外跑，神色慌张。塔克·麦克丹尼尔和朗·塞利托决定疏散大学里的所有人员。人们纷纷向教学楼外涌去，手里紧紧地拽着挎包、电脑和书本。几乎每个人都会下意识地抬头望一望天空。

“九一一”恐怖袭击后人们总是如此，不自觉地往天上看。

另一辆车也停在了学校门口，一个身着深色警服的女人下了车。她也是一名警探，名叫南希·辛普森，小跑着朝萨克斯靠近。

“有什么发现，阿米莉亚？”

“我们认为盖尔特在学校里做了些手脚，但还不知道是什么。我现在要进去搜查。你可以问问他们吗？”她说着朝正在疏散的人群偏了偏头，“问问有没有人见过盖尔特，你有他的照片吗？”

“我的掌上电脑里有。”

萨克斯点了点头，转头望着学校大门，心中想起索墨斯的话，一时间竟不知该从何查起。如果是炸弹，她倒是很清楚会设置在什么地方，也知道狙击手会在哪里埋伏，可对于无处不在的电流却一筹莫展。

她问莱姆：“关于盖尔特可能做的手脚，查理到底是怎么说的来着？”

“最有效的方法是让受害者成为电路开关。他会让门把手和阶梯扶手充满电流，再利用地板做回路。如果地板恰好是湿的则可以变成天然回路。直到受害者接触把手或扶手前，电流回路都是断开的。一旦接触，电流便会流过受害者全身。杀死一个人需要的电压并不高。另一种方法是让人双手触碰某个电源，这样也能将足以致死的电压传至胸膛，但这种方法不够有效。”

“有效”……目前这种情况下，这个词听起来实在令人不适。

身后传来刺耳的警笛声。火警、纽约市警察局的紧急勤务组和医疗队陆续抵达。

她挥了挥手，向紧急勤务组组长波·豪曼打了个招呼。那是一位身材精干、头发灰白的男人，曾任陆军教官的职位。他向萨克斯点头致意，然后开始部署手下帮助疏散人群到安全的地方避难，又指挥剩下的特警组成战术回应分队，搜查雷蒙德·盖尔特和其同伙的踪迹。

萨克斯迟疑了片刻，避开金属把手、逆着人流、推开玻璃门进入了学校大厅。她很想提醒大家注意不要接触任何金属制品，但又害怕一旦出声会引起恐慌，进而导致推搡踩踏造成人员伤亡。好在距离袭击至少还有十五分钟的时间。

大楼里有不少扶手、门把手，楼梯和地上的嵌板都是金属的。光从表面来看，根本无法得知它们是否连着某处的电线。

“我不确定，莱姆。”她犹豫地说，“这里是有不少金属没错，但地板大部分地方都铺着地毯或者油地毡。这些都不导电。”

难道嫌疑人的目的是点火烧掉整栋大楼吗？

只剩十三分钟了。

“别放弃，萨克斯，接着找。”

她试着用查理·索墨斯送的免触型电压探测器搜索，虽然发现了个别有电压显示的地方，但数值都是普通的家用电压，并且电源所在的位置也不利于用来杀人或伤人。

窗外一阵闪烁的黄色光芒吸引了她的目光，那是一辆写着“阿冈昆联合电力”的卡车，车身上还印着一行大字：“紧急维修”。她认出了车里四人中的两位：安全部主管伯纳德·沃尔和运营副总裁鲍伯·加瓦诺。他们正下车朝一队警察跑去，南希·辛普森也在其中。

就在透过玻璃窗望着三人时，萨克斯第一次注意到学校隔壁的情况。那是一个正在修建摩天大楼的工地，建筑工人们分秒必争地搭建着钢筋骨架、上螺栓、用电焊枪焊接支架。

她猛然回头望着学校大厅，只觉得仿佛有人在心口狠狠打了一拳。她迅速回头，紧紧盯着外面的工地。

是金属。整个大楼骨架都是由纯金属构成的。

“莱姆，”她轻声说，“我认为目标根本不是学校。”

“你的意思是？”

她向莱姆说明了情况。

“钢铁……没错，萨克斯，你说得有道理。想办法让工人们都撤出来。我会联系朗，让他和紧急勤务组协调。”

萨克斯推开门向工地上的拖车跑去，那是摩天大楼建筑项目承包商的办公室。她仰头看了看这座高二十到二十五层楼的金属骨架，知道它即将变成一条巨大的火线。那上面至少有两百名建筑工人正在工作，却只有两架小小的升降电梯可以将他们送至地面的安全地带。

离下午一点仅剩下十分钟。

36

“发生了什么事？”山姆·维特问酒店餐厅里的服务生，和一起吃午餐的朋友望着窗外忙乱的状况，看起来好像是警方正在紧急疏散对面学校和旁边建筑工地的人员。警车和消防车接二连三地停在路边。

“不会有事吧？”一个投资人问，“我是说这里。”

“是的，先生，这里很安全。”服务生肯定地说。

维特心里明白，其实这个服务生也不知道这里安不安全。作为建筑行业的资深人士，维特立刻下意识地确认起了酒店的紧急逃生路线和效率。

同桌那位来自圣塔菲的商人问：“你听说昨天的事了吗？就是变电站爆炸事件？说不定和那个有关。有传言说是恐袭。”

维特看过一两则新闻报道，但都只是草草浏览而已。于是他问：“怎么回事？”

“有人对电网动了些手脚。你知道，就是那家电力公司。”男人朝窗外努了一下嘴，“说不定他也在学校或者旁边工地里干了同样的事。”

“但不是我们吧。”另一名投资人看起来很担心，“不是这家酒店。”

“不、不，我们没事。”服务生微笑着离开了。维特心想，不知此人会选哪条逃生路线呢。

餐厅里的人纷纷起身走到窗前，从这里可以清晰地看见外面慌乱的景象。

维特听见有人说："什么啊，根本不是恐怖分子干的。是那家公司心怀不满的员工。好像是个线路维修员，电视上放过他的照片。"

一个想法忽然从维特心底升起。他问同桌的一位商人："你知道他长什么样子吗？"

"一个四十几岁的男人。很可能穿着电力公司的工装，戴一顶黄色的安全帽，工装是蓝色的。"

"我的上帝啊。我想我看见他了，刚才。"

"你说什么？！"

"我刚才看见了一个穿蓝色工装、戴黄色安全帽的男人。肩上还扛着一大卷电缆。"

"你应该赶紧告诉警察。"

维特站了起来。他别过头，然后想了想，把手伸进衣服口袋。他不希望这些人以为自己是借机逃单。他早听人说过纽约人不信任他人，他可不想因为这件事破坏大都市产业圈对他的第一印象。于是他掏出一张十美元的钞票支付自己的午餐三明治和啤酒，刚放下钱又想起这里是纽约，所以又掏了一张出来，总共二十美元。

"山姆，别管这个了！快。"

他努力回忆着那个男人究竟是从哪个沙井爬出来的，又是站在哪里打电话、走进学校。要是他能记得那人打电话的大概时间，警方或许就能追踪那通电话，而电话公司说不定可以查到他打给了谁。

维特急匆匆地走上扶手电梯，三步并作两步下到酒店大厅。那里站着一位警察，在前台附近。

"警官，打扰一下，我刚听说……你们在找电力公司的一个工人？就是策划了昨天那场袭击案的元凶？"

"是的，先生。您知道些什么吗？"

“我想我可能看见他了，但又不是很确定，也可能不是。但我觉得还是应该告诉你们。”

“稍等。”警官举起手里的无线对讲机说道，“巡警七八七三呼叫指挥部。我想我找到了一名目击者，他可能见过嫌疑人，完毕。”

“收到。”对讲机里传出沙沙的声音，“稍等……好的，七八七三号，送他到外面来。斯通街。辛普森警探有话问他，完毕。”

“七八七三号收到。”警察转头对维特说，“从前门出去左转，那儿有位警探等着您，一位女士。你就说找南希 · 辛普森。”

维特急忙穿过大厅向门口走去，心里想着：如果那个男人还没走，说不定警察能在他伤害任何人之前成功逮捕。

人生第一次的纽约之行，说不定还能上报纸，成为英雄。

露丝要是知道了会怎么想呢?

37

“阿米莉亚！”南希·辛普森站在人行道上大叫道，“我有一个目击证人，是旁边酒店的客人。”萨克斯朝她跑过去，后者又说：“他现在出来见我们。”

萨克斯通过话筒把情况转述给了莱姆。

“他是在哪儿看见盖尔特的？”犯罪学家急切地问。

“还不知道，我们现在正要去见他。”

她和辛普森一起奔向酒店大门。萨克斯仰头望了望工地上参天而立的巨大金属结构，工人们正在迅速撤离。现在离预告袭击时间只剩下几分钟了。

这时，她听见有人喊：“警官！”一个男人的声音从背后传来：“警探！”

她转头，看见阿冈昆的副总裁鲍伯·卡瓦诺正向她跑来。这个高大的男人气喘吁吁、汗流如注，脸上歉意的表情仿佛在说：对不起，我忘了你的名字。

“阿米莉亚·萨克斯。”

“鲍伯·卡瓦诺。”

她点了点头。

“听说你们正在疏散建筑工地。”

“是的，我们没有在学校里找到任何可以袭击的目标。大部分地面都铺着地毯和——”

“但建筑工地就更不可能了。”卡瓦诺说，紧张地指着工地。

“这个吗，我觉得……你看那些横梁，都是金属。”

“萨克斯，你在跟谁说话？”莱姆打断道。

“阿冈昆的运营总监，他不认为嫌疑人会把建筑工地当作目标。”她问卡瓦诺，“为什么？”

“你看！”他的声音透着慌乱，伸手指着站在附近的一群工人。

“什么意思？”

“你看他们的靴子！”

萨克斯轻声道：“个人防护设备，绝缘的。”

如果无法避免，就想办法保护好自己……

有的工人还戴着绝缘手套，穿着厚厚的防护衫。

“盖尔特不会不知道这点。”运营总监说，“所以要想伤害他们，就势必要输送大量电流到这个庞然大物里，但那样又会造成整个区域的电网关闭。”

莱姆说：“如果既不是学校也不是工地，那么他的目标究竟是什么？难道我们一开始就找错地方了？有可能根本就不在这儿。附近还有另一个火山主题展览。”

卡瓦诺忽然抓住萨克斯的臂膀，指着他们身后说：“是酒店！”

“神啊。”萨克斯喃喃地说，注视着酒店。那是一栋极简主义风格的亮丽建筑，建材多为打磨光滑的石头和大理石，有喷泉，还有……金属，大量的金属。铜质的大门、钢铁的阶梯和地面材料。

南希·辛普森也转头看着酒店。

“怎么了？！”莱姆急切的声音从耳机里传来。

“是酒店，莱姆。他的目标是酒店。”她抓起对讲机呼叫紧急勤务组组长，一面冲对讲机喊着，一面和辛普森向酒店飞奔而去，“波，我是阿米莉亚。他的目标是酒店，我能确定。不是建筑工地。让你的人现在赶紧过去！立即疏散！”

“收到，阿米莉亚，我会……”

然而萨克斯没有听到他接下来说了些什么。或者应该说，无论他在说些什么都已经完全不重要了。她双眼死死地盯着酒店的落地玻璃大窗。

尽管还没到下午一点，炮台公园酒店里却有六个人突兀地停下了脚步。原本生动的表情在一瞬间凝固，仿佛变成了神情空洞的玩偶，随即又夸张地扭曲起来，像一张张怪诞的面具。白色的唾沫从嘴角溢出，像细线一样垂挂而下；手指、双脚、下腭都开始疯狂地抽搐。

这非人而扭曲的景象让周围人吓得大惊失色，纷纷失声尖叫起来——就像一场末日恐怖电影，人类忽然变成了僵尸和怪物。其中两三个人的手正贴着旋转门的金属推板，手脚不受控制地抽搐着，踢打着狭小的玻璃门面，其中一人甚至踢烂了玻璃，锋利的碎片割断了他的股动脉，冒着烟雾的鲜血喷涌而出。另一个男人年纪尚轻，看起来像个学生，正握着活动会议室门上的把手，他的身体僵硬地向前佝偻着，浑身战栗，小便失禁。还有两个人的手正搭在通往大厅酒吧的阶梯扶手上，也是身体僵直，不断颤抖，生命迹象随着烟雾一点点抽离身体。

即便身在酒店外，萨克斯也能听见站在台阶中央的一个女人可怖的呻吟，那声音从她逐渐被烧焦的咽喉里传出，仿佛来自炼狱的惨叫。

一个身材魁梧的男人冲上前去，想要搭救一名浑身冒烟的客人——把他的手从电梯面板上撞开。这位好心人以为能凭身体的撞击救下那个可怜的男人，却低估了电流的速度和力量。他一触到受害者就立刻成了闭合回路的一部分。剧痛让他的脸皱成一团，鲜活的表情很快便扭曲成空洞而怪异的面孔，他也开始不受控制地疯狂抽搐。

扭曲的脸上牙齿咬破了舌头和嘴唇，鲜血顺着嘴角汩汩而下；

他们的双眼向上翻起，眼眶中只剩下瘆人的惨白。

一个握着门把手的女人大概因为攥得太紧，整个身体向后弯折成一个十分诡异的角度，翻着白眼，呆滞地望着天花板，火焰“砰”的一声从她灰白的发丝间喷薄而出。

萨克斯喃喃地说：“莱姆……天哪，情况很糟，非常糟糕。我先挂了。”没等对方回应她便挂断了电话。

萨克斯和辛普森转身向急救车招手，让他们赶紧过来。刚才的那一幕，那些诡异扭曲的身体、僵硬的肌肉、抽搐的四肢、显现在皮肤上乌黑的血管、浓稠的唾液和因灼热的面部皮肤而被蒸发成烟雾的血液都让萨克斯战栗。

卡瓦诺叫道：“绝不能让他们现在往外跑。叫他们别碰任何东西！”

萨克斯和辛普森跑到落地玻璃窗前，挥手向里面的人比画着，示意他们从所有的门边退开。然而恐惧已经完全占据了人心，他们不断尖叫着往出口跑去，却又在看见面前可怖的景象时吓得驻足不前。

彻底切断电路……

她冲到卡瓦诺面前，大喊：“怎样才能切断这里的电流？”

运营副总裁四处看了看说：“我们不清楚他把电路接驳到了哪里，这附近有地铁电线、输电线、馈电线……我得给总部打电话，让他们切断这个区域的所有供电。就算会影响到纽约证交所也管不了了，这是唯一的办法。”他掏出手机说，“但这得花上几分钟。告诉酒店里的人待在原地别动，什么也不要碰！”

萨克斯冲到一大面玻璃窗前，比画着让里面的人后退。有人听懂了，听话地点了点头，但其他人却依旧恐慌非常。萨克斯眼看着一个年轻的女人甩开朋友的手，冲向紧急逃生门，那里赫然躺着一具烧焦的尸体，正是上一个打算从那里逃跑的客人。萨克斯奋力地敲着玻璃窗：“别过去！”她大喊着，然而那个女人只是呆滞地看着萨克斯，脚下却依旧不停，朝门伸出了手。

“不，别碰门！”

女人抽泣着，又向前迈了一步。

离门还有十步……五步……

没有别的办法了，女警探下定了决心。

“南希，窗户！打破窗户！”萨克斯掏出腰间的手枪，打开保险，向窗户上部扣下了扳机。六发子弹全部打出，击碎了大厅的三扇落地窗。

逃生门前的女人听到枪响，尖叫着蜷缩在地上，再晚一秒钟她就要握住门把手了。

南希·辛普森也用枪打碎了大门另一侧的落地玻璃窗。

两位警探纵身跳进大厅，大声警告人们不要触碰任何金属制品，并指挥他们依序从打碎的落地窗向外撤离，而那一道道令人胆寒的烟雾正逐渐充满整个大厅。

38

鲍伯 · 卡瓦诺打来电话："电力供应已切断！"

萨克斯点点头，指挥急救人员进入现场，随后目光如炬地扫视着外面的人群，搜寻盖尔特的踪迹。

"探长！"

阿米莉亚 · 萨克斯转头，一个穿着阿冈昆联合电力工装制服的男人小跑着进入视野。那名白人男子穿着深蓝色制服，一瞬间，她几乎就要以为此人是盖尔特。因为酒店里的目击证人曾说过他就在附近，而警方电脑上的照片又不甚清晰。

不过当男子接近时，她便知道不对，因为来者比盖尔特年轻许多。

"探长，"他上气不接下气地说，"那边那位警官让我来找您，有些事我认为有必要告诉您。"酒店里瘆人的焦味飘了过来，他的脸难受得皱成一团。

"继续。"

"我是电力公司的人，阿冈昆电力。是这样，我的搭档原本在公司的一个隧道里工作，就在脚下。"他朝阿姆斯特丹学院偏了偏头，"但我从刚才起就一直联系不上他，可是无线对讲机还在正常运作。"

地下。也就是电力服务线缆所在的地方。

"我是在想，那个叫雷蒙德 · 盖尔特的家伙会不会也在下面，而乔伊刚好跟他遇上了。你知道，我很担心他的安全。”

萨克斯叫来两名巡警，三人跟着阿冈昆电工一起往学校赶去。他说：“我们在学校的地下室里有一个出入口，那是进入地底隧道最快的路径。”

原来盖尔特脚底的火山灰是这么来的，穿过学校展厅偷偷潜入地下。萨克斯打给莱姆，汇报了刚才发生的一切，然后说：“我需要进入备战状态，莱姆。他很可能还在隧道里，一旦有发现，我会立刻打给你。你在物证中找到新线索了吗？”

“暂时没有，萨克斯。”

“我要进去了。”

她没等莱姆说什么便挂了电话，和两名巡警一道，跟着电工往地下室的门走去。教学楼里的电力供应已经切断，但紧急指示灯还亮着，像一只只红白相间的眼珠。电工想要去开门。

“不，”萨克斯说，“你就在这里等。”

“好吧。往下走两层就能看见一扇红色的门，上面写着‘阿冈昆联合电力’。门后就是通往地下维修隧道的阶梯，这是钥匙。”他把钥匙递给萨克斯。

“你搭档叫什么名字？”

“乔伊。乔伊·巴尔赞。”

“他原本应该在下面什么地方？”

“就在出入阶梯底部往左转一点的地方，一百到一百五十英尺。差不多就在酒店的正下方。”

“下面的能见度如何？”

“就算切断电源，下面也有靠电池供电的工作照明。”

又是电池。真棒。

“就算这样还是很黑，我们平常都会用手电。”

“有火线吗？”

“有的，这是一个输电线隧道。虽然现在所有的馈电线都断电了，但其他线缆还有电流。”

“电线是裸露的吗？”

听到这话电工惊讶地眨了眨眼：“那些电缆有高达十三万八千伏的电压，不会裸露在外面的。”

除非盖尔特故意剥掉了绝缘层。

萨克斯略微犹豫了一下，将电压探测器凑到门把前，阿冈昆的电工在一旁好奇地看着。她没有多做解释，只微微抬了抬手，示意众人退后，然后推开了门。她的手轻握着枪柄，枪里已经没有子弹了。

萨克斯和两名巡警进入了昏暗的楼梯间——幽闭恐惧症立刻袭来，但至少这里没有烧焦的橡胶、皮肤及毛发那令人反胃的气味。

萨克斯走在前面，两名警员紧随其后，她紧紧握住手里的钥匙。可当三人接近那扇通往地下隧道的红门时，却发现它只是虚掩着。几人交换了一下眼神，萨克斯拔出枪，两名警员也照做。她示意一名巡警慢慢靠近身后，然后用肩膀轻轻推开了门。

她在门口顿了一下，略微附身往下看去。

该死。这条通往隧道的阶梯——大约有两层楼高——全是金属的，没有涂层的、赤裸裸的金属。

她的心脏再一次突突直跳。

如果可以，尽量避开。

如果做不到，就尽可能保护好你自己。

如果连这也做不到，就彻底切断电源。

此刻的她正大汗淋漓。她想起索墨斯说过，潮湿的皮肤比干燥的更容易导电；他是不是还说过，含盐分的汗液会让导电性能加倍？

“您看见什么了，探长？”警员小声问。

“要我上吗？”另一名警员问。

她没有回答，只轻声说：“别碰任何金属的东西。”

“是。但为什么？”

“十万伏电压，这就是原因。”

“哦，明白了。”

她定了定神，一脚踏上阶梯，心中做好了随时听见一声裂响外加满目耀眼电火花的准备。第一层阶梯已走到尽头，接下来是第二层阶梯。

刚才的估计是错误的，这趟地底之旅总共有三层楼高。

当几人快要走到底时，忽然传来了隆隆的轰鸣声，震耳欲聋。下面的温度起码比外面高二十华氏度，并且每往下走一步温度还在不断攀升。

这简直是另一重地狱。

隧道比想象的要大，约有六英尺宽、七英尺高，却比预想中更为幽暗。许多应急灯的灯泡都不见了。往右看，她能勉强瞧见隧道的尽头，离他们所站的地方约五十英尺远。那里没有任何可供盖尔特逃跑或隐藏的路线或空间；而左侧，也就是乔伊·巴尔赞本应工作的地方，长长的走道中途似乎有好几个转折。

萨克斯示意两名警员跟紧她，然后缓缓朝左侧隧道的第一个转弯处靠近。抵达转折口时他们停了下来。她不相信此刻盖尔特还留在这里——他肯定早跑了——只是她担心此人是否会设下什么陷阱。

当然，说他早已逃跑，毕竟只是她的推测而并非实据，所以当她探头查看隧道另一边的时候，依旧谨慎地俯低了身体，握紧手枪。她没有向前举起手枪，以防躲藏在弯道另一边的盖尔特突然袭击，抢走武器。

空无一人。

她低头看着混凝土地面上的积水。水啊，可不是吗，大量可以导电的水。

她瞟了一眼隧道墙壁，上面固定着许多粗大厚重的黑色线缆。

高压、危险！

开始工作前

请先联系阿冈昆联合电力

她想起刚才阿冈昆电工说过这里的电压值。

“安全。”她轻声说。

然后挥手指示身后的警员随她一起快步向前。她不是不担心那名叫乔伊·巴尔赞的阿冈昆电工，但也希望能够找到可以明确盖尔特去向的重要线索。

但他们能行吗？这些隧道分支恐怕绵延数英里，她想，对嫌疑人来说是极好的逃跑路线。隧道地面肮脏坚硬，没有留下任何明显的足迹；墙面是乌黑一片。哪怕在这里搜集一整天的微物迹证也可能找不到一丝有用的线索。或许可以——

空旷的隧道里忽然传来一声响动。

她浑身僵硬。声音是从哪里传来的？难道这里还有别的岔道能让嫌疑人躲藏吗？

身后的一名警员举起一只手，指了指自己的眼睛，又指了指前面。她点头，尽管心里觉得这种军用信号手势在这里似乎没多大用处。

但既然身陷于此，如果这么做能让自己安心一些也好……

只是萨克斯此刻无论如何也没法安心，那些熔化的金属液滴呼啸着、灼烧着，再一次飞过她的脑海。

可是，她不能退缩。

她再次深吸了一口气。

小心地探头看了一眼前方……拐角后的隧道依旧空无一人，却更加昏暗了。她很快便明白了原因：那里绝大多数应急灯泡都被破坏了。

不对劲，她直觉地判断。

当三人来到一个九十度的弯道前时，她估计出事的酒店现在应该就在头顶正上方。

她再次迅速地看了一眼拐角后的隧道，却发现那边竟然一片漆黑，什么也看不清。

就在此时，那个响声再次传来。

一名警员无声地靠近，问："有声音？"

她点了点头。

"俯低身体。"她轻声命令道。

几人缓缓向下一截隧道转去，一路猫着腰、轻手轻脚。

那声音再次响了起来，她不禁打了个寒战。那不是衣物的摩擦声，而是一种呻吟。绝望的、人类的呻吟。

"手电筒！"她低声吩咐。身为警探的她平常并不会佩戴除武器和手铐外的其他工具，一名警员掏出手电筒时"咣"地撞到她身上，痛感立刻传遍全身。

"抱歉。"警员小声说。

"蹲下，"她柔声说，"趴在地上，做好开火的准备。但必须听我的指示……除非他先攻击我。"

两人轻手轻脚地匍匐在地面上，伸手举枪瞄准前面的隧道。

萨克斯也对准同一个方向，缓缓伸直双手把手电筒举到转角外，尽量减少可袭击目标面积，然后按下开关，一道光柱霎时向幽深的隧道前方照去。

没有枪声，也没有电弧闪。

有的只是盖尔特的另一位受害者。

大约三十英尺开外的隧道地面上侧躺着一位阿冈昆的工人，嘴被胶带封住了，双手也被绑在身后。鲜血正从他的太阳穴和耳后汩汩而出。

"上！"

两名警员立即起身，跟着她一起向工人所在的地方跑去。那应该就是乔伊·巴尔赞了。在手电筒的微光下，她能确定他不是盖尔特。电工伤得很重，血流如注。正当一名巡警伸手想要帮他止血时，巴尔赞却开始疯狂摇头，被胶带封住的嘴里发出惊恐的哀号。

一开始萨克斯以为那是他濒死前的抽搐和哀号，但当她凑近时却发现电工双目圆睁、神色恐惧，她顺着他的眼神看过去。工人并非直接躺在地上，他的身下铺着一张像是油毡或塑料的厚毯子。

“别动！”萨克斯急忙冲伸手过去想要帮忙的警员大叫，“这是个陷阱！”

警员的手僵在当场。

她想起索墨斯说过，伤口和鲜血会让身体在电流面前变得更加脆弱。

接着，她小心地绕到巴尔赞身后，注意不碰到他的身体。

他的双手被紧紧地绑着，但并不是用胶带或绳子——而是一截裸露的铜线。铜线的一端接驳在墙上的一根电缆上。她拿出索墨斯的电压探测仪对准绑着巴尔赞的铜线。

探测仪上的指示针顷刻跳至一万伏特开外。刚才要是没来得及阻止那名警员，一旦他碰到巴尔赞，电流便会瞬间流过他俩全身，再冲进地面，让二人当场毙命。

萨克斯向后退了一步，调高无线对讲机的音量呼叫南希·辛普森，请她立刻联系鲍伯·卡瓦诺，告诉这位运营总监还有另一条线必须切断。

39

罗恩·普拉斯基终于从雷·盖尔特的电脑打印机里一点一点地把卡住的纸抽出来，让它恢复了运作。温热的纸张陆续从打印机里吐出。

年轻的警探急切地在字里行间寻找一切可能的线索，希望能找到有关犯人踪迹、同伙、“正义”组织……或任何可以帮助警方阻止袭击的信息。

库柏警探给他发了一条短信，说他们没能成功制止盖尔特袭击市中心的一所酒店。说他们还在华尔街区域搜查犯人，问普拉斯基有没有找到什么有用的线索。

“还没有，希望很快会有。”他回了一条信息，又埋头研究起手里的打印件。

打印序列剩下的八页内容里没有任何足以令他们立刻锁定并逮捕这个杀人犯的信息，但普拉斯基却发现了一条也许能有所帮助的线索：雷蒙德·盖尔特的动机。

有几页的内容是盖尔特在博客或新闻网站上发表的文字和言论；其他几页有的是医学研究论文，有的是权威医生撰写的详细报告，有的则是一些江湖游医充满阴谋论的胡说八道。

其中一页上是盖尔特自己写的一段话，发表在探讨有关环境与严重疾病之间关系的博客网站上。

我的故事很有代表性。多年来，我一直作为线路维修员和故障检修员（类似于主管）为不少大型电力公司工作，经常需要近距离接触十万伏特以上的高压电线。我深信，就是这些无法被绝缘隔阻的、由高压输电线产生的电磁场导致了我的白血病。除此之外，已经有科学研究证明，高压线还容易吸附气溶胶粒子，造成诸如肺癌等各种严重的疾病，可媒体却对此绝口不提。

我们有必要主动让所有的电力公司和公众了解这些隐藏的风险。毕竟电力公司怎么可能自愿公布或处理这些事呢？如果人们能少用哪怕现在一半的电量，一年就能拯救数以万计的生命，并且督促电力公司负起更多责任。反过来，这些公司也将不得不寻找更有效的供电方式，停止对地球的进一步毁坏。

各位，你们必须采取主动，解决问题！

——雷蒙德·盖尔特

原来如此。他病了，并且认定他的病是由阿冈昆这样的电力公司造成的，因此他要在自己仅剩的时间里做出反击。普拉斯基知道他是个杀人犯，心中却依旧忍不住浮起了一丝同情。他在盖尔特房间的一个橱柜里发现了成堆的酒瓶，大部分都已经半空了；还有安眠药和抗抑郁类药物。当然这些都不应该成为他杀人的理由。只是，一个人若身患绝症，不得不孤独死去而罪魁祸首却毫不在意，这样的痛苦又有几个人能承受？好吧，普拉斯基终于理解了盖尔特愤怒的来源。

他继续阅读剩下的打印件，却发现内容大同小异：抱怨发泄和医学研究报告。连一个可以追踪的电子邮件地址都没有，也就意味着没法儿顺藤摸瓜地找到盖尔特的朋友或者藏身之所。

他再次把所有内容通读了一遍，想起助理特工主管塔克·麦克丹尼尔关于“云端通信”的奇谈怪论，于是努力在字里行间搜索起一切可能隐藏的暗号和密码信息。终于，一无所获的他决定不再浪费时间，把所有打印件卷了起来。接下来的几分钟里，他把其他物证一一装袋，又搜集了微物迹证样本，贴上证据链标志，最后摆好证据号码牌，为整个现场拍了照片。

当一切收拾停当，普拉斯基看向了通往大门的昏暗过道，内心的不安再次袭来。他迈步向门口走去，目光又一次落到大门的金属门把手和材质上，整个门都是金属的。那又如何？他生气地问自己，一个小时前你不是安然无恙地打开门进来了吗。他用还戴着乳胶手套的手小心翼翼地拉开了大门，然后默默地松了口气，踏出门外。

两位纽约市警察局的警员和一名FBI探员守在附近，普拉斯基冲他们点头打了个招呼。

“你听说了吗？”探员问。

普拉斯基在公寓门前略微顿了顿，然后向前走了几步，尽量远离那扇钢铁大门：“你是说第二次袭击吗？是的，听说让他给跑了。细节还不清楚。”

“死了五个。原本还会有更多伤亡，是你的搭档救了大家。”

“我的搭档？”

“那位女警探，阿米莉亚·萨克斯。很多人受了伤，严重烧伤。”

普拉斯基摇着头说：“太惨了，也是电弧闪造成的吗？”

“不清楚。不过听说是触电，我就知道这么多。”

“神啊。”普拉斯基环视着周围的街道说。以前他怎么没发现这样一个普通的住宅街区竟然也有那么多金属？一阵毛骨悚然的感觉像洪水般席卷全身，这实在没办法不叫人草木皆兵。这么一看，街道上竟然到处都是金属物件：柱子、栏杆和栅栏；火灾紧急出口、通风口和各种通往地下的管道以及覆盖着地下人行道电梯的金属板，这些随时都可能充满强大的电流，瞬间穿透你的全身，或者引起爆炸，形成喷射的金属液体子弹。

死了五个人……

三级重度烧伤。

“你还好吗，警官？”

普拉斯基条件反射地干笑了一声说：“没事。”他很想跟他们解释心中的恐惧，不过这自然是不现实的，“有关于盖尔特的线索吗？”

“没有，他不见了。”

“唔，我得赶紧把这些东西送去给林肯·莱姆。”

“有发现？”

“是啊，盖尔特绝对就是凶手。只是我没有找到任何指示他的藏身地或下一步计划的线索。”

FBI探员问：“这里由谁来监视？”说着朝公寓楼偏了一下头，“要不要留你的人在这儿守着？”

此话含义如下：这位联邦探员显然很乐意在这里继续蹲守，但由于盖尔特不在家，并且很可能再也不会回来了（他肯定早就看了新闻，知道警方在找他），所以他们认为没必要让自己的人在这里浪费时间。

“这事儿我说了不算。”年轻的警探说。他用无线电联络了朗·塞利托，把查到的信息告诉了他。后者说会派两名纽约市警局的警员来这里隐蔽监视，之后再由他们的专门监视小组接手，以防盖尔特中途溜回来。

普拉斯基绕过街角走进公寓楼后一条僻静的小巷子，打开车的后备厢，把物证放了进去。

他用力关上厢门，有些不安地四处张望。

四面八方全是金属。

真该死，别再想了！他坐进驾驶座，准备将车钥匙插进方向盘旁的点火器里。就在那时，他忽然迟疑了。这辆车就这么停在这条小巷子里无人看管，所有的警察都守在公寓前，要是盖尔特真的回来过会怎么做？如果嫌疑人仍然在逃，有没有可能中途折返，在普拉斯基的车上动些手脚？

不可能，那样太麻烦了。

普拉斯基皱着脸，发动汽车、切换倒挡。

这时电话振了起来，他看了一眼屏幕，是太太珍妮。一番心理斗争后他决定不接了，晚点再打给她，于是将手机插回裤子口袋里。

朝车窗外望去时，他看见旁边的建筑物侧墙上有一个配电箱，正连着三根粗大的电缆。这景象让他不禁打了个寒战。普拉斯基攥紧钥匙，转了一下，点火器发出刺耳的摩擦声，甚至盖过了已经发动的引擎声。年轻的警官吓了一跳，以为自己触电了，慌乱中抓住车门把手猛地拉开。原本踩着刹车的脚滑了一下，落在了旁边的油门上。这辆福特“维多利亚皇冠”发出尖厉的嘶叫，轮胎摩擦着地面向后滑去。他赶紧踩住刹车。

然而就在这电光石火的一瞬间，他眼角瞄到一个正推着购物车穿过小巷的中年男人，还没来得及反应，便听到一声令人心颤的闷响和惨叫，那个男人的身体飞撞到墙上，后又跌下来摔在鹅卵石地面上，鲜血从他脑袋上汩汩流出。

40

阿米莉亚·萨克斯仔细检查着乔伊·巴尔赞的状况。

“你还好吗？”

“还行吧，我想。”

她不是很确定这话该怎么理解，大概连他自己也不知道。她看了一眼正弯着腰检查巴尔赞身体情况的急救人员。此时他们还在炮台公园酒店地下的隧道里。

“脑震荡和失血。”急救人员说完又转身看着伤员，后者正靠墙坐着，“你不会有事的。”

鲍伯·卡瓦诺找到了被盖尔特动了手脚的电线并切断了电源。萨克斯用索墨斯的电压探测器再次确认了那根馈电线确实已经断电——然后迅速解开了绑着巴尔赞双手的铜线。

“发生了什么？”她问巴尔赞。

“是雷·盖尔特。我在下面遇见了他，被他用绝缘杆打晕了。醒来时已经被绑起来，用铜线拴在电缆上了。老天爷啊，那可是六万伏的电压啊，给地铁供电的馈电线。刚才你要是碰了我，或者我要是往边上再挪几寸……上帝啊。”他眨了眨眼，“我听到外面街上的警笛声了，还有一股难闻的气味。发生了什么事？”

“盖尔特把电流引到了旁边的酒店里。”

“老天，这可不得了。有人受伤吗？”

“有伤亡。细节我还不清楚。盖尔特去哪儿了？”

“不知道，当时我晕过去了。如果他没从学校里走，那一定是利用隧道逃跑的。”他侧目看着一边说，“那边有很多可以通往地铁隧道和站台的出入口。”

萨克斯问：“他有说过什么吗？”

“没有。”

“你遇到他的时候，他在哪里？”

“就在这儿。”他指着十步开外的地方，“您能看见他接驳电线的地方。上面有一个盒子，以前从没见过的。当时他还在用电脑监视上面的工地和酒店，感觉像是黑进了某个安全监控摄像头。”

萨克斯起身查看那根线缆，和昨天巴士站袭击事件中所用的本宁顿电缆一样。没有发现个人电脑和绝缘杆，她记得索墨斯说过——那是一根用来操作火线的玻璃纤维杆。

只听巴尔赞低声说：“我能活着的唯一原因就是，他想利用我杀人，对不对？他想阻止你们继续追捕他。”

“没错。”

“那个狗娘养的，还是我们的人呢。线路维修员和故障检修员本是一体的，你知道，就像兄弟一样。我们必须互相扶持，电流作业太危险了。”他对盖尔特的背叛感到极其愤怒。

萨克斯仔细检查了一圈电工的双手、手臂和双腿，查找细微的线索，然后向急救人员点头说：“可以带他走了。”她告诉巴尔赞，如果想起什么可以随时打电话给她，然后递给他一张名片。一个急救人员用无线电联系外面的同事，说现场已经安全，可以把担架抬下来运送伤员。巴尔赞向后靠在隧道壁上，闭上了双眼。

萨克斯联系了南希·辛普森，把刚才的状况都告诉了她：“让紧急勤务组搜索半径半英里内所有阿冈昆的维修隧道，还有地铁隧道。”

“没问题，阿米莉亚。稍等。”过了一会儿，辛普森说，“他们已经在路上了。”

“酒店里的目击证人呢？”

“我还在找。”

萨克斯听着，目光却逐渐被黑暗中的某处吸引。她眯起双眼：“我回头打给你，南希。我有发现了。”她往刚才巴尔赞指的可能的逃跑路线走去。

大约三十英尺外的墙边有一个小小的凹陷，外面镶着栅栏，在栅栏下她发现了一套深蓝色的阿冈昆工装、一顶安全帽和一个工具包。手电筒的光照下，安全帽闪着黄色的光芒。想也明白，现在盖尔特一定已经知道所有人都在找他，所以脱下外套和工具包一起藏在这里。

她再次打给辛普森，请她立刻联系波·豪曼和紧急勤务小组，通知他们盖尔特已经更换了服装。然后戴上乳胶手套，伸手想去拽金属栅栏后的证物。

但她很快便停止了动作。

现在，你必须记住，就算你认为自己可以避开，事实上危险却可能仍旧存在。

索墨斯的话在她耳边回响，她拿出电压探测仪举到那堆东西上。

指针跳到“六百零三伏特”的位置。

萨克斯倒抽了一口凉气，闭了闭眼睛，感觉双腿的力量仿佛被人抽走了一般。再次仔细检查的时候，她发现了一根电线，正连着地下栅栏和那堆衣物后的管道。要想把物证拽出来就不得不用手扶着那根管子。隧道里的电流理论上已经切断了，但这可能导致了孤岛或者反向馈电的形成，如果她没记错索墨斯的忠告的话。

杀死你需要用到多少电流？

十分之一安培而已。

她回到巴尔赞身边，后者睁开眼睛虚弱地看着她。裹着绷带的头无力地靠在身后的隧道墙壁上。

“我需要你的帮助。有些物证需要采集，但这里有一条线缆里还有电。”

“哪条线？”

“在那边，六百伏特，连在一根管道上。”

“六百？那是直流电，从地铁三号轨道电缆上反向馈电而来的。我说，你可以用我的绝缘杆。就在那边，看见了吗？”他指了指，“还有我的工作手套。最好的办法是从管道上将另一条线连到地上，你知道怎么做吗？”

“不知道。”

“我现在的状态也帮不上忙，很抱歉。”

“没关系，告诉我怎么使用绝缘杆就好。”她把巴尔赞的工作手套戴在自己的乳胶手套外，捡起了绝缘杆，杆子的末端有个爪子一样的结构，裹着橡胶。这让她好歹有了些许安慰。

“站在橡胶毯上，不论什么东西都一个个地慢慢钩出来。你不会有事的……安全起见只用一只手，右手。”

因为离心脏最远……

而心脏在她朝凹槽走去的时候正怦怦直跳，她放下绝缘毯，站在上面开始慢慢往外拽证物。

眼前又一次闪过路易斯·马丁千疮百孔的尸体，还有酒店大厅里抽搐扭曲的四肢。

真可恶，这些记忆总来扰乱她的注意力。

真可恶，不得不面对这样看不见摸不着的敌人。

她屏住呼吸——尽管不明白为什么会这么做——缓缓钩出了工装和安全帽。接着是用粗马克笔潦草地写着“R.盖尔特”的红色帆布包。

她长长地舒了一口气。

历经艰险，她终于把东西分门别类地处理好，装进证物袋。

皇后区总部派来的一名犯罪现场刑侦人员手里提着勘查工具箱

走了过来。尽管现在现场已经被严重污染，萨克斯还是照规矩穿上了蓝色的特卫强工业防护服，一如既往地开始了现场勘查。摆放证据链号码牌、拍照、走格子，又用索墨斯的探测仪再三确认电缆中是否还有电流，然后飞快地把那根本宁顿牌电线和一个黑色的塑料方盒子从接驳的馈电线上拆了下来。盖尔特的电线连着酒店的钢铁骨架，就这样把电流送至各扇门窗的金属机杼、把手、旋转门推板和阶梯扶手上。她把能找到的所有物证都装袋，又从盖尔特改接电缆和袭击巴尔赞的地方分别采集了微物迹证样本。

她不死心地再次四处搜寻了一遍盖尔特用来袭击工友的绝缘杆，可惜依旧未果；于是又尝试着寻找巴尔赞所说的、嫌疑人侵入学校或建筑工地的安全摄像头以获得监视影像的地方，也依然没有发现。

所有证据一一打包装好以后，她给莱姆打了个电话，汇报目前为止的情况。

“尽快赶回来，萨克斯。我们要立刻检验物证。”

“罗恩有什么发现吗？”

“根据朗的说法，并没有什么重大发现。嗯……不知道他干吗去了，明明早就应该回来了。”莱姆语气中透着明显的焦躁。

“肯定就快到了。我想先找到那名目击者。午饭时间有个人清楚地看到了盖尔特。我希望能从他嘴里听到有用的信息。”

挂上电话，萨克斯立刻返回地面与南希·辛普森会合，这位女探长正在几乎已经空无一人的酒店大厅里。萨克斯本想通过一扇未贴封条的旋转门进去，但想了想还是放弃，转而从碎掉的玻璃落地大窗翻了进去。

辛普森表情有些茫然，她内心的震惊与恐惧还未完全散去。她说：“刚跟老波通了电话，目前根本不清楚盖尔特是怎么逃脱的。既然电流都已切断，他说不定直接沿着地铁轨道走到了运河街，再从唐人街逃走。没人说得清。”

萨克斯看着大理石地板上那一道道鲜血与焦痕，那都是遇害者生前曾待过的地方。

“最终人数？”

“五人死亡，大概十一人受伤，伤势都很严重。几乎全是三级烧伤。”

“收集目击证词了吗？”

“是的，但什么都没有发现。大多数住客都直接跑了，连账都没有结。”辛普森补充说，人们纷纷拉上身边的家人、同事，拽着行李箱一哄而散。酒店员工也没有阻止他们，因为就连酒店也有一半员工跑掉了。

“那名目击证人呢？”

“我正在追查。刚才和几个跟他一起吃午餐的人聊过了，他们说他看见了盖尔特。所以我一定要找到他。”

“他是谁？”

“名字是山姆 · 维特。从斯科茨代尔过来出差，人生第一次来纽约。”

一名巡警从她们身旁走过，闻言道：“抱歉打扰了，我听您刚才提到了‘维特’这个名字？”

“没错，山姆 · 维特。”

“他来大厅里找过我，说有关于盖尔特的信息。”

“他在哪儿？”

“呃，您还不知道？”警官回答，“他是遇害者之一，当时就在旋转门那儿。他死了。”

41

阿米莉亚·萨克斯带着证物回到实验室。

走进房间的一瞬间，莱姆立刻眯起了双眼。随着她的接近，一股令人反胃的味道也随之飘来。那是烧焦的头发、橡胶和血肉的气味。有些人相信身体的残疾会让其他感官的敏锐度提高；莱姆对此不置可否，但不可否认的是他此刻的确清晰地嗅到了那股恶臭。

他检视着萨克斯和另一位总部犯罪现场侦查员带回的物证。这些物证中究竟隐藏着解决谜题的什么线索，这种跃跃欲试的心情立刻攫取了他全部的注意。萨克斯和库柏将证物一一罗列在桌上，莱姆问："紧急勤务组查到盖尔特是从隧道何处逃离的？"

"他没有留下任何痕迹，一丝线索也没有。"她环顾着实验室，"罗恩在哪儿？"

莱姆回答说那小子还没回来："我打过电话，还留了言，但他统统没有回复。最后一次通话时，他说发现了盖尔特的犯罪动机，却没有细说……怎么了，萨克斯？"

他看见她正凝望着窗外，神色僵硬。

"是我弄错了，莱姆。浪费时间疏散建筑工地，却忽略了真正的目标。"

她解释说，发现袭击目标的人是酒店的鲍勃·卡瓦诺。她长叹道："要是我能再仔细一点，他们或许就不会死了。"言罢径直走到白板前，伸手在最上方写下“炮台公园酒店”，又在下方列出所有已逝被害者的名字。当中有一对夫妇、一名从亚利桑那州斯科茨代尔市过来出差的商人、一名服务生和一位德国的广告总监。

“情况原本可能更糟，我听说是你及时打破窗户才救了剩下的人。”

她却只是耸耸肩作为回答。

莱姆觉得警察刑侦工作中没有后悔药可以吃，他们能做的只是尽人事听天命而已。

不过，他完全明白萨克斯的心情。他也一样感到愤怒，即使争分夺秒地与时间赛跑，在仅有的条件下排除各种可能，最终锁定了袭击的大致地点，却依旧没能拯救那些无辜的人，甚至连盖尔特的影子都没有见到。

只是，他并没有萨克斯那么难受。一件事无论有多少人需要负责，也无论他们各自的责任有多大，萨克斯总是最苛责自己。他的确可以告诉她，要不是有她在，死的人只怕更多，而且盖尔特已经知道自己的身份暴露了，所以最好是能逼他放弃之后的计划投案自首。但这种安慰多少会让她感觉带着些屈尊俯就的意味；而且如果换位思考，这种时候换了莱姆也一定听不进去。

而且，无论话怎么说，一个无可转圜的事实就是：没错，因为警方的错误判断，嫌疑人跑了。

萨克斯回到检验桌前继续整理物证。

本来就不怎么化妆的她脸色比平时更显苍白。莱姆知道，这次的事件也同样对她造成了冲击。之前的公交车袭击案让她惊悸——那些情绪此刻还停留在她眼中，增添了一抹晦涩和暗淡。可是今天的事件，那些在酒店里死去的人的惨状却造成了另一重恐惧。“他们……看上去就像跳着疯狂的舞蹈赴死一样，莱姆。”她如此形容道。

她带回来的证物有盖尔特穿过的阿冈昆工装、戴的安全帽、装着工具和零件的工具包以及另一条高压线缆，和昨天早上用来制造电弧闪的一模一样。另外还有几袋微迹证样本。除此之外还有一个装在厚塑料袋里的东西：那是盖尔特用来连接高压电缆和主要输电线的，和五十七号大街变电站里用到的都不一样，她向莱姆做了说明。除了开口螺栓之外，两根电缆之间还连着一个塑料盒子，约为一本精装书的大小。

库柏对盒子进行了爆炸物扫描，确定安全后将其拆开："看上去像是自己做的，但用途不明。"

萨克斯说："咱们问问查理·索墨斯。"

五分钟后视频会议接通了，阿冈昆的发明家上线。萨克斯向他说明了酒店袭击事件的大致情况。

"没想到情况竟会如此惨烈。"索墨斯的声音有些低沉。

莱姆说："很感谢你之前的意见——推测他会像这样改接电流，而不是制造电弧闪。"

"可惜也没帮上什么大忙。"他小声说。

"您能帮忙看看我们找到的这个盒子吗？"萨克斯问，"是他用来连接阿冈昆的输电线和引至酒店的电缆的。"

"当然。"

库柏给了索墨斯一个链接地址，可以从他的电脑上安全读取实验室的现场视频，然后将高清摄像头对准了盒子内部。

"看见了。让我看看……再往刚才那边挪一点……有意思。这不是市面上销售的东西，是手工制作的。"

"我们也这么想。"莱姆说。

"我还从未见过这样的东西，像这种大小的。这是个接电装置，也就是变电站和输电系统中使用的开关。"

"用来开关电路的？"

"没错。就像墙上的电源开关一样，只是我估计这家伙至少能承受十万伏电压。里面有内置排热扇、一组线圈和一个接收器。能远程遥控。”

“这么说他是在输送电流之前先接驳了电缆，等到了安全的地方再打开开关。安德莉亚·杰森说过他可能会这么做。”

“她当真这么说？哼，有意思。”接着索墨斯又补充道，“但我不认为他是担心安全问题。任何一个故障检修员都知道该怎么安全接驳电缆。他这么做是有别的目的。”

莱姆明白他的意思：“为了计算袭击时间——他打算在受害者数最多的情况下打开开关。”

“我想是的，就是这样。”

萨克斯又说：“有个工人见过他，说他当时正用个人电脑监控现场——很可能是侵入了某个安保监控摄像头，但我没找到他切入的地方。”

“这可能就是他提前按下开关的原因。”莱姆说，“他发现那个时候可袭击的人数最多，并且也已经明白阿冈昆不可能照他的要求去做了。”

索墨斯有些惊叹地说：“他很有天赋，这是个非常聪明的装置。电开关看似简单，真要做起来可没那么容易。那种高压电缆附近会产生大量电磁场，所有电器都必须做好隔离措施才能运作。他很聪明，我想这不是个好消息。”

“排热扇、线圈和接收器，这些零件能从哪里搞到？”

“本地任何销售电器零件的店铺都有，上百家吧，可能有两百多家……有序列号吗？”

库柏仔细地检查了一遍：“没有，只有型号数据而已。”

“那真是不走运。”

莱姆和萨克斯感谢了索墨斯的帮助，然后结束了通话。

萨克斯和库柏继续检查盖尔特的工具包和阿冈昆的工装及安全帽，却没有得到有关其藏身处和下一个可能的袭击目标的任何信息，也没有地图。这并不令人意外，毕竟这些东西是盖尔特故意留在现场的，肯定算到了它们被发现的可能。

来自皇后区总部的犯罪现场侦查员格雷彻·萨罗夫从盖尔特的办公室和阿冈昆人力资源部的资料上采集到了他的指纹。库柏将之与迄今为止所有物证上采集到的指纹一一进行了对比，发现都只是盖尔特一人的指纹而已。这让莱姆很是沮丧。若能发现别人的指纹，说不定就能顺藤摸瓜地查到盖尔特的某个朋友或者同伙，甚至是“正义”组织的信息，假如他们也有参与其中的话。

莱姆注意到手锯和断线钳并不在工具包里，这不奇怪，因为这个包只放得下小型工具。

不过他们倒是在里面发现了一把扳手，上面的磨痕与在五十七号大街变电站发现的螺栓上的痕迹完全吻合。

不久，调查哈莱姆区变电站纵火事件的刑侦队也抵达了实验室。他们收集到的线索十分有限。盖尔特做了一个瓶装汽油弹——用玻璃瓶装满汽油，再在瓶口插上一块浸了油的布，从装了铁栅栏的窗口扔进去，点着的汽油在变电站中四处飞溅，引燃了橡胶和塑料绝缘层。瓶子是用来装红酒的——瓶口没有旋钮式瓶盖的螺纹——就是玻璃器皿生产商为各类酒厂供应的最常见的那种瓶子，又通过酒厂分销至成千上万间零售酒店。瓶身上的商标已经被去掉，无法追查来源。

汽油是英国石油公司的普通等级油，作为引线的布料是从T恤上撕下来的，虽然从盖尔特的工具包里还发现了一只粘着些玻璃粉末的鼠尾锉（可能和玻璃瓶有关——用来钻孔，确保瓶子一定会碎裂），但这些东西都不能帮助他们追踪或定位物品的具体来源。

该变电站内外均无安全监控摄像头。

这时忽然有人敲门。

汤姆开了门，很快便带着罗恩·普拉斯基走进了实验室。他带着从盖尔特公寓采集好的物证，用几个牛奶箱装着，其中包括断线钳和手锯，还有一双靴子。

总算回来了，莱姆想，尽管很高兴他带回了物证，却对年轻警官的迟到很是着恼。

普拉斯基僵着脸，没看任何人，只是默默地把证据摆到桌上。莱姆注意到他的手有些颤抖。

“小子，你还好吗？”

年轻人背对着大家，闻言身体僵了一下，随后便低着头，双手放在面前的桌子上。过了一会儿他转过身来，深吸了一口气说：“现场发生了一点意外。我的车撞了人，一个碰巧出现在那儿的无辜的人。他现在还在昏迷中，医生说可能会有生命危险。”

42

年轻的警官把事情经过告诉了众人。

“我当时头脑一片空白，但也说不定是过于胡思乱想了。我受了惊吓，担心盖尔特会不会潜回来对我的车子做手脚，设置陷阱之类的。”

“他怎么可能做得到？”莱姆问。

“我也不懂。”普拉斯基激动地说，“我忘了自己已经发动了引擎，所以又转了一次钥匙，结果那个声音……呃，吓了我一跳。一不留神，脚就从刹车板上滑开了。”

“伤者是谁？”

“不认识的人，名叫帕默尔，在一家卡车公司上夜班。当时他正从蔬果店回来，抄近路回家……我撞得很重。”

莱姆想到了普拉斯基自己头上的伤。因为自己的疏忽而导致无辜路人严重受伤，他心里一定很不好受。

“内部调查部门说要找我谈话，说可能会起诉市警局。他们让我联系纽约巡警慈善工会的律师，我……”他的声音弱了下去，最终又有些神经质地重复道，“我的脚从刹车板上滑开了。我甚至不记得自己已经调了挡，发动了汽车。”

“好了，小子。不管你该不该自责，重点是，这个帕默尔与盖尔特的案件无关，对吗？”

“是的。”

“那就下班以后再来处理这件事。”莱姆的态度沉着而坚定。

“是，长官。我会的。我很抱歉。”

“那么，你有什么发现？”

普拉斯基向众人说明了从盖尔特的打印机里恢复的文件。莱姆对此给予了肯定和赞扬——做得非常好——但年轻的警官似乎根本没听见。普拉斯基继续对盖尔特身患癌症的事情以及他对高压电缆作业的理解做了说明。

“复仇啊，”莱姆沉思，“真是个老生常谈的理由，倒也算得上一种动机。但不是我最感兴趣的，你呢？”他看了萨克斯一眼。

“一样。”她严肃地回答道，“我最感兴趣的是贪婪和欲望。复仇通常是反社会人格症的产物，但这次的事情只怕没那么简单，莱姆。从恐吓信的内容来看，他正在进行一场自诩惩奸除恶的‘圣战’。号称要从邪恶的能源公司手里拯救人民，是个狂热分子。我始终觉得这里面很可能跟恐怖分子有着千丝万缕的联系。”

然而除却动机和能够落实盖尔特与犯罪现场关系的确凿证据外，普拉斯基并未找到任何提示犯人藏身处和下一个可能袭击目标的线索。这令莱姆很失望，却并不意外：每次袭击都经过了精心的策划，而盖尔特又是一个聪明人，他肯定从一开始就知道自己的身份迟早会暴露，早就安排好了躲藏的地方。

莱姆在一众电话号码中搜寻着，然后拨下了其中一个号码。

“安德莉亚·杰森办公室。”电话那头传来一个有气无力的声音。

莱姆自报身份，片刻后电力公司安德莉亚的声音传来：“我刚和盖瑞·诺博尔和麦克丹尼尔警探谈过。听说有五个人死亡，医院里还有更多伤者。”

“是的。”

“我真的非常遗憾，这真是太可怕了。我一直在看雷·盖尔特的员工档案，他的照片现在就在我的电脑屏幕上。光看样子根本想象不到他会做出这种事来。”

会做这种事的人通常都看不出来。

莱姆说："他认定自己得癌症都是长期接触电缆的缘故。"

"这就是他策划袭击的理由吗？"

"看起来是这样。他觉得自己是在惩奸除恶，认为高压线作业风险很大。"

安德莉亚叹了口气："我们手里还有六个与此相关的诉讼案。高压电缆会产生电磁场。绝缘层和墙壁只能阻隔电场，却无法阻隔磁场。的确有人认为这是引发白血病的原因。"

莱姆看着眼前电脑屏幕上的扫描文字，那是盖尔特打印机里提取出的内容。他说："他还提到这些电缆会吸引气溶胶颗粒，造成肺癌。"

"这些说法都未经证实。我不同意这个说法，也不同意会造成白血病的说法。"

"显然盖尔特并不这么认为。"

"他想让我们怎么样？"

"我想这只有等收到他的下一封恐吓信或者等他再次联系你的时候才能知道了。"

"我会发布一份声明，让他自首。"

"这么做也无妨。"不过，莱姆并不认为盖尔特大费周章地策划这些袭击只是为了表达个人观点并轻易选择自首。他的报复计划还没有结束。他们必须这么想。

被盗的七十五英尺电缆和十二个开口螺栓，目前为止他只用了大约三十英尺而已。

挂电话的时候，莱姆注意到普拉斯基也在低着头打电话。后者抬头看了一眼，正好和他的眼神对上，于是立刻挂断了电话，一脸愧疚地回到证物桌前。他伸手正要去拿其中一个物证，却忽然停了下来，才发现自己根本没戴乳胶手套。等戴好手套，用狗毛刷清洁了指尖和手掌后，他拾起了那只断线钳。

通过痕迹对比可以确定，这只断线钳和手锯都和巴士站袭击案中使用的完全一致，靴子的品牌和尺码也吻合。

但这些也不过只是再次确认已知的事实：嫌疑人就是雷蒙德·盖尔特。

几人检查了普拉斯基从盖尔特公寓带回来的纸张和钢笔，还是一样无法追踪确切来源，不过那些纸张和比克牌钢笔里的墨水确实和恐吓信使用的一致。

接下来的发现更是令所有人忧心忡忡。

库柏正在研究气相色谱／质谱仪的扫描结果，说："这里有一些微物迹证。来源有两个：靴子的鞋带和盖尔特公寓发现的断线钳把手。还有在隧道里被袭击的工人乔伊·巴尔赞的衣袖。"

"然后呢？"莱姆问。

"是煤油衍生物，添加有微量的苯酚和二壬基萘基磺酸。"

莱姆说："这是标准的喷气机燃料。苯酚是抗凝剂，二壬基萘磺酸是防静电剂。"

"还不止这些。"库柏继续，"还发现了另外一些奇怪的成分，一种液化的天然气，可以抵御较大幅度的温度浮动。还有……看看这个，生物燃料的成分。"

"梅尔，查查燃料数据库记录。"

片刻后库柏答道："有了，是目前正在测试中的替代型航空燃料，主要用于军用战斗机。更清洁，并且能够减少对化石燃料的使用。都说这是未来的发展方向。"

"替代能源。"莱姆沉吟，思索着这片信息究竟属于整盘拼图的什么位置。不过，有一件事他很清楚："萨克斯，打给国土安全局和国防部，还有 FAA 美国联邦航空局！告诉他们犯人很可能正在燃料仓库和空军基地踩点。"

电弧闪本身已经足够可怕了，若是再加上喷射推进剂，那后果……莱姆甚至不敢多想。

犯罪现场：炮台公园酒店及附近

- 受害者（死亡）：
  - 琳达·凯普勒，俄克拉何马州，游客。
  - 莫里斯·凯普勒，俄克拉何马州，游客。
  - 山姆·维特，斯科茨代尔市，商人。
  - 阿里·曼姆拉德，纽约市，服务生。
  - 吉尔哈特·席勒，德国法兰克福，广告部总监。
- 远程遥控开关，用于控制电流：
  - 无法追溯内部组件确切来源。
- 本宁顿电缆和开口螺栓，与第一次袭击完全相同。
- 盖尔特的阿冈昆公司工装制服、安全帽和工具包有本人指纹，并无其他人的指纹。
  - 扳手的工具纹路与第一次犯罪现场螺栓上的工具痕迹相吻合。
  - 有玻璃碎屑的鼠尾夹与哈莱姆变电站找到的玻璃瓶相吻合。
  - 可能是单独行动。
- 从受到盖尔特袭击的阿冈昆工人乔伊·巴尔赞身上提取的微迹证。
  - 替代型喷气机燃料。
  - 准备袭击军事基地？

犯罪现场：盖尔特公寓，下东区萨福克街二二七号

- 比克牌软头细尖笔，蓝色墨水，与恐吓信使用墨水吻合。
- 普通A4大小白色打印纸，与恐吓信使用纸张吻合。
- 普通十号信封，与装恐吓信的信封相同。
- 断线钳和手锯上的纹路及缺口均与初次案件现场的工具痕迹吻合。
- 电脑打印件：
  - 与高压电缆有关的癌症医学研究文章。

- 盖尔特本人发表的相关内容的博客文章。
- 亚伯森－芬威克牌E-20型号电工专用靴，尺码十一，鞋印与初次袭击案现场提取的鞋印吻合。
- 另有替代型喷气机燃料微迹证
- 打算袭击军事基地？
- 没有明确线索指明其可能的藏身之处，或下一步的袭击目标。

犯罪现场：MH-7号阿冈昆变电站，哈莱姆区东一一九号大街

- 瓶装汽油弹：七百五十毫升红酒瓶，无法追踪来源。
- 使用BP汽油做助燃剂。
- 棉布条，很可能是从白色T恤上撕下的，用作引线，均无法追踪来源。

嫌疑人侧写

- 已识别身份为雷蒙德·盖尔特，四十岁，单身，居住在曼哈顿市二二七号萨福克街。
- 与恐怖分子的关系？与“正义”组织的关系？恐怖组织？名为“拉曼”的人是否参与其中？提及金钱转移、人事变动和某件“大事”的加密信息。
- 可能与阿冈昆公司在费城的安全漏洞有关。
- SIGINT提示线索：指代武器的暗号：“纸和用品。”（枪支、炸药？）
- 涉及人员有男有女。
- 尚不清楚盖尔特是否参与其中。
- 癌症病人；发现大量长春碱和泼尼松，还有少量的依托泊苷。白血病。

43

林肯·莱姆的主机电话响了。

来电显示是他一直等待的名字，现在或许不是时候，但他依旧迅速按下了接听键。

“凯瑟琳，查到什么了？”

没时间做多余的寒暄，但丹斯会理解的，她查起案来也是一样。

“墨西哥城美国缉毒局的人终于把那人的嘴撬开了——就是罗根刚潜入墨西哥时给他传递包裹的那个工人。和我们估计的一样，他确实看了里面的东西。虽然不确定是否对你有帮助，但审讯时他说：里面有一个写着字的深蓝色手册。他说不记得具体的内容，只知道好像有两个字母 C 和一个不认识的公司标志。还有一张纸，上面印着一个大写的‘I’，后面有五六条短线，就像填空题那样。”

“他知道那是用来干什么的吗？”

“不知道……除此之外还有一个写着数字的纸条。他唯一能记住的是五百七十和三百七十九。”

“这是在玩达·芬奇密码吗？”莱姆说，有些沮丧。

“是啊，我再怎么喜欢猜谜游戏也不希望在查案子的时候玩。”

“没错。”

I __ __ __ __ __ __

填空题。

还有：五百七十和三百七十九……

丹斯补充道："他还看到了别的东西。是一个电路板，很小。"

"电脑用的？"

"他说不知道。他很失望，说要是找到什么值钱又好出手的东西肯定就顺走了。"

"真要是那样，他早就没命了。"

"我看他听说要坐牢倒是挺安心的。因为查到这些……我给鲁道夫打了电话，他希望你能打给他。"

"没问题。"

莱姆向丹斯道谢并挂断了电话，随即又打给墨西哥城的鲁道夫·卢纳司令官。

"啊，莱姆前警监，你好。我刚跟丹斯警探通过话，好神秘……那些数字。"

"是地址吗？"

"有这个可能，只是……"他的声音小了下去。是啊，在一个拥有八百万常住人口的城市里，仅凭一串数字是不可能锁定任何具体地址的。

"它们之间可能相互关联，却也可能毫无关系。"

"有可能指代两个完全不同的东西。"

"是的。"莱姆说，"数字和发现他踪迹的地点有关系吗？"

"没有。"

"那些写字楼和里面的租户呢？"

"阿尔特洛·迪亚兹现在正带着下属跟他们沟通，了解情况。那些合法租用的商人很是不解，他们不相信自己会有危险。这些家伙本身也不是什么好东西，武器装备比我的军队还好，根本不相信有人敢来惹他们。"

五百七十和三百七十九……

这是电话号码？坐标？还是地址的一部分？

卢纳接着说："我们重现了卡车从机场到首都的路线，发现中间曾经停下过一次。但你可能对我国交警的作风也有所耳闻吧！开张'罚单'，现场收取罚金了事，根本不会盘问。阿尔特洛说那几个交警认出了'钟表匠'，顺便说一句，他们都已经被开除了，不过当时这几个家伙根本懒得让他出示身份证明。另外车后座上也没有任何可以供我们追查的设备和违禁品。所以现在只能从他感兴趣的写字楼着手调查，希望……"

"——希望他不会忽然从五公里外的某个地方冒出来，对真正的目标下手。"

"正是如此。"

"您对罗根收到的那个电路板有什么看法？"

"莱姆警探，我是名军人，不是黑客。所以自然不会认为那是电脑硬件的一部分，我猜那是用来做炸弹的远程遥控雷管。里面的手册大概是操作指南之类的。"

"没错，我也这么认为。"

"他可不想带着这么个玩意儿偷渡，所以最好的办法就是来了这里再入手。不过，我看了新闻，知道您这边也够忙的。是恐怖组织吗？"

"目前还不清楚。"

"真希望我能帮到您。"

"非常感谢。不过司令官，您现在还是专注于搜捕'钟表匠'比较好。"

"好主意。"卢纳粗着嗓子笑了一声，"要是真死一两个人，案子反而好办了，我最怕遇到似是而非，知道即将会有伤亡，却无法锁定受害者的情况。"

莱姆闻言微笑，他完全同意。

44

下午两点四十。阿冈昆电力公司的安全部主管伯纳德·沃尔刚结束自己的私人调查，在皇后区的人行道上走着。这是他给自己的行动取的名字，为“他的”公司而做的“私人调查”，那可是整个东部，甚至整个美国北部电网首屈一指的能源供应公司。

他想要帮忙，尤其是在目睹了炮台公园酒店惨案之后。

自从他听见那位萨克斯警探向杰森女士提到希腊食物这一线索后，便一直在暗自拟定对策。

“微观调查”，这是他对自己目前所做事情的看法。沃尔曾在哪里读到过这个概念，当然也有可能是从“探索频道”的节目里看来的，即从蛛丝马迹中寻找线索、探寻关联。且别管什么地缘政治和恐怖分子，就从一枚指纹、一根头发查起，直到捉住嫌疑人为止；如果此路不通，就再换另一个方向重新追查。

就这样，他开始了自己的秘密调查——搜索皇后区阿斯托利亚街区附近所有的希腊餐厅。他知道盖尔特喜欢希腊菜。

就在半小时前，他的努力终于有了收获。

一位名叫索尼娅的漂亮女侍刚从他手里赚了一张二十美元的小费，告诉他上周有一个穿深色休闲裤和阿冈昆联合电力针织衬衫的男人来这家餐厅吃了两次午餐——那是中层管理人员的标准穿着。餐厅的名字叫“莱尼”，最有名的菜肴是希腊碎肉茄子蛋和烤章鱼，以及最重要的一道配菜：特制希腊红鱼子泥色拉。每次客人就座后，侍应生都会为他们摆上一碗，用来搭配赠送的皮塔饼和柠檬，无论午餐还是晚餐皆是如此。

虽然索尼娅表示“不能百分之百肯定”，但在看了雷蒙德·盖尔特的照片后却说：“对，对，应该就是他。”

据说这个男人用餐的时候一直在上网——用一台索尼笔记本电脑。主菜都只尝了一点点，却把红鱼子泥色拉全吃完了，她说。

一直在上网……

沃尔认为这说明他可以想办法追踪盖尔特上网搜索的内容，以及可能联络的对象。沃尔最喜欢犯罪悬疑类的电视剧，还利用业余时间参加过安保专业的成人教育课程，他想或许警察可以就此查明盖尔特的电脑识别号，从而找到他躲藏的地方。

索尼娅说，那位客人还用手机打了好几通电话。

这就很有意思了。都知道盖尔特是匹孤狼，他之所以搞袭击是因为认定高压线缆是导致他患癌症的根源。那么他会如此频繁地打给谁呢？同伙？为什么？这也是值得调查的部分。

沃尔一面思考着如何妥善处理此事，一面急匆匆地赶往办公室。他当然会尽快将这些信息通知警察，一想到自己说不定能在抓捕凶手的行动中起到至关重要的作用，他内心就兴奋不已。搞不好萨克斯警探还会因此对他刮目相看，推荐他面试纽约市警察局的工作。

但是，先别急着想这么远，他提醒自己。现在你只要尽力把眼前事做好就行，将来的事将来再说。得先打电话——给萨克斯警探、林肯·莱姆还有其他人：FBI的麦克丹尼尔警探，以及那位叫朗·塞利托的警督。

当然了，还有杰森女士。

他加快了脚步，心里既紧张又兴奋。阿冈昆联合电力那参天的红灰色大烟囱已出现在前方，主楼外一如既往地聚集着那些该死的示威者。他在脑海中想象用巨大水枪对着他们喷射的画面，不由得有些开心，哦不，要不用电击枪也行，那样更好玩。生产电击枪的公司还有一款类似于霰弹枪的电击产品，可以同时向人群发射多个带电的倒钩，是防暴武器的一种。

就在他脸上挂着微笑、心中想象着那些人被电得手舞足蹈的样子时，一个人突然从后面制住了他。

沃尔倒吸一口凉气，吓得惊叫了一声。

冰冷的枪口正对着他的右脸。“别动。”一个声音低低地说，随后又用枪抵着他后背，那声音命令他走进旁边一条僻静的小巷子，那里只有一间关着门的汽车维修店和一座幽暗的仓库。

来人低声威胁道：“照我说的做，本尼，否则没你好果子吃。”

“你认识我？”

“我是雷。”身后的人低声说。

“雷·盖尔特？”沃尔的心脏怦怦直跳，紧张得胃里直翻腾，“哦，我说老兄，你在干……”

“嘘——别停下。”

两人一前一后往巷子深处又走了约五十英尺，然后转进一片昏暗的阴影中。

“趴下，脸朝下。双手放在身体两侧。”

沃尔迟疑了，此时此刻他脑袋里竟开始思考一些无关紧要的事情，比如这件西服是他早晨自信满满地穿上的高档货。“人靠衣装马靠鞍，总要穿得比实际职位更体面些。”他的父亲如是说。

点四五口径的手枪抵着他后背，沃尔只得像颗石头一样“砰”的一声卧倒在肮脏的地面上。

“我已经不去莱尼吃饭了，本尼。你以为我蠢吗？”

这说明盖尔特已经跟踪他好一会儿了。

而他竟然毫无察觉。哦，他可真他妈的是当警察的料啊，老天。

“而且我也不会用餐厅的宽带上网，我用的是预付费的无线热点。”

“你杀了那么多人，雷。你……”

“他们的死不是我的错。他们会死都是因为阿冈昆和安德莉亚·杰森！谁让她不听我的话？谁让她不照我说的做？”

“他们倒是想啊，老兄。但那么短的时间内怎么可能关掉电网。”

“胡扯。”

“雷，你听我说，你去自首吧。这简直太疯狂了，你竟然做出这样的事。”

身后的人发出怨毒的笑声：“疯狂？你觉得我疯了？”

“我不是这个意思。”

“我来告诉你什么是疯狂，本尼。是那些整天燃烧天然气和石油，正在摧毁地球的公司。还有那些输送着强大电流，正在无形中杀死我们下一代的电缆。就因为人们贪图安逸，喜欢使用搅拌机、电吹风、电视机和微波炉……你不觉得那才是疯狂吗？”

“是，你说得对，雷。你是对的。我很抱歉。我以前，都不知道你承受了些什么，我很为你难过。”

“你这话是认真的吗，本尼？你是真的这么想，还是为了活命？”

沃尔顿了一下，说：“两者都有，雷。”

让伯纳德·沃尔惊讶的是，听见此话雷竟笑了起来：“这话倒是不假，或许算得上是我从阿冈昆的人嘴里听到过最诚实的话了。”

“雷，你听我说，我只是在做自己的工作而已。”

这话说得很是胆怯，沃尔为此很鄙视自己。可一想到住在长岛家里的老婆和三个孩子，还有老母亲，他也无可奈何。

“我跟你没有任何私人恩怨，本尼。”

此话一出，沃尔只觉得自己今天必死无疑了。他强忍着想哭的冲动，用颤抖的声音问道：“你想干什么？”

“我需要你告诉我一些事情。”

他想要安德莉亚·杰森住宅的安全密码吗？还是车库的位置？这两者沃尔都不知道。

然而雷的问题却与这些毫无关系："我想知道是谁在调查我。"

沃尔的声音有些嘶哑："谁……这个，警察和FBI。还有国土安全局……我是说，所有的人都在调查你。有上百号人。"

"说些我不知道的，本尼。我要的是名字，还有阿冈昆内部的人，我知道有些员工在帮他们。"

沃尔差一点哭出来："我不知道啊，雷。"

"你怎么可能不知道，我要他们的名字，给我名字。"

"我也没办法啊，雷。"

"他们差一点就查出我打算袭击酒店了。他们是怎么知道的？我差点就被他们捉住了。是谁查的？"

"我不知道。他们怎么可能跟我说？雷，我不过是公司的安保人员。"

"你可是安保部门的主管，本尼。他们当然会跟你说。"

"不，我是真的……"

他感觉自己口袋里的钱包被掏了出来。

天哪，别……

过了一会儿，盖尔特根据钱包里的信息念出了沃尔的家庭住址，然后把钱包放回了他的口袋。

"你家的电流是多少，本尼？两百安培？"

"求你了，雷。我的家人从来没有伤害过你。"

"我也从来没有伤害过任何人，却得了绝症。你也是导致我患病的系统的一员，而你的家人却享受着这个系统……两百安培是吧？不够制造电弧闪，可是淋浴、浴缸、厨房……我只要对接地故障断路器稍微做点手脚，本尼，你家就会变成一张超大电刑椅……现在，可以说了吗？"

45

弗雷德·德尔瑞走在东村的大街上，经过了一片栀子花丛、一家精品咖啡店和一家服装店。

天哪……那件衬衫竟然要三百二十五美元？就一件衬衫，既没有配上西装外套也没有领带或者皮鞋？

他一路前行，经过一家家摆放着结构复杂的浓缩咖啡机的店铺、天价的艺术品店和闪闪发亮的高跟鞋店，女孩们会穿着这样的鞋子玩到凌晨四点，再醉眼惺忪地从一家夜店晃悠到另一家。

从他干警察这行以来这么多年，这里的变化真是大得让人认不出来。

改变啊……

从前这里是怎样一派狂欢的景象啊。人声鼎沸中，这里曾是满眼的灯红酒绿，人们大声地笑着闹着；情侣们相互依偎、纠缠、娇嗔着在人行道上打闹欢笑……日日夜夜、永不停歇。一天二十四小时都是如此。而现在，东村却变成了犹如情景喜剧般千篇一律的枯燥布景，播放着与别处毫无二致的背景音乐。

真要命，这里也变得面目全非了啊。这里的变化可不只是人们裤包里不断增加的钞票，也不只上班族那一双双越来越漠然的眼睛，还有正逐渐被纸杯替代的老旧茶具……

但这并不是德尔瑞觉得最要命的地方。

他发现几乎每个人都在用手机。聊天、发短信，还有……全能的上帝啊，两个游客正在用手机GPS系统查地图、找餐馆！

都他妈的在这个东村发生着。

云端……

一切的一切都在提醒他，现在到处都已经被塔克·麦克丹尼尔的世界占领了，甚至包括这里——原本属于德尔瑞的世界。过去德尔瑞常常在这里执行便衣任务，扮成流浪汉、皮条客、药贩子。他很擅长假扮拉皮条的，那些花花绿绿的衬衫很适合他。这样的装扮并不是为了某个具体的案子，拉皮条毕竟不归FBI管，而是他融入那些人的好方法。

了不起的变色龙。

他能在这样的地方混得如鱼得水，也就意味着人们愿意放下戒心跟他搭话。

可如今呢，看看，玩手机的人占了绝大多数。而每一部手机——只要联邦裁判法院愿意——都能被监视，并因此获取大量有用信息。同样的事情要是用老办法，本需花上好几天时间才能办到。就算不对手机进行监视，显然也有很多其他的科技手段能够获取信息，至少能获得一部分。

从虚无的空气中，从所谓的“云”中获得。

但这也有可能是自己太过敏感了，他对自己说，用了一个以前在弗雷德·德尔瑞的字典里几乎从来不会出现的形容词。“卡梅拉”餐厅就在前方。一栋很久以前可能曾被用作妓院的老式建筑出现在眼前，在如今的这片街区里也算得上是雪泥鸿爪般的历史孤岛了。他走进餐厅，在一张摇摇晃晃的桌子旁坐下，点了一杯普通大小的咖啡，然后注意到菜单上也有特浓咖啡、卡布奇诺和拿铁等。可不是吗？这些种类的咖啡早在星巴克出现之前就一直存在。

上帝保佑“卡梅拉”。

周围还有十来个客人——他数了数——只有两位在用手机。

这里是店主妈妈桑的世界，而此刻她正守在收款机后，看着几个英俊的侍应接待客人、端茶送菜。尽管已经是下午，却依旧有客人用叉子卷着意大利面尽情享用，盘子里是橙色的自制酱汁而非红色的超市廉价酱料；有人小口小口地抿着高脚杯里的红酒。餐厅里一派其乐融融的景象，客人们兴致勃勃地谈天说地，双手在空中开心地比画着。

这样的景象让他安心。他相信自己正在做的事情是正确的。他相信威廉·布伦特的保证。他很快就会得到有价值的线索了，值得支付那令人心存忐忑的十万美元的重要线索。就算多么细微也好，对他来说都很重要。这是街头便衣德尔瑞的另一个才能，可以将线人透露的犹如线头般细小的线索汇聚起来，抽丝剥茧地编织成一整块布料。线人们通常并不了解自己所提供的信息有多么关键。

只需要一个能让他找到盖尔特，或者锁定下一个袭击目标的确定事实就够了。就算是关于“正义”组织的也行。

他还知道，如果能通过这样的线索发现目标、捉住凶手、拯救生命……也将是对他德尔瑞——这个老派街头便衣特工最好的证明，和所谓的云端没有一点关系。

德尔瑞抿了一口咖啡，瞄了一眼手表。时间刚好下午三点整。在他的记忆中，威廉·布伦特可从不会迟到。“那样太没效率了。”这是他的线人对提前赴约和迟到的评价。

然而四十五分钟后，布伦特还是没有任何消息，连一通电话也没打过。弗雷德·德尔瑞皱着眉头又看了一眼备用手机上的短信，什么也没有。他尝试着第六次打给布伦特，电话却仍是直接转入语音信箱，机器语音让他留言。

德尔瑞耐着性子又等了十分钟，然后再次拨打布伦特的号码，接着又打给一个在通信公司工作的好兄弟，对方查了一下告诉他，布伦特的手机电池被拔掉了。这么做的原因只有一个，那就是不想让人找到他。

一对年轻的情侣向他走来，询问是否可以借用他桌边的另一把椅子。德尔瑞回应的眼神一定特别凶狠，因为两人立刻放弃并走开了，男人甚至没想过要耍帅地与他讲讲道理。

布伦特不见了。

拿了那么大一笔钱，消失了。

他回忆着线人自信满满的神色和保证。

保证个屁……

十万美元……当初布伦特坚持要这么大一笔钱的时候，他就应该怀疑的。想想他那身皱巴巴的衣服和不搭调的菱形花纹袜子，就应该察觉到不对劲儿。

德尔瑞想，没准布伦特是打算拿着这么一笔天降横财逃到加勒比海或者南美洲去度过余生的。

46

“我们收到了第二封恐吓信。”

莱姆的平板监视器上，安德莉亚·杰森表情严肃地盯着镜头，视频会议正在进行中。她的金发僵硬地贴在头皮上，像是喷了太多发胶，又可能是在办公室熬了一晚上，早上起来连澡都没来得及洗。

“又来了一封？”莱姆看了一眼朗·塞利托、库柏和萨克斯，几人都瞬间停止了手中的工作，表情凝固。

大个子警探回过神来，将吃了一半的松糕一口塞进嘴里咽了下去，那是汤姆刚才盛在托盘上拿来的。他说：“上一场袭击才刚结束，他这就又有动作了？”

“我想我们无视他的要求这点让他相当不满。”杰森狠狠地说。

“他想做什么？”萨克斯问，而莱姆也同时开口道：“我要看到那封信。越快越好。”

杰森首先回答了莱姆的要求：“已经交给麦克丹尼尔警探了，正在去你实验室的路上。”

“截止时间是几点？”

“六点整。”

“今天吗？”

“是的。”

“神啊，”塞利托喃喃，“只有两个小时。”

“要求呢？”萨克斯再次问道。

“他要我们关闭所有通向美国北部的另一个电网的直流输电线整整一小时，从六点开始。要是不答应，他就杀人。”

莱姆问：“那是什么？”

“我们这里的电网是东北电力中枢，阿冈昆是其中最大的发电公司。如果别的电网中的某家公司需要供电，我们会把公司生产的电卖给他们。如果这家公司位于五百英里之外，我们会用直流输电线而不是交流电线。这样成本效益更高。这种情况通常是给偏远地区的小公司供电。”

“这个要求的……我是说——难度，有多大？”塞利托问。

“我不明白他为什么会提出这个要求，在我看来完全莫名其妙。或许他是想借此降低输电线附近的人罹患癌症的概率，但我觉得美国北部住在直流输电线附近的人最多也不会超过一千人。”

莱姆说：“盖尔特的行为并不一定完全理性。”

“这倒是。”

“你能做到吗？满足他的要求？”

“不，我们做不到，这是不可能的，就像之前要求关闭纽约城电网的时候一样。并且一旦照做情况只会更糟。一旦关闭输电线，将中断全国上千座小型城镇的供电，其中包括直接面向军事基地和研究机构的供电。国土安全局说关闭这些直流电缆将造成国家安全隐患，国防部也是这个意思。”

莱姆补充道：“而且估计还会给你造成上百万美元的损失。”

屏幕上的人愣了一下，说：“是的。会造成上百份合同违约，对公司来说将是一场灾难。可无论如何，这会儿讨论是否能够满足要求也毫无意义，从现实来看我们根本不可能在如此短的时间内做到这点。七十万伏特的高压电流可不是想关就能关掉的。”

“好吧。”莱姆说，“信是怎么送来的？”

“盖尔特交给一名员工带来的。”

莱姆和萨克斯交换了一下眼神。

杰森接着解释了一下情况，安全部主管伯纳德·沃尔用完午餐回公司的途中遇上了盖尔特。

“沃尔在你旁边吗？”萨克斯问。

“请稍等，”杰森回答，“FBI的人正在跟他了解情况……我看看。”

塞利托悄声说：“那帮联邦特工找他问话，都他妈的不跟我们讲一声吗？还得由她来跟我们说。”

过了一会儿，手脚僵硬的伯纳德·沃尔出现在屏幕上，坐在安德莉亚·杰森旁边。他油光水滑的黑脑袋闪着微光。

“你好。”萨克斯打了个招呼。

对方英俊的脸庞向下点了点，算作回应。

“你还好吗？”

“还好，警探。”

可他看上去并不好，只看一眼莱姆便已洞悉：沃尔双眼无神，并且一直回避直视摄像头。

“告诉我们发生了什么。”

“我吃完午饭回来的路上，盖尔特从后面用枪指着我，把我逼到一条小巷里，把信塞进衣兜里让我立刻交给杰森女士，然后他就不见了。”

“就这样？”

他顿了顿说：“差不多就这样，警探。”

“他有没有提到什么信息，可以帮我们追踪到他的藏身处或下一次袭击目标？”

“没有。他说的基本上都是电流会导致癌症，非常危险，但是没人在意这些。”

莱姆好奇地问：“沃尔先生，你看见武器了吗？他是不是唬你的？”

又一阵迟疑后，安全主管回答：“我有瞟到一眼，是点四五口径的手枪，老式军用型号。”

“他有抓住你吗？有的话我们可以从你的衣服上提取微迹证。”

“没有，他只用了枪。”

“这是在哪里发生的事？”

“靠近BR汽车维修店的一条小巷子，我也记不太清了，警官。我当时很害怕。”

萨克斯问：“只有这些吗？他没有过问有关调查的情况？”

“没有，警探。他可能只是急着想把信送给杰森女士。除了逼迫员工去做，他没有别的办法。”

莱姆认为再问下去也得不到什么结果，于是看了塞利托一眼，后者也摇了摇头。

几人向沃尔道了谢，他随即离开镜头。杰森向上看了一眼，朝站在办公室门口的某人点了点头，然后又看着镜头说：“盖瑞·诺博尔和我马上要和市长见面。我们要一起召开新闻发布会，我会向盖尔特提出个人抗议。您觉得这样有用吗？”

没有，莱姆心想，但答道：“只要你认为值得就行——哪怕只是为我们争取一点时间。”

之后众人结束了视频会议，塞利托问：“沃尔在隐瞒什么？”

“他在害怕，盖尔特拿什么威胁了他。他可能泄露了某些信息，这我倒不太担心，他本来也没有过多参与调查。而且不管他泄露了什么，我们现在也没时间管。”

这时门铃响了，塔克·麦克丹尼尔和他的小跟班走了进来。

莱姆有些惊讶，这位FBI探员一定知道即将召开新闻发布会，却依旧来到他这里，没有着急蹿上发布会的讲台。看来他宁肯选择向国土安全局让步，也要亲自把证据交给莱姆。

这位助理特工主管的股价在莱姆心中上升了不少。

在听过有关盖尔特的最新消息和犯罪动机后，他问普拉斯基：“他的公寓里没有发现任何关于‘正义’组织或‘拉曼’的线索吗？

或者别的恐怖团伙？”

“完全没有。”

他看起来很失望，却说：“但这并不能推翻他们相互勾结的可能性。”

“你指什么？”莱姆问。

“传统恐怖组织都会找一个打前锋的人，此人通常和他们有着某个相同的目标。他们两者间甚至可能相互反感，却因为一个共同目标而携手合作。最重要的一点是，专业恐怖团伙一定会确保自己绝不卷入犯人的具体犯罪当中，所有的联络都是……”

“通过云端？”莱姆问，心中助理特工主管的股价又下跌了一些。

“没错，他们必须尽量减少联系。双方各自行事，一方的目的是扰乱社会秩序，一方是为了复仇。”麦克丹尼尔朝白板上的犯人侧写偏了偏头，“就像帕克·金凯德说的，盖尔特避免使用主动语态——就是不想暴露他可能有同伙的信息。”

“生态恐怖还是政治宗教类？”

“两者皆有可能。”

很难想象“基地组织”和塔利班这样的恐怖组织会选择一个情绪不稳定、一心只想向导致他得癌症的公司复仇的人来做前锋。还是生态恐怖集团可能性比较大，他们需要利用可以进入电力系统的内部人员。但莱姆却苦于没有任何能够证明他观点的实际证据。

麦克丹尼尔补充说，他从签发搜查令的部门得到消息，已经批准了通信技术团队清查盖尔特的一切电子邮件往来和社交媒体账户。盖尔特曾在多个平台发布过关于罹患癌症与高压电缆作业有关的信息，但这些累积长达上百页的信息里却找不到有关他藏身地点和计划的线索。

莱姆对于这种毫无头绪的推测越来越没有耐心了：“我要看看那封信，塔克。”

"没问题。"助理特工主管向跟班做了个手势。

拜托拜托，请千万要隐藏足够的线索，任何有用的信息都好。

一分钟后，第二封恐吓信出现在大屏幕上。

致 CEO 安德莉亚·杰森和阿冈昆联合电力照明公司：

你们选择了无视我之前的要求，这是不可原谅的。你们原本可以对暂时停电的合理请求做出积极回应，却没有这么做，正是你们的决定让事态升级，怪不得别人。是你们的冷漠无情和贪婪导致了今天下午那么多人的牺牲。你们必须让人们知道，他们并不需要依赖你们的药方继续饮鸩止渴。他们可以让生活变得更纯粹。他们以为那样行不通，但可以学习。你们要在今天傍晚六点整关闭输往另一个"美国北部电力中枢"的所有高压直流输电线并保持一小时。没有商量的余地。

库柏立即着手研究恐吓信。十分钟后他报告说："没有新的线索，林肯。一样的纸张，一样的笔。无法追踪确切来源。微迹证方面也只能查出喷气机燃料的成分，就这些。"

"真见鬼。"这简直就像打开一个包装华丽的圣诞节礼物，却发现里面空无一物。

莱姆注意到普拉斯基躲在角落里，金色短发根根直立的脑袋向前伸着，正轻声讲着电话。鬼鬼祟祟的样子让莱姆一看便知那和盖尔特的案子无关。他肯定是在向医院询问被撞男人的情况，或者找到了紧急联络人的信息正在向对方致歉。

"你在听吗，普拉斯基？"莱姆冷冷地问。

普拉斯基"啪"的一声挂断电话："在，我……"

"我需要你好好听着。"

"我在听，林肯。"

"很好。打给联邦航空局和运输安全署，说我们收到了第二封恐吓信，并且在上面找到了喷气机燃料。他们有必要提升所有机场的安保等级。还有国防部，告诉他们罪犯有可能会以军事空军基地为袭击目标，尤其是如果塔克的恐怖分子内线能够传递消息的话。你能做到吗？和五角大楼交涉？让他们明白当前情况的严峻程度？”

“是的，我可以。”

莱姆转头盯着白板上的证据列表，叹了口气。相互依存的恐怖团伙、扑朔迷离的云通信、来无影去无踪的罪犯和他所操纵的看不见的武器。

还有另外的那个案子，要想办法在墨西哥城设陷阱逮住钟表匠。而目前手上唯一的证据只有那块神秘的线路板、操作手册和两个意义不明的数字：

五百七十和三百七十九……

这让他想到了另一个数字：附近的挂钟上，距离截止时间不断减少的数字。

第二封恐吓信

- 由阿冈昆安全部主管伯纳德·沃尔转交。
  - 遭到盖尔特袭击。
  - 无肢体接触，无微迹证。
- 没有关于藏身地点和下次袭击的线索。
- 所用纸张和墨水与盖尔特公寓找到的物证相吻合。
- 信纸上再次发现替代型喷气机燃料微迹证。
  - 计划袭击军事基地?

嫌疑人侧写

- 已识别身份为雷蒙德·盖尔特，四十岁，单身，居住在曼哈顿市二二七号萨福克街。
- 与恐怖分子的关系?与“为了（未知）的正义”组织的关系?恐怖组织?名为“拉曼”的人是否参与其中?提及金钱转移、人事变动和某件“大事”的加密信息。
- 可能与阿冈昆公司在费城的安全漏洞有关。
- SIGINT提示线索：指代武器的暗号，“纸和用品”（枪支、炸药?）。
- 涉及人员有男有女。
- 尚不清楚盖尔特是否参与其中。
- 癌症病人；发现大量长春碱和泼尼松，还有少量的依托泊苷。白血病。
- 盖尔特持有军用点四五口径柯尔特手枪。

47

莱姆实验室里的电视开着。

作为几分钟后安德莉亚·杰森新闻发布会的热场报道，电视台正在播放关于阿冈昆联合电力和杰森本人的故事。莱姆对这个女人感到好奇，所以认认真真地听着主持人梳理杰森过往的从业经验。她父亲之前也是这家公司的董事会主席兼首席执行官，但她却不是因为裙带关系成为继任者的。这个女人拥有工程学和商学双学位，一路从底层做到了今天的位置，她的第一份工作是纽约上城区的线路维修员。

作为一辈子投身于阿冈昆的元老级员工，报道中引用了杰森自己的一段话，说她把一生都奉献给了阿冈昆，并且致力于将公司建设成发电产业及电力经纪产业中的佼佼者。要不是看了这个报道，莱姆还不知道几年前因为放松管制，电力公司都开始纷纷转型成电力经纪公司：从别的公司购买电力和天然气资源再卖出去。一些电力公司甚至低价出售了自己的发电和输电业务，彻底变成了交易商，除了办公室、电脑和电话以外再无其他资产。

这个变化的背后是大型银行的支持。

主持人解释道，这就是当初安然集团发迹的重要推力。

可是安德莉亚·杰森却从未有过一瞬的堕落——从不曾挥霍、傲慢或贪婪。这个身材娇小却心思缜密的女人掌管着整个阿冈昆电力帝国，却过着一种传统、简朴且低调的生活。她离了婚，没有小孩，也没有别的业余爱好，杰森的整个人生似乎都只是为了阿冈昆而活。唯一的家人只有一个弟弟，名叫兰德尔·杰森，住在费城，是一名曾参加过阿富汗战役的授勋士兵，因公路炸弹袭击受伤而退役。

安德莉亚是全美国最积极的“巨型电网”倡导者——即建立一个连接整个美国北部所有地区的联合电网。她认为这是远比现有系统更为有效的为消费者生产和提供电力的方式。

而阿冈昆自然会是这个联合电网中最大的主导者，莱姆心想。

她的外号——显然没人敢当面这么叫——是“至尊全能者”。很显然，这个称号指的不仅是她咄咄逼人的管理风格，同时也代表着她对于阿冈昆的勃勃野心。

而她对于绿色能源颇具争议的保守态度也在某个采访中直白地表露了出来。

“首先我想说的是，我们阿冈昆联合电力是有决心研究可再生能源的，但同时我也认为一切考虑须从实际出发。在蜕掉鱼鳃和尾巴进化为人类的数十亿年前，地球就已经存在，见证了我们从采煤、烧炭到驾驶内燃机汽车的全部历史，并且在人类消亡后的漫长岁月中也将一如既往地存在。

“人们宣称要拯救地球，其实内心真正想要的不过是保护他们的生活方式。我们必须承认的是，人类需要能源，而且还不止是一点点。我们需要能源——无论是为了人类文明的进程，为了养家糊口、接受教育，还是使用先进设备监视世界的独裁者，帮助第三世界国家加入第一世界国家的队伍。石油、煤炭、天然气以及核能发电正是创造这种实力的最佳手段。”

这段采访结束后便是相关权威人士对此的批评质疑或者欢呼支持。可惜对她的论调进行批驳似乎才是更加政治正确和能够赢得收视率的方向。

终于，画面切回了市政大厅的现场直播，发言席上坐着四个人：杰森、市长、警察局长和来自国土安全局的盖瑞·诺博尔。

市长首先发表了一段简短的声明，然后将麦克风交给杰森。杰森表情严厉却笃定地告诉众人，阿冈昆将尽一切努力控制事态的发展。他们已经安排了大量安保措施，却没有细说具体指的是什么。

令莱姆和其他人感到惊讶的是，这四个人竟然决定向公众公开第二封恐吓信的内容。莱姆猜他们之所以这么做，是因为害怕无法顺利阻止盖尔特的行动而导致另一场袭击并再添伤亡——那对阿冈昆的公共关系的伤害，乃至他们所要承担的法律后果都将是空前的。

此话一出，记者们立时跳起来争先恐后地向杰森提问。但她却冷静地请他们少安毋躁，并说明公司根本无法满足恐吓信的要求，盖尔特所要挟的减少供电将导致高达数百万美元的破坏和损失，以及大量无辜者的死亡。

她还补充说，这样做将导致国家安全隐患，因为这个要求也将妨碍军方和政府的各类工作。她说："阿冈昆是我国国防的重要组成部分，我们绝不会做任何有碍国家安全的事情。"

多么巧言善辩，莱姆默默地想，三言两语就将整个事情的语调情绪翻了个个儿。

最后，她以一段面向盖尔特，劝他自首的个人陈述结束了讲话，并说一定会公平公正地对待他："不要因为发生在你自己身上的苦难而让你的家人或其他无辜者承受同样的苦难。我们将竭尽所能来减轻你的痛苦。但请求你，一定要做出正确的选择，选择自首。"

发言结束后，她没有接受记者的提问便直接离开了讲台，高跟鞋的嗒嗒声响彻整个会场。

莱姆注意到，尽管她的发言饱含着对盖尔特真切的同情，却从头到尾都没有承认过公司有任何错误或者是否是高压电缆导致了盖尔特或其他人的癌症。

接着，警察局长拿起话筒，努力安抚众人并做出保证。说警察和联邦探员都已出动，四处搜捕盖尔特，陆军国民警卫队也已准备就绪，一旦发生袭击或电网出现问题便能随时提供协助。

最后，他恳切地请求全体公民，一旦发现任何不寻常的状况都务必及时汇报。

这可真有用，莱姆想。纽约城最大的特点，就是不寻常。

他转过身，继续研究那些少得可怜的证据。

48

苏珊·斯特林格下午五点四十五分走出了位于曼哈顿中城区一栋传统建筑八楼的办公室。

她朝另外两个也向电梯走去的男人打了招呼。其中一人她大概认识，因为偶尔会在大楼里遇见。拉瑞每天也差不多同一时间离开办公室，但区别在于他待会儿还得回来继续工作一个通宵。

苏珊却不一样，她下了班就可以直接回家。

这位风韵犹存的三十五岁女士是一家专业杂志社的编辑：艺术品与文物修复，主要研究十八九世纪的古迹。她偶尔还会写写诗，并且都已发表。这些爱好只能为她带来微薄的收入，但她却从未想过要放弃现在的工作。只要听听拉瑞和他朋友此刻的对话便能明白她的决定是多么有智慧。她知道自己永远无法进入法律、金融、银行和会计这些行业工作。

电梯口的两个男人都穿着名贵的西装，戴着高档名表，脚上的鞋子也十分精致。但他们周身都散发着一种匆忙感，紧张而尖锐。他们看起来一点儿也不喜欢自己的工作。拉瑞的朋友正在抱怨上司盯得太紧，而拉瑞则在抱怨一项审计工作是块“难啃的骨头”。

压力，不愉快。

还有他们的言辞。

苏珊很高兴自己不需要处理那样的工作。她的生活充斥着洛可可和新古典主义风格的工艺品，从齐本德尔到乔治·赫普怀特再到谢拉顿，个个都是美妙精品。

看得见摸得着的美，她寻找着合适的形容词。

“你看起来很累。”朋友对拉瑞说。

此话不假，苏珊很同意。

“是的，刚出差回来。”

“什么时候回来的？”

“周二。”

“你是高级审计员？”

拉瑞点了点头：“那些账本简直就是噩梦。一天工作十二小时，唯一能去高尔夫球场放松一下的就只有周日，结果气温高达一百一十六华氏度。”

“难受。”

“我还得再去一趟，就下周一。我是说，我真的不知道那些钱都去哪儿了。绝对有猫腻。”

“天气那么热，说不定钱都蒸发了。”

“真好笑。”拉瑞用一点也不好笑的语气咕哝了一句。

两个男人还在继续谈论财务报表和消失的钱，苏珊则选择屏蔽他们的对话。她看见另一个男人走了过来，身上穿着后勤人员的棕色工装套装，戴着一顶帽子和一副眼镜。这人低垂着双眼，手里提着一个工具箱和一大桶水，一定是另一座办公楼里的工作人员，因为这栋楼的过道和她的办公室里并没有任何需要浇水的盆栽植物。她的出版商老板连花钱买花装点办公室都不肯，更别说请人来浇花了。

电梯来了，两位男士侧身请苏珊先上。她想，二十一世纪总算还留下了点难能可贵的骑士精神。后勤人员也进了电梯，按了两层楼下的数字。然而和其他人不同，此人粗鲁地推开她，径直走到了电梯最里侧。

电梯开始下降了，片刻后拉瑞无意间扫了一眼地面后叫了起来：“喂，这位先生，看着点儿。你的桶在漏水。”

苏珊低头看了看，后勤人员不小心斜了一下水桶，一股水流从里面漾出来，洒在了电梯光洁的钢铁地板上。

“啊，抱歉。”男人毫无歉意地随口嘟囔了一声。现在整个电梯的地面都被水淹了。

电梯门缓缓打开，后勤人员走了出去。另一个男人走了进来。

拉瑞的朋友大声说：“小心，那个家伙把水洒得到处都是，连打扫一下的意思都没有。”

苏珊不确定那个后勤人员有没有听见这话，就算听见了估计也不在乎。

电梯门缓缓关闭，众人继续下降。

49

莱姆盯着屏幕上的时间，距离最新截止时间还剩下十分钟。

过去的一个小时里，市警察局和FBI组成的联合行动小组一直在全城搜索，而这间别墅里的众人也再次争分夺秒地分析着目前掌握的所有物证和线索——疯狂却无用地分析。到目前为止，他们对盖尔特的行踪和袭击目标的了解与第一次袭击后所知的并无太大差别。莱姆的双眼不断在证据列表上左右扫视，但那些信息依旧如散落的拼图碎片一样，让人毫无头绪。

他知道麦克丹尼尔在打电话，这位探长一边听着一边拼命点头。他飞快地看了一眼自己重点培养的小跟班，向电话那头的人表示感谢，然后挂断。

“我的一个通信技术团队成员识别出了关于那个恐怖团伙的另一个信息。线索虽小却很重要，那个团伙的名字里面还有一个词：‘地球’。”

“地球的正义。”萨克斯念了出来。

“不一定只有这些字，但可以确定的是一定有这几个字：‘正义’‘为了’和‘地球’。”

“至少我们可以确定是生态恐怖分子了。”塞利托咕哝道。

“数据库里没有记录吗？”莱姆大声问道。

“没有，但别忘了，这些都在云端里。还有一件事，拉曼的副手是一个名叫‘约翰斯通’的人。”

“英裔美国白人。”

但这个消息对案子有什么帮助呢？莱姆愤懑地想。所有这些所谓的线索对于找到几分钟后即将遭到袭击的目标究竟有什么用？

而且鬼知道他这次又打算制造一个什么样的武器？另一场电弧闪？还是另一次公众场合的公开电刑？

莱姆的眼睛死死地盯着白板上的证据列表。

麦克丹尼尔对跟班说：“打给德尔瑞。”

过了一会儿，德尔瑞的声音通过扬声器传了出来：“你好，是谁？有人吗？”

“弗雷德，我是塔克，现在和林肯·莱姆在一起，还有其他纽约市警局的人。”

“在莱姆家？”

“是的。”

“你怎么样，林肯？”

“好得不能再好了。”

“是啊，我们都一样。”

麦克丹尼尔说：“弗雷德，你知道关于新的恐吓信和截止时间的事了吧。”

“您的助手打过电话了，他还告诉了我盖尔特的动机，是因为癌症。”

“我们有确切消息来源称这次事件很可能与一个恐怖团伙有关，生态恐怖主义。”

“他们是怎么和盖尔特扯上关系的？”

“共生关系。”

“什么？”

“是一种互利共生的依存关系。我在总结笔记里有写……他们彼此合作。这个团伙的名字是‘为了地球的正义’。还有，‘拉曼’副手的名字是‘约翰斯通’。”

德尔瑞问：“听起来他们双方是各自行事，那一开始是怎么搭上的？盖尔特和拉曼？”

“我不知道，弗雷德，这不重要。或许是恐怖团伙看了他在网上发表的有关癌症的文章主动联系的，网上到处都是他发的东西。”

“哦。”

“听着，截止时间就快到了，你的线人有查到任何消息吗？”

电话那头顿了一下：“没有，塔克。没有。”

“你说的碰头会，是在三点吧。”

又是一阵停顿：“是的，但他暂时还没有确凿的信息，他打算再深入挖掘一下。”

“去他妈的深入挖掘！”FBI助理特工主管大为光火地喝斥道，这让莱姆很是惊讶，他实在没有料到这些咒骂的言语会从这人温和的双唇间冒出，“现在，打电话给你的人，告诉他‘为了地球的正义’组织的事情。还有新线索：约翰斯通。”

“我会的。”

“弗雷德？”

“是？”

“这个秘密线人，他是你手上唯一有线索的人吗？”

“是的。”

“而他却没有听说过任何相关信息，比如名字，什么都没有？”

“恐怕是的。”

麦克丹尼尔心烦气躁地回应道：“行吧，多谢你，弗雷德。你也尽力了。”那语气仿佛在说，我原本也没期待你能帮上忙。

德尔瑞又顿了一下，然后说：“不客气。”

电话挂断。莱姆和塞利托都能明显听出麦克丹尼尔语气里的讽刺和刻薄。

“弗雷德是个好人。”塞利托忍不住说。

“他是个好人。”助理特工主管飞快地答了一句，想也没想。

但有关弗雷德·德尔瑞和麦克丹尼尔对他的看法的话题很快就被别墅里的新状况冲散了，除了汤姆，所有人的手机都接二连三地响了起来，时差不过五秒钟。

打电话的人虽不相同，为的却都是同一件事。

尽管离预告的截止时间还有七分钟，雷·盖尔特却已再次发动袭击，又一次在曼哈顿滥杀无辜。

联系塞利托的人给出了详细信息。通过扬声器，打电话的年轻巡警听起来很是焦虑，他描述着袭击的地点——中城区一座办公大楼的电梯厢，里面共有四名乘客：“情况……情况很糟糕。”说完巡警便咳嗽了起来，说不下去了——或许是袭击产生的烟雾造成的，但那也可能只是他掩盖情绪的方式。

巡警道歉说他待会儿再打过来。

但他没有。

50

又是那种令人窒息的气味。

阿米莉亚·萨克斯怀疑自己是否永远逃不过这场噩梦？

就算她反复擦洗甚至扔掉了染了气味的衣服，那深深印刻在脑海中的味道也无法消散。显然电梯里的其中一名死者衣袖和头发都着了火，火势并不严重，烟雾却相当浓烈，散发着令人反胃的味道。

萨克斯和罗恩·普拉斯基把防护服套在身上。她问其中一名紧急勤务组警员："是 DCDS 吗？"伸手指着一片狼藉的电梯厢。

DCDS：受害者当场确认死亡。

"是的。"

"尸体在哪儿？"

"楼上大厅。警探，我知道我们把电梯现场破坏得很严重，但当时烟雾太浓了，我们看不清里面的状况，只能先进行清理。"

萨克斯告诉对方不用担心。毕竟检查受害者的状况是第一要务，再说了，没有什么能比火焰对现场的破坏力更大，就算留下几个紧急勤务组的脚印也不会让情况更糟。

"怎么发生的？"她问警员。

"我们也不清楚。大楼管理部主任说电梯卡在了底层上方的位置，然后就开始冒烟，还有惨叫声。等他们想办法把电梯降下打开的时候，一切都已经晚了。”

萨克斯一想到那个场景便不由得打了个寒战。高温金属液体弹片就已经够可怕了，可对于有幽闭恐惧症的她来说，一想到那四个人当时就困在这样一个毫无转圜余地的狭小空间里，四壁还充满了高压电流，就浑身难受……尤其是其中一个人身上还着了火。

紧急勤务组的警员看了看笔记说：“受害者分别是八楼一家艺术杂志社的编辑、一名律师和一位会计；另外一名是六楼的电脑组件销售人员。如果您有兴趣了解的话。”

只要能了解受害者的真实信息，萨克斯总是感兴趣的。这一方面是为了确保自己的心还是正常的，不至于因为长年累月接触这些恶性案件而变得冷酷麻木；另一方面却是因为莱姆的叮嘱。作为一名纯粹的科学家和理性主义者，莱姆的法医学专业天赋之一便是可以毫无障碍地以嫌疑人的视角来思考和观察。

多年前她和莱姆第一次合作的案子也十分惨烈，凶手同样利用了公共设施来杀人——那次案件是用蒸汽——当时莱姆曾轻声在她耳边说过一句令她记忆犹新的话，要她每次走方格的时候，“把自己当成凶手，用他的思维和心理来观察。之前你一直是站在调查者的角度，而我现在要你按照凶手的思路来思考”。

莱姆告诉她，虽然他认为法医刑侦学可以通过学习掌握技术，但这种通感的思维方式却是一种与生俱来的天赋。而萨克斯相信，维持这种联系最好的方式——或者用她现在的描述来说，连接内心和专业技能的纽带——就是时刻记住那些曾经活生生的受害者。

“准备好了吗？”她问普拉斯基。

“我想是的。”

“我们要开始走方格了，莱姆。”萨克斯对着话筒说。

“好，但这次不是跟我一起，萨克斯。”

她有些担心，尽管莱姆总不承认，但她知道他的状况并不太好。她一看便知。不过莱姆接下来的话却证明他这么说是有别的原因：

“我想让你和阿冈昆的那个人一起走方格。”

“索墨斯？”

“对。”

“为什么？”

“其中一个原因是，我喜欢他的思维方式。他的思路很广，这或许和喜欢发明创造有关吧。不过除此之外还有一个原因，事情有点不对劲儿，萨克斯。我也说不太清，但我感觉我们漏掉了什么重要的信息。盖尔特发动的这些袭击少说也需要一个月的周密计划，可现在却一次比一次快。一天连续两次。我想不明白。”

“或许，”萨克斯试着推测，“这是因为我们的追查速度比他预计得要快。”

“有可能，但我不能确定。要真是那样，就表示他一定很想除掉我们。”

“没错。”

“所以我需要一个不同的视角和观点。我已经联系过查理了，他很愿意帮忙……不过，他很喜欢在讲电话的时候吃东西吗？”

“他很喜欢吃垃圾食品。”

“好吧，待会儿你们走方格的时候，让他别吃那种咔嚓咔嚓响的垃圾食品。一旦准备好就通知我，我会帮你们接通信号。无论你有什么发现都尽快回复我，我们现在唯一确定的就是盖尔特一定已经开始安排下一次袭击了。”

挂断电话，萨克斯瞄了罗恩·普拉斯基一眼，后者一副心事重重的样子。

这会儿可别掉链子啊，小子……

她打招呼叫他过来，说：“罗恩，主现场在楼下，他多半是对那儿的电缆动了什么手脚。”说着拍了拍无线对讲机，“我待会儿会连线查理·索墨斯，所以需要你一个人去电梯那儿走方格。”顿了顿又说：“还有检查尸体。尸体上可能提取不到什么微迹证，因为犯人的独特作案特征就是不直接接触受害者，但该做的工作还是要做，你能完成吗？”

年轻的警官点点头：“听凭吩咐，阿米莉亚。”他的态度诚恳得让人不忍直视，大概是在为盖尔特公寓那儿发生的意外赎罪吧，萨克斯猜。

“那就立刻开始工作，带上薄荷膏。”

“什么？”

“就在工具箱里。樟脑薄荷脑桉叶油，鼻子下面擦一点，可以抵挡那股气味。”

五分钟后，她和查理·索墨斯连上了线，感激对方能够帮助她一起勘查现场——给予“技术支持”，虽然用索墨斯不拘小节的话来说，这叫帮忙解决“火烧屁股”的麻烦。

萨克斯点开头盔上的照明灯，沿着楼梯往大楼地下室走去，把在幽暗肮脏的地下室电梯井里的所见所闻详细报告给查理·索墨斯。他们之间只有语音通信，没有视频，这跟与莱姆合作时不同。

大楼已经被紧急勤务组搜查过了，按理来说现在应该没有危险，但萨克斯却清楚记得莱姆刚才说过的话——盖尔特很可能会把搜查人员当作袭击目标。她谨慎地左右环顾，中间只小心翼翼地转了几次，用光查看黑暗中仿佛有人影的位置。

不过那些也确实只是像人影的阴影或者污渍罢了。

索墨斯问：“你看电梯升降轨道上有没有接驳什么东西？”

萨克斯集中注意力向电梯望了过去：“没有，轨道上什么也没有。不过……墙上接着一条同样的本宁顿电缆。我……”

“先测电压值！”

“我正准备这么说。”

“啊，有当电工的天赋。”

“别胡说。等这个案子结束，我连自己车上的电池都不想碰了。”她打开电压探测仪，“数值为零。”

“很好，那条线连到哪里？”

“一头连着一根公交车站牌柱，柱子就挂在电梯井里。上端挨着电梯厢底部，接触的地方已经烧焦了；另一头连着一条很粗的线缆，这条线缆连着墙上的一个米色操作箱，看起来像一个大号的药柜。本宁顿电缆用上次袭击现场找到的那种远程遥控开关连在其中一条主线上。”

“那是大楼的进电线。”他补充说，办公楼和家用住宅接收电流的方式不同，输入的电量更大，和街道上的变压器一样：一万三千八百伏特。然后再将电压降低至安全水平分配到各间办公室，属于点式网络：“看来是等电梯厢下降到能够接触到站牌柱的地方……别的地方应该还有一个开关，用来控制电梯供电的。他需要在电梯抵达底层大厅之前停下电梯厢，这样困在里面的人就会去按紧急呼叫按钮。这么一来，这个乘客的手和踩在电梯地板上的脚之间就形成了闭合电路，导致触电，并连带任何触碰到他或者被他撞到的人一起遭受电击。”

萨克斯四下环顾，果然找到了另一个开关装置。她把看见的告诉了索墨斯。

索墨斯详细地解释了如何安全拆卸电缆和相关的注意事项。不过，在触摸这些物证之前，萨克斯先摆放了勘查号码牌并拍摄了现场照片，接着对索墨斯表示了感谢，并说这些就是目前所需的帮助。挂上电话后她开始走方格，并寻找可用作出入口的路线——她发现那很可能就是附近通往大楼旁一条窄巷的小门。这扇门上的锁并不牢靠，并且有最近才被撬开的痕迹。她都逐一拍了照。

正准备转身上楼与普拉斯基会合的时候，萨克斯忽然停了下来。

电梯里有四个受害者。

酒店袭击中的死者是山姆·维特和另外四人，许多伤者仍在医院接受治疗。还有路易斯·马丁。

当然，还有那席卷全城的、对这位来无影去无踪的凶手的恐惧。

她回忆起莱姆曾说过的话："你必须把自己当成凶手。"

萨克斯把证物袋放在楼梯边，转身回到电梯井。

我就是他，我是雷蒙德·盖尔特……

萨克斯发现自己很难进入这个疯狂的、自认为是在替天行道的圣战战士的精神状态，因为在她看来，这样极端不稳定的情绪很难和这些需要缜密计算与谋划的袭击联系在一起。换了别人肯定早就选择一枪解决掉安德莉亚·杰森或者炸掉皇后区的发电厂了。然而盖尔特却选择了这些需要精密计算的方式，花了这么大一番力气来制造如此复杂的武器杀人。

这意味着什么？

我就是他……

我是盖尔特。

忽然，一个念头从她脑海中闪过：我根本就不在乎什么动机，也不在乎这么做的理由。这些都毫无意义。唯一重要的是所使用的技术，比如怎么才能以最完美的方式接驳、开关和连接装置，巧妙地造成最大限度的伤害。

这才是我的世界的核心所在。

我痴迷于这个过程，痴迷于电流……

而一旦有了这个念头，另一个想法也自然而然地产生了：一切在于角度。他必须让……不，是"我"必须让站牌柱处于最准确的位置，可以在电梯厢接近底楼大厅却尚未抵达的时候便接触到柱子。

也就是说，我不得不从各个角度亲眼确认运行中的电梯下降到了正确的位置，并且保证电梯的重量、齿轮、引擎和电缆不会将柱子冲撞开或者被电缆缠住。

我必须从各个角度研究这个电梯井，必须如此。

萨克斯跪了下来，手脚并用地绕着电梯井在肮脏的地面上爬了一圈，寻找盖尔特能够看见电缆、柱子和接触点的所有位置。没有脚印，也没有指纹，但她却发现地面上有些部分有最近被人触碰过的痕迹。不难想象，他一定曾在那里趴着查看自己的死亡杰作。

她分别从十个位置采集了样本并装袋，又按照指南针的方式一个个标注："西北方十英尺开外""南方七英尺开外"，等等。做完这些，她拾起剩下的证物袋，忍着关节炎的疼痛顺着楼梯回到了大厅。

找到普拉斯基后，萨克斯看了看电梯厢内部。毁坏程度并不严重，四壁上有一些烧焦的痕迹——伴随着那股难闻的气味。她完全无法想象，被困在电梯里突然遭受高达一万三千伏的电击会是一种怎样的感受。不过至少，她想，受害者们在最初的几秒后便会失去知觉。

她看见普拉斯基已经摆好了号码牌并拍了照："有发现吗？"

"没有。我搜索过电梯厢了，但操作面板没有最近被打开的迹象。"

"他的所有操作都是在下面进行的。尸体呢？"

普拉斯基面色凝滞，忧心忡忡，她能看出他正在努力调整情绪。最终，他还是用平稳的声音答道："没有发现微迹证。但有一件事很有奇怪，他们三人的鞋垫都是湿的。三双鞋全部如此。"

"是火警队的缘故？"

"不是，他们来的时候火已经灭了。"

水。这倒有点意思。水可以增强导电性能，但他们的鞋是怎么湿的呢？萨克斯忽然问："你刚说三具尸体？"

"是的。"

"但紧急勤务组的人说有四个受害者。"

"是的，但只有三个人遇害身亡，给。"他递给萨克斯一张纸。

"这是什么？"纸上写着一个名字和一串电话号码。

"幸存者的联系方式。我想你会希望找她了解情况，她的名字是苏珊·斯特林格，现在正在圣文森特医院接受治疗。她吸入了大量烟尘，有烧伤，不过性命无碍。过几个小时应该就能出院了。"

萨克斯摇着头说：“我不明白这种条件下怎么能有人活下来。那可是一万三千伏的电压啊。”

罗恩·普拉斯基答道：“哦，她是位残疾人，坐着轮椅。你知道的吧，轮胎是橡胶的，绝缘。我猜就是因为这样她才活了下来。”

51

“他怎么样？”萨克斯刚回到实验室莱姆便问。

“你是说罗恩？有点不安，但工作完成得不错。尸体也是他检查的，那可不是件容易的事。他发现了一个奇怪的情况。不知为何，那些遇害者的鞋子都是湿的。”

“盖尔特做了什么？”

“不知道。”

“你不觉得罗恩还没缓过来吗？”

“不算太糟，但是有一点。不过他毕竟还年轻，正常现象。”

“这可不是理由。”

“的确不是，但也是一种解释。”

“在我看来都一样。”莱姆咕哝道，“他去哪儿了？”

现在已经是晚上八点了。“他回盖尔特的公寓去了，说自己可能遗漏了什么线索。”

莱姆觉得这样也好，尽管他很确定那个小子首次勘查现场的时候应该没漏掉什么。他接着说：“还是稍微看着他点儿，我可不想因为他的情绪问题让任何人冒生命风险。”

“同意。”

现在实验室里只剩下他俩和库柏。麦克丹尼尔和他的跟班回联邦大厦去见国土安全局的人了；塞利托则赶去“总部大楼”——纽约市警察局大楼。莱姆不确定他们分别要会见些什么人，但肯定有一大堆人正等着他们解释为何警方还没有抓住嫌疑人。

库柏和萨克斯把从办公大楼采集来的物证一一排列在检验桌上，库柏随即开始查看电缆和其他接驳电梯井的物证。

“还有一件事。”萨克斯多半以为自己的语气听起来很随意，但莱姆一听便知没那么简单。爱上一个人可不是一件轻松的事，当对方心里有事的时候你总能轻易察觉。

“何事？”他审视着她。

“我们有一位目击者，其他人遇害时她就在电梯里。”

“伤得重吗？”

“并没有，只是吸入了大量烟尘。”

“那可真不好受，头发燃烧的气味。”莱姆动了动鼻翼。

萨克斯嗅了嗅自己的红头发，也皱起了鼻子：“今天晚上我会好好洗一下。”

“她有什么想说的？”

“我还没来得及询问……等她出院了会过来这里。”

“来这儿？”莱姆惊讶地问。他不只是对目击证人的可靠性存疑，还担心让不相关的人进入实验室会引起安全问题。要是这次事件与恐怖团伙有关，他们很可能会想尽办法让自己的人混进调查圈内部。

但萨克斯却笑着打消了他的疑虑：“我查过她，莱姆，没有问题。没有犯罪记录，也不曾被关押。只是一个常年为家居杂志做编辑的人。而且我觉得让她来也没什么不好——这样我就不用专程再去医院跑一趟了，可以留在这里继续研究物证。”

“除此之外呢？”

她迟疑了一下，微笑着说：“你觉得我解释得太多了？”

“嗯。”

“好吧，她是位残疾人。”

“是吗？但这并没有回答我的问题。”

“她想见你，莱姆。你是名人。”

莱姆叹了口气说：“行吧。”

萨克斯转头看他，眯起双眼：“你居然没反驳。”

这次换莱姆笑了起来：“没心情。让她来吧，我亲自询问。让你看看我是怎么做的，速战速决。”

萨克斯警惕地看了他一眼。

莱姆又问：“梅尔，有发现吗？”

梅尔正聚精会神地看着显微镜：“没什么能帮我们追踪他的有用信息。”

“‘追踪’。好怀念，小学毕业以后就没用过这词儿了。”莱姆讽刺地说。

“不过我倒是发现了别的东西。”库柏说，无视了莱姆的尖酸刻薄，念着色谱仪上的结果，“数据库显示微迹证成分里有人参和枸杞。”

“中药材，可能是某种药茶。”莱姆说。几年前有一宗牵涉到蛇头和非法移民的案子，主要调查范围在唐人街附近。当时还有一名从中国大陆调来帮忙的警官，曾经跟莱姆讲过有关用草药治疗的事，声称会对他的状况有所帮助。当然了，那些草药并没有任何效果，但莱姆却发觉这些知识或许可以帮助刑侦调查。他记下了库柏的发现，却也同意这算不上什么有用的线索。以前只能在亚洲货品专卖店里找到中药材，莱姆把它们统称为“乌乌百货”。但如今，这些商品却可以在任何一家“来德爱”连锁药房[①] 或者市内的食品商场买到。

“写在白板上，萨克斯，如果方便的话。”

趁着萨克斯补充证据列表的时候，莱姆看了看排成一列的几个

①美国来德爱公司（Rite Aid Corp.）经营药店业务。这家公司在美国拥有零售连锁药店，提供医药服务，出售处方药和各种其他商品。

小号证物袋，上面都贴着有她字迹的证据链卡片。卡片上写着指南针的方向数据。

“十个印第安小孩[①]。”莱姆好奇地说，“那些是什么？”

“我很生气，莱姆。不，应该说是极其愤怒。”

“挺好的，我认为愤怒是一种释放，怎么了？”

“因为我们一直抓不到他，所以我从他可能待过的所有地方都采集了成分样本。我在那个肮脏的地下室里爬了一圈，莱姆。”

“怪不得脸糊得跟花猫似的。”他看着她的额头。

她注视着莱姆的双眼说：“我待会儿会洗的。”然后微微一笑。颇为性感，莱姆觉得。

他扬起一边眉毛：“行，那就赶紧调查，把结果告诉我。”

萨克斯戴上手套，将样本分别倒进十个检验皿中，然后戴上放大眼镜，用无菌探针拨弄着每个检验皿中的物质，仔仔细细地筛查起来。里面有灰尘、烟蒂、纸屑、各种乱七八糟的小东西、啮齿类动物的粪便、头发、衣物碎屑、糖果和快餐包装纸碎片、混凝土颗粒、金属和石屑，等等。那是覆盖纽约城地下世界表面的物质。

很早以前莱姆就明白，犯罪现场证物搜查的关键是寻找规律。什么东西是反复出现的？这样的东西就可以被合理排除在怀疑范围之外；只有那些特殊的、与众不同的东西才最可能与案件相关。统计学家和社会学家称之为“离群值”。

萨克斯采集的十份样本中几乎所有物质都是相同的，只有一个东西除外：一只微小的半圆形金属环，直径大约有两个铅笔头那么大。虽然样本中还有些其他金属成分——比如螺钉、螺栓和金属粉末等——但都和这只金属环完全不同。

并且上面的痕迹很新，说明是最近留下的。

“这是在哪儿发现的，萨克斯？”

---

①《十个印第安小孩》是一首英语童谣，里面从一个印第安小孩数到十个。这里是莱姆看见十个小证物袋一字排开开的玩笑。

萨克斯直起身子活动了一下筋骨，看着检验皿前的塑料袋。

“离电梯井二十英尺开外的地方，西南侧。那是最能清楚看见他的所有电缆连接的位置，能照到光。”

这么说盖尔特应该是趴着处理装置的。这只小金属环便是在那时从衣服或者袖口上落了下来。他让萨克斯把金属环拾起来拿给他近距离看看，她帮莱姆戴上放大镜并调整好距离，然后再用镊子把金属环夹起来，放到他眼前。

“原来如此，烧蓝。”他说道，“用在铁器上的零件，比如枪支。用氢氧化钠和亚硝酸盐进行耐腐蚀处理，且拉伸性能良好。应该是某种弹簧。梅尔，你的机械零件数据库如何？”

“没有你当警监时更新得快，但也还不错。”

莱姆上网吃力地键入一串密码。他可以选择用声音识别的方式输入密码，但诸如“@%$*”这样的符号——相关部门用来增强保密性的措施——用语音反而不方便说明。

纽约市警察局的法医数据库主页跳了出来，莱姆首先选择从“其他金属——弹簧”的分类中开始找起。

在浏览了十分钟、多达几百种的样本后他终于开口道：“应该是游丝[①]。”

“那是什么？”库柏问。

莱姆皱着眉说：“恐怕不是件好事。如果真是他的，就代表此人可能打算改变袭击的方式。”

“怎么改？”萨克斯大声问。

“这通常是用在计时器里的零件……我敢打赌他一定很担心被我们捉住，所以计划在袭击时使用计时装置而不是远程遥控。也就是说，下一次袭击发生的时候，他本人可能处在一个完全不同的城区。”

莱姆让萨克斯把弹簧单独装进一个证物袋并写上相应的证据链

①游丝是一种很细的弹簧。通常以钢作为材质，盘绕在摆轮周围。游丝有效长度的变化决定了摆轮的惯性力矩与振幅周期。

卡片。

“他很聪明。”库柏叹道，“但迟早会露出马脚的，一定会。”

“通常”会而已，莱姆在心里默默地纠正道。

接着库柏又说：“我在其中一个遥控开关上找到了一枚清晰的指纹。”

莱姆很希望那是别人的指纹，但很遗憾，依然是盖尔特的——他已经不需要费力隐藏身份了，因为他知道自己的姓名早已暴露。

电话响了起来，莱姆看着来电显示上的国家代码眨了眨眼，立刻接起了电话。

“你好，卢纳司令官。”

“莱姆警长，我们可能……有新进展了。”

“请说。”

“一小时前，钟表匠之前观察过的大楼里有人故意拉响了火警警报。警报响起的那层楼有一家房地产贷款经纪公司，主要面向拉丁美洲市场。公司老板背景很不简单，曾接受过好几次调查，所以引起了我的怀疑。我查过此人的背景，发现他曾接到过死亡威胁。”

“威胁者是谁？”

“客户，发现他卖给他们的东西不如当初说的盈利丰厚。他还经营一些别的业务，但很难查到相关信息。如果连我都没法儿轻易查到，那么只有一种可能：犯罪的营生。也就意味着他手里有一支庞大且实力不凡的安保队伍。”

“也就是说，要杀他必须用到像钟表匠这样的职业杀手。”

“正是如此。”

“可是，”莱姆续道，“我觉得不应该完全排除实际目标恰好在大楼里的相反位置的可能性。”

“你是说那个假警报可能是障眼法。”

“有这个可能。”

“我会让阿尔特洛的手下把这点也纳入考虑的。他已经派手下最好，也最善于隐藏的监视人员开始调查了。”

“关于罗根收到的包裹有任何新的发现吗？比如那张写着‘I’和几条线的纸？或者电路板、手册和数字？”

“目前有的只是推测而已，而我想您也会同意，警探，推测只是在浪费时间罢了。”

“没错，司令官。”

莱姆再次向他道谢后挂断了电话。他看了一眼时间，晚上十点。距离第一次变电站袭击已经过去了三十五小时，莱姆只觉得心烦意乱。一方面，他很清楚案子进展得如此之慢大家所承受的巨大压力；另一方面，他实在已经筋疲力尽了——他已经很久没有感到如此疲惫了。他需要睡眠，但却不愿开口承认，就算对方是萨克斯。他盯着寂静无声的电话机，想着刚才墨西哥警局司令官说的话，一滴汗珠从发间缓缓流到额前。这让他出离愤怒，想趁别人发现之前赶紧用手抹掉，可这于如今的他而言却只是一种奢望。他朝两边用力甩了甩头，终于甩掉了那滴汗珠。

这个突兀的动作却引起了萨克斯的注意。他预感到她即将询问自己的感觉如何，却并不想回答。因为他既不想承认自己不太好，也不想对萨克斯撒谎。于是他唐突地启动轮椅滑到其中一个证据板前，用力盯着上面的文字装作研究的样子，其实根本什么也没读进去。

正当萨克斯担心地向他走来时，门铃响了。不久后门口传来了一阵动静，汤姆领着一名访客进了房间。莱姆一下便猜到了来者的身份：她的轮椅和他的是一个牌子。

52

苏珊·斯特林格有一张漂亮的瓜子脸，嗓音动听。一见之下便会立刻想到两个词：甜美、可人。

不过，她的眼神十分敏锐，哪怕微笑时也紧抿着双唇，这大概和她不得不日复一日用唯一剩下能动的两只手推着自己在纽约穿街过巷有关。

“上西区的联排别墅竟然有如此方便轮椅出入的设计，这很少见。”

莱姆对她还以微笑——保持着距离。他有一大堆工作要做，而且几乎很少需要用到目击证人；刚才对萨克斯说要让她好好见识一番的事自然只是一句玩笑话。

不过，这个女人差一点就死在盖尔特手里了——而且是惨死——所以说不定真能提供一些有用的信息。如果她真像萨克斯所说的，想趁机见见他这个名人也不是不可接受。

女人对汤姆·莱斯顿点了点头，脸上带着谦逊而理解的表情，仿佛在说她完全明白看护人工作的重要和辛苦。汤姆问她是否要喝点什么，她婉拒道：“我不能在这里待太久。时间有点晚了，而且我也觉得不太舒服。”她的脸色有些苍白，一定是又想起了今天在电梯里那恐怖的一幕。她把轮椅向莱姆靠近了一些。苏珊的手臂显然还能正常运动；她的情况属于半身瘫痪，恐怕是背部中央或以下的胸椎损伤造成的。

“有烧伤吗？”莱姆问。

“没有，我没有受到电击。唯一的问题是烟雾——从……从一起搭电梯的一个男人身上散发出来的。他着火了。”最后一句话声音低了下去，几不可闻。

“发生了什么事？”萨克斯问。

苏珊咬了咬嘴唇：“电梯快到底楼的时候忽然停了，灯也灭了，只剩下应急灯。站在我身后的那个男人伸手去按操作面板上的‘帮助’按钮。结果他刚一触到按钮就开始呻吟、浑身抽搐。”

她咳了一声，清了清嗓子：“太可怕了。他的手一直按在面板上拿不下来。他的朋友去拉他，不过也可能是被他撞到了，总之就像连锁反应一样，两个人都开始抽搐。其中一个还着火了。他的头发……冒着烟，那股味道……”苏珊的声音低得像在耳语，“太可怕了，简直难以想象。他们就那样慢慢死去，就在我身边。我吓得放声尖叫。我意识到这可能是触电，所以根本不敢去摸轮椅的金属把手和电梯的金属门框，就那么坐着。”

苏珊打了个寒战，又重复了一遍：“我就那么坐着。后来电梯终于又往下降了几尺，门被打开了。大厅里围了几十个人，是他们把我拉出去的……我努力提醒他们不要碰任何东西，但那时候电已经断了。”她轻轻咳了几声。“这人到底是谁，这个叫雷·盖尔特的人？”苏珊问。

莱姆对她说：“他认为自己之所以得病都是因为电缆。他得了癌症，现在是在复仇，或许背后还有某个生态恐怖组织的帮助。可能是某个反对传统电力公司的团伙唆使他这么做的。具体情况我们还不清楚，尚未完全确定。”

苏珊脱口而出：“所以他就要杀掉无辜的人来表达自己的意见？简直太伪善了。”

萨克斯说：“他就是个疯子，根本连伪善都算不上。只要是他想做的事情就是正确的，凡是阻挠他的都是坏人。就是如此简单的思维方式。”

莱姆看了萨克斯一眼，后者明白了他的意思，问道：“你说有线索能帮助我们？”

“是的，我想我见过他。”

尽管从来不怎么信任目击者，莱姆却鼓励地说道：“请继续说下去。”

“他在我们那层楼上了电梯。”

“你认为那就是他？为什么？”

“因为他把水洒在地上了。看起来像是不小心的，但现在我知道那是故意的。为了增加导电性。”

萨克斯说：“对上了，罗恩发现死者的鞋子都是湿的。我们还在纳闷那是怎么回事。”

“他穿得像个后勤人员，提着一个用来浇花的水桶。他穿着棕色的连体工装，脏兮兮的，看着很奇怪，因为我们那栋办公大楼的走廊里根本没有植物，办公室里也没有。”

“还有人在现场吗？”莱姆问萨克斯。

她回答说应该有：“应该还有消防队的人，不是警察。”

“让他们打给大楼经理，就算睡了也要叫起来。问他们有没有叫过植物管理服务，也查查安全监控录像。”

几分钟后便接到了回答：办公楼并未请过给植物浇水的工人，八楼的公司也没有请过这样的人。大楼里只有走廊有监控录像，广角镜头只拍下了“一大帮人来了又走了”的模糊影像，根本没用。“没有一张脸看得清。”负责汇报的消防队长说。

莱姆在屏幕上调出盖尔特的驾照照片。“是这个人吗？”他问苏珊。

“可能是。他没有看我们，我也没有清楚地看到他的样子。”她用“你应该明白”的眼神看着莱姆，“他的脸在我上方。”

“你还记得关于他的别的信息吗？”

“从他走向电梯到最后进入电梯厢，一直在看手表。”

“截止时间。”萨克斯指出，然后补充道，“但他提前行动了。”

“只提前了几分钟而已。”莱姆道，“或许他是担心被大楼里的人认出来，所以打算尽快结束袭击离开。另外，他很可能一直在关注阿冈昆的输电情况，知道公司不会按截止时间断电。”

苏珊继续说：“他戴着手套，是棕褐色、皮制的……简直历历在目。我能记得这些是因为当时一直在想，他的手肯定汗津津的，因为电梯里很热。”

“他的工装上有字吗？”

“没有。”

“还有别的信息吗？”

她耸了耸肩：“他很没礼貌，虽然这条信息可能帮不上什么忙。”

“没礼貌？”

“进电梯以后他直接推开我走到后面去了，连一句道歉都没有。”

“他碰到你了？”

“不是我，”她往下点了点头，“是轮椅，紧紧地握了一下。”

“梅尔！”

库柏立刻转身朝他们走来。

“苏珊，”莱姆问道，“你介意我们检查一下他碰过的地方吗？”

“当然不介意。”

库柏用放大镜仔细地检查着苏珊指的地方。虽然看不太清，但莱姆注意到库柏从椅臂前部连接处的螺栓上捻了两个东西下来。

“是什么？”

“纤维。一条深绿色，一条棕色。”库柏用显微镜检查着，然后转身在电脑数据库上搜索相同纤维样本，“棉质、高耐性。可能是军用纤维、军用剩余物资之类的。”

“样本量足够用来检验吗？”

"很充足。"库柏和萨克斯将两个样本各取下一小部分，用气相色谱／质谱仪分别做了扫描检测。

终于，当莱姆已经快等得不耐烦的时候，萨克斯叫道："有结果了！"打印机缓缓吐出一张纸，库柏拿起来看了一遍。

"绿色纤维上查出的依旧是航空燃料成分。不过这次有新情况，棕色纤维上有柴油燃料成分，还有那些中药材成分。"

"柴油。"莱姆思考着，"或许他的目标不是机场，而是炼油厂。"

库柏说："如果真是这样，那可不得了，莱姆。"

还用说吗？"萨克斯，打给盖瑞·诺博尔。告诉他立刻加强港口安全措施，尤其要保护好炼油厂和储油罐。"

她拿起电话。

"梅尔，把我们刚才的发现全部写到列表上。"

犯罪现场：第五十四号大街西二三五号办公大楼

- 受害者（死亡）：
  - 拉瑞·费什贝恩，纽约市，会计。
  - 罗伯特·波迪纳，纽约市，律师。
  - 富兰克林·塔克尔，新泽西州帕拉姆斯市，销售。
- 找到一枚雷蒙德·盖尔特的指纹。
- 本宁顿电缆和开口螺栓，与之前袭击所用完全相同。
- 两个手工制作的远程接力开关：
  - 一个用于关闭电梯电流。
  - 一个用于完成闭合电路，让电梯厢带电。
- 连接操作版和电梯厢的螺栓和细电缆，无法追踪来源。
- 受害者的鞋均是湿的。
- 微迹证：
  - 中药材：人参和枸杞。
  - 游丝（计划在未来的袭击中使用计时器，放弃远程遥控开关？）。
  - 深绿色高耐性棉质衣物

纤维。

· 含有替代型喷气机燃料

· 准备袭击军事基地?

· 深棕色高耐性棉质衣物纤维

· 含有柴油燃料。

· 含有中药成分。

嫌疑人侧写

· 已识别身份为雷蒙德·盖尔特,四十岁,单身,居住在曼哈顿市二二七号萨福克街。

· 与恐怖分子的关系?与“为了(未知)的正义”组织的关系?恐怖组织?名为“拉曼”的人是否参与其中?提及金钱转移、人事变动和某件“大事”的加密信息。

· 可能与阿冈昆公司在费城的安全漏洞有关。

· SIGINT 提示线索:指代武器的暗号,“纸和用品”(枪支、炸药?)。

· 涉及人员有男有女。

· 尚不清楚盖尔特是否参与其中。

· 癌症病人;发现大量长春碱和泼尼松,还有少量的依托泊苷。白血病。

· 盖尔特持有军用点四五口径柯尔特手枪。

· 假扮成穿深棕色全身工装的后勤人员。或许也有深绿色工装?

· 戴着棕褐色皮质手套。

库柏把物证一一整理好,又做了证据链卡片标记。同一时间,萨克斯正打给国土安全局,通知他们纽约市和新泽西州港口可能面临危险的消息。

莱姆和苏珊·斯特林格此时倒是没人搭理。他看着证据列表,心里却很清楚那个女人正仔细地打量着他。感到有些不安的莱姆转头望着她,思考着该如何请她离开。她来过了、帮了忙,也见到了传说中的残疾名人，现在该各回各家了。

她忽然问："你是 C4，对吗？"

C4 指的是从头骨往下，沿着脊椎数到第四节的颈椎受伤。

"是的，虽然几根手指还能稍微动一下，却没有知觉。"

若要深究的话，他应该算是"完全"瘫痪，即伤处以下所有知觉能力完全丧失（"非完全"瘫痪病人还能保留一定程度的活动能力）。但人类的身体机制精巧而神秘，仍有一些小小的神经电流逃过了伤口的阻碍传导而下。神经线路虽受损严重却不至于彻底毁坏。

"你身材保持得不错。"她说，"还有肌肉。"

莱姆转头继续看着白板上的信息，心不在焉地说："我每天都会做一系列运动训练和功能性电刺激训练来保持肌体状况。"

不得不说，莱姆挺享受这些训练的。他解释说平常会用跑步机和固定自行车健身。不过，是这些器材带着他的身体运动，而非反过来，但即使如此也能增加肌肉，甚至最近连右手指也稍微恢复了一些运动能力。刚刚受伤的时候他全身只有左手无名指能动。

可以说，他现在的身材比受伤前还好。

他把这些告诉了她，并从她的表情看出对方完全能理解。她举起一只手说："本想找你比试掰手腕的，不过嘛……"

莱姆从喉咙里发出一阵真心的笑声。

但苏珊的表情却沉静了下来，左右看了看确定没有人在听他们的对话。当确定无人注意这边时，她转过头来，定定地看着莱姆的眼睛说："林肯，你相信命运吗？"

53

残疾人的世界里有某种特别的友情。

有些病人会对同样残疾的人产生类似于兄弟或战友的感情——我们联手抵抗世界，别惹我们。其他一些人则更多是相互安慰型的：嘿，你难过的时候要是需要一个肩膀，我永远都在。我们都一样，朋友。

然而这两种情况哪一个都不属于林肯·莱姆。他是名犯罪学家，只是恰好无法随心所欲地操控身体而已。就像阿米莉亚·萨克斯是个警察，有关节炎，但依然热爱飙车和玩枪一样。

莱姆从不把自己定义为残疾人，那只不过是他的个人特点之一。就算残疾，也有每天开开心心或机智风趣或尖酸刻薄的人。莱姆会一个个分别加以判断，就像对所有其他人一样。

他认为苏珊·斯特林格是个让人愉悦的女人，并且欣赏她独自前来的勇气。她完全有理由躲在家里可怜兮兮地独自舔舐伤口，为经历的噩梦悲伤哭泣。尽管如此，他俩之间除了脊髓损伤之外根本没有任何共同点，而且莱姆的注意力早就回到盖尔特的案子上了。他估计苏珊很快便会感到失望，因为这个有名的瘫痪犯罪学家根本没时间跟她聊家常。

并且他也绝对是全天下最不适合讨论什么命运的人。

“不信。”他回答，“可能和你所相信的命运不是一码事。”

“我指的是，看起来像是巧合的事物却可能是命中注定的。”

他确定地说：“如果是这样的话，我不信。”

“我想也是。”她微笑着说，“但对你这样的人而言的一大福音就是，也有像我这样相信命运的人。我认为今天被困在电梯里和现在来到这里都是有原因的。”她的微笑变成了明亮的笑容，“别害怕，我可不是跟踪狂。”然后小声说，“我不是来游说你捐款的……也不贪图你的肉体。我的婚姻很幸福，并且也能看出你和萨克斯警探是一对儿。所以不是那样的，我说这些只和你本人有关。”

他真想……呃，他也不知道自己现在想干什么。他只盼望苏珊赶紧离开，却不知该怎么做，于是只能半好奇半戒备地挑起一边眉毛看着她。

她问：“你听说过彭布罗克脊髓中心吗，在列克星敦那边？”

“也许听过吧，我不太确定。”他总是不断收到有关脊髓损伤康复治疗的传单、商品和药物信息。这样的东西已经多到不再能让他产生兴趣了。他对FBI和纽约市警察局的案件调查十分专注，根本没时间做大量的课外阅读，更别说走遍全国求医问药、寻找新疗法了。

苏珊说：“我参加过那里的好几个治疗项目，我的SCI互助小组也有人去了。”

SCI互助小组（脊髓损伤互助小组）。莱姆的心沉了下去，他终于知道她想干什么了。

只是苏珊又一次先发制人：“我可不是要你加入我们，别担心。你看着也不像能成为……”瓜子脸上的大眼睛闪着狡黠的光芒，“任何组织里的好成员的样子。”

“没错。”

“今天我只是希望你能听我聊一聊。”

“这个可以。”

“好，彭布罗克中心是脊髓治疗界的翘楚，他们什么都有。”

这世上有各种治疗严重残疾的优秀技术，唯一的问题在于资金。尽管这些严重残疾会对病人造成终生影响，但事实上与其他疾病相比，遭遇严重脊髓损伤的患者人数却相对稀少，这也就意味着政府和企业研究经费会被优先划拨给别的领域，比如能够帮助到更多人的医学研究。因此，能够帮助瘫痪病人恢复身体机能的治疗方法在美国依旧处于未经批准的实验阶段，即便其中一些治疗手段的确取得了相当良好的结果——某些实验室里有严重脊髓损伤的小白鼠甚至能够通过治疗恢复行走能力。

“他们有一个重症响应小组，不过那对我们自然是没什么用了。”

减缓脊髓损伤的关键在于受伤后立刻使用抗肿胀类药物对伤处进行治疗，以防止伤口处的神经受到进一步损害。但要实际做到这一点却十分困难，因为通常情况下，伤者都是在几小时或者（更常见的是）几天后才能得到医治。

作为资深病患，莱姆和苏珊·斯特林格只能尽可能利用现代科技“修复”损伤，但这又会引出另一个棘手的问题：中枢神经系统细胞——大脑和脊髓细胞——并不能像皮肤一样在受到损伤后自行复原。

这就是SCI医生和研究者们每日奋战希望能够取得突破性进展的领域，而彭布罗克便是其中的佼佼者。苏珊向莱姆介绍了该中心提供的一系列令人惊叹的先进治疗手段。他们正在研究如何利用干细胞重建神经通路——比如利用外周神经系统（即脊髓以外的神经系统，有再生功能）——再在伤口处辅以药物治疗及其他能够促进细胞再生的手段。他们甚至还尝试在伤口周围搭建非细胞的“桥梁”，连接并传导大脑和肌肉间的神经活动。

该中心还有一个庞大的义肢部门。

“简直了不起。”她对莱姆说，“我看过一个视频，有个半身瘫痪的人身上植入了一个电脑控制器和几条电线，现在她几乎已经能像正常人一样行走了。”

莱姆的眼睛一直盯着那条被盖尔特用来制造第一次袭击的本宁顿电线。

又是电线……

她又讲起了一个叫“自由手臂”的系统以及其他一些类似的系统，是在手臂里植入刺激器和电极，并通过特别的耸肩或转动脖子的动作，激发手臂与手掌产生相应动作的方法。有些四肢瘫痪的病人通过这个办法甚至已经能够自主进食了。

“那里没有那种唯利是图、拿病人当摇钱树的庸医。”苏珊生气地讲了一个中国医生收取病人两万美元，然后在他们的脑袋和脊椎上打洞植入胚胎细胞的事情。这种疗法当然没有任何效果——除了让病人面临死亡风险、遭受二次伤害和破产之外。

彭布罗克的医务人员都是来自世界各国顶尖医学院的人才，她说。

并且收费合理——换言之，不算太贵。像莱姆这样四肢瘫痪的人或许没办法重新行走，却可以改善肺部功能，甚至还能增强身体其他器官的功能。最重要的是，能够夺回肠道和膀胱的控制权。这将极大地减少神经反射异常现象的发生——血压飙升，严重时还会引起中风、加重残疾程度的元凶甚至还可能导致死亡。

“反正我是得到了很大的帮助，再过几年说不定就能重新走路了。”

莱姆只能点头，他想不出该说些什么。

“我可不是他们的员工，也不是残疾人权利的倡导者。我只是一个恰好半身瘫痪的杂志编辑罢了。”这种和莱姆如出一辙的论调令他嘴角勾起了一丝浅笑。苏珊继续道：“不过当我听萨克斯警探说和你一起工作时，我就想，这一定是命运。命运安排我来到这里告诉你彭布罗克的事情。他们可以帮助你。”

“我……很感谢。”

“我读过关于你的报道，这无须多言。你为这个城市做了很多好事。或许现在是时候为你自己做些什么了。”

“这个嘛，情况比较复杂。”他也不知道这话什么意思，更不知道自己为何会脱口而出。

“我明白，你担心治疗的风险。这也是应该的。”

是啊，对他这样的C4瘫痪病人来说，手术需要承担的风险比苏珊更大。他的身体很难抵挡高血压、呼吸道感染和其他感染并发症的攻击，平衡身体机能是个大问题。值得冒这样的风险做手术吗？几年前他本来差一点就要接受一项手术了，可是由于有突发案件又不得不延后。从那以后他便一直无限期地延迟各种医学治疗项目。

那现在呢？他想：现在的人生是他想要的吗？当然不是，但他却很知足。他爱着萨克斯，而萨克斯也爱他。他为这份工作奉献一切。他对于抛开这所有的一切只为追寻一个缥缈的美梦不感兴趣。

尽管平日里从不肯轻易对人透露内心的感受，今天的莱姆却把这些想法坦率地告诉了苏珊·斯特林格，而后者也表示完全理解。

然后令他自己也没想到的是，他竟然又接着跟她说了一些至今为止从未对任何人说过的话：“我觉得很大程度上来说，我其实就是我的思想。我活在我的思想里。有时候我甚至认为，那是让我成为现在这样一个犯罪学家的重要原因之一。我并不因为身体的状况而焦虑，我的力量正是来自身体的残疾。如果改变这种状况，如果我变得——按通常的话来说：正常了，会不会对我的法医刑侦科学工作造成影响呢？我无法回答，但我并不想冒这个险。”

苏珊思考着他的话：“这是个有趣的想法。但我在想，这会不会只是你的一种逃避方式？用来逃避承担风险的借口。”

莱姆明白她的意思。他喜欢直来直去的谈话方式，于是坐在轮椅上点了点头：“要是我能逃跑，那也算是一种进步了。”

苏珊笑了起来。

“谢谢你的关心。”他接着说，心里觉得应该这么说一句，苏珊理解地看着他。这种表情现在已经不那么令他烦躁了，但还是会觉得有些尴尬。

她把轮椅从莱姆身边挪远了些，说：“任务完成了。”

莱姆皱起了眉头。

苏珊说：“多亏了我，你才找到了两根纤维。”她微笑着，“要是能再多些线索就好了。”说着再次注视着莱姆，“不过，有时候越是微小的事物才越重要。现在，我该走了。”

萨克斯向她道了谢，汤姆送她出了门。

等她离开后，莱姆说：“这是你故意安排的，对不对？”

萨克斯回答：“从某种角度来看，是的，莱姆，但我们本来也需要找她问话。我打电话给她安排的时候聊了一下，她一听我是和你一起工作就提议要来跟你谈谈。所以我答应安排她来见见你这个‘稳坐泰山’的人。”

莱姆浅浅地笑了笑。

这个笑容随着萨克斯凑近，用梅尔·库柏听不见的声音对他耳语时渐渐消失了：“我并不是要你做出任何改变，莱姆。只是，我想确保你是健康的。对我来说这才最重要，至于你想做何选择我都理解。”

有那么一瞬间，莱姆想起了那位科裴斯基医生留下的宣传册，关于“死亡尊严”组织的。

选择。

她俯身给了莱姆一个吻。他能感觉到萨克斯搭在他的脑侧的手掌微微用力按了一下，那可不是爱抚。

“我体温太高了？”他问，微笑地看着被抓了现行的萨克斯。

她笑道：“谁没有体温呢，莱姆。至于你是不是发烧了，我也说不好。”她又吻了他一下，“现在去睡会儿吧。梅尔和我会再调查一下，但我很快也会去休息的。”说完便回到了证据台前。

莱姆犹豫了一下，最终还是决定去休息。他太累了，累到即使继续待在这儿也帮不上什么忙。他控制轮椅朝电梯驶去，汤姆在那儿等他一起登上狭小的室内电梯，往楼上去。汗水不断蔓延到前额，他感觉双颊有些发红。这就是所谓的神经反射异常现象，不过他并不觉得头疼，也没有感觉到通常会有的那种难受。汤姆为他换好睡衣，又做了各种睡前检查。血压仪和温度计真是便利。“有点儿高。”汤姆指的是血压，至于体温，他确定莱姆并没有发烧。

汤姆熟练地把莱姆抬到床上、盖好被子，而莱姆的耳中却反复回响着前一刻萨克斯的话。

谁没有体温呢，莱姆。

他不禁想到，从临床医学上来说这话确实没错。人人都有体温，就算死者也一样。

54

他突然从梦中惊醒。

他努力试着回想梦中的情景，却记不清细节，不知道那算是一场噩梦还是怪梦。不过这梦很让人紧张。然而那更可能是一场噩梦，因为此刻的他正汗流浃背，仿佛又回到了当初阿冈昆联合电力公司的涡轮室。

时间还差一点才到午夜，闹钟微弱的灯光在黑暗中闪烁。他已经睡了好一会儿了，有些糊涂，花了一会儿工夫才回过神来。

酒店袭击以后他便丢弃了那身工装、安全帽和工具包，却唯独留下了一件物品，如今正挂在床边的一张椅子上：员工牌。就着黑暗里的微光，他盯着员工牌：上面有他闷闷不乐的证件照片、整齐划一的电脑打印出来的名字“R．盖尔特”，以及上方用某种较为亲切的字体印着的两排大字：

阿冈昆联合电力

为你的人生充电™

想到过去这几天他的所作所为，这句口号忽然有了一种绝妙的黑色幽默感。

他回身躺下，盯着这间位于东村的出租屋残破的天花板。这是他一个月前用假名租下来的，他早就料到警方早晚会查到他的公寓。

只是，速度比他想象得要快。

他一脚蹬开被子，全身都浸着一层热汗。

他想起了人体的导电性。人体内滑溜溜的内脏电阻值极低，只有八十五欧姆，极易受到电流的伤害；潮湿的皮肤电阻值在一千欧姆以下，但干燥的皮肤却在十万欧姆以上。如此高的电阻意味着，要想让电流穿透身体就必须使用高电压，这个数值通常是两千伏特。

而汗液会让这个工程变得容易许多。

随着汗液的蒸发，他的皮肤也凉了下来，电阻值也随之回升。

脑海里的想法一个接着一个：明天的计划、需要多高的电压、如何接驳电缆。他想到了一起合作的那些人，也想到了追捕他的人。那个女警探，萨克斯。还有一个年轻人，普拉斯基，以及毫无疑问的林肯·莱姆。

随后他的思绪忽然飘到了完全不相干的事情上：二十世纪五十年代的两个男人，芝加哥大学的化学家斯坦利·米勒和哈罗德·尤里。这两人曾做过一项十分有趣的实验。他们在实验室里亲手制造了“原始汤”[①]和几十亿年前包裹着地球上空的原始大气，随后用电火花穿过这些充满氢、氨和甲烷的混合物，模拟地球刚形成时电闪雷鸣的情况。

结果发生了什么呢？

几天后他们发现了令人兴奋不已的事实：试管里竟然出现了微量的氨基酸，即所谓生命起源的基石。

这个实验为他们的理论提供了依据，即地球上的生命源自一束电火花。

---

①二十世纪二十年代，科学家提出一种理论，认为在四十五亿年前，地球的海洋中就产生了存在有机分子的“原始汤”，这些有机分子是闪电等能源与原始大气中的甲烷、氨和氢等物质发生化学作用后形成的。五十年代初，有人做了一个令人兴奋的放电实验。他用电火花（闪电）穿过类似原始大气的一种混合气体。结果，奇迹出现了，甲烷中的碳有百分之十五发生转移，形成了水溶性有机小分子，其中包括四种氨基酸和氰化氢、甲醛等。

随着时间逐渐接近午夜，他开始起草下一份寄给阿冈昆和纽约的恐吓信。随着困意席卷而来，他再次想到了电流。多么讽刺啊，很久很久以前，在电光石火的一瞬间创造出生命的东西，明天却会以同样的速度夺走生命。

第三部分 电流

“地球日”

我并不是失败，只是发现了一万种行不通的方法罢了。

——托马斯·阿尔瓦·爱迪生

55

“请在听到提示音后留言。”

早晨七点半，弗雷德·德尔瑞坐在自己位于布鲁克林的家里一言不发地盯着手机，随后又“啪”的一声关上。他懒得再留言，毕竟之前已经在威廉·布伦特的紧急联络手机上留了十二通了。

这下完蛋了，他想着。

有一种可能是，他的线人死了。尽管麦克丹尼尔的用词很糟糕（什么共生依存关系），道理却还是有的。雷·盖尔特若是被说动，成为内鬼，暗中帮助拉曼和约翰斯通以及他们的“保卫地球正义”组织袭击阿冈昆和电网也不是说不通。要是布伦特的秘密调查触及到了这一点，他们一定会立刻杀了他。

唉！德尔瑞生气地想：真是一帮盲目且头脑简单的政客——毫无意义的恐怖主义。

可是，凭借德尔瑞长期从事这行的经验和直觉来看，他很肯定威廉·布伦特还活着。纽约没有人们想象得那么大，尤其是它的地下世界。德尔瑞联系了自己的其他资源，找了很多人：比如其他的线人和手下的卧底探员，但没有人知道布伦特的消息。甚至连吉米·吉普也没有听到任何风声——他会愿意帮忙也不奇怪，毕竟他还要求着德尔瑞帮忙安排他去佐治亚州呢。可惜谁也没有听说过近期有人要跑路或者换新身份，也没有清洁工惊慌失措地在臭气熏天的箱子里发现一具身份不明的尸体。

没有，德尔瑞下了结论。那么就只剩下一个显而易见的原因，而他也无法再回避：布伦特背叛了他。

他已经去国土安全局查过了，想看看这个无论是叫布伦特还是别的什么的内线最近是否购买过机票。然而结果却是没有，虽然任何一个职业线人都知道该去哪儿买假身份证件。

“亲爱的？”

这声呼唤把德尔瑞吓了一跳，他抬起头看见赛琳娜正站在门口，怀里还抱着儿子派斯顿。

“你看起来心事重重的。”她说。妻子长得很像演员兼制作人贾达·萍克·史密斯，德尔瑞至今每次见她都还是会为此惊叹。她说：“昨晚睡觉前你就一副忧心忡忡的样子，起了床还是这样。我甚至怀疑你是不是连睡觉都在发愁。”

他张了张嘴，想顺口编点什么蒙混过去，最后还是说：“我想昨天我被老板炒了鱿鱼。”

“什么？”妻子一脸震惊，“麦克丹尼尔把你炒了？”

“没那么夸张——他对我说谢谢。”

“这……”

“有的人说谢谢是真心的，但有的人这么说就表示你得赶紧卷铺盖走人……这么说吧，我被排挤了。结果是一样的。”

“你是不是想多了？”

“他总是不记得打电话给我更新案情。”

“电网那个案子？”

“是的。林肯会打给我，朗·塞利托也会。连塔克的助手都会。”

德尔瑞没提让他忧虑的另一件事：他可能会因偷走十万美元而被起诉。

但更让他忧心的是，他是真的相信威廉·布伦特手上有关于案子的确凿线索，能够帮助警方阻止这些惨绝人寰的屠杀。但这个线索现在却和他一起人间蒸发了。

赛琳娜走过来在他身边坐下，并把派斯顿递到他手边。幼小的儿子兴奋地用小手握着德尔瑞长长的大拇指，这让他心中的烦忧瞬时减轻了不少。她对他说："我很难过，亲爱的。"

他望着窗外，看着周围和地平线上那些高低起伏的大厦形成的复杂几何图形，布鲁克林大桥的砖石桥身隐约可见。他忽然想起沃尔特·惠特曼的诗《横过布鲁克林渡口》中的几句：

> 我曾经的壮举此刻看来苍白而可疑，
>
> 而我自以为伟大的思想，事实上是否也只是粗浅与贫乏？

这些词句此刻恰好像极了他的心境。表面上的弗雷德·德尔瑞有点嬉皮笑脸、脾气急躁、性格强硬，是善于走上街头处理实际状况的人。他只是偶尔会想——不、不止偶尔——假如他赌错了该怎么办？

不过，惠特曼那首诗的下一节开头才是精华所在：

> 不单单只有你了解何谓邪恶，
>
> 我也曾见识过邪恶的模样……

"我该怎么办才好？"他沉思着。

这个"保卫地球正义"组织……

他沮丧地回忆起曾经拒绝参加的一场高级别会议，内容是关于卫星数据及情报收集与分析的。简介上写着"未来的形状"。

那时德尔瑞溜回街上，边走边扯着嗓门儿说："我来让你看看未来是什么形状。"然后把简介揉成一团，以三分球的姿势准确地投入了路边的垃圾箱。

"所以你今天就……待在家里？"赛琳娜一边问，一边擦着派斯顿的小嘴，逗得小宝宝咯咯直笑，双手比画着还想要多擦一会儿。赛琳娜满足了这个要求，还轻轻呵着小家伙的痒。

“这个案子我本来已经有了些眉目，却突然没了消息。呃，是我没把握住机会。我信错了人，被摆了一道。”

“一个内线？把你甩了？”

他差一点就说出那十万美元的事了，但还是生生忍了下来。

“跑了，无影无踪。”德尔瑞咕哝着。

“不仅跑了还失踪了？”赛琳娜的表情越来越严肃，“该不会是他吓得一溜烟儿跑掉躲起来了吧？”

德尔瑞终于忍不住笑意说：“我只会用有杰出才能的人做线人。”但这份笑意很快又消失了，“两年来他从不曾缺席过任何一次碰头会或电话。”

当然了，之前的两年从来都是先办事后拿钱。

赛琳娜问：“那你接下来打算怎么办呢？”

他老实回答说：“我也不知道。”

“那你可以帮我一个忙吧？”

“应该可以，什么事？”

“你知道地下室里堆了好多东西，你之前一直说要收拾来着？”

弗雷德·德尔瑞的第一反应是：你是在开玩笑吗？但想想自己现在手上根本没有任何关于盖尔特案的有用线索，只好把宝宝抱起来放在自己腿上，然后起身跟着妻子往楼下走去。

56

那声可怕的闷响和撞击声还在罗恩·普拉斯基的耳边回响。

唉，那人狠狠摔在地上的声音让他心里十分难受。

他回想起第一次和林肯还有阿米莉亚共事的那起案件：他粗心大意地被犯人用棒球棍还是别的什么棍子狠狠击中了脑袋。直到今天他也只是知道有这么件事，对细节却完全没有印象。粗心大意啊。他没有事先侦查嫌疑人的位置就轻易转过了街角，结果被打个正着。

那次受伤让他变得有些胆怯，让他的脑子偶尔有些糊涂，还会失去方向感。他十分努力地克服这些创伤后遗症——哦，真是拼了命的努力——然而内心的恐惧却依旧不时席卷而来。更糟的是：在该警惕的时候不留神地转过街角是一回事，但由于自己的失误而导致别人受伤却完全是另一回事了。

此刻普拉斯基刚把他的小巡逻车停在医院的停车场——已经换了一辆车。之前的那辆被扣做证据了。要是有人问，他就说自己是来录口供的，口供对象和利用电网搞恐怖袭击的人住在同一个街区。

我是来询问嫌疑人所在的相关信息的……

以前他和同为警察的双胞胎兄弟经常这样开玩笑，把对方逗得哈哈大笑。但现在事情却变得一点也不好笑了，因为他知道这个被他“嘭”的一声撞倒，随后又“啪”的一声脑袋着地的男人，只是一个与案件毫无关系的路人而已。

走进一片忙碌的医院时，他感到一阵恐慌。

万一那个男人伤重不治怎么办？

“车祸致死”，这是他能想到的最直接的判决结果，不过也有可能是“过失杀人”罪。

那他的警察生涯就彻底完蛋了。

就算能免予起诉，就算司法部长什么也不做，他还是会被那个男人的家人起诉。要是他最后也变成林肯·莱姆那样，瘫痪了可怎么办？警察局有没有专门为这种情况上的保险？他的个人保险肯定不会承保这种需要负责终生照顾别人的事情。受害者会不会起诉普拉斯基，然后夺走他所有的财产？那么他和珍妮下半辈子都不得不起早贪黑地工作来支付赡养费了。孩子们很可能因此上不起学，而他们刚存了一点的钱也会像轻烟一样消失不见。

“我是来找斯坦利·帕默尔的。”他对坐在桌子后的接待员说，“昨天车祸的受害者。”

“明白了，警官。他在四〇二病房。”

身上的警服让他畅通无阻地穿过好几扇门找到了那间病房。他在门外驻足片刻，鼓起勇气。帕默尔的家人会不会都在？妻子和孩子？他在心底思索着应该说些什么。

然而脑子里回荡的还是只有那声闷响和撞击声。

罗恩·普拉斯基深吸了一口气，踏进病房。房间里只有帕默尔一个人，毫无意识地躺着，身上插满了大大小小的管子和线缆，异常可怖，旁边的电子仪器和林肯·莱姆实验室里的一样复杂。

莱姆……

他一定很让莱姆失望！是他激励了自己继续留在警察的岗位上，因为莱姆也受过伤，而他就是这么做的。也是莱姆一直培养他承担更多责任，林肯·莱姆信任他。

结果他都干了些什么。

普拉斯基望着帕默尔，后者一动不动地躺着——比莱姆还安静，因为他此刻根本无法移动身体的任何部位，除了肺部，但身边的仪器上也没有太多的起伏。一位护士从门前经过，普拉斯基叫住了她："他情况如何？"

"我不清楚。"护士带着浓浓的口音，却分辨不出是哪里人，"你得找医生去问。"

普拉斯基呆呆地盯着帕默尔看了许久后，终于查找到了负责的医生。医生是位中年男子，乍看之下无法准确分辨族裔。他穿着蓝色的医疗服，上面绣着他的名字和两个字母缩写——M.D.。大概是再次借警察制服之便，普拉斯基从医生那里问到了许多通常不会告诉旁人的信息。他了解到帕默尔刚做了手术，好几个内脏器官严重受损，目前正处于昏迷中，暂时无法预测之后的病情发展。

帕默尔似乎没有家人住在这里，是一个人生活。不过有兄弟和父母住在俄勒冈州，院方已经联系了家人。

"兄弟。"普拉斯基轻声说，想起了自己的双胞胎兄弟。

"没错。"说完这话，医生放低医疗记录表看了他一眼。又过了一会儿，他用一种了然于心的眼神盯着普拉斯基说："你不是来这儿录口供的。这不是为了调查吧？别装了。"

"你说什么？"普拉斯基心里一惊，有些语塞。

医生的脸上绽出一抹微笑："这种事并不少见，别担心。"

"不少见？"

"我在纽约当急诊科医生已经很长时间了。你可见不到那些老警察单独前来慰问受害者，只有年轻人会来。"

"不、不是这样的。我真的是来看看是否能请他录口供的。"

"当然……但你明明可以先打电话问问看他醒了没有。别硬撑着了，警官。你是个心地善良的人。"

普拉斯基的心此刻正在胸腔里狂跳。

医生的眼睛转向帕默尔毫无生气的躯体："是肇事逃逸吗？"

"不是，我们知道司机是谁。"

“那就好，你可把他抓稳了。我希望陪审团把判决书摔在他脸上。”说完，穿着有些陈旧的医疗服的男人便离开了。

普拉斯基来到护士站，再次凭借警服的威力，从护士那里得到了帕默尔的住址和社保号码。他会尽可能地了解他、他的家人和共同生活的人。即便是单身，帕默尔也人近中年，说不定有孩子呢。他会联系这些人，看自己能提供怎样的帮助。普拉斯基并不富有，但愿意尽己所能给予援助。

但更主要的原因是，年轻的警官希望能通过这样做减轻自己造成的伤害，救赎自己的灵魂。

护士道了声抱歉，转头去接电话。

普拉斯基也忙不迭地转过身去，在离开护士站前戴上了墨镜，遮住了眼中的泪水。

57

早上九点刚过，莱姆便叫梅尔·库柏打开实验室的电视，但音量却调得很低。

自从发现FBI在对纽约市警局更新案件信息方面十分迟缓后——至少对莱姆来说是迟缓的，他便决定通过看新闻来保持对案情进展的及时了解。

而说到实时资讯，还有比CNN更好的平台吗？

这次事件毫无疑问在各大电视台和新闻媒体平台都是首版头条。盖尔特的照片至少在屏幕上出现了几万次，几乎和对神秘的“保卫地球正义”组织的报道一样铺天盖地。同时播放的还有“反绿色”的安德莉亚·杰森的采访片段。

可惜绝大多数对盖尔特袭击案的报道都充斥着各种毫无根据的臆测。还有不少主持人更是想当然地探讨着这些袭击是否和“地球日”有关。

这也是最近曝光颇多的新闻之一，市里还为此举办了各种庆祝活动：游行，中小学生志愿植树活动；各种抗议活动；在老会议中心举行的“新能源博览会”；以及中央公园的大型集会。届时，总统在环境问题上的两名重要盟友将会前来参加庆祝并致辞，他们是来自外西区的前途无量的参议员。之后还有一场邀请了六支著名摇滚乐团的大型演唱会，前来观看的人数将接近五十万。有好几个报道都是关于之前的袭击致使这些活动的安保措施大大增强的。

盖瑞·诺博尔和塔克·麦克丹尼尔告诉莱姆，FBI和纽约市警局不仅加派了两百名警员巩固安保，FBI的技术支持团队还和阿冈昆紧密合作，以确保中央公园内部和周围的所有电缆电线随时有人监视，以防有人搞破坏。

莱姆抬起头，看着走进门来的普拉斯基。

“你去哪儿了，小子？”

“呃……”后者举起一只白色的信封，“DNA。”

他去的肯定是别的地方，莱姆相信自己猜得没错。但他没有追问，而是说：“那不是优先重点。我们已经知道嫌疑人是谁了，DNA 庭审的时候会用到，但首先我们得抓住他。”

“是。”

“你昨天在盖尔特的公寓有新发现吗？”

“我又从上到下彻底搜了一遍，林肯，还是没有别的发现，很抱歉。”

塞利托也来了，看起来比平时还要邋遢。他身上的衣服似乎根本没换过——还是那件浅蓝色的衬衫和深蓝色的西装外套。莱姆猜他说不定昨晚就在办公室里凑合睡了一晚。大个子警探向众人简短地汇报了一下市里的情况——这次案件已经牵涉到公众关系的层面了。肯定有人的政治职业生涯会因此受到影响，还有一大堆地方、州立和联邦政府官员纷纷走上街头“联系各方资源协助”，每一个人都措辞谨慎地表达着自己才是最努力干事儿的那一个。

塞利托坐在一张吱嘎作响的椅子上，大声地嘬了一口咖啡说：“但问题是根本没有人知道该怎么处理这个案子。我们派了巡警、联邦警探和国民警卫队驻守在各个机场、地铁站和火车站。炼油厂和码头也派了人。还安排了特别港口巡逻队保护储油罐——虽然我是想不出他要怎么用电弧闪或者别的什么袭击航船。我们还在阿冈昆的所有变电站都安排了人。”

“他不会再拿变电站当目标了。”莱姆反驳道。

“我知道。其他人也都知道，但是没人知道他到底打算袭击哪里。根本到处都是。”

“什么到处都是？”

“这该死的电啊，电流。”他挥舞着手臂说，显然比画的是整个纽约城，“每个人的家里。”他看着莱姆墙上的插座，说：“不过至少我们还没有收到新的恐吓信。神啊，昨天两次袭击，前后间隔不过几小时。我想他应该是生气了，于是决定随便杀几个电梯里的家伙泄愤。”大个子警探叹了口气，“我跟你说，从现在开始一段时间内我选择爬楼梯。至少可以减肥。”

莱姆扫视着白板上的证据信息，暗自认可了塞利托的说法，这个案子的确如一团乱麻、毫无头绪。盖尔特是很聪明，但并非天才，总会留下一些痕迹。只是他们暂时还没有发现这些线索的明确导向，只能大致推断出可能的袭击目标。

是机场吗？

还是油库？

但林肯·莱姆还想到了另一件事：这些信息当中是否已有关键线索，只是被他忽略了？

额头上的汗珠再一次滑落，一阵阵的头疼也隐隐袭来。之前虽然成功克服过一次头疼的症状，但如今它似乎有卷土重来的趋势。是的，他感觉比以前更不好了，这点毋庸置疑。只是，这种状况是否正在影响他的思维能力？思维能力受损对他来说是世界上最可怕的事情，而这一点他却不愿对任何人承认，哪怕是萨克斯。就像昨晚他对苏珊·斯特林格说的那样，他唯一剩下的只有思想而已。

他的双眼忍不住看向大厅对面的小房间，那里的桌子上还放着阿伦·科裴斯基医生留下的“死亡尊严”宣传册。

选择……

他迅速甩开了这个念头。

这时塞利托忽然接了一个电话，他直起身子听着，飞快地放下了手中的咖啡："是吗？在哪儿？"接着掏出笔，在他的工作笔记本上快速地写着什么。

实验室里的每个人紧张地看着他。莱姆想：难道又有了新的恐吓信？

电话挂上了。一直盯着笔记的塞利托抬起头说："好吧，可能有发现了。是市区的一名巡警打来的，在唐人街附近，说有个女人跟他说可能见过我们要找的人。"

"盖尔特？"普拉斯基下意识地问。

塞利托语带讥讽地说："不然你以为我们还要找谁，警官？"

"对不起。"

"她说看到了照片上的人。"

"在哪儿？"莱姆厉声问道。

"唐人街附近有所废弃的学校。"塞利托把地址念了出来，萨克斯立刻记下。

"那名巡警去查探过了，现在里面没有人。"

"可他如果去过那里就一定会留下些痕迹。"莱姆说。

看见他朝自己点头，萨克斯随即起身："明白。罗恩，我们走。"

"你最好多带些人，"塞利托苦涩地说，"我们恐怕没剩下几个警察了，大家都被派去蹲守全城的保险丝箱和电缆了。"

"让紧急勤务组派人过去。"萨克斯说，"在附近埋伏，但别暴露行踪。罗恩和我先进去看看，如果人真的在，我们再突袭，等我的电话。但在此之前不要让其他人进入现场，如果盖尔特不在，这么做会毁掉证据的。"

言罢，二人便往门口走去。

塞利托打电话给紧急勤务组的波·豪曼队长，简单说明了情况。队长答应立刻调派人手赶赴学校协助萨克斯。挂上电话后塞利托在房间里左顾右盼，搜寻能配咖啡的吃食。终于，他发现了汤姆用来待客的糕点，于是抓起一个熊爪糕在咖啡里泡了泡，然后一股脑儿塞进嘴里。他忽然皱起了眉头。

莱姆问："怎么了？"

"刚想起来，我忘记给麦克丹尼尔和FBI打电话通知唐人街的行动了——那所废弃的学校。"他故意夸张地拿起电话，又忽然做出一副愁眉苦脸的表情，"哎呀，真该死，这电话没法打啊。我没钱买云端的SIM卡，看来只有晚点再打给他了。"

莱姆大笑了几声，尽量不去注意此刻如针扎般的头痛。就在此时，他的电话响了起来，让刚才的笑意和头痛瞬间消退。

是凯瑟琳·丹斯打来的。

他挣扎着用手指点击接听键："喂，凯瑟琳？情况如何？"

凯瑟琳答道："鲁道夫也在线上，他们找到了钟表匠的袭击目标。"

太好了！莱姆想，不过内心深处还有一个声音说：为什么偏偏是现在？但他随即决定抓捕钟表匠的任务优先，至少现在是这样。盖尔特那边有萨克斯、普拉斯基和一队紧急勤务组看着呢。上次他差一点就要捉住钟表匠，却被别的案子分了神，结果不仅让受害者被杀，还让他跑了。

这次可不行。里查德·罗根这次可跑不了。

"继续。"他对着电话说，强迫自己不再去看证据板。

电话里传出"嘀"的一声。

"鲁道夫，"丹斯说，"林肯也在。你们俩聊吧，我得去见TJ了。"

两人向她道了别。

"你好，警监。"

"你好，司令官。有什么发现？"

"昨天我说阿尔特洛·迪亚兹派了四个卧底警察潜入了综合办公楼区。他们汇报说，大约十分钟前钟表匠打扮成商务人士的样子进入了办公楼，在大厅里用预付电话打给了六楼的一家公司——就在昨天火警响起的位置对面，和你想的一样。他在里面待了十分钟左右就离开了。”

“他不见了？”莱姆有些紧张地问。

“没有，他现在还在外面的小公园里，就在综合区的两栋办公楼之间。”

“就那么坐着？”

“看起来是的。他用手机打了好几通电话，但阿尔特洛说他使用的频率很罕见，要么就是有故意干扰。总之我们无法监听。”

莱姆猜墨西哥的监听法估计比美国宽松不少。

“他们能确定那就是钟表匠本人吗？”

“能，阿尔特洛的人说看得很清楚。他手里拿着一个皮包，现在还拿着。”

“是吗？”

“是的。我们还不太确定里面是什么，说不定是炸弹，用那个线路板做引线。我们的人现在已经包围了相关区域，都是便衣，附近还有军队待命，以及拆弹小组。”

“你在哪里，司令官？”

对方笑了一声，说：“您的钟表匠人真好，选了这么个地方。牙买加领事馆就在旁边，他们装了防爆墙，我们就藏在墙后。罗根看不见我们。”

但愿如此，莱姆心想。

“你们打算何时行动？”

“只要阿尔特洛的人确认安全就行动。现在公园人很多，还有一帮小孩子。但他跑不掉的，大部分的路都已经封了。”

一滴汗水从莱姆的太阳穴流下，他皱着眉向一边扭了扭头，把汗擦在枕头上。

钟表匠……

老天保佑，这次一定要成功。千万千万……

只能远距离参与这个案子的事实让他再一次感到有些力不从心。

“有情况立刻通知你，警监。”

挂断电话，莱姆强迫自己把注意力再次拉回盖尔特的案子上。关于他藏身之处的消息可靠吗？他长相普通，放在人群中根本不会引起注意；人近中年，不太胖也不太瘦；身高也差不多是平均值；再加上他所造成的紧张与恐慌，人们有时会产生错觉也不奇怪：无论是用电做的陷阱、发生电弧闪的可能……还是凶手本人。

萨克斯的声音从无线电对讲机中传来，莱姆立刻振作起精神。

“莱姆，能听到吗？完毕。”

她在话尾加了一个警察使用无线对讲机时常用的结束语：完毕，好让接听的人知道通信无碍。但他俩平时通常并不会拘泥于这种形式，不知为何莱姆觉得萨克斯这次忽然用起这个词让他有些莫名的不安。

“萨克斯，继续说。有什么发现？”

“我们刚到，正要进去。稍后联络你。”

58

栗色的“都灵眼镜蛇”轿车并不是便衣行动最好的座驾，因此萨克斯把它停在了离发现盖尔特行踪的学校约两个街区远的地方。

这所学校几年前便已关闭，根据相关财团的决定，这里将很快被拆除并转盖成公寓楼。

“真是个藏身的好地方。”他们小跑着往学校赶时萨克斯对普拉斯基说，注意到学校附近围着一圈约七英尺高的木栅栏，上面满是涂鸦和关于另类剧院、表演作品和过气乐团的海报。比如“第七封印”“右手”和“大砍刀”之类的。

普拉斯基点了点头，看上去正在努力调整注意力。她得看好这孩子。昨天他在电梯袭击现场的调查做得不错，但在盖尔特公寓前发生的意外——他开车撞伤了人——此刻似乎依旧令他心神不宁。

两人走到栅栏前停下。拆除工事尚未开始，栅栏的大门是两块胶合板，用铁链绞在一起并用大锁锁上，中间的缝隙很宽，能容一人险险通过。如果盖尔特真在里面，恐怕就是这样溜进去的。萨克斯站在缝隙的一侧悄悄往学校里看去。校舍看起来基本上保存完好，除了屋顶的某个部分看上去像是塌了一块。大部分的玻璃窗都被敲碎了，但是看不清里面的情况。

没错，是个藏身的好地方。易守难攻。里面随便就能找到上百个绝佳的防御点。

要叫外面的人进来吗？还不到时候，萨克斯想。他们每耽搁一分钟，盖尔特就可能多一分钟完成他的新武器。而且被那么多紧急勤务组警员踏来踏去，很容易摧毁现场的微迹证。

“上面说不定有陷阱。”普拉斯基看着大门上的铁链说，声音略有些颤抖，“说不定连着电线。”

“不，他不会冒这个险，万一有人不小心碰到，触了电，一定会立刻叫警察的。”不过，萨克斯接着说，他倒是很有可能在上面设置某种提醒有人入侵的装置。所以，她叹了口气，一脸愁容地望着前方的街道问：“你能爬上去吗？”

“什么？”

“栅栏？”

“我想应该可以，在抓捕犯人或者被人追赶的情况下。”

“好吧，我爬不上去，除非你帮忙抬一下，然后你再上来。”

“行。”

他们走到一处有裂口的栅栏前，萨克斯朝里望了一眼，另一侧是茂密的灌木丛，这样跳下去的时候就会有缓冲，还能稍微起到掩护的作用。她想起盖尔特身怀武器——一把威力相当大的点四五口径手枪，于是紧了紧腰上别着的枪匣，确定没有问题后终于点了点头。普拉斯基俯下身子，双手扣在一起。

为了缓和这小子的紧张情绪，萨克斯故意用沉重的口吻低声说：“有件事需要注意，很重要。”

“什么事？”普拉斯基不安地注视着她的双眼。

“我最近胖了几磅。”身材高挑的女警官说，“小心你的背。”

普拉斯基忍不住微微笑了笑。虽然笑容很快便隐去，但他到底还是笑了。

抬腿踏到普拉斯基手上时，患有关节炎的腿让萨克斯微微吃痛，她没有吱声，只转身面向栅栏。

盖尔特或许没有将电线接在大门的铁链上，但这并不表示他不会在另一边设置什么陷阱。路易斯·马丁千疮百孔的尸体再次浮现在脑海中，只是这一次还加上了昨天电梯乌黑的地面以及酒店里的死者们扭曲抽搐的身体。

“不叫支援？”普拉斯基轻声问，“你确定吗？”

“确定。等我数到三。一……二……三。”

她的身子猛地向上飞去，普拉斯基的力气比她想象得还要大，直接抛了差不多六英尺高，她的手掌刚好可以抓住栅栏的上部。她爬上去，在顶端略作停留，趁机瞄了一眼学校，没有人活动的迹象；又向下看了一眼，只有一片灌木丛，没有用来制造五千华氏度高温电弧闪的装置，也没有金属线和控制面板。

萨克斯转身背对学校，伸手握住栅栏上方，让身体尽量向下伸展，直到极限，然后放手跳了下去。

她落地滚了几圈，膝盖和大腿传来阵阵刺痛。她太了解自己的关节炎了，就像莱姆了解自己身体的局限一样，此刻的疼痛只是暂时的抗议，一旦躲进灌木丛的阴影中、掏出枪、开始搜寻嫌疑人，那些疼痛便会自动消失。

“安全。”她对着栅栏轻声说。

栅栏另一侧传来轻微的撞击声和短促的闷哼，接着普拉斯基便像那些武侠电影里的演员一样，轻巧稳当地跳落在她身旁，手里握着枪。

要想避开盖尔特的视线，他们就不能从正面接近校舍，于是二人决定绕到后门，但萨克斯需要先做一件事。她扫视着广场，确定没有人后，朝普拉斯基打了个手势示意跟上，然后小心地以灌木丛和空空如也的垃圾箱作为掩护，向校舍右侧接近。

在普拉斯基的掩护下，她快速靠近了右侧墙面上嵌着的两个锈迹斑斑的大金属箱，箱子的一侧都印着“阿冈昆联合电力”的斑驳字迹和一个紧急联络号码。她从口袋里掏出索墨斯给的电压探测仪，打开开关对着箱子扫了一遍，数据显示电压为零。

这并不令人意外，毕竟这里看起来已经荒废多年，但反复确认依然是有必要的。

“你看。”普拉斯基忽然轻声说，拍了拍她的手臂。

萨克斯顺着他手指的方向望去，透过一扇油腻腻的窗户，昏暗的室内根本看不清任何事物。然而片刻后，她相信自己看见了一道微弱的手电光，正在缓缓移动。她似乎——虽然昏暗的光线会影响判断——看见了一个男人低头看文件的身影。是在看地图？还是下一次死亡袭击的电路系统？

“他果然在这儿。”普拉斯基兴奋地小声说道。

萨克斯打开头戴式通信器打给紧急勤务组组长波·豪曼。

“有何发现，警探？完毕。”

“里面有人。无法确认是否是盖尔特。位置是主校舍中部。罗恩和我打算从侧面包抄。你的预计抵达时间是多少？完毕。”

“八九分钟。悄悄抵达。完毕。”

“好，我们会绕到后面去。准备好突袭打给我，我们从后侧突袭。”

“收到，完毕。”

之后萨克斯又打给莱姆，告诉他很可能发现了嫌疑人。一旦紧急勤务组就位，他们便会立刻冲进去。

“小心有诈。”莱姆叮嘱道。

“这里没有电，是安全的。”

萨克斯挂了电话，握紧手里的枪，敏捷地朝校舍后门绕了过去。

来吧，盖尔特。这次可没有电流保护你了。你有枪，我也有，这场仗可是我的主场。

59

和萨克斯的通话结束时，莱姆再次感觉到了脸上汗水的流动。他终于无奈地唤了汤姆过来帮忙擦拭。这恐怕是莱姆做过最困难的决定了。在大事上依赖别人反倒没那么糟：比如系列复健运动、疏通肠胃和膀胱、坐着等别人帮忙把自己抬到轮椅或者床上，还有进食。

而日常生活中越是微小的事情却越让人沮丧……并且羞耻。比如弹开一只昆虫，或者捻走衣服上的毛发。

也包括擦掉滴落的汗珠。

汤姆很快出现，轻松地帮莱姆解决了问题。

“谢谢。”犯罪学家说。这突如其来的感谢让汤姆有些无所适从。

莱姆回头继续看着证据板，但其实注意力并不在盖尔特身上。萨克斯和紧急勤务组现在很可能只差一步就能捉住躲在唐人街废弃学校里疯狂的电力公司员工了。

没错，此刻占据他飞速旋转的大脑的，是远在墨西哥的“钟表匠”。该死的，卢纳也好，凯瑟琳·丹斯也罢，怎么都不给他打电话及时更新行动进程？哪怕随便派个人也行啊？

钟表匠会不会已经在办公楼里安装了炸弹，现在只是故意扰乱警察的注意？他皮包里装着的说不定只是几块砖头。这种时候他为什么会像个游客一样悠闲地坐在公园里？他的袭击目标难道是别的办公楼？

这么想着，莱姆说道：“梅尔，我想看看那边行动现场的情况。用谷歌地图……是叫这名字吧。帮我调出来，墨西哥城。”

“没问题。”

“森林改革大道……这些图像多久更新一次？”

“不清楚，可能几个月一次吧。但我认为这不是实时的。”

“这倒无所谓。”

几分钟后，两人都定定地盯着当地的卫星图：“森林改革大道”是一条弧形的马路，路边是钟表匠此刻所在的公园以及恰好坐落在两侧的办公大楼。马路对面便是牙买加领事馆，周围有一排混凝土防护墙——防爆墙——和一扇大门。鲁道夫·卢纳和他的手下现在应该就埋伏在墙内侧，他们身后停靠着领事馆自己的工作车辆。

莱姆盯着那排防爆墙，忽然倒吸了一口凉气。从卫星图上看，左侧有一块墙体恰好与路面垂直，而右侧的六块墙却呈水平角度。

牙买加领事馆

|_ _ _ _ _ _

森林改革大道

这不正是钟表匠在墨西哥城市机场得到的包裹中那张写着英文字母“I”，后面又跟着几条填空横线的排列吗。

金色的字母……

一本小小的蓝色手册……

两组神秘的数字……

“梅尔！”莱姆冷然道，后者闻言立刻转头看向他，“哪个国家的护照上有‘CC’的字母？封皮是蓝色的？”

片刻后，库柏从现显示着国家部门档案资料的屏幕上抬起头来：“找到了，确实有。深蓝色的封皮上印着相互缠绕的两个大写的C。是加勒比共同体的护照。一共有十五个国家——”

“牙买加是其中一个吗？”

“是的。”

莱姆的脑海中再次闪过一线灵光，他们一致认为那两个数字是五百七十和三百七十九，但实际上还有另一种解读方式。“快！查查雷克萨斯SUV型号，有没有设计型号为570或者379的车型？”

这次结果比查护照还快：“我看看……有，LX570型号，是一款豪华……”

“帮我打给卢纳，立刻！”莱姆直接放弃了自己拨号的尝试，因为那样不仅耗费时间还可能出错。

汗水再次涔涔落下，他选择了无视。

“喂？”

“鲁道夫！我是林肯·莱姆。”

“啊，警监……”

“听我说！他的目标是你。办公楼不过是个障眼法！记得罗根收到的包裹吗？里面有一张画着方框的纸，那是牙买加领事馆的地形图，就是你现在所在的地方。那些线条代表的是防爆墙，另外，你开的是雷克萨斯LX570吗？”

“是的……你是说，570是这个意思？”

“我认为是。钟表匠收到了一份牙买加护照，可以潜入领事馆。你附近是否停着一辆车号有数字379的车？”

“我不知……老天，有。是一辆挂外交牌照的奔驰。”

“立刻疏散！立刻！那才是炸弹的位置！奔驰车。”

电话那头传来西班牙语的呼叫声，以及随之而来的纷乱的脚步声和沉重的呼吸声。

紧接着，是一声震天巨响。

莱姆听着扬声器里令人心悸的声音，紧张地眨了眨眼。

“司令官！你没事吧？……鲁道夫？”

没有人回答，有的只是更多大声疾呼、电流的噪声和一片喧嚣。

“鲁道夫！”

在一阵漫长的等待后，终于有了回应：“莱姆警监？你在吗？”司令官吼道——大概是被炸弹的巨响震得暂时失去了听力。

“司令官，你没事吧？”

“喂！”

扬声器里传来一阵沙沙的声音，随之而来的是呻吟声、抽泣声和众人的呼喊声。

警笛声由远及近，更多人扯着嗓子发号施令。

库柏问：“我们要不要联系……”

就在此时，电话里忽然又有了回应：“喂？……听得见吗，警监？”

“我在。你受伤了吗，鲁道夫？”

“不、不，没什么大碍。只是有些擦伤，一时没缓过神来，你知道。”鲁道夫喘着粗气，“我们及时翻过防爆墙躲到另一边去了。有人被划伤，流了很多血，但应该无人死亡。真是命悬一线，我和身边的警员差点就被炸死了。你是怎么发现的？”

“这个稍后我会详细说明的，司令官。钟表匠在哪儿？”

“你等等……等一下……好的，爆炸的时候他就跑了。阿尔特洛的人被爆炸扰乱了心神——当然这也在他的计划中。阿尔特洛说当时有辆车开进公园接上他走了，现在正在往南行驶。我们派了人跟踪……谢谢你，莱姆警监。大恩不言谢，我现在得挂了。一旦有所发现立刻打给你。”

莱姆重重地吸着气，拼命抵挡着愈加剧烈的头痛和不断流下的汗水。很好，罗根。莱姆想着：总算阻止了你的行动。我们挫败了你的计划，现在就差抓住你了，还差一点。

拜托了，鲁道夫，一定要跟紧他。

正想着，他的双眼无意间扫过盖尔特案的证据板。今天或许就能同时终结这两起案件。钟表匠在墨西哥落网，而雷·盖尔特则在唐人街附近的废弃学校里被捕。

这时，他的目光忽然落到证据清单中的一行上：中药材、人参和枸杞。

以及另一条从中药材里检测出的成分：柴油。

最初莱姆以为柴油可能是从他下一步可能的袭击目标地而来，比如炼油厂。但此刻他忽然想到，柴油还可以用来发动引擎。

比如发电机的引擎。

想及此处，另一个念头猛地浮出水面。

“梅尔，打给……”

“你还好吗？”

“我没事。”莱姆斥道。

“你脸很红。”

莱姆无视库柏的担心，下令说：“查查提供盖尔特在学校这条线索的巡警电话。”

库柏转身打了一个电话，几分钟后他抬头望着莱姆：“很奇怪。我记下了那个巡警的号码，但却是空号。”

“给我。”

库柏念着电话号码，莱姆吃力地将其键入纽约市警察局的手机号码数据库搜索栏。

结果显示该号码为预付手机。

“一个巡警会用预付手机？现在还变成空号了？不可能。”

那所学校就在唐人街附近，盖尔特身上的中药材成分就是在那儿蹭到的，可那里并非袭击目标，也不是他躲藏的地方——这是个陷阱！盖尔特打算用柴油发电机连上电缆，杀掉前来追捕他的人，所以才会假扮巡警打电话称发现了自己的行踪。校舍里的电是断开的，所以萨克斯和其他警员一定会掉以轻心，以为不会有触电的风险。

没有电。这里是安全的……

他必须马上告诉他们。莱姆正准备按下电脑上“萨克斯”的快速拨号键，愈演愈烈的头痛却在此时突然如洪水般暴发，他眼前猛地一黑，随之而来的是天旋地转、眼冒金星，仿佛有无数电火花在闪烁。汗水顺着皮肤汩汩而下，又是一次强烈的神经系统失调。

林肯·莱姆咬着牙虚弱地说道：“梅尔，你必须联系……”

话音未落便晕了过去。

60

他们成功地绕到了校舍后面，没有引起盖尔特的注意。萨克斯和普拉斯基弓着身子，四处搜寻出入口时，忽然听见了一声呜咽。

普拉斯基一脸警惕地看着萨克斯，后者举起食指示意他安静听。

听起来像是一个女人的声音，很痛苦的样子，或许是人质正在遭受拷问？是那个发现了盖尔特行踪的女人吗？还是别的什么人？

呜咽声低了下去，隔不多久却再次响了起来。他们耐着性子静静听了漫长的十秒。阿米莉亚·萨克斯向罗恩·普拉斯基比了个手势，让他靠近些，他们在校舍的后部，那里的空气里弥漫着尿液的味道，地面上散落着腐烂的板材，霉菌丛生。

呜咽声越来越大。盖尔特到底在做什么？说不定这个受害者有他想要的关于下次袭击的信息。“别，不、不要。”萨克斯确信那些呜咽其实是在表达着这样的言语。

说不定盖尔特的精神已经滑向了更加黑暗的深渊，或许他绑架了一名阿冈昆的员工极尽折磨，好满足自己扭曲的复仇欲望。说不定这个女人是负责管理远距离输电线的。哦，天哪。萨克斯想：会不会就是安德莉亚·杰森本人？她感觉到普拉斯基睁大了双眼瞪着她。

“不要……求你了。”女人哀求着。

萨克斯按下无线对讲机的“通话”键，将频率调整到紧急勤务组：“波，我是阿米莉亚。完毕。”

“请说。完毕。”

“他有人质，你在哪里？”

“人质？是谁？”

“女性，身份不明。”

“收到，我们五分钟后就到。”

“他在折磨她，我不能再等了。罗恩和我这就冲进去。”

“行动路线都清楚了？”

“就是我之前说过的。盖尔特在校舍中央位置，底楼。带着点四五口径的 ACP 手枪。这里没有通电的东西，电流是切断的。”

“哦，听起来是好消息。完毕。”

萨克斯关上对讲机，指了指方向，悄声对普拉斯基说：“就现在，行动！我们从后门发起进攻！”

普拉斯基答道：“明白，没问题。”他不安地看了一眼隐藏在阴影中的室内，一阵呻吟正从那里传出，飘荡在腐臭的空气里。

萨克斯仔细观察着通往后门和装卸口的路径。破碎的沥青路面上到处是碎玻璃瓶、废纸和易拉罐。走在上面必然要弄出声响，但是他们别无选择。

她示意普拉斯基向前。两人沿着道路谨慎前行，尽量避开地上的垃圾以保持安静，但还是无法彻底避开脚底碎玻璃渣发出的嘎吱声。

将要抵达后门时，幸运之神忽然眷顾了两人。运气这回事，萨克斯多少是相信的，尽管林肯 · 莱姆嗤之以鼻。附近不知哪里的柴油发动机忽然启动，发出隆隆的噪声，正好掩盖了他们的脚步声。

有时候真的靠运气，萨克斯想。老天也知道我们现在很需要它。

61

他决不允许莱姆出事。

汤姆·莱斯顿把他的老板从“暴风箭”牌轮椅上抱起来，让他的身体尽量保持直立的姿势抵在墙上。神经系统失调的时候，患者通常应该保持身体的直立——书上说要坐着，但血管大面积收缩的时候莱姆正坐在轮椅上，汤姆觉得应该让他的下半身也直立起来才能促使血液向下流淌。

他早就为此做好了准备——甚至趁莱姆不在的时候反复练习过很多次，因为他知道莱姆肯定没那个耐心陪着他做模拟急救练习。因此，此刻他不假思索地拿出一个装着血管扩张类药物的小瓶子，用一只拇指推开瓶盖，小心地倒了一片小小的药物在莱姆的舌头下面。

“梅尔，过来帮我。”汤姆说。

练习的时候真正的病人可不在场，失去意识的老板体重可是有一百八十磅，死沉死沉的。

还是别用这个词吧，他心想。

梅尔·库柏跑过来一把接住莱姆的身体，汤姆腾出一只手迅速按下备用电话上的快捷热线，那只电话他每天都会检查，确保电量充足且信号满格。电话只响了两声便被接起，漫长的五秒钟等待后，他终于和私立医院的医生说上了话。对方立即派出一队SCI急救人员赶往这里。这是莱姆经常做专业理疗和定期检查的医院，院内有一个大型的脊髓损伤部门和两个应急小组，专门处理身体残疾的患者需要紧急医护却来不及赶往医院的情况。

过去几年中，莱姆曾发生过大大小小十几次神经系统失调，但没有哪一次像汤姆今天见到的这么严重。他没办法一边撑着莱姆的身体一边测血压，但他知道数值一定很高。莱姆的脸一片潮红，汗流如注。汤姆无法想象现在莱姆的身体正在承受怎样的痛苦。因为高位截瘫的缘故，他的身体误以为这是需要更多且更快供血的信号，于是心脏便拼命供血、收缩血管。

这种症状严重时可能致死，但汤姆更担心的是中风，因为这将可能加重瘫痪。要是真有那么一天，莱姆一定又会开始考虑协助自杀。都怪那个该死的阿伦·科裴斯基，非要提起这件事。

“我能做些什么？”库柏小声问，平时总是一脸平静的他此刻却因担忧而眉头紧皱，汗水隐隐从脸侧滑落。

“我们一起撑着他，就这样站一会儿。”

汤姆翻开莱姆的眼皮查看，没有反应。

然后又掏出另一个小药瓶，缓缓帮莱姆服下一剂抗高血压的安乐定。

依旧没有反应。

汤姆有些失措地站着，和库柏一起陷入了沉默。过去几年和莱姆一起度过的时光在脑海中一幕一幕飞过。他们吵过架，有时候甚至吵得不可开交，但汤姆一辈子都投身在护理工作中，完全能够明白这些愤怒并非针对他个人，也从不往心里去。他竭尽所能地照顾着莱姆。

莱姆曾经发火解雇他，而他也曾气得拍桌子走人。

但他从不认为这样的分别会超过一日，事实上也的确如此。

看着不省人事的莱姆，他心里一边焦急地想着医疗队到底上哪儿去了，一边思索：是他的失误吗？神经反射失调通常都是因为膀胱和大肠过满造成刺激而引起的。莱姆的身体没有知觉，不知该何时排泄，于是便由汤姆负责记录每日的饮食并计算肠胃代谢活动时间。难道是他算错了？汤姆不这么认为，但也许同时调查两个案子的压力加重了这种刺激。他本该随时观察着才是。

他明明可以判断得更准确的。他的态度明明应该更强硬些的……

失去莱姆意味着纽约城乃至全世界都将失去一位最好的犯罪学家，也意味着无法及时破获案件抓住凶手，因而导致更多受害者的出现。

失去莱姆还意味着他将失去人生中最好的朋友。

尽管如此，他依然保持着最大限度的冷静。这是专业护理人员的必修课，绝不在惊慌的状态下仓促做出任何重大决策。

过了一会儿，莱姆的脸色渐渐恢复了正常，于是两人把他抬回轮椅上坐好。要是再恢复不过来他俩也要撑不住了。

“林肯！能听见我说话吗？”

没有回应。

又过了一会儿，莱姆的头微微动了动，张开嘴喃喃地说了些什么。

“林肯，你不会有事的。梅兹医生已经派了一个医疗队赶来。”

又是一阵呓语般的呢喃。

“没事的，林肯。你会好起来的。”

莱姆用虚弱的声音说：“你得告诉她……”

“林肯，别动，好好躺着。”

“萨克斯。”

库柏说：“她还在现场，你派她去的那所废弃学校，还没回来。”

“你必须告诉萨克斯……”莱姆的声音渐渐低了下去。

“我会的，林肯。她一打电话联系我就会告诉她。”汤姆说。

库柏补充道：“现在最好不要打扰她，她正准备突袭逮捕盖尔特。”

“要告诉她……”

说到这里，莱姆的眼睛向上一翻，再次晕了过去。汤姆生气地看着窗外，仿佛这样能加速救护车的到来。然而事实上，他只能看见外面的行人迈着健康的双腿悠闲地走过，或慢跑或骑着自行车穿过公园，每个人的脸上都挂着一副漫不经心的表情。

62

罗恩·普拉斯基看了看萨克斯，后者正透过校舍的一扇窗户悄悄往里张望。

她竖起一根手指，眯着眼睛努力寻找能够更清楚地看见盖尔特的位置。柴油引擎就在栅栏的另一侧，马达的噪声已经盖过了校舍内的呻吟声。

可是紧接着却又传来一声更加清晰的痛呼。

萨克斯转过身来，朝后门偏了偏头，悄声说："我们得进去救她，需要交叉火力掩护，上下都要有人同时开火。你想从这里冲进去还是走火灾逃生梯？"

普拉斯基往右边看了一眼，一条锈迹斑斑的金属梯子向上延伸至一扇打开的窗户前，那里有一个可以落脚的平台。他知道这次他们不会触电，刚才萨克斯已经检查过了，可说实话他真的不想去爬那架金属梯。但下一秒他就想起了在盖尔特公寓前发生的意外，想起了现在还命悬一线的斯坦利·帕默尔。就算帕默尔能活下来，人生也很可能就此改变。

于是，他答道："我上去。"

"你确定？"

"确定。"

"记住，我们要尽可能活捉。万一他已经设好下一次袭击用的计时陷阱，就需要让他说出位置和启动时间。”

普拉斯基点点头，然后猫着腰从满是垃圾的肮脏沥青路上向梯子进发。

就在他悄然潜行的时候，普拉斯基发现自己好像没有以前那么害怕了，又过了一会儿，甚至连最后一丝恐惧也消失了。

此刻的罗恩·普拉斯基心中只有愤怒。

盖尔特是生了重病。是啊，非常遗憾；唉，真他妈的太糟了。可是该死的，普拉斯基自己也受到过严重的头部创伤，可他并没有责怪任何人。就像林肯·莱姆也没有整天坐着哭天抢地一样。何况盖尔特的病说不定还有救，毕竟现在新兴的癌症治疗手段和技术那么多、那么先进。然而这个怨天尤人的混蛋却让无辜的人为他的不幸买单。还有，耶稣上帝啊，他到底在对里面那个可怜的女人做什么？肯定是因为女人手上有盖尔特需要的信息；要不然就可能是位医生，没有及时诊断出他的病症之类的，所以现在他要报复。

一想到这儿他便不由自主地加快了步伐。往身后看去时，他见到萨克斯正等在虚掩着的后门外，手枪已经握在了手里、枪口朝下，完全进入了备战模式。

怒火在心中噌噌上涨，普拉斯基来到一面厚厚的砖墙前——盖尔特看不见这里，然后又加速向火警逃生梯前进。梯子年久失修，上面的涂漆也已剥落，覆盖着厚厚的锈迹；梯子脚下的混凝土地面上有一大滩水，他在那里停了下来。水……电流。但这里并没有通电，而且再说了，要想爬上梯子就不能不蹚过这滩水。他踮着脚，小心翼翼地踩了过去。

还剩十步。

抬头望去，他寻找着最适合突入的窗户，心里默默祈祷着梯子和平台千万不要断掉。墙后的盖尔特距离他们最多不过四十英尺远。

还好，柴油引擎的声音可以掩盖住大部分动静。

还剩五步。

普拉斯基感受着自己的心跳，发现脉搏十分稳定。这次他一定不会再给林肯·莱姆丢脸。

无论如何他都要亲手抓住这个混蛋。

他伸出手，握住逃生梯。

然而接下来的一瞬间，只听到一声脆响，他浑身的肌肉猛然紧缩；脑海里一片空白，只见到一片仿佛天堂般耀眼的光芒，随后这道光亮逐渐变成黄色，最终陷入一片黑暗。

63

阿米莉亚·萨克斯和朗·塞利托并肩站在校舍后门外，看着紧急勤务组的警员进进出出地扫荡着整片校区。

“陷阱。”塞利托说。

“是的。”萨克斯面色冷厉，“盖尔特在校舍后的阴影里藏了一个巨大的引擎，通上电，布置好一切后就离开了。电流连接着金属门和火灾逃生梯。”

“逃生梯，就是普拉斯基刚才要去的路径。”

她点点头：“可怜的孩子，他……”

这时一名高大的非裔美籍紧急勤务组员打断了她的话：“警探、警督，整片区域都已搜查完毕，校区已排除危险。我们遵照您的指示，没有碰里面的东西。”

“是数字录音机吗？”萨克斯问，“我估计他用的是这个。”

“是的，警探。那些呻吟声听起来像是电视剧之类的录音，手电筒用绳子吊了起来，从外面看很像是有人拿着。”

没有所谓的人质，没有盖尔特的踪迹，里面原本就一个人都没有。

“我马上进行现场勘查。”

警员问道：“不是巡警打的电话？”

“不是。”塞利托咬着牙说，“是盖尔特。恐怕用的是预付款手机，我会查清楚的。”

“而他这么做的目的，”警员说着挥手指了指学校，“是为了杀掉我们的人。”

“正是。”萨克斯沉着脸回答。

警员恨恨地皱着眉，回身去召集自己的组员。萨克斯立刻给莱姆打了个电话，想要汇报学校里发生的事以及普拉斯基的情况。

奇怪的是，电话直接转到了语音信箱。

是不是案件有了什么重大进展，或者那个“钟表匠”的案子有了新情况？

一位医疗队员向她走来，一路低着头努力在遍地垃圾中寻找能落脚的地方；校舍后院看起来就像刚发生过垃圾泄漏的海滩。萨克斯迎着他走了过去。

“您现在方便吗，警探？”医疗人员问。

“方便。”

她跟着他绕到校舍另一侧，一辆救护车正停在那里。

罗恩·普拉斯基就坐在混凝土台阶上，双手抱着头。她停了停脚步，深吸了一口气，缓缓走到罗恩面前。

“我很抱歉，罗恩。”

普拉斯基一边揉搓着手臂，一边伸展手指：“不，长官。”这么正式的语气连他自己都愣了愣，随即微笑着说，“是我应该谢谢你才对。”

“当时别无他法，否则我也不会那么做。我不能声张，因为怀疑盖尔特就在学校里，手上还有枪。”

“我明白。”

十五分钟前，就在萨克斯等在后门外时，忽然决定用索墨斯的探测仪再次检测一下校舍的电压值。

令她万分惊恐的是，探测仪显示金属门上有二百二十伏的电压，而脚下的水泥地面上一片水渍。她立刻意识到，无论盖尔特是否还在校舍里，都一定在学校的钢筋铁骨上通了电。很可能就是用的柴油发电机——原来那才是他们听到的噪声来源。

要是盖尔特在金属门上通了电，那么逃生梯上必然也有。想到这里，她立刻跳起身朝普拉斯基冲过去，后者已经快要走到梯子前了。她不敢出声叫他的名字，即便只是轻声呼喊也不敢，她怕万一盖尔特还在学校，一旦听见必然立刻开枪。

于是，她选择了对普拉斯基使用电击枪。

她随身携带着一把 X26 型号的电击枪，可发射有高压和低压两种电流的针头，射程范围可达三十五英尺。当她发现来不及在普拉斯基摸到逃生梯之前阻止他时，便用电击枪对准他打了过去。电击导致的神经肌肉失能让普拉斯基当场直挺挺地倒了下去，肩膀重重地摔在地面上。可是，谢天谢地，倒下的时候没有再次撞到头部。萨克斯用颤抖的手拽着昏迷不醒的罗恩，气喘吁吁地把他拖到掩体下。在紧急勤务组赶到、轰开大门上的铁链冲进学校之前，她及时找到并关掉了发电机。

"你看起来还有些晕乎乎的样子。"

"确实被打了个措手不及。"普拉斯基答道，用力调整着呼吸。

萨克斯说："慢慢来。"

"我没事，我会在现场帮忙。"他像个醉汉似的眨着眼睛说，"我是说，我会帮你一起勘查现场。"

"你想去吗？"

"只要慢慢走就没有问题。可是，你得把那个东西拿好，就是查理·索墨斯给你的那个盒子。一定要随身带着，好吗？在你用它检测电压之前我可什么都不碰。"

他们做的第一件事就是在校舍后放发电机的地方走方格。普拉斯基收起连接发电机、金属门以及逃生梯的电缆，装进证物袋。萨克斯亲自对发电机及周围进行了勘查。这是一台挺大的机器，足足有好几英尺高，三英尺长。机体侧面的一块板子上写着最高输出功率为五千瓦，电流强度为四十一安培。

比最低致死电量足足高出四百倍。

萨克斯朝发电机点点头说：“那你可以把这个打包交给莱姆吗？”她问的是刚从皇后区总部赶来的犯罪现场调查组警员，这台机器足有两百多磅重。

“没问题，阿米莉亚，我们会尽快送过去。”

她又对普拉斯基说：“我们去里面走方格。”

正当两人往校舍里面走去时，萨克斯的手机忽然响了，来电显示是“莱姆”。

“时间正好。”她心情愉悦地接起电话，“我有一些……”

“阿米莉亚，”说话的是汤姆，语调里有些她从未听过的情绪，“你最好回来一趟，最好是现在。”

64

萨克斯呼吸沉重地奔上斜坡，一把推开莱姆的别墅大门。

她一路小跑穿过前厅，靴子狠狠地踏过地面，然后一头冲进实验室对面右侧的小房间。

汤姆站在林肯·莱姆的轮椅边抬头望着她；轮椅上的莱姆双目紧闭，脸色苍白，皮肤汗津津的。两人之间还站着一个人，是莱姆的主治医生，一位身材结实的非裔美国人，前大学美式橄榄球队教练。

“拉尔斯顿医生。”萨克斯喘着粗气招呼道。

他向她点头示意：“阿米莉亚。”

终于，莱姆睁开了双眼：“啊，萨克斯。”他的声音听起来很是虚弱。

“你还好吗？”

“不，不，应该是我问你还好吗？”

“我没事。”

“那个小子呢？”

“他差点出事，不过有惊无险。”

莱姆僵着声音说：“是发电机，对不对？”

“是的，你怎么知道？犯罪现场小组打过电话了吗？”

“不，是我发现了。柴油燃料和唐人街的草药，还有学校里竟然完全没有通电——我发现这是一个陷阱。但出了点问题，没来得及打电话。”

“没关系的，莱姆。”她说，“我也发现了。”

萨克斯决定暂时不告诉他普拉斯基差一点就触电身亡的事。

“啊，那就好。我……那就好。”

她知道莱姆此刻心里十分自责，因为几乎差一点就导致他们两人或者其中一人受伤甚至死亡。通常情况下，这种时候他都会极其愤怒，随意发脾气。他会想要喝一杯，会骂人、故意刺激别人，尽显尖酸刻薄的本事，但这些情绪针对的其实全都是他自己，这一点她和汤姆都非常清楚。

但这次却不同。他的眼中藏着些东西，一些萨克斯一点也不喜欢的东西。奇怪的是，像莱姆这样遭遇了如此严重身体伤害的人，平常却看不出任何脆弱的情绪。可是现在，因为自己的失误，莱姆竟然第一次流露出了脆弱的表情。

萨克斯受不了他这样的神情，只能转头去看医生，后者说：“他已经没有危险了，血压也恢复了正常。”然后转头面对莱姆。相比于其他病患来说，遭遇脊髓损伤的患者会对使用第三人称称呼他们更为敏感和介意，这很常见，“尽量不要总坐在椅子上或者躺在床上；确保膀胱和肠道得到及时疏导。衣服鞋袜都要选择宽松的。”

莱姆点头说：“为什么会在这个时候发生？”

“可能是焦虑导致的，再加上其他外部压力。比如内脏、鞋子和衣服。你也知道神经反射失调是怎么回事，大部分时候原因都不是很明确。”

“我晕过去多久？”

汤姆答道：“四十分钟，时晕时醒。”

莱姆把脑袋重重地靠在椅背上。“四十分钟。”他喃喃道。萨克斯知道他又在心中复盘自己的失误并深深自责，自责差一点就失去了她和普拉斯基。

此刻他望着外面的实验室："证据呢？"

"我先赶回来了，罗恩随后就到。我们需要皇后区的人帮忙把发电机运过来。那东西很重，有几百磅。"

"罗恩也会过来？"

"是的。"她肯定地回答，注意到自己此时才提到罗恩，担心这样会不会让莱姆感觉更加迷惑，大概医生让他服过了止痛药，因为神经反射失调通常伴随着剧烈的头疼。

"很好。罗恩快到了吗？"

萨克斯迟疑地看了汤姆一眼，说：

"随时可能回来。"

拉尔斯顿医生说："林肯，我建议你今天先缓缓。"

莱姆低垂双目犹豫着，他是不是真的应该听从这个建议？

但最终他还是用虚弱的声音道："医生，对不住，我真的做不到。手头有个案子……很要紧。"

"是那个电网的案子吗？恐怖分子那个？"

"是的，希望你能理解。"莱姆继续低垂着双目，"我很抱歉，但我真的不能不处理。"

萨克斯和汤姆相互交换了一个眼神。保守地说，莱姆道歉的样子很不寻常。

同时，他眼中再一次露出了脆弱的表情。

"我知道这很重要，林肯，也知道我无法强迫你做任何事。但一定要记住我说的话：坐直身体，避免对身体造成任何压迫，无论内部还是外部。我想就算让你别焦虑应该也没什么用，毕竟这个疯子还没被抓住。"

"谢谢你。也谢谢你，汤姆。"

助手眨了眨眼，不安地点了点头。

然而莱姆再一次露出犹豫的表情，眼神低垂。换了平时，他早就按下"暴风箭"轮椅的按钮风驰电掣地冲向实验室了。可是今天，直到别墅大门被打开，普拉斯基和犯罪现场调查组的其他人一起推着证物箱急匆匆地赶来，他也一动不动地盯着下方。

“林……”萨克斯脱口而出，又立刻把话吞了回去。她差点忘了他们之间的迷信禁忌，“莱姆？你要去实验室吗？”

“哦，是的。”

话虽如此，莱姆却依旧低垂着双眼，一动不动。

萨克斯很是担心，甚至怀疑是否又出现了神经反射失调的症状。

莱姆吞了一口唾沫，试着缓缓摇动轮椅控制器。在手指移动的一瞬间，他的表情立刻缓和了下来，萨克斯终于明白了：莱姆是在害怕——无比害怕——这次发病会对身体造成进一步损伤，甚至连唯一能动的右手掌和手指功能都丧失。

他低垂双眼看着的正是这个：他的手。但显然它们依然活动如常。

“抓紧时间，萨克斯。”莱姆轻声说，“我们还有必须处理的工作。”

65

这家台球厅看起来跟个藏污纳垢的毒窝似的，R.C.心想。

看来得找机会跟老爹说说。

这个三十岁的男人用苍白的双手环握着啤酒杯，看着台球桌上的战况。他抽了口烟，对着排气扇吐了口气。禁烟法真是个白痴条例，他的父亲说这该怪华盛顿那帮社会主义分子。这帮人不关心把年青一代派到连名字都没法念的地方去送死，他妈的整天就知道禁烟、禁烟。

他看着大厅里的台球桌。位于房间另一头的那张战况激烈，搞不好还挺麻烦——上面押注的钱堆得厚厚的——斯蒂普的棒球杆就放在吧台后面，他并不介意时不时拿起来挥舞一下。

说起这个，这该死的大都市。他拿起遥控器。

他并不觉得波士顿又好到哪里去。

他打开电视调到新闻频道，里面正在播报那个疯男人操纵电流杀人的事情。R.C.的兄弟手艺不错，曾做过不少电工活儿，但对电缆一直敬而远之。

而如今全城的人都不知道哪天就会被电死、烧焦。

“你听说这破事儿了吗？”他问斯蒂普。

“听说了，你指的哪件破事儿？”斯蒂普眼神有些涣散，总之就是他看着你的时候会让你觉得他似乎并不是真的在看你，这大概就叫作眼神涣散。

“就是触电的那档子事儿呗？有人把电线连在酒店上，你一碰门把手就会‘嗞……’一声，死掉。”

“哦，你说那件事啊。”斯蒂普咧着嘴笑了一声，“跟电刑椅似的。”

“可不是嘛。只不过不一定是椅子，而是台阶、水洼或者人行道上的金属门，还有地下室的电梯。”

“你一走上去就被电死了？”

“差不多，妈的。还有人行横道上的红绿灯按钮，如果你伸手去按，就死定了。”

“他为什么要做这种事？”

“鬼知道……电刑椅，能吓得你尿裤子，头发起火。你知道吗？有时候真正的死因其实是着火，被活活烧死的。”

“大多数州都采取注射死刑。”斯蒂普皱着眉头，“估计就你还会尿裤子。”

R.C.正盯着穿紧身衬衫的简妮看，心里想着自己的老婆到底什么时候过来拿生活费，正在此时，台球厅的门突然打开，几个人走了进来。其中两个男人穿着快递公司制服，大概是上早班的，这很好，说明他们今天的工作已经完成，是来光顾他生意的。

紧随其后的是一名流浪汉，他也推门走了进来。

真该死。

那个黑人流浪汉衣衫褴褛、蓬头垢面，把一辆空空如也的购物车扔在人行道旁，几乎是跑着冲进来的。此刻他正转过身，一边盯着窗户外面，一边用手挠腿，头上还戴着一顶脏兮兮的帽子。

R.C.注意到了酒保的眼神，于是冲他摇摇头：别轻举妄动。

“嘿，先生。”斯蒂普叫道，“有何贵干？”

“外面有点奇怪。”流浪汉喃喃地说着，自言自语了一会儿，然后提高声音说：“我看见了奇怪的事情，不是什么好事。”说完还尖着嗓子大笑了几声，R.C.觉得这笑声才是今天最奇怪的事。

“是吗，这样啊，那你出去笑，成不？”

“你看到那个了吗？”流浪汉又开始自言自语。

“赶紧的，兄弟。”

可是流浪汉却回身走到吧台前坐了下来。摸摸索索地从口袋里使劲儿掏出几张湿答答的纸币和一把零钱，握在手心里仔细数着。

“抱歉，先生。我想你已经喝高了。”

“我才没喝酒。你看见那个家伙了吗？就是拿着电线的那个家伙？”

电线？

R.C. 和斯蒂普交换了一下眼色。

“这座城市出大事啦。”流浪汉用半疯癫的眼神盯着 R.C. 说，“大坏蛋就在外面。就在那边，你知道，路灯柱子那儿。他在搞什么事情，捣鼓着电线。你听说城里发生的事了吗？好多人都被电死了。”

R.C. 慢悠悠地经过流浪汉走到窗前，差点被此人身上的臭味熏吐。他往街上看了看，发现了那支路灯。上面连着的是电线吗？他看不清。那个恐怖分子就在附近？在下东区？

唔，有何不可？

如果他的目的是滥杀无辜，那么下东区也和别的地方一样可能成为目标。

R.C. 对流浪汉说：“我说，你听着，现在立刻给我出去。”

“我想喝酒。”

“滚，这儿可没有酒给你喝。”R.C. 又朝窗外看了一眼，觉得好像真的看见了电缆还是电线什么的。这是怎么回事？难道是专门针对这家酒吧的？R.C. 想到了酒吧里的各种金属物件：吧台前的脚垫、洗手池、门把和收银台。妈呀，连小便池都是金属的。这要是去上厕所，电流会不会顺着小便直奔你的小弟弟？

“你不明白，你不明白！”流浪汉开始哀号，却让他显得更加诡异，“外面不安全。你看外面，不安全啊。那个混蛋带着电缆……我要在这里待到安全为止。”

R.C.、酒保、简妮、玩台球的客人们和刚才进来的快递员此刻都盯着窗户外面。所有的台球比赛都停了下来，甚至连R.C.对简妮的兴趣都消退了。

“不安全啊，老兄。给我一杯伏特加兑可乐。”

“出去，别让我再说第二次。”

“你是不是以为我没钱？我他妈的有钱。你看看这些？”

流浪汉身上的味道在整个酒吧里弥漫，令人反胃。

有时候真正的死因其实是着火，被活活烧死的……

“那个拿着电缆的男人，那个拿着电缆的男人……”

“给我滚出去，不然你的购物车会被人拿走的。”

“我才不出去，你不能赶我走，我才不要被烧死。”

“出去！”

“不！”那个又脏又臭的混蛋用拳头狠狠地砸在吧台上，“你不服务……你不愿意服务我，”他纠正着自己的用词，“就因为我是黑人。”

R.C.的眼角瞄到街上一阵白光闪过。他吓了一跳，但很快又冷静了下来。那只是一辆路过的汽车挡风玻璃上反射的灯光而已。可这样的心惊胆战又令他更加愤怒：“我们拒绝为你服务，是因为你又脏又臭脑子还不正常。滚出去。”

流浪汉叠好了所有的纸钞和黏糊糊的硬币，看样子加起来得有二十美元。他咕哝着：“你脑子才不正常。你要是把我赶出去，我一定会被烧焦的。”

“拿上你的钱立刻离开。”斯蒂普捡起吧台后的棒球棍，在他眼前晃了晃。

流浪汉却并不在乎：“你要是现在把我赶出去，我就会把这里的事情说给每一个人听。我知道这里都在干吗，你以为我啥也不懂吗？我看见你一直盯着那边的大波妹。还有，你真不要脸，还戴着结婚戒指呢，你觉得你老婆会怎么想……”

R.C. 猛地伸出双手拽住这个恶心男人的外套衣领。

黑人流浪汉吃痛地惊呼起来：“别打我！你要知道，我、我可是警察！我是联邦特警！”

“你他妈的是个屁的警察。”R.C. 朝后仰着头，准备给他来个头槌。

就在这一眨眼的工夫，一张FBI证件突然出现在他眼前，后面还有一支警用手枪的枪口。

“啊，见鬼。”R.C. 低声骂了一句。

刚才先进来的两位白人男子说：“亲眼见证，弗雷德。他在你表明了警察身份后还企图使用武力对你造成伤害，我们现在可以回去继续工作了吗？”

“多谢了，先生们。接下来的交给我就行了。”

66

弗雷德坐在台球厅角落里一张破破烂烂的椅子上，他把椅背对着面前的年轻人，跨坐在上面。这样看起来显得不那么可怕——两人中间隔着一张椅背——但不要紧，他不希望R.C.因为太害怕而胡言乱语。

他只要确保这个年轻人心里的压迫感和恐惧刚好够用就行。

“你知道我是谁吗，R.C.？”

这句话让面前这个纤瘦的孩子浑身战栗：“不知道，我的意思是，我知道你是FBI探员，是卧底，但我不知道你为什么来找我的麻烦。”

德尔瑞继续说：“我是一只行走的测谎仪。我在这行已经做得太久了，久到只要看一眼某个女孩就能知道，她嘴上说着‘我们回家上床吧’，心里却在想：等到家这男人肯定已经醉得不行了，我可算能睡会儿觉了。”

“我刚才只是自我保护而已，因为你吓到我了。”

“该死，可不是吗？我把你给吓到了。现在你可以闭紧嘴巴啥也不说，等律师来握你的手，甚至可以打给FBI投诉我。不过，不管你选哪个，你那关在牢里的老爸都会听到消息，说他的宝贝儿子袭击了一位FBI探员。而他会觉得让你照管这家酒吧，或者说，他进去之前留给你、托付你好好干，不要搞砸了的唯一一件事情，现在还是让你给砸了。”

德尔瑞看着R.C.紧张的样子，然后说：“说吧，现在咱们达成共识了吗？”

“你到底想干吗？”

为了确保隔着椅背问话的方式不会让R.C.觉得太放松，德尔瑞一巴掌拍到他的大腿上狠狠地掐住。

“哎哟！你干吗啊？”

“你上过测谎仪吗，R.C.？”

“没有，爸爸的律师说绝对不要……”

“我只是随便问问。”德尔瑞不让他说完，不过他可不是随便问的。这只是为了在R.C.的心里增加一点恐惧而已，就像对着抗议示威的队伍扔催泪弹一样。

德尔瑞又用力捏了一下，他忍不住想：嘿，麦克丹尼尔，躲在云端里窃听可没法儿这么干不是？

那可真是太糟了，这多有趣啊。

弗雷德·德尔瑞能找到这里多亏了一个人：赛琳娜。那天她其实并非真的叫他帮忙打扫地下室，而是想把他从沮丧枯坐的状态中解救出来。她带着德尔瑞走到乱糟糟的储藏室里，那里收纳着他过去做卧底探员时穿的各种行头。赛琳娜找出其中一套像婚纱一样封在一块大塑料袋里的衣服。那是“醉鬼流浪汉”的角色服装，恰到好处地染上了霉味和人的体味——还有一点点猫尿臭——那味道恐怕只要坐在嫌疑人身边就能熏得他立刻招供。

赛琳娜对他说：“你失去了一个线人。别自怨自艾，出去找到他的踪迹。就算找不到他，也要找出他查到了什么。”

德尔瑞忍不住微笑起来，他紧紧地拥抱了太太，然后立刻换上了这套服装。离开家的时候，赛琳娜说：“哇，好家伙，你可真臭。”然后戏谑地在他屁股上打了一巴掌。这个动作可没有几个人敢对弗雷德·德尔瑞做。

他迈开腿回到了街上。

威廉·布伦特很善于隐藏行踪，但德尔瑞却恰好善于发现行踪。在调查的过程中，他发现了一件令人振奋的事情，那就是布伦特确实认真做过调查。通过追踪他的行动路线，德尔瑞发现，他的线人确曾找到过与盖尔特、“保卫地球正义”还有那些袭击相关的线索。布伦特查得很用心，假扮身份深入追踪。最终他查到布伦特曾来过这里，就是这家台球厅，并且显然曾向这个正被德尔瑞狠狠捏着膝盖的年轻人要求过——甚至可能已经得到了重要的信息。

德尔瑞于是说：“好了，该亮的牌我都亮出来了，我们能好好玩儿吗？”

“神啊。”R.C.吃痛地狠命皱着眉，看上去都快抽筋了，“你就说你想知道什么吧。”

“这态度不错，孩子。”德尔瑞举起威廉·布伦特的照片。

他仔细观察着年轻人的表情，准确地捕捉到后者眼中闪过了一瞬间的了然。他立刻追问道：“他给了你多少？”

对方略微的停顿让德尔瑞明白，布伦特确实曾支付过此人一笔钱，但数目一定没有他付给线人的那么多。

“一千。”

该死的，布伦特这家伙用起他的钱来倒挺大方。

R.C.有些惊惶地说：“和毒品无关，老大。那玩意儿我可不碰。”

“你怎么可能不碰，但我不关心这个。他来这儿是为了某些情报。现在嘛……现在……现在，我需要知道他都问了些什么，以及你的回答。”德尔瑞再一次收紧了修长的手指。

“行行，我说。比尔——他说他叫比尔。”R.C.指着照片。

“叫比尔也行。接着说，孩子。”

“他听说这个街区有人住了进来。是一个最近才来到这里的人，开着一辆白色的面包车，还带着枪。一个点四五口径的大家伙，还杀过人。”

德尔瑞不动声色地问：“杀了什么人？原因是什么？”

“他也不知道。”

“知道名字吗？”

“不知道。”

德尔瑞不需要测谎仪也知道，就R.C.来说，这些话已经算得上是发自内心了。

“告诉我，R.C.，我的朋友，你对他还有什么了解？除了白色面包车、刚来到这里、点四五口径的大家伙、曾经杀过人但原因不明之外。”

“或许在杀掉那些人之前先绑架了他们……是不能轻易招惹的狠角色。”

这句话有点多余。

R.C.继续道：“所以这个叫比尔或者什么的人听说我有消息，你知道，跟他们的线路有连接。”

“线路。”

“是的。不是那个混蛋用来杀人的那种线路，我说的是江湖传闻。”

“哦，原来你是这个意思啊。”德尔瑞说，但R.C.完全没有理解到他话里的讽刺意味。

“那么你的确是有联系的，是吧，孩子？你对这片街区了如指掌，对不对？你就是下东区的包租婆。”

“什么包租婆？”

“你继续说。”

“好吧，嗯，就是，我确实听到过一些消息。因为我希望能随时了解周围都有些什么人、什么情况。总之，我听说过这个人，和比尔描述得差不多。所以我带他去了那个人住的地方，就这样。”

德尔瑞相信他说的是实话：“把地址给我。”

后者照做，那地方就在不远处一条破旧的大街上："地下室的公寓。"

"好的，今天先了解这么多情况。"

"你……"

"我不会跟你老爹说任何事，别担心。除非你要我。"

"我没有要你，不会的，弗雷德，真的。"

当弗雷德走到酒吧门口时，R.C.忽然叫道："不是你想的那样。"

警探停下脚步转头看他。

"真的是因为你太臭了，我才不想做你生意。不是因为你是黑人。"

五分钟后德尔瑞正在往R.C.所说的街区走去。他纠结了一下要不要呼叫支援，但最终还是决定先不叫他们。卧底侦查要求相当程度的精密细致，可经不起警笛呼啸和乌压压的突击队惊扰。塔克·麦克丹尼尔也不行。德尔瑞穿街过巷，熟练地避开人群迅速前行，像平时一样习惯性地想着：现在一天才刚过了一半而已，这熙熙攘攘的人群到底都是靠什么吃饭的？他转过两个街角，闪身进入一条小巷子，从后方接近那栋公寓楼。

他抬起头飞快地看了一眼这个幽暗且散发着腐烂气息的建筑。

不远处有个戴着帽子的白人男子，身穿宽大的T恤，正在清扫鹅卵石地面。德尔瑞对了对地址上的数字，他正站在R.C.告诉威廉·布伦特的公寓楼背后。

好吧，这可真奇怪。警探暗暗地想着，迈步朝公寓后的小巷子里走去。扫地的男人看了他一眼，脸上的墨镜反射着阳光，随即又低下头继续扫地。德尔瑞在他附近停下了脚步，皱着眉头四处打量，努力理解着现状。

过了一会儿，扫地的男人终于忍不住问道：“你他妈的在干吗？”

“这个嘛，让我来告诉你。”德尔瑞答道，“我在干的其中一件事就是盯着一位纽约市警察局的便衣，他正为了某个该死的原因努力扮演着扫鹅卵石的街道清洁工，却不知道，哦，这个街区的鹅卵石街道早在一百三十多年前就不再雇人打扫了。”德尔瑞亮出了自己的工作证。

“德尔瑞？我听说过你。”但紧接着警员便有些防备地说，“我只是听命行事罢了，监视这里。”

“监视？为什么？这里是什么地方？”

“您还不知道？”

德尔瑞翻了个白眼。

听完警员的叙述后，德尔瑞整个人都僵住了，但那只是精神上的。几秒钟后他回过神来，一把扯掉身上臭烘烘的衣服扔进了旁边的垃圾桶，迈开双腿像离弦的箭一样往地铁站奔去。他看见了警员惊诧的表情，便琢磨起对方惊讶的原因。是因为他突然脱了衣服？还是因为他那身流浪汉的装扮底下，竟然穿着一件鲜黄绿色的天鹅绒运动服？大概两者皆有吧，他想。

67

“鲁道夫，请说。”

“我们说不定很快会有好消息，林肯。阿尔特洛·迪亚兹的手下跟踪钟表匠到了古斯塔沃马德罗镇。那是墨西哥市北部的一个区——就像你们纽约的布朗克斯。那里大部分地方都不怎么太平，阿尔特洛认为他的同伙就躲在此处。”

“但你知道钟表匠现在身在何处吗？”

“他们大概知道。找到了他逃跑用的车——我们的人跟他们就差三四分钟的距离，只是因为交通的缘故没法儿让他们停车。有人看见他进了该区中心地带附近的一栋大型公寓楼。我们已经包围了大楼，马上进行彻底盘查，一旦有消息立刻打给你。”

莱姆挂上电话，拼命压制着胸中翻腾的焦灼与不耐。只有当他亲眼看到钟表匠被带上纽约法院接受审判的那一天才能放心相信此人已经伏法。

之后和凯瑟琳的通话也没能让他更放心些，因为她说：“古斯塔沃马德罗镇？那可是个鱼龙混杂的危险区域，林肯。”又说，“我去墨西哥市交接引渡事务时曾去过一次。我们开着车从那里经过，出来的时候车还没有报废我就已经很高兴了，当时我旁边还坐着两个全副武装的当地联邦警察。那里地形复杂，易于躲藏，但好消息是当地居民决不愿与警察多打交道。所以要是卢纳带着一大帮防暴警察冲进去，那儿的人一定会立刻把混在他们当中的美国人主动交出来的。”

莱姆告诉她会及时联络后便挂断了电话。刚才的神经反射失调后遗症再次出现，让他的大脑变得昏昏沉沉。莱姆把头靠在了轮椅背上。

拜托了，振作起来！他命令自己。莱姆要求自己必须事无巨细，都做到百分之一百一，正如他对其他人的要求那样，可现在的他却远达不到这个标准。

他抬起双眼，看见了在证物台前忙碌的罗恩·普拉斯基，渐渐地不再去想钟表匠的案子。这位年轻的警官此刻的行动颇为迟缓，莱姆担忧地看着他。很显然，电击枪的威力还是相当大的。

但这种担忧中还夹杂着别的情绪，那是他在过去的一小时里一直挥之不去的愧疚感。普拉斯基，还有萨克斯，差一点就被盖尔特设置在学校的陷阱电死了，这完全是莱姆的过失。万幸萨克斯及时发现并挫败了这个阴谋，救了普拉斯基。后者大笑着说：“她冲我放电啊，老兄。”这显然是个笑话，因为梅尔·库柏脸上勾起了一抹笑意，可莱姆却完全笑不出来。此刻的他没有任何开玩笑的心情。他的脑袋还有些眩晕和蒙眬……这不仅源于刚才的突发症状，还因为无法摆脱的挫败感，是他让萨克斯和那小子在鬼门关前走了一遭。

他强迫自己打起精神，开始调查从学校收集来的证物。有好几袋微迹证和一些电子设备，最重要的是那台发电机。林肯·莱姆喜欢大块头的设备，因为要想搬动这些东西就需要大量的身体接触，这意味着上面更容易留下重要的指纹、纤维、毛发、汗液和皮肤细胞等各种微迹证。这台发电机虽然是放在一个有轮子的推车上，但要想推动还是得双手握紧推车。

罗恩·普拉斯基的手机响了。他瞄了莱姆一眼，走到房间一角接起电话。尽管动作还是晃晃悠悠的，他脸上的表情却明显轻松了许多。罗恩挂上电话默默地站了一会儿，望着窗外。尽管不清楚电话的具体内容，但看到罗恩一脸准备认错的表情朝他走来时，莱姆并不感到意外。

“有件事我必须坦白，林肯。”罗恩也看了塞利托一眼。

“哦？”莱姆心不在焉地应道，语气中透着好奇，却并没有看他。

“之前有些事我稍微有点隐瞒。”

“稍微有点？”

“好吧，我有所隐瞒。”

“什么事？”

罗恩一边看着证据板上的文字和盖尔特的侧写，一边说：“就是那个DNA检测结果？我知道并不需要专门去取。那是用来当借口的，其实我去看望斯坦利·帕默尔了。”

“谁？”

“就是医院里的那个男人，我在小巷里撞到的。”

莱姆觉得不耐烦。桌上的证物亟待调查，可这个小子想说的事情似乎也刻不容缓；于是他点点头，问道：“他还好吗？”

“医生说还要观察。但我想说的是，首先，很抱歉之前没有说实话。本来想说的，但那样似乎……我不知道，似乎显得很不专业。”

“的确。”

“但更重要的是，你看，我去医院的时候问护士要了他的社保号码和个人信息。你猜怎么着？他是个诈骗犯。曾在阿蒂卡监狱服刑三年，劣迹斑斑。”

“真的？”萨克斯问。

“嗯……我是说，是的。而且已经被批捕了。”

“已经被批捕了。”莱姆沉思道。

“罪名是什么？”塞利托问。

“施暴，收赃，入室行窃。”

浑身皱巴巴的大个子警官大笑道：“这下可真是歪打正着呀，一个字不差。”他忍不住又笑了几声，看着莱姆，后者依旧面无表情。

莱姆说：“所以你感到特别高兴？”

“我并不是为撞到他感到高兴，这件事还是我的错。”

“可你如果没法挽回这个事实，那么宁愿撞到的是他而不是四个孩子的父亲。”

“呃，是的。”普拉斯基老实回答。

关于这件事，其实莱姆还有话想说，但现在不是时候，这里也不是地方：“重要的是，你不再为此纠结分心了，对吗？”

“对。”

“那就好。好了，既然肥皂剧情已经结束，或许是时候好好工作了。”他看了一眼电子时钟：下午三点。莱姆感到时间的压力正如——啊，高压电缆中的电流一般呼啸而过。他们掌握了嫌疑人的身份、住址，却依旧没有任何关于他所在的确切线索。

这时门铃忽然响了。

片刻后汤姆带着塔克·麦克丹尼尔进来，小跟班却不在。莱姆立刻意识到他是来做什么的，实验室里的每个人估计都明白。

“又有恐吓信了？”莱姆问。

“是的，而且这次他真打算玩一把大的。”

68

“截止时间是？”塞利托问。

“今晚六点半。”

“我们还有三小时多一点，他想要什么？”

“比前两次的要求更疯狂，我可以用电脑吗？”

莱姆朝其中一台点了点头。

助理特工主管敲了几个键，很快一封信便出现在屏幕上。莱姆的视线有些模糊，他用力眨了眨眼睛，往前探出身体看着显示器。

致阿冈昆联合电力照明公司与CEO安德莉亚·杰森：

昨天傍晚约六时许，第五十四号大街西二三五号的一座办公大楼的重点网络配电系统上接了一个远程遥控开关，将其中电压高达一万三千八百伏特的电流转接至办公楼电梯地板，该电梯的控制面板中有一条电线回路。电梯在到达底层前停止，其中一名乘客触碰控制面板上的紧急呼叫按钮，形成闭合回路导致电梯中的众人死亡。

我曾两次请你们相信我的话并降低供电量输出，但两次你们都选择了拒绝。你们要是早按我的要求来做，就不会失去这么多条人命了，他们都是你们的客户。你们公然拒绝了我的要求，却让其他人为此付出代价。

一九三一年托马斯·阿尔瓦·爱迪生去世时，他的同事们曾满怀敬意地请求市政府关闭电力六十秒，以纪念这位创造了电网并将光明带给千万人的伟大人物。市政府却选择了拒绝。

而今天我将提出同样的请求——不是为了纪念创造了电网的人，而是为了那些被电网毁掉的人——为那些因为输电线而患病的人；因烧炭和辐射污染致病的人；因地热钻探造成地震和修筑大坝阻挡自然河流水源而失去家园的人；那些因为“安然”这样的大公司而受到伤害的人。这样的人实在数不胜数。

只是，和一九三一年不同的是，我强烈要求你们将整个东北电力中枢关闭一天。就从今晚六点半开始。

如果你们能这么做，就能让民众了解他们其实并不需要消耗如此大量的电。人们将会明白过去的自己是多么贪得无厌，而你们却听之任之，欣然满足这种贪婪。为什么？当然是为了利益。

如果这次你们再无视我的要求，后果将远远比昨天，乃至之前的袭击更加严重，大量民众将失去生命。

——R. 盖尔特

麦克丹尼尔说：“简直荒谬。这将会造成国家骚乱、暴动和各种暴力抢劫事件。州长和总统态度十分坚决，绝不屈服。”

“信在哪儿？”莱姆问。

“就是你看到的这个，是一封电子邮件。”

“他是寄给谁的？”

“安德莉亚·杰森的个人邮箱，还有公司邮箱。就是安保办公室的邮箱。”

“可追踪来源吗？”

“不行。他用了一个欧洲的代理器……看样子他打算来一场大屠杀。”麦克丹尼尔抬头道，“华盛顿那边现已严肃参与。那些参议员——就是总统在可再生能源方面的左膀右臂——早前已经抵达纽约。他们正要去见市长。FBI的副局长也会来。盖瑞·诺博尔负责协调一切事宜。我们已经增派了更多特工和军队维护治安，纽约市警察局警监也调派了一千人左右加强安保巡逻。”他揉着眼睛说，“林肯，我们有人有武器，唯一缺少的就是关于下次袭击的具体位置或者线索。你有查到什么吗？我们需要一切确凿的信息。”

麦克丹尼尔这么做是在提醒莱姆，他把案件交给这位犯罪学家的条件是，莱姆的身体状况不会拖累调查速度。

从入口到出口……

莱姆得到了他想要的——调查案件，可是却找不到嫌疑人。实际上，就连他向麦克丹尼尔保证过的身体状况也出了问题，差一点导致萨克斯和普拉斯基死亡，甚至还会连累当时在场的十几名紧急勤务组警员。

他回望着麦克丹尼尔温和的面容和猎食者般的双眼，平静地说：“我现在手上有的是更多需要调查的物证。”

麦克丹尼尔犹豫了一下，然后模棱两可地挥了挥手说：“好吧，继续。”

可莱姆早已转头向库柏示意，让他查一查录着“受害者”呻吟声的数字录音器：“音频分析。”

库柏用戴着乳胶手套的手将录音器插进电脑，输入几个字母。片刻过后，他看着屏幕上出现的正弦曲线说：“从音量和信号质量判断，这是从电视剧里录下的声音。有线电视。”

“录音器什么牌子？”

“三诺亚，中国产。”他输入一行指令，开始研读新的数据库信息，“在我国约一万个零售店有售，没有产品序列号。”

“还有吗？”

“没有发现指纹或其他微迹证，只有更多红鱼子泥沙拉。”

“发电器呢？”

库柏和萨克斯走到发电机前仔细勘查，塔克·麦克丹尼尔则走到房间一隅烦躁地打着电话。调查得知发电机属于功率加强的型号，生产厂商为新泽西州的威廉－乔纳斯制造公司。

“这一台来自哪里？”莱姆问。

“让我看看。”萨克斯说。

她打了两通电话，一通是给该制造公司的本地销售办公室，另一通则是该公司建议他们联络的主要承包商，然后发现这台机器是从曼哈顿的一个建筑工地偷来的。根据辖区警察的说法，该盗窃案并无任何头绪，因为建筑工地没有安装监控摄像头。

“发现一些奇怪的微迹证。”库柏说，随即启动气相色谱／质谱仪进行扫描，机器嗡鸣着。

“有结果了……”库柏弯腰盯着屏幕，“唔……”

通常这样的反应总会引来莱姆一道刻薄的眼刀，表示“这是什么意思？”但此刻的他还感觉有些疲惫，先前在学校的意外也令他心有余悸。于是他耐心地等着这位技术人员给出解释。

终于，库柏说：“我想我以前从没见过这样的情况。大量的石英和少量的氯化铵，比例在十比一左右。”

莱姆立刻回应：“铜清洗剂。”

“铜制电缆？”普拉斯基猜到，“盖尔特用来清洁电缆的？”

“想法不错，小子，但我不能确定。”莱姆不认为电工会专门清洁电缆，何况，他解释道，“通常这是用来清洁建筑物上的铜制物件的。还有别的吗，梅尔？”

“还有一些石尘，通常不会在曼哈顿见到的那种。是建筑陶土。”库柏用显微镜观察着，补充道，“一些颗粒看上去像是白色大理石。”

莱姆脱口而出：“五七年的警察暴动，一八五七年。”

“什么？”麦克丹尼尔问。

“几年前发生过。‘德尔加多案’听说过吗？”

“当然。”萨克斯答道。

塞利托问："是我们负责的吗？"

莱姆皱起的眉头说明了答案：谁负责的、什么时候发生的都不重要。犯罪现场调查员们——不，整个执法系统中所有的警员——都必须对纽约市里所有的重大案件有所了解，无论过去还是现在。你脑子里记住的信息越多，查案的时候能够拼接联想到的线索就越多。

正所谓做功课……

他解释道：几年前一个叫史蒂文·德尔加多的妄想狂计划了一系列杀人案，打算重现一八五七年臭名昭著的纽约市警察暴动期间的死亡案件。这个疯子选择了和一百五十年前屠杀现场相同的地方——市政厅公园作为他的目标。在实施了第一起谋杀后，莱姆追踪到了他位于上西区的公寓并将其成功抓捕归案。那栋公寓里检测出不少微迹证，其中便包括来自伍尔沃斯大楼的铜清洗剂和陶土残渣，以及来自市法院的大理石尘屑，当时那里正在进行翻修，恰好和现在一样。

"你认为他打算袭击市政厅？"麦克丹尼尔急切地问，握着电话的手不禁垂了下来。

"我认为两者必然有某种联系，目前就知道这么多。把这些都写在白板上，我们好好想想。发电机上还有什么发现？"

"还有不少毛发。"库柏宣布，举起一支镊子，"金发，约九英寸长。"他把发丝放在显微镜下，慢慢上下移动着标本托盘，"未染发，自然发色。色泽饱满，没有干枯现象。要我说是来自五十岁以下的人。发尾处略有些折射变化，可以用色谱仪检查一下，但我能百分之九十确定是……"

"定型喷雾。"

"正是。"

"可能是女人，还有别的吗？"

"另一根头发。棕色较短，平头。也在五十岁以下。"

"这么说，"莱姆答道，"不是盖尔特的。或许我们终于找到了案件和‘保卫地球正义’组织之间的关联，或者他的同伙。继续查。”

对另一个物证的调查却没什么令人满意的发现：“他用的手电筒能在上千家零售店里买到。没有微迹证或指纹。用来悬挂电筒的绳索也是最普通的那种。至于用来连接学校后门的电缆？本宁顿制造，和前几次袭击一样。螺栓也是普通型号，但和前几起袭击类似。”

莱姆看着发电机，感觉到一阵天旋地转。这一部分是因为刚才的突发身体状况，但另一部分却和这起案子本身有关。总觉得有什么地方不太对劲。这件案子的拼图中少了些什么。

答案一定就在这些证据里，但除此之外同样重要的还有那些没有写在证据清单里的东西。莱姆检视着证据板，努力维持冷静。这并不是为了听医生的话避免再次出现神经反射失调，而是因为没有什么能比绝望更容易让人盲目。

嫌疑人侧写

- 已识别身份为雷蒙德·盖尔特，四十岁，单身，居住在曼哈顿市二二七号萨福克街。
- 与恐怖分子的关系？与“保卫地球正义”组织的关系？怀疑是生态恐怖组织。美国与国际数据库中均无记录。新出现的？地下组织？名为“拉曼”的个人参与其中。另有一个名为约翰斯通的人。提及金钱转移、人事变动和某件“大事”的加密信息。
- 可能与阿冈昆公司在费城的安全漏洞有关。
- SIGINT 提示线索：指代武器的暗号：“纸和用品。”（枪支、炸药？）
- 涉及人员有男有女。
- 尚不清楚盖尔特是否参与其中。
- 癌症病人；发现大量长春碱和泼尼松，还有少量依托泊苷。白血病。
- 盖尔特持有军用点四五口径柯尔特手枪。

- 假扮成穿深棕色全身工装的后勤人员。或许也有深绿色工装？
- 戴着棕褐色皮质手套。

犯罪现场：MH-10号阿冈昆变电站，五十七号大街西

- 受害者（死亡）：路易斯·马丁，音乐店副经理。
- 未在任何物体表面找到指纹。
- 电弧闪造成金属熔化，并形成四处飞射的颗粒。
- 零规格绝缘铝线电缆。
    - 本宁顿电气制造，型号为AM-NV-60，可承受电压六万伏。
    - 切割工具为手锯，新锯片，有断锯齿。
- 两个“开口螺栓”，中央各有直径为四分之三英寸的孔洞。
    - 无法追踪来源。
- 螺栓上留有特殊工具痕迹。
- 黄铜“导电条”，用两个四分之一英寸螺母连接在电缆上。
    - 均无法追踪来源。
- 鞋印：
    - 亚伯森-芬威克牌E-20型号，电工专用，十一号尺码。
- 嫌疑人切断金属栏杆进入变电站，断面留有特殊工具痕迹，工具为断线钳。
- 地下室甬道门及门框：
    - 发现并提取DNA信息，已送检。
    - 希腊食物，希腊红鱼子泥色拉。
- 金发，长一英寸，自然发色，年龄在五十岁或以下，提取自变电站外街道对面的咖啡厅。
    - 已送至检验室进行毒性化学分析。
- 矿物质微物迹证：火山灰。
    - 非纽约市本地自然地质成分。
    - 展览、博物馆、地质学学校？
- 阿冈昆电力公司控制中心软件被人用内部密码侵入，而非外部黑客攻击。

恐吓信

- 投递至安德莉亚·杰森的私人公寓。
  - 无目击证人。
- 内容为手写。
  - 已发送给帕克·金凯德分析。
- 普通常见纸张及墨水。
  - 无法追踪来源。
- 除杰森、公寓门卫和送信工外，未采集到任何指纹。
- 信纸上无可识别线索。

犯罪现场：炮台公园酒店及附近

- 受害者（死亡）：
  - 琳达·凯普勒，俄克拉何马州，游客。
  - 莫里斯·凯普勒，俄克拉何马州，游客。
  - 山姆·维特，斯科茨代尔市，商人。
  - 阿里·曼姆拉德，纽约市，服务生。
  - 吉尔哈特·席勒，德国法兰克福，广告部总监。
- 远程遥控开关，用于控制电流。
  - 无法追溯内部组件确切来源。
- 本宁顿电缆和开口螺栓，与第一次袭击完全相同。
- 盖尔特的阿冈昆工装制服、安全帽和工具包有本人指纹，并无其他人的指纹。
  - 扳手的工具纹路与第一次犯罪现场螺栓上的工具痕迹相吻合。
  - 有玻璃碎屑的鼠尾夹与哈莱姆变电站找到的玻璃瓶相吻合。
  - 可能是单独行动。
- 从收到盖尔特袭击的阿冈昆工人乔伊·巴尔赞身上提取的微迹证。
  - 替代型喷气机燃料。
  - 准备袭击军事基地?

犯罪现场：盖尔特公寓下东区萨福克街二二七号

- 比克牌软触感细尖笔，蓝色墨水，与恐吓信使用墨水吻合。
- 普通A4白色打印纸，与恐吓信使用纸张吻合。
- 普通十号信封，与装恐吓信的信封相同。
- 断线钳和手锯上的纹路及缺口均与初次案件现场的工具痕迹吻合。
- 电脑打印件：
  - 与高压电缆有关的癌症医学研究文章。
  - 盖尔特本人发表的有关相同内容的博客文章。
- 亚伯森－芬威克牌E-20型号电工专用靴，尺码十一，鞋印与初次袭击案现场提取的鞋印吻合。
- 另有替代型喷气机燃料微迹证
  - 打算袭击军事基地？
- 没有明确线索指明其可能的藏身之处或下一步的袭击目标。

犯罪现场：MH-7号阿冈昆变电站，哈莱姆区东一一九号大街

- 瓶装汽油弹：七百五十毫升红酒瓶，无法追踪来源。
- 使用BP汽油做助燃剂。
- 棉布条，很可能是从白色T恤上撕下的，用作引线，均无法追踪来源。

第二封恐吓信

- 由阿冈昆安全部主管伯纳德·沃尔转交。
  - 遭到盖尔特袭击。
  - 无肢体接触，无微迹证。
  - 没有关于藏身地点和下次袭击的线索。
- 所用纸张和墨水与在盖尔特公寓找到的物证相吻合。

- 信纸上再次发现替代型喷气机燃料微迹证。
- 计划袭击军事基地？

犯罪现场：第五十四号大街西二三五号 办公大楼

- 受害者（死亡）：
  - 拉瑞·费什贝恩，纽约市，会计。
  - 罗伯特·波迪纳，纽约市，律师。
  - 富兰克林·塔克尔，新泽西州帕拉姆斯市，销售。
- 找到一枚雷蒙德·盖尔特的指纹。
- 本宁顿电缆和开口螺栓，与之前袭击所用完全相同。
- 两个手工制作的远程接力开关：
  - 一个用于关闭电梯电流。
  - 一个用于完成闭合电路，让电梯厢带电。
- 连接操作板和电梯厢的螺栓和细电缆，无法追踪来源。
- 受害者的鞋均是湿的。
- 微迹证：
  - 中药材：人参和枸杞。
  - 游丝。计划在未来的袭击中使用计时器，放弃远程遥控开关？
- 深绿色高耐性棉质衣物纤维。
  - 含有替代型喷气机燃料。
  - 准备袭击军事基地？
- 深棕色高耐性棉质衣物纤维。
  - 含有柴油燃料。
  - 含有中药成分。

犯罪现场：唐人街的废弃学校

- 本宁顿牌电缆，与其他袭击现场所用一致。
- 发电机，威廉－乔纳斯制造公司生产的功率加强型号，从曼哈顿某建筑工地偷来。
- 数字录音器，三诺亚牌，里面

录下了电视剧或电影中的声音片段。有线电视。

  - 更多红鱼子泥沙拉微迹证。

- Brite-Beam 牌手电筒。
  - 无法追溯来源。
- 六英尺长绳索，用来悬挂手电筒。
  - 无法追溯来源。
- 微迹证物证，与市政厅附近区域有关：
  - 石英和氯化铵成分的铜清洗剂。
  - 陶土碎屑，与该区域内建筑物外墙材料相似。
  - 白色大理石尘屑。
- 头发，九英寸长，金发，使用了定型喷雾，年龄在五十以下，可能属于女性。
- 头发，八分之三英寸长，棕色，年龄在五十以下。

第三封恐吓信

- 电子邮件发送。
- 无法追溯来源；使用欧洲代理器。

但结果却是莱姆错了。

尽管一直以来他的直觉都是正确的：这些证据——包括新搜集回来的这些——并不能组成一幅完整的拼图，但他之前还认为无法从身边的证据列表中找出解开谜题的关键信息，这个想法却是错误的。或者说，就在刚才，缺失的那部分关键信息正以一个高个子、黑皮肤、穿着亮黄绿色运动服且汗流浃背的男人形象，在汤姆的带领下风驰电掣地冲进了实验室。

弗雷德·德尔瑞上气不接下气地朝众人略点了点头后，径直朝莱姆走来："我有事情要说，林肯。而你一定要告诉我这有没有可能是真的。"

"弗雷德，"麦克丹尼尔正要发怒，"你在搞什……"

“林肯？”德尔瑞坚持。

“当然，弗雷德。你说。”

“你觉得这个推理如何：雷·盖尔特只是个替罪羊，人已经死了，而且我想大概已经死了好几天了。整个案子都是别人冒名顶替干的，从一开始就是。”

莱姆顿了顿——刚才的身体状况让他需要一点时间来思考德尔瑞提出的理论。终于，他脸上浮起一抹微笑，说：“我觉得如何？相当优秀。这就是我的想法。”

69

可是塔克·麦克丹尼尔的回答却是："荒谬。这个案子从头到尾都是以盖尔特为嫌疑人的基础来调查的。"

塞利托无视了他："你有什么看法，弗雷德？我想听听。"

"我的线人名叫威廉·布伦特，正在追踪一条重要线索。他查到了一个人，和电网袭击有关，甚至可能就是幕后黑手。可他某天忽然失踪了，我查到布伦特失踪前正在调查一个刚搬到纽约来的人，身上还带着一把点四五口径的手枪，开一辆白色面包车。据说此人近期曾绑架并杀害过某人。过去的几天里，他就住在下东区的一个地方。我查到了地址，却发现那里已经成了犯罪现场。"

"犯罪现场？"莱姆问。

"没错。就是雷·盖尔特的公寓。"

萨克斯说："可盖尔特并不是最近才搬来的，他成年后几乎一直住在这里。"

"正是如此。"

"那么，这个布伦特到底查到了什么？"麦克丹尼尔一脸狐疑地问。

"哦，他还什么都没有说呢。因为昨天他在盖尔特公寓后的巷子里被一辆纽约市警察局的巡逻车给撞了。现在人在医院，还没醒。"

"我的上帝啊。"罗恩·普拉斯基轻声说，"圣文森特医院？"

"是的。"

普拉斯基用几不可闻的音量说："是我撞的他。"

"是你？"德尔瑞惊道，声音不自觉地抬高了许多。

普拉斯基说："可是，不，这不可能。我撞的那个人，他的名字是斯坦利·帕默尔啊？"

"对，对……就是他。'帕默尔'是布伦特其中一个卧底身份的名字。"

"你是说，他并没有被批捕？也没有因为企图谋杀和严重伤害罪服刑？"

德尔瑞摇着头说："这些都是假的，罗恩。是我们故意输进系统里的，别人如果要查只会得到他有前科的结果。我们抓到他做的最坏的事也不过串谋而已，后来我让他转作了线人。布伦特是个可靠的人。他最多也就是偷点钱，却是个出类拔萃的线人。"

"可他为什么手里拿着一袋子杂货？在巷子里的时候？"

"那是卧底侦查的技巧之一，我们都会用到。推着装满杂货的购物车或者拎着购物袋四处走动看起来没那么可疑。婴儿车是最好的掩护。当然，里面放的是一个假娃娃。"

"哦。"普拉斯基喃喃地说，"我……哦。"

但莱姆才没有时间管他的心情，德尔瑞提出了一个可能性相当高的观点，足以解释一直以来莱姆在这个案件中所感受到的不协调。

他以为狩猎的是一匹狼，没承想对手却是一只狐狸。

但果真如此吗？真的是有别人策划了这一系列案件，而盖尔特只是个替罪羊？

麦克丹尼尔看起来还是一脸怀疑："但我们有目击证人……"

德尔瑞棕色的眼睛紧紧锁定上司的蓝色双眸，说："他们可靠吗？"

"你什么意思，弗雷德？"助理特工主管柔和的声音里明显增添了一丝锋利。

“他们会不会只是以为自己看见的是盖尔特，只因为警方告诉媒体那就是嫌疑人？而媒体自然是昭告天下？”

莱姆也说：“只要你戴上安全护镜和安全帽，再穿上公司的工装制服……如果你和他又同属一个种族且身材类似，还有一张印着你的照片和盖尔特名字的假工作证……那么自然，有这个可能。”

萨克斯也思索着这个理论的可能性：“隧道里的线路维修工乔伊·巴尔赞说，他之所以认出那人是盖尔特是因为看到了他的名牌。他从没见过真正的盖尔特，再加上隧道里黑漆漆的。”

“还有那位安全主管本尼·沃尔，”莱姆接着道，“传递第二封恐吓信时根本没见到那个人的脸。嫌疑人是从他身后逼近的。”

莱姆接着说：“而盖尔特正是那个被绑架乃至杀害的人，正如你线人的调查结果所指。”

“没错。”德尔瑞说。

“证据呢？”麦克丹尼尔依旧不信。

莱姆盯着证据板，摇着头说：“该死，我怎么会看漏了呢？”

“你指什么，莱姆？”

“盖尔特公寓里找到的那双靴子，亚伯森－芬威克牌的？”

“可那和犯罪现场的足印吻合。”普拉斯基说。

“自然是吻合的，小子，我想说的不是这个。重点是那双靴子就放在盖尔特的公寓里。如果那真是他的，就不应该在公寓里了，因为他需要穿着鞋工作！工人很少会一次性买两双新靴子，因为这种靴子很贵，又得自己花钱买……不，真凶知道盖尔特的鞋码然后自己买了一双。断线钳和手锯也是如此。真凶故意把它们留在盖尔特的公寓，就是为了让我们找到。其他指向盖尔特的证据也是如此，比如五十七号大街变电站对面咖啡店里的头发。那些都是可以安排的。

“你们再看看他的博客文章。”莱姆继续道，向普拉斯基从盖尔特公寓打印机里抢救出来的文件点点头。

我的故事很有代表性。多年来，我一直作为线路维修员和故障检修员（类似于主管）为不少大型电力公司工作，经常需要近距离接触十万伏特以上的高压电线。我深信，就是这些无法被绝缘隔阻的、由高压输电线产生的电磁场导致了我的白血病。除此之外，已经有科学研究证明，高压线还容易吸附气溶胶粒子，造成诸如肺癌等各种严重的疾病，可媒体却对此绝口不提。

我们有必要主动让所有的电力公司和公众了解这些隐藏的风险。毕竟电力公司怎么可能自愿公布或处理这些事呢？如果人们能少用哪怕现在一半的电量，一年就能拯救数以万计的生命，并且督促电力公司负起更多责任。反过来，这些公司也将不得不寻找更有效的供电方式，停止对地球的进一步毁坏。

各位，你们必须采取主动，解决问题！

——雷蒙德·盖尔特

“现在再来看第一封恐吓信的前面两段。”

昨天上午大约十一点半，曼哈顿西五十七号大街上的MH-10号变电站发生了一起电弧闪爆炸事件。两个开口螺栓和一根本宁顿电缆将公交车站牌和变电站断路器后的电线连接起来；同时，关闭四座区域变电站，并提高MH-10号变电站断路器的电压上限，形成近二十万伏特的过载电压，最终形成了弧闪。

这次事件的发生完全是你咎由自取，是因为你的贪婪和自私。目之所及，整个电力产业尽皆如此，且必须得到制才[1]。安

[1]应为“制裁”。

然公司摧毁了人们赖以为生的财产，而你的公司却在摧毁人们乃至整个地球的生命。罔顾后果、毫无节制地使用电力将毁灭这个世界。你像病毒一样阴险且不动声色地侵入我们的生活，直到人们再也离不开这个可以夺取他们性命的东西。

“有什么不同？”莱姆问。

萨克斯耸了耸肩。

普拉斯基指出：“博客文章里没有错别字。”

“是没有，小子，但那不是重点。电脑的拼写检查功能可以侦测到博客里的任何错别字并及时纠正。我说的是两份文字里的用词。”

萨克斯用力点了点头：“嗯，博客里的语言和遣词要简单多了。”

“完全正确。博客是盖尔特本人写的，恐吓信却是由他代笔写的——写字的是他——但内容却是真凶口述的，这个人绑架了盖尔特并强迫他把自己的话写下来。这些都是嫌疑人的用词，盖尔特并不熟悉，所以几个比较生僻的词出现了错别字。比如他的博客里就从未用过‘制裁’这样的词……其他几封恐吓信里也有错字。而刚收到的那封并没有拼写错误，因为那是嫌疑人自己用电脑发的邮件。”

塞利托踱着步，地板吱呀作响：“还记得帕克·金凯德说过的话吗？关于嫌疑人的字迹？说写信的人很情绪化，心情很不好——这是因为盖尔特当时被胁迫写下了这些信件，换了谁心情都不会好。他还迫使盖尔特用手去拿开关和安全帽，好在上面留下指纹。”

莱姆点头说：“实际上，我敢打赌博客确实是盖尔特写的。可恶，这说不定就是嫌疑人选中盖尔特做‘替罪羊’的原因。他读了盖尔特的文章，了解他对电力产业的愤怒。”

随后他注视着那些实体物证：电缆、螺钉和螺栓。

还有发电机，他盯着那台机器看了一会儿。

随后，莱姆从电脑上调出文字处理软件开始打字。莱姆脖子上的血管和太阳穴都在鼓鼓狂跳——不过这一次并不是因为之前突发身体状况的后遗症，而是一种信号，证明他此刻心中充满了激动与兴奋。

那是一种对猎物的渴望。

目标是狐狸，不是狼……

“嗯，”麦克丹尼尔咕哝道，无视自己的手机来电，“如果真是那样——虽然我还是不那么认为，但如果真是那样，幕后黑手到底是谁？”

轮椅上的犯罪学家一边缓慢地输入字符一边说：“我们来看看已有的事实。首先排除所有明确指向盖尔特的证据；现在我们姑且假设他确实是被人设计了。那么，先排除金色短发、工具、靴子、制服、工具包、安全帽和指纹。这些全都不要管。

“好了，那么还剩下些什么？我们有一个关于皇后区的线索——红鱼子泥沙拉。他曾尝试过封锁我们找到的这一突破口，这恰好说明这个证据是真的。还有手枪，这说明真凶有办法得到枪支。我们还有一个跟市政厅地理区域有关的信息——发电机上的微迹证。还有两根头发——长金发和短棕发，这表示有两名嫌疑人。其中一个一定是男性，负责设置袭击陷阱；另外一人性别不明，但很可能是女人。还有什么线索？”

“他是从外地来的。”德尔瑞提出。

普拉斯基也说：“了解电弧闪的知识和如何设置陷阱。”

“很好。”莱姆说。

塞利托道：“其中一人可以进入阿冈昆的设施。”

“有这个可能，但他们也可能是利用了盖尔特。”

大厅里只剩下法医检验设备的嗡鸣声和敲击键盘的声音，偶尔会有衣袋里硬币碰撞发出的动静。

“一个男人一个女人。”麦克丹尼尔说，“和信息通信团队查到的结果一样。‘保卫地球正义’组织。”

莱姆叹了口气，说："塔克，如果能看到有关这个组织的实际证据的话，我也会信的。但我们没有证据，连一根纤维、一枚指纹、一点微迹证都没有。"

"全在云端里。"

"但是，"犯罪学家终于忍不住有些发怒，"如果这个组织真的存在，无论如何都会有迹可循，一定会有。可我们根本没有这样的证据。"

"这个嘛，那你认为事情究竟是怎样？"

莱姆微微一笑。

几乎与此同时，阿米莉亚·萨克斯摇着头说："莱姆，你不是认真的，对吧？"

"你知道我常说：排除一切的不可能，剩下的可能性无论看上去多么不合理，也是正确答案。"

"我不明白，林肯。"普拉斯基说。麦克丹尼尔也一脸困惑："你在说什么？"

"我说，小子，你可能得问自己几个问题：第一，安德莉亚·杰森的金发是否和你找到的头发长度差不多？第二，她是否有个退役士兵的弟弟住在外地，并且有可能搞到一把军用点四五口径柯尔特手枪？还有，第三，过去两天里安德莉亚·杰森是否曾去过市政厅，啊，就比如——参加新闻发布会？"

70

“安德莉亚 · 杰森？”

莱姆一边继续敲击键盘，一边回答麦克丹尼尔：“她弟弟兰德尔主要负责跑腿的工作。那些袭击案就是他亲手操作的。两人是共同作案。所以才会发生证据转移的事情。她帮弟弟把发电机搬到白色面包车上，再运到唐人街附近的废弃学校里。”

萨克斯双臂环胸，思考着莱姆的话：“别忘了：查理 · 索墨斯曾说过，军队也会教授士兵有关电弧闪的知识。兰德尔很可能在服役的时候学过这些知识。”

库柏说：“还有从苏珊的轮椅上找到的纤维？数据库显示，它们可能来自军用制服。”

莱姆朝证据板偏了偏头：“还有费城的阿冈昆变电站被盗事件。我们都看了电视，里面说兰德尔 · 杰森住在宾夕法尼亚州。”

“是这样没错。”萨克斯肯定道。

“他是深色短发吗？”普拉斯基问。

“是的，唔，小时候是——安德莉亚桌上的照片里有。而且安德莉亚还专门提起弟弟不住在纽约。还有，她曾跟我说过自己没有能力从事电力技术方面的工作，说是继承了父亲的天赋——运作能源产业公司的商业能力。但你们还记得新闻里关于她的报道吗？就在新闻发布会之前？”

库柏点点头说："她曾做过一段时间的线路维修工，后来才转入管理层，继承了父亲的职位。"他指着白板上的嫌疑人侧写信息，"她在撒谎。"

萨克斯说："还有那道希腊菜——也可能是安德莉亚吃的。或者是她和弟弟约在公司附近的某个餐厅见面时沾上的。"

莱姆看着自己键入的文字，忽然想到了另一件事，他皱起眉头，"而且，为什么本尼 · 沃尔能活着？"

"你是说阿冈昆的安全部主管？"塞利托忖道，"奶奶的，我怎么从来没想过这点。是了，如果真是盖尔特——呃，嫌疑人的话——按理说会想要杀了他的。"

"兰德尔有很多种方法可以将第二封恐吓信投递到公司。但他的目的是要让沃尔相信他就是盖尔特，沃尔从头到尾都没见到他的脸。"

德尔瑞插嘴道："怪不得没有人发现盖尔特的行踪，电视和网络上明明到处都是他的照片。搞了半天根本就不是同一个人。"

麦克丹尼尔的疑虑终于减轻了许多："那么这个兰德尔 · 杰森现在在哪儿？"

"目前只知道他计划今晚六点半再次发动袭击。"

莱姆注视着最新采集回来的物证，沉思了片刻，然后继续打字——是关于如何就目前的状况继续调查的指导文字，他一个字一个字地输入着。

但助理特工主管脸上怀疑的神色再次浮现："我很抱歉，但时间紧急。我能明白你的意思，但她有何理由做这样的事？她这么做只会毁掉自己的公司，还犯下了谋杀罪，这简直说不通。"

莱姆修改了一个错别字，然后继续打字。

嗒嗒，嗒嗒……

过了一会儿他才抬起头来温和地说："原因在受害者身上。"

"什么？"

莱姆解释道："如果嫌疑人的目的只是要表达立场和态度，就像这次案件表面上看起来的那样，那么他完全可以使用计时器——而不用冒险亲自守在现场。我们知道他每次都在现场，还在其中一个现场找到了计时器里用的弹簧，但他却没有这么做。他使用远程遥控装置，受害者死的时候却就在附近。为什么？"

塞利托笑了一声，道："真该死，林肯。安德莉亚和她的兄弟有具体要杀的人。而她故意这么做只是为了，你知道，让目标看起来是随机挑选的。所以才会在截止时间到达之前展开袭击。"

"正是如此！……小子，把白板推过来一点。马上！"

罗恩照做。

"受害者，看看那些受害者。"

路易斯·马丁，音乐店副经理。

琳达·凯普勒，俄克拉何马州，游客。

莫里斯·凯普勒，俄克拉何马州，游客。

山姆·维特，斯科茨代尔市，商人。

阿里·曼姆拉德，纽约市，服务生。

吉尔哈特·席勒，德国法兰克福，广告部总监。

拉瑞·费什贝恩，纽约市，会计。

罗伯特·波迪纳，纽约市，律师。

富兰克林·塔克尔，新泽西州帕拉姆斯市，销售。

"我们有伤者的资料吗？"

萨克斯说她手上没有。

"唔，其中可能有人也在他们计划除掉的目标中。我们应该把这些人找出来。但对于这些死者，我们知道些什么？"莱姆问，凝视着那一串串名字，"安德莉亚有什么理由非要置他们于死地？"

"那对姓凯普勒的夫妇只是购买了旅游套餐来这里观光的。"萨克斯回答，“十年前就退休了。维特原本是目击证人，或许就是因为这样才要杀他。”

“不会，这些计划都是一个月前就定好了的。他是做什么生意的？”

萨克斯翻开笔记本：“西南混凝土公司的主席。”

“梅尔，查查看。”

一分钟后库柏答道：“哦，听听看这个。位于斯科茨代尔市，普通建筑公司，擅长基础设施建设。他们的网站上写着，维特将参加在炮台公园酒店举行的‘替代能源财务研讨会’。”他抬起头说，“最近他们公司参与了一个建设光伏矩阵基础设施的项目。”

“太阳能。”莱姆继续盯着那些物证说，“办公大楼里的受害者呢？萨克斯，打给苏珊·斯特林格，问问她是否了解那些人的情况。”

萨克斯掏出手机，简要地和苏珊聊了几句，然后挂上电话说：“是这样，她并不认识那名律师和从六楼上电梯的男人，但对会计师拉瑞·费什贝恩倒略有所知。她曾听见此人抱怨过正在审计的一家公司账目有猫腻。说是有一笔钱不翼而飞了。不管那地方在哪儿，总之非常热，热到连高尔夫球都没法儿打了。”

“可能是亚利桑那州，打电话过去查一下。”

塞利托从萨克斯那里要了会计师公司的电话打过去，几分钟后挂断说：“没错了，费什贝恩去的是斯科茨代尔市，周二刚回来。”

“啊，斯科茨代尔……维特公司所在的地方。”

麦克丹尼尔说：“什么意思，林肯？我还是看不出动机在哪儿。”

过了一会儿莱姆才说：“安德莉亚·杰森反对可再生能源，对不对？”

萨克斯说：“说反对有点言重了，但她确实不怎么欣赏这个点子。”

“如果说她打算贿赂替代能源公司，以达成让其限制产能的目的，或者想别的法子破坏他们的业务呢？”

“这么做是为了保证阿冈昆的电力需求不下滑？”麦克丹尼尔问，看起来似乎已经把这个动机收入了囊中。他终于认真了起来。

“是的。维特和费什贝恩手上可能握着什么对她极为不利的信息。如果只分别单独杀掉这两人，警方很可能顺藤摸瓜地发现两者之间的关联。所以安德莉亚才安排了这一整出戏，只为了让他们的死看起来像随机事件，以免被人查出端倪。所以恐吓信上提出的要求才会如此离谱。她打从一开始就没打算满足那些要求，因为她需要发动袭击。”

莱姆对萨克斯说：“收集伤者名单，清查每个人的背景及身份。其中或许还有他们的目标。”

“没问题，莱姆。”

“可是，”塞利托忽然开口，声音中有种刻不容缓的紧迫感，“又收到了第三封恐吓信，电子邮件。也就是说她还有要杀的人，下一个受害者会是谁呢？”

莱姆尽己所能地加快着输入字句的速度，飞快地扫了一眼墙上的数字挂钟：“我不知道，咱们现在还剩不到两小时来找出答案。”

71

尽管雷·盖尔特案件造成的恐慌依旧存在，查理·索墨斯此刻的心情却不可抑制地雀跃，仿佛有兴奋的电火花在闪耀。

他刚喝了杯咖啡略微休息了一下，其间亦不忘继续描画新的发明创意草图（当然还是在纸巾上）。一种将氢气输送至住宅能源电池的方法。现在他已经回到了西区毗邻哈得孙河的曼哈顿会展中心“新能源博览会”的主展厅，这场博览会云集了上千位来自世界各地最具创新实力的人才，从发明家、科学家、教授到具有决策权的重要投资人不一而足。所有人都全心全意，只为寻求一个目标：替代能源。它的创造、输送、储存和使用。这是迄今为止全世界最大的新能源展会，并专门选在“地球日”举行。前来参展的人不仅明白能源的重要性，也了解当前社会转变能源结构的迫切性。

这个设计颇具未来感的会展中心刚建成一个月，索墨斯在其中穿行时心脏怦怦直跳，简直就像第一次参加科技展的小孩子。他脑袋晕乎乎的，急切地巡视着周围的每一个展台：有运行风力农场的公司；在第三世界国家偏远地区创建微电网的非营利性机构；太阳能公司；地热勘探公司及制造或安装光伏矩阵的小公司；飞轮和液体钠储存系统；电池技术；超导运输系统；智能电网……种类繁多得令人眼花缭乱。

多么令人目眩神迷的展会啊。

一路四顾地穿过展厅，他终于回到了自己公司位于大厅最后方宽约十英尺的展台前。

阿冈昆联合电力

特别项目部

更加智能的替代能源 ™

尽管阿冈昆的规模可能比这里最大的五个参展企业加起来还大，他的公司却只租用了这次新能源博览会最小的展台，并且只派了他一个人来参展。

CEO 安德莉亚 · 杰森对新能源的态度由此可见一斑。

不过索墨斯并不在乎。没错，他是作为公司代表前来参展，但也是为了可以在这里了解并结识更多人的。总有一天——希望很快——他将离开阿冈昆，建立自己的公司并为之奉献一生。他从不向上司主管隐瞒自己会利用业余时间做别的工作，公司里也从没有人对此提出任何异议。反正他们也对他在家里搞的创造发明没兴趣，比如给厨房用的“韧性水槽”节水系统啦，或者“电压收集器”什么的。后者是一个便携的盒子，可以利用车辆的移动产生电流并储存在电池中，然后再将电池连接在住宅或办公室的电路装置上供电，以减少对地方电力公司的依赖。

无瓦之王……

名为“索墨斯照明创新”的个人公司已经注册成立，那是他为自己公司取的名字，成员有他、他太太和太太的兄弟。取这个名字是为了向托马斯 · 阿尔瓦 · 爱迪生的“爱迪生电力照明公司”致敬，那是人类历史上第一家由投资人所有的通用公司，而其运营者正是创造了世界首个电网的人。

虽然索墨斯可能也有那么一点——只是很少的一点点——爱迪

生的天赋异禀，却完全没有任何商业头脑，一涉及钱的事他便十分糊涂。有一次他对一个朋友说希望能创建区域电网，好让小型发电厂将多余的电力卖给阿冈昆等大型电力公司时，同在电力产业工作的朋友却大笑着说："你为什么觉得阿冈昆会想要买别人发的电，明明他们自己就是卖电的？"

"这个嘛，"索墨斯眨着眼睛回答，对朋友的天真倍感惊讶，"因为这样效率更高啊。对消费者来说也更划算，而且还能减少停电的风险。"

朋友对他的解释笑而不语，那意思仿佛是在说索墨斯才是那个过于天真的人。

坐在展台后，他按下电灯开关并挪走了写着"很快回来"的告示牌，又倒了些糖果在碗里（阿冈昆拒绝像其他公司一样雇穿超短裙的模特站在展台前微笑揽客）。

所以，这个微笑揽客的工作只能由他来做。索墨斯卖力地挤出笑容，招手示意人们过来，并向他们讲解有关电的知识。

中途休息的时候，他靠在椅背上四处打量，心里想象着要是托马斯·爱迪生今天走过这些展厅会怎么想。索墨斯觉得他一定会感到无比赞叹和喜悦，却并不会为之震惊。毕竟发电技术和电网在过去的一百二十五年间并未有重大改变。只是变得规模更大、效率更高而已，但所有的主要发供电系统都和百年前差不多。

爱迪生可能会羡慕地望着那些卤素灯泡，因为当年他费尽千辛万苦也找不到一个适合做灯丝的材料；看见微型核反应堆展示时大概会会心一笑，这些反应堆可以装载在接驳船上，运输到所需的地方（爱迪生曾在十九世纪初就预言过，人类有一天会使用核能来发电）；但他一定会为这座会展中心的建筑感到惊叹。设计师并不打算隐藏大楼的基础结构，无论是横梁、墙体还是管道都清晰可见，甚至连一部分的地面也是铜制或者不锈钢的。

这就像是，索墨斯心想，身处在一个巨大的电开关结构内部。

不过，特殊项目经理心中一直保持着警惕。发明创造这种事总有其阴暗面，比如灯泡的发明就伴随着无数激烈的争斗——不仅仅在基础层面，还包括法律层面。为了争夺其发明权——以及利润——多少人曾卷入其中，被击溃、被抛弃。尽管托马斯·爱迪生和英格兰的约瑟夫·威尔森·斯万在这场混战中取得了最终的胜利，却留下了一地鸡毛。法律诉讼、矛盾冲突、商业盗窃和间谍活动层出不穷，许多人也因此失去了工作。

索墨斯此刻会想到这些是因为，一个站在阿冈昆展台附近，戴眼镜和帽子的男人引起了他的注意。他有些疑心，因为此人一直在附近的两个展台前流连。其中一家公司是地热勘探设备商，专门制作地底深处地热点的定位设备；另一家公司却是为小型汽车制造混合动力引擎的。索墨斯知道，通常关注地热能的人是不会对混合动力有兴趣的。

那个男人对索墨斯和阿冈昆倒是没什么兴趣的样子，但也完全有可能正在偷拍展台上陈列的发明样品和模型。如今的间谍摄像头已经可以达到极为微小且精密的程度了。

一个女人向索墨斯提问，于是他转头回答。等再回过头来时，那个男人——无论是商业间谍、商人还是单纯好奇的路人——已经不见了。

十分钟后，参观者略少了些。索墨斯决定去趟洗手间。他请隔壁展台的人帮忙照看一下东西，然后朝附近一个鲜有人至的男厕通道走去。选择价格便宜的小展台区的其中一个好处就是，基本可以霸占那附近的公用厕所。这条走廊的地板覆盖着设计时尚的不锈钢材质，上面还有些半圆形的凸起，大概是想模拟太空船或者火箭舱的地板设计。

离洗手间还有二十英尺远时，他的手机忽然响了起来。

来电显示是一串不认识的号码——本地区号。他想了想，按下了“忽略”按钮。

索墨斯继续朝洗手间走去，发现大门上镶着一个光可鉴人的小铜制把手，心想：这儿的装修可真不省钱啊，怪不得租个小展台那么贵。

72

“拜托！”萨克斯着急地大声咕哝道，晃了晃手里握着的电话听筒，“查理，快接电话！求你了！”

片刻前她给索墨斯打了个电话，但只响了一声便转进了语音信箱。

她又试了一次。

“快接电话！”莱姆也忍不住叫道。

电话响了两声……三声……

终于，扬声器里传来一声轻响：“喂？”

“查理，我是阿米莉亚·萨克斯。”

“哦，刚才是你打的电话吗？我正要去……”

“查理，”萨克斯打断他，“你有危险。”

“你说什么？”

“你在哪儿？”

“在会展中心，正要……你说什么，什么危险？”

“你附近有金属的东西吗，任何可以产生电弧闪或者可以接驳火线的东西？”

索墨斯突兀地笑了一声：“我现在就站在金属地面上，并且正要打开一扇有铜制把手的厕所大门。”但他的幽默感很快便消退了，“你是说他在这里设了电击陷阱？”

“有这个可能，马上离开金属地面。”

“我不明白。”

“我们收到了第三封恐吓信和新的截止时间。今晚六点半。但我们认为这些袭击——无论酒店还是电梯——都与恐吓信的内容或要求无关。他们真正的目标是某些特定的人，信只是个幌子。而你很可能就是他们想杀的其中一人。”

“我？为什么？”

“首先，先找个安全的地方待着。”

“我回主展厅去，那儿的地面是混凝土的，稍等。”过了一会儿索墨斯说，“好了。你知道，我刚在这儿看见一个人，一直在看我。但我不认为那是盖尔特。”

莱姆说：“查理，我是林肯。我们认为雷·盖尔特被人设计了，现在可能已经死了。”

“这些案子背后另有黑手？”

“是的。”

“谁？”

“安德莉亚·杰森。你看到的男人可能是她弟弟，兰德尔。有证据显示这是他俩合谋作案。”

“你说什么？这简直不可思议。而且为什么我会有危险？”

萨克斯接口道：“酒店袭击案中的死者有些参与了替代能源生产项目，就像你一样。我们认为她可能一直在贿赂可再生能源公司，让它们减少发电量，保持阿冈昆的电力需求。”

索墨斯愣了愣，说：“唔，这倒是。我负责的其中一个项目就是整合区域电网，帮助地方实现自给自足——并且还有能力为大型电力中枢供电，其中就包括阿冈昆。我猜她可能觉得这是个问题。”

“你最近去过斯科茨代尔吗？”

“我有参与那附近的太阳能农场项目，所以……是的，我去过，还去过其他地方。比如加利福尼亚，那儿有风力农场和地热能；亚利桑那，主要是太阳能农场。”

萨克斯说：“我想起之前在阿冈昆时你说过的话，为什么她会让你来协助我调查呢？”

索墨斯顿了顿：“你说得对，她明明有那么多人可以选。”

“我想她是故意设计你的。”

这时索墨斯忽然惊呼了起来：“哦，上帝啊。”

“怎么了？”莱姆立刻问。

“或许并不是只有我一个人有危险。你想想：这个会展中心的每一个人都可能对阿冈昆造成威胁。整个博览会都是关于替代能源、微电网、去中心化的……如果安德莉亚真的如此执着于让阿冈昆成为美国北部第一大能源供应商的话，她很可能把这里的每一个参展商都看作敌人。”

“阿冈昆里有没有我们能信任的人？可以关闭会展中心的供电，而且不让安德莉亚知道？”

“阿冈昆不负责给这里供电。会展中心就像个别地铁线路一样，有自己的发电设施。电站就在中心大楼隔壁。我们要立即疏散这里的人吗？”

“里面的人出去是否会经过金属地面？”

“会的，绝大多数人会。前厅和卸货口用的全是钢材，没有涂层，纯不锈钢。而且你知道这里的进电量有多大吗？这么大的会展中心一天的负载量在两千万瓦左右。听着，我可以到楼下去找供电设施。说不定还能拉下断路器。我可以……”

“不行。我们首先要确定他们到底想做什么，以及打算如何实施。一旦有消息立刻打给你，先原地待命！”

73

索墨斯满头大汗、呼吸急促地往周围看去，“新能源博览会”的参会者多达上万人。有的是为了发财，有的是希望能对地球有所帮助——如果谈不上拯救的话，而有的则似乎只是抱着好玩的心态过来看看。

展厅里有很多年轻人，甚至青少年，就像多年前的他一样，或许会在看过这次展览后改变心意，回到中学选修更多理科类课程，并减少外语和历史类课程。终有一天，新一代的爱迪生们将会从这些人当中诞生。

可现在他们全部危在旦夕。

原地待命，这是警察让他做的事。

人流熙熙攘攘，大家手里都提着花花绿绿的袋子——那是展会主办方送的礼物，上面用鲜明的色彩和字体印着各种公司的标志：“电压储存科技”“下一代电池”“地热创新”。

原地待命……

然而他的思绪却不受控制地坠入了一个被他太太称为“查理认为”的世界，并高速旋转着，就像一台发电机，又像储电飞轮，每分钟转速一万次。想想吧，这个会展中心所耗电能可是有足足二十兆瓦啊。

两千万瓦特。

电能（瓦特）等于电压（伏特）乘以电流强度（安培）……

这么高的电能一旦通过这座大楼的导电结构，将足以导致数千人当场死亡。电弧闪也好，简单的接地故障也罢，都会导致强大的电流瞬间贯穿人体夺去性命，只留下一团团焦烂的血肉、衣物和毛发。

原地待命……

哦，他可做不到。

就像所有发明家会做的那样，索墨斯飞速地思考着更加实际的细节。兰德尔·杰森和安德莉亚一定已经控制了旁边的发电设施。他们才不会冒险给警察留下联络后勤维修人员让他们切断供电的机会。但这个中心一定有条主输电线，恐怕和区域输电线一样有高达十三万八千伏特的电压。他们肯定会选择将这条线上的电流引至展厅地板、阶梯和门把手上。或许还有电梯。

索墨斯思索着：

这里的参展者们没有办法避开电流。

他们也不可能有办法保护自己。

那么，他只能想办法将电流彻底切断。

什么“原地待命”，根本不可能。

只要他能赶在兰德尔·杰森接驳电缆之前找到进电线，就有办法让其短路。他可以用一条线缆直接把火线和回路连起来，这样就会造成短路并产生电弧闪，和那天早上发生在巴士站的一样强大。这么一来会展中心发电厂内的断路器便会启动，彻底切断电流，阻绝危险。应急照明系统会立即启动，但这个系统的电压值很低——只用大约十二伏特的铅钙电池。这么小的电压不会造成触电伤害。可能会有一些人被困在电梯里，造成一些恐慌，但电流造成的人员伤亡可以被降至最低限度。

可他很快便意识到这么做的巨大现实难度。唯一能让供电系统短路的方法恰好是通用产业中最危险的操作方法：徒手在承载着高达十三万八千伏电压的火线上作业，只有最顶尖且经验老到的线路维修员才敢尝试。即便如此，他们也必须进入厚厚的绝缘防护罩，或者用直升机吊着避免接触地面，并穿上专门用于防电击的法拉第防护服——那是用金属制成的衣服——这样线路维修员便会与高压电缆相连，从结果来看，即自己变成电缆的一部分，让上万伏的电压从防护服上流过。

查理·索墨斯从未试过徒手操作高压电缆，但他知道操作的方法——理论上。

就像停在电线上的鸟儿……

他回到阿冈昆的展台，抓起只有稀稀拉拉几支工具的工具箱，又问旁边的展台借了一条轻巧的高压电线，接着便一头扎进一条昏暗的走廊，找到了通往中心控电室的门。他看着门上的铜把手，迟疑了一阵，最终还是伸手拉开了门，一脚迈入会展中心地下室的幽暗之中。

原地待命？

怎么可能。

74

他坐在白色面包车的驾驶座上，车里没开空调，十分闷热。但他不想为此发动引擎，以免吸引别人的注意。一辆停着的汽车并不奇怪，但若汽车停着却一直开着发动机，就容易让人起疑了。

汗水顺着脸颊滑下，他却并不在意，只是调了调耳机，让耳麦贴得更紧一些。还是没有声音。他调高音量，却只听见电流的杂音、几次闷响和一声脆响。

他回想着今天用电子邮件发送的文字："如果这次你们再无视我的要求，后果将远比昨天，乃至之前的袭击更加严重，大量民众将失去生命……"

此话是真，却也不是。

他偏着头，听见耳麦里终于又传来了说话声。他在那个唐人街附近废弃学校的发电机里安装了窃听器，让它变成了一只特洛伊木马，再由犯罪现场调查组的警察亲手送到目标林肯·莱姆的家里。他对协助莱姆的所有探案人员情况及所在已经完全清楚了：纽约市警察局警探朗·塞利托和FBI助理特工主管塔克·麦克丹尼尔已经离开这里前往市政厅，计划在那里安排会展中心的防御事宜。

阿米莉亚·萨克斯和罗恩·普拉斯基此刻正火速赶往会展中心，打算试着关闭电源。

真是浪费时间，他想。

忽然，他的身体凝滞了，耳机里传来林肯·莱姆的声音。

“好了，梅尔，我需要你把那条线缆送去总部检验室。”

“那条——？”

“线缆！”

“哪一条？”

“那儿一共有几条线缆？”

“差不多四条。”

“是萨克斯和普拉斯基从唐人街的废弃学校里拿回来的那条，我需要他们用扫描式电子显微镜彻查绝缘层和电线之间的微迹证。”

耳机里很快传来塑料袋和纸张摩擦的声音。片刻后，脚步声响起：“我四十分钟到一小时后回来。”

“你什么时候回来无所谓，重要的是结果一出来就打电话给我。”

脚步声砰砰响起。

窃听器的声音捕捉能力十分敏锐。

门“啪”的一声关上，室内又恢复了安静。键盘响了几声后便再无声响。

忽然，莱姆大声喊道：“真该死，汤姆！……汤姆！”

“怎么了，林肯？你是不是……”

“梅尔走了吗？”

“我看看。”

过了一会儿那个声音叫道：“是的，他的车已经开走了。要我打电话给他吗？”

“算了，不用。我说，我需要一条线缆。我想试试看能不能复制兰德尔的手法……需要一条很长的线缆。家里有这样的东西吗？”

“延长线行吗？”

“不行，要更粗的。二三十英尺长。”

“这种东西家里怎么可能有？”

“我以为你说不定会备着。唉，那就去找找，立刻。”

“我上哪儿才能找到这样的东西？”

“一家该死的电线铺子呗，我怎么知道？要不就是五金店，百老汇那边有一家，对吧？以前是有的。”

“那家店还在，你需要三十英尺？”

“差不多……怎么了？”

“那个，你脸色看起来不太好，林肯。我不确定是否应该离开。”

“是的，你应该。你应该听我的指示。越早离开回来得越快，那时候再像护牛犊一样地照顾我也不迟。但现在：立刻出发！”

屋内有一会儿没有任何动静。

“好吧，但我要先给你测测血压。”

又是片刻的安静。

“测吧。”

耳机里响起了摩擦声、一阵微弱的嘶嘶声、尼龙搭扣撕开的声音：“还行。但我得确保你的血压保持这个状态……你现在感觉如何？”

“没什么，只是有点疲倦而已。”

“我半小时后回来。”

脚步声轻轻响起，接着门被打开又关上。

男人继续听了一会儿，然后起身，穿上一件光纤电视维修工的制服，把柯尔特手枪塞进工具包，轻轻一甩背在肩上。

他透过面包车的前窗和侧镜小心观察着周围的情况，在确定巷子里空无一人后轻手轻脚地下了车。他再次确认了周围没有监控摄像头，然后迈步朝林肯·莱姆的别墅后门走去。只用了三分钟他便成功解锁了别墅安全警报系统并撬开了后门，闪身溜进地下室。

他找到了位于地下室的配电箱并开始操作，把一个远程遥控开关组件连接在四百安培的进电线上，这个电流强度比周围的普通住宅高出了一倍。

这个情况倒是有些特殊，但这并不重要，因为他知道只需要很少很少的电量，就可以杀死一个人。

十分之一安培……

75

莱姆正看着证据板沉思，别墅里却突然停电了。

电脑屏幕立刻熄灭，周围的机器设备也安静下来，原本红红绿绿的液晶显示灯全都消失了。

他转头左右看了看。

地下室的门“吱呀”一声轻响，一阵脚步声轻轻传来。不是鞋子重重踏在地板上的声音，而是人类的重量压在老旧干燥的木地板上发出的细响。

“谁？”莱姆叫道，“汤姆？是你吗？停电了，家里的电路出了问题。”

地板吱吱嘎嘎的声音又靠近了些，然后忽然停了下来。莱姆把轮椅转了一圈，双眼扫视着屋内，像初次勘查犯罪现场一样细细观察着四周的状况，寻找各种相关迹征，迅速分析现场情况并同时辨别身边潜藏的危险：比如嫌疑人若尚未离开，将可能藏身何处。他们不走或许是因为受伤，又或者太过惊惶，但也可能是故意蛰伏，只为等待能将警察一击毙命的机会。

地板又响了一声。

莱姆把轮椅三百六十度转了一圈，依旧什么也没发现。正想着，他的眼睛瞄到位于大厅远处角落的检验桌，上面放着一只手机。别墅里虽然停了电，手机却是不受影响的。

手机电池……

莱姆按下触屏遥控器，轮椅立刻遵照指令前进。他滑到那张桌子前停了下来，背对着门，垂目盯着手机，它离莱姆的脸不过十八英寸的距离。

手机上的液晶显示灯是绿色的，电量充足，可以接打电话。

“汤姆？”他又叫了一声。

依旧无人应答。

莱姆知道此刻他的心脏一定正像擂鼓般狂跳，因为太阳穴和脖子上的血管正猛烈地收缩着。

此刻的他孤身一人、行动不便，离手机仅仅两步之遥却只能眼睁睁地看着。莱姆悄悄把轮椅往旁边挪了挪，然后猛地向桌子撞了过去，希望借此挪动手机。但手机仍旧一动不动地躺着。

这时他忽然察觉屋内的回声起了微妙的变化，知道入侵者已经进入房间。他再次操纵轮椅撞向检验桌，就在手机正要滑向他时，一阵脚步声从身后响起。下一秒，一只戴着手套的手从他的肩上掠过，拿起手机。

“是你吗？”莱姆质问身后的人，“兰德尔？兰德尔·杰森？”

来人沉默不语。

回答他的只有一阵细碎的响动，接着有人推了推他的肩膀。轮椅触屏控制器上的电池指示灯熄灭了，入侵者手动解除了轮椅的刹车装置，把它推到一处恰好能照到屋外一缕微弱阳光的地方。

然后，那只手将轮椅慢慢转了过来。

莱姆正要开口，却在见到面前之人的一瞬间眯起了双眼、吃惊地上下打量起来。有那么一会儿他一句话也没说，最后却如耳语般呢喃道：“这不可能。”

整容手术可以说非常成功，但仍然能从这张脸上依稀辨认出旧日的容貌。更何况，就算化成灰莱姆也不会认不出理查德·罗根——大名鼎鼎的“钟表匠”，那个本应躲藏在墨西哥市最混乱区域的人。

76

罗根关掉手机，切断了林肯·莱姆一直拼命想要获得的唯一求助方式。

“怎么会是你。”犯罪学家忍不住问。

罗根把肩上的工具包取下放在地板上，俯身打开，手指灵活地在里面搜索着，拿出一台笔记本电脑和两台无线摄影机。他把其中一台摄影机拿进厨房，镜头对准后门的小巷子；另一台则放在正门一侧的窗户前。他启动电脑后放在身边的桌上，输入了几条指令，莱姆别墅后门的小巷和前门的走道便立刻清晰地显示在电脑屏幕上。这正是他在发动炮台公园酒店袭击前用来监视维特的动向，并决定应该何时按下开关的方式：看清楚血肉之躯接触到金属的那一瞬。

做完这些罗根才抬起头来，轻笑了一声。他起身走到大厅深色橡木的壁炉台前，那里陈列着一只怀表。

“你竟然还保存着我的礼物。”他轻声说，“你把它……把它拿出来，放在外面。”他很震惊。罗根本以为这只古老的宝玑牌怀表一定早被拆成了碎片细细调查，好从中分析定位他的住址。

尽管他和莱姆是敌人，而且很快便要杀掉他，罗根却打心底里敬佩莱姆。眼见这只怀表还完好无损地保存着，心中竟升起一丝异样的喜悦。

但在细细思考后他便明白，这位犯罪学家一定命人将怀表拆开来调查过，连一条游丝、一块装饰珠宝都不会放过，只是最后再照原样重新组装起来罢了。

这么一来莱姆也勉强算得上是个钟表匠了。

同样陈列在壁炉上的是当初和怀表放在一起的一封信，那是罗根写给莱姆的，既是对他的赞赏也是一种挑战，告诉他两人还会见面。

如今正是兑现诺言的时刻。

犯罪学家慢慢从震惊中回过神来，开口道："其他人很快就会回来了。"

"不，林肯。他们不会的。"罗根把十五分钟前还在这间别墅里的每个人目前的所在都说了一遍。

莱姆皱着眉头问："你怎么……？哦，不。难怪，是发电机。你在里面装了窃听器。"他懊恼地闭上眼睛。

"没错，所以我很清楚自己有多少时间行动。"

理查德·罗根回想着此前的人生，他一直都很清楚自己拥有多少时间。

莱姆脸上的沮丧渐渐变成了困惑："这么说并不是兰德尔·杰森假扮雷·盖尔特犯下了这些案子，一切都是你。"

罗根开心地打量着怀表，和自己手腕上的手表做着对比："你一直有上发条。"说完，又重新上了一回发条，"没错。过去的一个礼拜都是我在假扮雷·盖尔特，电力专家兼故障检修员。"

"可我明明在机场安保录像里看见你了……你受雇去墨西哥暗杀鲁道夫·卢纳。"

"不完全正确。他的同事阿尔特洛·迪亚兹被瓦亚塔港的贩毒集团收买了。卢纳倒是墨西哥难得一见的好警察。迪亚兹确实曾想雇我杀掉他，可我有别的事要忙。我收了钱，答应替他假装是我策划了暗杀行动，好洗脱他的嫌疑。这恰好也符合我的目的。我需要所有人——尤其是你——相信我不在纽约。"

“可是在机场……”莱姆的声音渐渐低了下去，变成疑惑的呢喃，“你确实在那架飞机上。安保录像里，我们看见你上了卡车，躲在帆布下面，而且从机场去墨西哥的路上也有人认出了你。一个小时前还有人见到你躲进了古斯塔沃马德罗镇。还有你的指纹和……”犯罪学家没有说下去，转而摇了摇头，面上浮现出一抹释然的微笑，“老天哪，你压根儿就没出过机场。”

“你说得没错。”

“你故意在摄像头前接过包裹、躲进卡车，等着它驶出监控范围，然后再将包裹交给其他人，溜上前往东海岸的飞机。迪亚兹的手下故意不断报告你在墨西哥的踪迹，好制造你确实已经进入墨西哥的假象。迪亚兹的手下有多少人知情？”

“大约二十四个。”

“也根本没有所谓逃入古斯塔沃马德罗镇的车子？”

“是的。”对于罗根来说，“怜悯”这种情绪从来都是无效且无意义的。然而他却发现，尽管自己内心并无波动，此刻的林肯·莱姆脸上却出现了某种令人怜悯的神色。整个人看起来似乎也比上次见面萎缩了不少，几乎可以用“脆弱”来形容。或许他生了什么病吧。这样也好，罗根心想，这样电流通过他的身体时就能更快夺走性命。他并不希望莱姆痛苦地死去。

仿佛是要安慰莱姆一样，他补充道：“你推测出了对卢纳的袭击，阻止了迪亚兹的暗杀计划。我没想到你能那么快发现，不过转念一想，又觉得这并不意外。”

“可我却没能阻止你。”

罗根漫长的职业杀手生涯中杀人如麻。其中的大多数人在发现自己即将被杀之前反而会平静下来，因为他们明白无论如何挣扎都不可能从他手中逃脱。可莱姆却比他们更进一步，这位犯罪学家此刻的面容看起来竟是解脱而安详的。或许罗根在莱姆脸上看到的是绝症病人的释然，又或者这种身体状况早已让他失去了活下去的信念。那么，毫无痛苦的死亡也许反倒是一种救赎。

“盖尔特的尸体呢？”

“在‘大熔炉’里——阿冈昆电力公司的焚烧炉。早烧成灰了。”罗根看了一眼笔记本电脑，别墅前后依旧没人。他取出一段本宁顿中等电压电缆，把其中一头连在附近一个二百二十伏插座的火线上。为了这次计划，他曾花了好几个月的时间认真学习有关电力的知识。如今于他而言，操作电缆早已和拿着细小的工具和弹簧摆弄精巧的钟表一样得心应手。

罗根伸手摸了摸口袋里的远程遥控器，只要他按下开关，别墅里的电力便能恢复，并将足够的电量送进这个犯罪学家的身体，让他顷刻毙命。

正当他将一部分电缆缠在莱姆手臂上时，后者忽然说：“可你若是在发电机里安了窃听器，就应该知道我们都说了些什么。我们已经知道雷蒙德·盖尔特并非真凶，而是被人设计的，也知道安德莉亚·杰森想杀掉山姆·维特和拉瑞·费什贝恩。不管设下陷阱的是她弟弟还是你，她都会被抓住然后……”

罗根听着，只扫了莱姆一眼，一言不发，后者的脸上却浮现出理解和完全释然的表情：“可那并不是真相，对不对？事实根本不是这样。”

“对，林肯。根本不是这样。”

77

他像一只悬挂在电线上方的鸟儿。

此刻查理·索墨斯正悬挂在会展中心最深一层的地下室半空，身上绑着一根临时吊索，距离下面包裹着厚厚红色绝缘层、电压高达十三万八千伏的输电线不过两英尺远。

若把电流比作水流，眼前这条线缆中的电压便相当于海底的水压，每平方英寸承受着上百万磅的压强，蓄势待发地等待着一切能以雷霆之势将潜水艇压平的机会。

这条巨大的输电干线被绝缘玻璃支架悬在半空，离地约十英尺高，从地下室的墙上穿过，直通到藏于远处幽暗中的会展中心变电站里。

由于绝不能徒手同时触碰无绝缘层保护的电缆和任何连接地面的东西，他只能把消防水带当作临时吊索，上端拴在高压电缆上方的一条狭长栈桥上。他抖落水带，用尽全身力气一点点爬到下方可供着力的节点上。他只求老天保佑这条消防水带是纯橡胶和帆布材质的，否则只要其中含有任何金属成分，那么几分钟后他便会成为单相接地故障中的主要导体，化成白烟彻底人间蒸发。

他的脖子上挂着一条1/0规格的电缆——那是他从阿冈昆展台隔壁的公司借来的。他拿出随身携带的瑞士军刀一点点削落电缆一头的深红色绝缘层。这边结束后，便要以同样的方式削掉高压主干线上的绝缘保护层，让铝制的电线裸露出来。然后，用他裸露的双手将这两根电线连接起来。

这么做只会有两个结果：

要么一切相安无事。

要么造成单相接地故障……他化为蒸汽消失。

若是前一种情况，他还要小心翼翼地将接驳电线的另一头连到附近的某个回路源上——比如连接着会展中心地基的铁梁或支架。这样做的结果是造成短路，让会展中心发电厂的断路器爆炸。

至于查理·索墨斯自己？唉，虽然不会变成单向接地故障，但那么高的电压一定会引发巨大的电弧闪，轻易便能将他烧死。

既然知道了恐吓信上的截止时间根本无用，兰德尔和安德莉亚·杰森随时可能按下开关，他手上便一刻不停，争分夺秒地削着血红色的绝缘层。卷曲的绝缘层碎屑纷扬下落至地下室的地面，索墨斯忍不住觉得它们仿佛葬礼结束后，人去楼空的屋中那一片片枯萎坠落的玫瑰花瓣。

78

理查德·罗根看着林肯·莱姆，后者正透过别墅大厅的一扇大窗向外望去——那是东河的方向。在目所不能及的远方，灰红相间的阿冈昆电力高塔耸立在昏暗的河边。从这里是看不见那些烟囱的，但若是天气清冷无风，或许可以遥望见天际线上升起的几缕烟柱。

犯罪学家摇了摇头轻声道："根本不是安德莉亚·杰森雇的你。"

"的确。"

"相反，她才是你的目标，对不对？你故意设计了这么多事来陷害她。"

"没错。"

莱姆朝罗根脚边的工具包点了点头："那里面装着可以将调查方向引到她和她弟弟身上的证据。你打算把它们扔在这里，设计成安德莉亚和兰德尔杀了我的样子，就像你之前所做的一样。来自市政厅的微迹证、金发、希腊食物残渣。你受雇于某人，要制造安德莉亚利用雷·盖尔特除掉山姆·维特和拉瑞·费什贝恩的假象……为什么要杀他们？"

"并不是专门要杀他们。被杀的可以是在炮台公园酒店参加替代能源大会的任何人，以及费什贝恩所在的会计公司的任何人。只要能引起人们的怀疑，认为这可能是安德莉亚·杰森想要掩盖什么丑闻就行。"

“哪怕他们根本不知道这些所谓的丑闻是什么。”

“对，这和阿冈昆或者安德莉亚一点关系都没有。”

“幕后策划者是谁？”莱姆的眉头紧紧绞在一起，双眼飞快地检视着证据板上的信息，仿佛一定要在死前解开所有谜题的样子，“我想不明白。”

罗根垂目看着眼前这个男人憔悴的面容。

可怜啊……

他掏出第二条电缆，同样缠在莱姆身上，把另一头连在最近的地线——暖气片上。

从道德层面来说，理查德·罗根从不在乎他的客户为什么要杀人，但为了更好地制订暗杀计划并让自己不留痕迹地脱身，他会对此进行了解。所以当初他也兴致勃勃地听过客户说明为何必须毁掉安德莉亚·杰森的形象并把她送进大牢关一辈子。于是他回答：“安德莉亚对于新的秩序来说是一个威胁。她的观点——她从不隐藏且总是高调宣扬的观点是——石油、天然气、煤炭和核能是目前唯一能够生产大量且充足能源的资源，并且这种状况还将持续上百年。可再生能源只是哄小孩的玩意儿。”

“她指出了皇帝新衣的真相。”

“正是如此。”

“所以这是某个生态恐怖组织策划的吗？”

罗根做了个鬼脸：“生态恐怖分子？哦，算了吧。就凭那些胡子拉碴，连烧个滑雪场都能被抓现行的白痴？”罗根大笑道，“不，林肯。一切都是因为钱。”

莱姆的表情有些了然：“啊，这是自然……就算清洁能源和可再生能源现在还不是主流，却仍有不少人能从兴建风力农场、太阳能农场、区域电网和输电设施中获利。”

“没错，还能得到政府的补助金和税务减免优惠。更别说还有那么多一听到绿色能源就趋之若鹜的顾客，他们以为这是在帮忙拯救地球。”

莱姆说：“我们找到盖尔特的公寓，看到了那些关于罹患癌症的邮件，但当时就觉得为了复仇而行动的动机似乎说不通。”

“是的，贪婪才是永恒的原因。”

犯罪学家忍不住笑了起来，说：“这么说幕后黑手竟是一帮绿色联盟的机构，谁能想得到。”他注视着白板，“我想我能确定其中一个成员……鲍勃·卡瓦诺？”

“聪明，是的，他其实正是主谋。你是怎么想到的？”

“是他给了我们指向兰德尔·杰森的情报。”莱姆眯起眼睛说，“而且在炮台公园酒店案中还积极帮忙。我们本可以救下维特的……不过，是啊，其实你杀不杀他，或者费什贝恩又或者炮台公园酒店里的任何人都不重要。”

“是的。重要的是让安德莉亚·杰森因为这些案子被捕、声名扫地、关入大牢。但还有另一个动机：卡瓦诺是安德莉亚父亲的副手，对于公司董事长和总裁的职务被‘爸爸的千金’继承这件事一直耿耿于怀。”

“背后肯定不止他一人吧。”

“没错。这个联盟里有来自全世界六大替代能源设施供应商的CEO，主要集中在美国、中国和瑞士。”

“绿色联盟。”莱姆摇着头叹道。

“时代总会变化。”罗根说。

“为什么不直接杀了她呢，杀了安德莉亚？”

“我也问过这个问题。”罗根说，“可其中还有些经济瓜葛。卡瓦诺和其他成员想要除掉安德莉亚并同时让阿冈昆的股价下跌，他们打算瓜分这家公司。”

“为什么袭击公交车？”

“那是为了引起公众注意。”一丝微小的愧疚从罗根心里升起，他不介意向莱姆坦白，“那次我并没想杀人。那名死者若是及时上了车本不会死的，可他却因好奇迟了一步，但我没时间等。”

“我能明白他为什么要设计让维特和费什贝恩看起来像是被安德莉亚下令暗杀的——他们都参与了亚利桑那州的替代能源项目，让他们当受害者逻辑上说得过去。可你的联盟客户为什么连查理·索墨斯都要杀掉？他的工作不就是研发替代能源吗？”

“索墨斯？”罗根朝发电机偏了偏头，“我听见你提起过这个人。我送第二封恐吓信时本尼·沃尔也把他供了出来，话说，沃尔还把你也供出来了……”

“那还不是因为你威胁要，什么来着？电死他全家？”

“是的。”

“这可不能怪他。”

罗根接着说：“总之，不管这个索墨斯是谁，他都不是我的目标。”

“可你后来又给阿冈昆发了第三封恐吓信，也就是说你还有要杀的人。你不是在会展中心设下了陷阱吗？”莱姆看起来很是困惑。

“并没有。”

莱姆想了想，理解地点了点头：“原来如此……是我。你下一个要杀的是我。”

罗根顿了一下，握着电缆的手停了停：“没错。”

“你接下这么大一宗买卖就是为了杀我。”

“生意很多，但我一直在等一个能够重回纽约的机会。”罗根低下头说，“几年前我在这儿差点被你捉住——并且你还搞砸了那次买卖。那是第一次有人阻止我履行合约，我不得不把钱退给客户……但钱不是重点，重点是那种羞耻感，简直是奇耻大辱。后来在英格兰跟你遭遇也是惊险脱身。谁知道下一次……你会不会走好运呢？所以当卡瓦诺联系我时，我立刻就答应了。我需要靠近你。”

罗根对于自己的措辞有些发愣，却强迫自己不去多想，继续进行接驳地线的工作。随后他起身道：“很抱歉，但我不得不这么做。”

他怀着歉意倒了些水在莱姆胸口，濡湿了衬衫。这么做很不体面，但别无他法："为了导电。"

"那么，'保卫地球正义'组织又是什么？跟你没关系吗？"

"没有，我从来没听说过这个组织。"

莱姆观察着他："你自制的那个远程遥控开关，接在楼下的断路器面板上了？"

"是的。"

莱姆忖道："电流……过去几天里可真是受教颇多。"

"我可是专门研究了好几个月。"

"是盖尔特教你如何操控阿冈昆电脑系统的？"

"不，是卡瓦诺。他给了我系统准入密码。"

"原来如此。"

罗根说："可我专门报了SCADA和阿冈昆电脑系统操作课程。"

"那是自然，你必须学。"

罗根继续道："我自己都没想到竟会对电如此着迷，以前我总看不起这东西。"

"因为你更欣赏钟表制造？"

"的确如此。区区一块电池和一个量产芯片竟然能取代工匠们呕心沥血制作出来的最精巧的钟表。"

莱姆理解地点了点头："你认为电子表很廉价。使用电池做动力在某种程度上削弱了钟表的美感，降低了它的艺术价值。"

罗根感到一阵激动从心底升起并迅速蔓延全身。这样的对话令他着迷。这世上很少有人能够理解他的心思，可这位犯罪学家却能一字不差地准确道出！"是的、是的，你说得没错。可后来，自从接下这份工作，我的想法便逐渐改变了。以石英晶体控制振荡器制成的报时器有哪一点不比纯粹由齿轮、轮盘和弹簧构成的钟表同样值得惊叹呢？说到底都是依靠物理学。作为科学的信奉者，总是会对……嗯，机芯——感到欣赏的。你知道机芯是什么吧。"

莱姆说：“钟表里最精密复杂的部分。控制着日期、月相、昼夜平分点、钟声。”

罗根很是惊讶，莱姆继续道：“哦，我也研究过钟表制造。”

我需要靠近你……

“电子钟表不仅拥有上述的所有功能，而且还多了不少别的花样。天美时数据库式钟表①，你知道吗？”

“不甚了解。”莱姆回答。

“现在都成经典款了——可以直接和你的个人电脑连接的腕表。报时只是它上百种功能中的一种。宇航员登月时就戴着这种手表。”

他又瞄了一眼电脑屏幕，依旧没有任何人接近的迹象。

“这样天翻地覆的变化、这些现代化的变革你都欣然接受了？”莱姆问。

“是的，这些都说明了时间与我们的生活多么息息相关。人们都忘了，当年的钟表匠可也是那个时代的硅谷创新者呢。想想这次的事件吧，电流——多么了不起的武器。多亏了它，我竟成功地让一座城市陷入了好几天的混乱。它已经成为人类不可或缺的一部分。没有电，我们什么也做不了……时代在变化，我们也应与时俱进，不惜一切代价。无论这意味着放弃什么。”

莱姆开口道：“我有一个请求。”

“我已经调节过你家配电箱的断路器了，负载是平时的三倍。一切都会很快结束，你不会有任何感觉。”

“我本来也没多少感觉。”莱姆说。

“我……”罗根为自己的失言感到十分抱歉，“我很抱歉，是我失言了。”

莱姆偏了偏头，做了个否定的表情：“我想说的是关于阿米莉亚的事。”

---

①即 Timex Data Link。Timex（天美时）是创建于十九世纪五十年代的美国手表品牌。

“萨克斯？”

“你没有理由伤害她。”

罗根曾考虑过这个问题，于是将自己的结论告诉了莱姆：“确实，我也没有这个打算。她会不遗余力地追捕我，一辈子也不会放弃。但她不是我的对手，所以不会有危险。”

莱姆的脸上浮起一抹憔悴的微笑：“谢谢你……我是说，理查德。你是叫理查德·罗根吧？这是假名吗？”

“这是我的真名。”罗根又看了一眼电脑屏幕。外面的人行道上空无一人，没有警察，莱姆的同事也没有回来的迹象。这间别墅里只有他和这位犯罪学家两个人。是时候了。他说：“你看起来意外的平静。”

莱姆答道：“有何奇怪？能多活这么些年已经是恩赐了，每天睁眼醒来我都会忍不住感到惊讶。”

罗根伸手进工具包里，取出另一圈电线扔在地上，上面有兰德尔·杰森的指纹；然后又打开一个小袋子，开口朝下抖了抖，让兰德尔的头发散落在周围的地板上。他用兰德尔的鞋子在地面的水渍上留下了一个足印，又将一些安德莉亚·杰森的金发和西装纤维抖落在附近，那些是从她办公室的衣帽间里偷来的。

他抬起头再次检查电力连接。为什么他的心里会有迟疑？或许是因为莱姆的死对他来说意味着一个时代的终结。除掉这个犯罪学家对他来说是一种解脱，但同时也是一种永久的丧失。他估计自己此刻的感受恐怕和医院里那些需要决定是否停止所爱之人的生命维持系统的人一样。

我需要靠近你……

他从衣服口袋里摸出远程遥控器，从轮椅边退开。

林肯·莱姆平静地观察着他的行动，然后叹了口气说：“看来差不多是时候了。”

罗根愣了一下，眯起双眼盯着莱姆。刚才那句话的语气里有些和之前完全不同的东西，他脸上的表情也不同了；而眼神……莱姆的眼神此刻竟闪烁着猎人般的灼灼光芒。

理查德·罗根的心猛地沉了下去，甚至有些发抖，他忽然明白这句看似突兀且牛头不对马嘴的话并不是对他说的。

那是一个信号，给别人的信号。

“你做了什么？”罗根轻声问，心如擂鼓。他看向小小的电脑显示器，没有任何人往别墅来。

可是……如果他们一开始就没有离开过呢？

哦，该死……

罗根盯着莱姆，然后狠狠地按下了远程遥控开关上的两个按钮。

一切平静，什么也没有发生。

莱姆波澜不惊地说：“你一上楼我们的人就把电线拔了。”

“你居然……”罗根惊道。

身后的地板“吱呀”轻响了一声，他猛地转身。

“理查德·罗根，别动！”在他面前赫然而立的正是刚才谈到的阿米莉亚·萨克斯警探，“举起双手，不要动。否则就地射杀。”

她的身后还有两个男人。罗根推测他们也是警察。其中一人身形魁梧，穿着皱巴巴的蓝色西装；另一人身材瘦削，身穿长袖衬衫，戴着黑框眼镜。

三人的枪口都齐刷刷地对准了他。

不过，罗根的视线却落在阿米莉亚·萨克斯身上，后者一脸忍不住想要开枪的表情。他想起刚才莱姆的问题，意识到那其实是为了提醒萨克斯时机已到，等他说出暗号便可立刻行动。

看来差不多是时候了……

这样一来也就意味着，萨克斯听到了罗根对她的评价，以及对她能力的不屑。

不过，当她上前给罗根戴手铐时却动作温和，相当专业，然后又尽量温和地让他趴在地上。

大块头的警官走上前去，伸手就要拉莱姆身上的电缆。

“请戴上手套。”犯罪学家平静地说。

大个子警察愣了愣，听话地戴上一双乳胶手套，然后将莱姆身上的所有电缆都摘了下来。他拿出对讲机说：“上面安全了，你可以重新打开电源。”

片刻后大厅里再次充满光明，众人周围的设备也纷纷启动，一盏盏红色、绿色、白色的指示灯相继亮起，而“钟表匠”理查德·罗根正听着警察宣读自己的权利。

79

现在正是英雄出场的时刻。

虽然这通常和发明家没什么关系。

查理·索墨斯检查了一下手中的轻便型电缆，认为削掉的绝缘层已经足够，可以开始尝试制造短路了。

理论上这是可行的。

但风险在于，电流将寻找一切机会回到地面，一旦他将手上的电缆靠近回路源，馈电线里的强大电压便会立刻在电缆上形成弧闪，而他将瞬间被等离子火花吞噬。他离混凝土的回路源只有十英尺远，而索墨斯曾在视频里看过长达十五英尺的电弧闪。

可他不能再等了。

第一步，将电缆连接在干线上。

他想着自己的妻子，也想着自己的孩子——然后又想起了自己的另一批孩子：这么多年来的所有发明——他缓缓向火线靠拢，深吸了一口气，徒手将轻便型电缆靠在干线上。

平安无事，到目前为止一切顺利。他的身体和电缆此刻已处于同一电位，从效果上来说，查理·索墨斯已经成了十三万八千伏输电线的一部分。

他把除掉绝缘层的电缆拴在火线远端，用手抓住另一端打了个结，好让两者尽可能紧密接触。

他一手握住轻便型电缆包裹着绝缘层的一端，荡着晃悠悠的消防水带缓缓向后退开一段距离，看着准备用来闭合电路的地方：一条向上延伸至天花板的梁柱，但更重要的是，这条梁柱下端深深地陷入了地底。

那是一切电流的最终目的地。

梁柱距他只有大约六英尺远。

查理·索墨斯自嘲地咧嘴笑了笑。

这可真够荒谬的。一旦裸露着金属线的电缆一端距离金属梁柱足够近，电流便能感应到即将到来的接触并以巨大电弧闪爆炸的形式喷涌而出。等离子火花、火焰、熔化的金属液滴将以每秒三千英尺的速度四散飞溅……

可他实在想不出别的办法了。

就现在！

一定要彻底切断电源……

他慢慢将手中的电缆靠近那根金属柱子。

六英尺、五英尺、四英尺……

“喂，能听见吗！查理？查理·索墨斯？”

突如其来的喊声吓得他倒抽了一口凉气。电缆的末端在空中大幅地左右摆动着，他飞快地抓住了电缆。

“谁？”索墨斯脱口而出，说完才想到来者说不定是安德莉亚·杰森的弟弟，专门来杀他的。

“我是罗恩·普拉斯基，萨克斯警探的搭档。”

“哦，什么事？”索墨斯喘着粗气问，“你来这儿干吗？”

“我们从半小时前就一直尝试联系你。”

“赶紧离开这里，警官。这儿很危险！”

“我们一直打不通你的电话，你刚跟阿米莉亚和林肯通完电话我们就立刻打电话给你了。”

索墨斯努力让声音保持平静：“我根本没把电话带在身边。听着，我要切断这里的电源，关掉整个会展中心的电力。只有这样才能阻止他，到时候会产生巨大的……”

“他已经被阻止了。”

“你说什么？”

“是的，先生，是他们让我来这里找你。来告诉你之前在电话上说的都是假的。因为凶手在窃听他们的对话，所以没办法告诉你真正的行动计划。我们必须让凶手认定我们相信会展中心将被袭击。我一离开林肯家就打电话给你了，可总是没人接，后来有人说看见你往这边来了。”

我的上帝老天耶稣基督啊！

索墨斯呆呆地望着脚下幽幽晃动的电缆。旁边馈电干线中的电流随时可能决定抄近路回到地下老家，而他索墨斯则会随着电火花消失得无影无踪。

普拉斯基喊道：“我说，你在那上面干吗呢？”

让自己送命呗。

索墨斯缓缓收回电缆，接着又摸索着干线上被打成结的部分，小心翼翼地解了开来，随时防备着——不，应该是准备着——听见一声非常非常模糊的电闪嗡鸣，然后“砰”的一声被炸死。

解开电缆的过程漫长得像是永不会结束。

“有什么我能帮忙的吗，先生？”

有，帮忙闭上你的嘴。

“呃，请你往后退，稍等我一下，警官。”

“好的。”

终于，电缆被完全从馈电干线上解了下来。索墨斯把它扔在地上，接着缓缓松开消防水带，在空中挂着等了一会儿，然后从干线上跳了下去。落地时浑身撞得生疼，他忍着痛站起来，活动着手脚检查是否有骨折。万幸一切完好。

“您刚才说了什么，先生？”普拉斯基问。

刚才他一直像个疯子一样自言自语地念叨着：原地待命、原地待命、原地待命……

但他却回答："没说什么。"然后拍了拍衣服上的尘土，四处看了看，问："嘿，警官？"

"什么事，先生？"

"你来的路上有厕所吗？"

80

“查理 · 索墨斯没事了。”萨克斯挂上电话，顺手塞进裤子口袋，“罗恩刚打电话确认了。”

莱姆皱着眉头说：“我倒不知他能有什么事。”

“看来他原本想逞个英雄，打算切断会展中心的电源。罗恩在地下室找到了他，手里握着一截电缆还背着些工具，用绳子从天花板挂在半空中。”

“这是干吗呢？”

“不知道。”

“‘原地待命’的哪个字他听不明白吗？”

萨克斯耸了耸肩。

“你不能直接打电话给他吗？”

“他没把手机带在身上，说有十万伏特什么的。”

安德莉亚 · 杰森的弟弟也无大碍，不过却浑身脏兮兮的，饿着肚子、怒不可遏。警方从罗根停在莱姆别墅后门巷子里的白色面包车里发现了他。罗根什么也没告诉他，让他完全两眼一抹黑——无论是精神上还是肉体上。兰德尔 · 杰森以为自己是遭人绑架，好从他富有的 CEO 姐姐那里讹钱。他对那些袭击案一无所知，而罗根的计划显然是要将他电死在莱姆的地下室里，设计成他在拆卸暗杀莱姆的装置时不小心触到火线身亡的样子。他已经被送去与姐姐团聚了，安德莉亚则在盖瑞·诺博尔的介绍下大致了解了事情的始末。

莱姆很好奇，当她知道这件事的始作俑者竟然是自己在媒体上公开驳斥的对象——替代能源界的时候将会作何感想。

莱姆问："鲍勃·卡瓦诺，那个运营总监呢？"

"已经被麦克丹尼尔的人逮捕了。当时他就在办公室里，未作任何抵抗。桌上堆着厚厚的商业文书，都是有关新型替代能源公司的，这个阴谋家原计划在夺得阿冈昆后就和这些公司签约。FBI会想办法获得他的电脑及手机通信记录——如果他不配合的话。"

绿色联盟……

这时，莱姆注意到戴着手铐、用铁链拴着坐在椅子上的理查德·罗根正在对他说些什么。他两侧各站着一名身穿制服的巡警。这个杀手用一种冷静且诡异的口吻重复了一遍刚才的话："这都是你设计好的？全是假的，你早就知道了。"

"我早就知道了。"莱姆警惕地打量着他。尽管他承认自己的真名就是理查德·罗根，莱姆却无法把这个名字和他连在一起。对莱姆来说他永远都是"钟表匠"。就算面容已改（是啊，整容手术）但那双眼睛却始终不曾改变。那是一双和莱姆一样聪明，甚至偶尔更为狡黠的眼睛，并且不受法律与良知的束缚。

锁链十分牢靠，手铐也紧紧地锁着，但朗·塞利托还是坚持坐在附近盯着他，一脸认定罗根正在用超乎常人的狡猾大脑思考逃跑计划的表情。

但莱姆并不这么认为。被捕的钟表匠早已观察过整个房间和周围警员的部署并得出了结论：没必要做无谓的反抗。

"所以，"罗根语调平缓地问，"你是怎么发现的？"听起来是真心好奇。

萨克斯和库柏正在采集新的物证并装袋，于是莱姆便决定任性一次告诉他，毕竟他也对此颇为得意："当我们的FBI探员告诉我真凶不是盖尔特，而是另有其人时我便茅塞顿开了。你也知道胡乱推测的风险……之前我一直以盖尔特为嫌疑人的前提思考，可一旦打破了这个禁锢，便能重新看待整个案件的……”莱姆对想到的形容词不禁莞尔，“……整个案件的‘回路’。就拿学校的陷阱来说吧：凶手为何要大费周章地伤害两三个警察？还准备了一个噪声巨大的发电机？于是我想到，那应该是为了留下假证据，好误导调查方向——而且发电机够大，容易隐藏窃听器。

“于是我猜发电机被装了窃听器，而你正在偷听，因此便开始胡诌关于安德莉亚·杰森和她弟弟协同作案的理论，反正你留下那些证据本来也是希望我们往那方面想。但与此同时，我在电脑上把真正的行动计划打了出来，让实验室里的所有人默读。我让梅尔——我的助手——对发电机进行扫描……果然发现了窃听器。这么一来，故意让人发现发电机，就意味着现场找到的一切证据都是有人故意安插的。因此无论那些证据指向谁，都恰好说明他们不是罪犯。安德莉亚·杰森也好，她的弟弟也罢，都是无辜的。”

罗根皱着眉说：“可你难道就从没怀疑过她？”

“我怀疑过，我们认为安德莉亚撒了谎。你当时也听到了吧？”

“是的，但不太明白你的意思。”

“她告诉萨克斯说自己的才能是从父亲那里遗传来的。简直就像是在刻意隐瞒自己做过线路维修员，且有能力制造电弧闪，可只要仔细想想她说的话就会发现，安德莉亚并没有否认自己曾当过电工，她只是说她的才能更多是在商业层面而非技术操作……那么，如果不是安德莉亚或她弟弟，凶手究竟是谁呢？于是我不停重温手上所有的证据信息。”莱姆瞄了一眼证据板，“里面有些东西让我觉得格格不入，最让我印象深刻的就是那半圈弹簧。”

“弹簧？是的，你提过。”

“我们在其中一个现场找到了一根细小的游丝，肉眼几乎看不见。一开始我们认为那可能是用在电开关计时器里的，但后来我想，可以用在计时器里就说明可以用来制作钟表。自然，那么一来我立刻就想到了你。”

“一根游丝？”罗根黑了脸，“我总会仔细处理掉衣服上的残留物。”他朝附近一张检验桌上粘毛发的滚筒示意了一下，“确保行动之前身上没有任何足以暴露身份的微迹证，那条游丝一定是卡在我的袖子里了。你知道最好笑的是什么吗，林肯？那很可能是我在收拾以前的老物件和工具时落进去的。我不是跟你说过吗？现在的我对电子计时技术无比着迷，本打算接下来便要尝试这方面的制作。我想造出全世界最完美的钟表，比政府的原子钟还要好的电子钟表。”

莱姆接着说：“这么一来，所有的线索就都拼到了一起。至于恐吓信，我的推断是——那是盖尔特受人威胁写下的——而如果威胁他的人是你，一切就都说得通了。然后是替代喷气机燃料。绝大多数军用喷气机都在试用阶段，但那也意味着它可能被用在某些私人或商用飞机上。我分析后认为专门袭击机场或军事基地的可能性不大，因为这两处的电力系统安保级别都相当高。那这个微迹证是从哪里来的呢？最近唯一和飞机有关的事件虽然与这个案子无关，却和你有关——在墨西哥。同时我们还在一个现场找到了一根绿色纤维……和墨西哥警察制服的颜色一模一样，并且上面也含有飞机燃料。”

“我竟然留下了一根纤维？”罗根对自己感到愤怒，出离愤怒。

“我估计是你在墨西哥机场见阿尔特洛·迪亚兹的时候从他身上粘到的，那之后你就飞回费城绑架了兰德尔·杰森，再开车来到纽约。”

罗根无言，唯有叹息，这个举动肯定了莱姆的推测。

“好，那么我的推论就是，此事与你有关。但那时这还只是一个推测——直到后来才发现证据其实一直近在眼前。确凿无疑的证据。”

“你指什么？”

“DNA。我们把变电站袭击案出入口附近采集到的血液样本送去做了检验。可我一直没对它做 CODIS 检测——即 DNA 数据库对比。有什么必要呢？当时我们都认为已经确认是盖尔特了。”

但这个测验的结果却成了制胜一击。之前莱姆在电脑上打出了给库柏的指示——因为窃听器的缘故，他不能说话——让库柏请DNA检验室发一份血液样本的CODIS检测结果：“几年前我们从你在纽约的作案现场采集到了你的DNA样本。你进屋的时候我正在看的比对结果，上面确定地写着两者来自同一人。于是我立刻切换了屏幕内容。”

罗根的脸因对自己的怒气而紧绷着：“是了，是了……在变电站的时候，那条甬道的出入口，上面有个金属倒刺划破了我的手。虽然尽力擦掉了血迹，但我还是害怕被你发现，所以才制作了蓄电池炸弹，打算烧毁可能残留的DNA。”

“罗卡定律说，”莱姆道，背诵起这位二十世纪早期犯罪学家的理论，“每个犯罪现场都会发生转移现象……”

却被罗根接了过来：“——在罪犯和受害者，或者罪犯和犯罪现场之间产生。这样的现象或许很难被发现，却是实际存在的。因此，找到能够指向犯人的微量迹证，带领调查人员找出嫌疑人的真实身份，甚至藏身之处是每一位犯罪现场专业刑侦人员的职责。”

莱姆不禁失笑。这段话是他自己对罗卡定律的转述和解读，出现在两三个月前他所写的法医学研究文章中。看来理查德·罗根没少做功课。

可这样的了解仅仅只是为了作案吗？

所以我立刻接下了这份工作……我需要靠近你……

罗根说：“你不仅是一名优秀的犯罪学家，还是一位好演员。你骗过了我。”

“你不也演得挺好吗？”

两个男人的眼神在空中交会，锁定了对方。这时塞利托的电话响了，他接起来简短地应了几句便挂断，说：“押送车来了。”

三名警官走进别墅大门，其中两名穿着警服，另一名棕发的警探穿着蓝色牛仔裤、蓝色衬衫和棕色的运动外套。他脸上挂着和善的微笑，腰间却别着两把超大型自动手枪，左右各一把。

“嘿，罗兰。”阿米莉亚·萨克斯微笑着打了个招呼。

莱姆也说：“好久不见。”

“你们好。嘿，你又抓着贼啦。”罗兰·贝尔是从北卡罗来纳州警察局调来的，已经在纽约市警局担任警探好些年了，但一口亚特兰大中南部乡音却依旧未改。他的专长是保护证人和确保嫌疑人不会在押送途中逃跑，没有人比他更能胜任这份工作。莱姆很高兴由他来负责押送“钟表匠”。贝尔说：“他会被完好无缺地送达目的地，一根毛也不会少。”

看守的巡警向贝尔点头致意，然后扶着罗根站了起来。贝尔亲自检查了锁链、手铐并搜了身。然后点点头，带着人往大门走去。“钟表匠”忽然回过头来，有些不舍地说：“我们会再见面的，林肯。”

“肯定会的，我很期待。”

嫌疑人的微笑便成了困惑。

莱姆道：“我会作为法医专家证人出席你的庭审。”

“或许是在法庭上，也或许是在别的什么地方。”罗根看了一眼壁炉台上的怀表，“别忘了给它上发条。”

言罢，他便随着押送警察离开了。

81

“我很遗憾不得不告诉你这些，鲁道夫。”

电话那头粗犷的声音此刻显得无比空洞：“阿尔特洛？不可能。我无法相信。”

莱姆把迪亚兹的计划告诉了他——包括他是怎样策划暗杀上司并让之看起来像是因调查针对墨西哥城的暗杀事件而因公殉职。

电话那头一阵沉默，于是莱姆问：“他是你的朋友吗？”

“哈，友情啊……要我说啊，说到背叛，那些背着你跟别的男人上床，回家后却依旧好好照顾孩子、给你做饭的老婆倒比为了贪欲背叛你的朋友来得好些。你说呢，莱姆警监？”

“背叛是真相的病兆。”

“啊，莱姆警监，难不成你信佛吗？印度教？”

莱姆忍不住笑道：“不信。”

“但你的话很有哲理……我想之所以会变成这样，是因为阿尔特洛·迪亚兹是一名墨西哥的执法人员，这一个理由便足够了。在这边讨生活可不容易。”

“可你却始终如一，你一直没有放弃战斗。”

“是的。所以我是个傻瓜，这一点倒和你挺像，我的朋友。要是你愿意给大公司写安全报告，这会儿早成百万富翁了吧？”

犯罪学家答道：“可那有什么乐趣？”

墨西哥司令官发自内心地哈哈大笑起来，随后又问：“他现在怎么样了？”

“你说罗根？他会因为这次案件被控谋杀，之前所犯的案子也会得到指控。”

“他会被判死刑吗？”

“有可能，但不会执行。”

“为什么？又是你们美国人天天挂在嘴边的所谓自由人权？”

“比那个还要复杂，问题在于变幻莫测的政治局面。目前我们的州长并不愿意处决任何人，不管是多么穷凶极恶的罪犯，否则一旦政治上有什么变化，场面就会变得很尴尬。”

“被你们逮住的犯人恐怕尤其尴尬。”

“他们怎么想并不重要。”

“那倒是。不过，警监，虽然美国对犯人过分宽大，我想我还是会爱上这个国家的。说不定有一天我就悄悄越过边境去你那边当非法移民了呢。我可以在麦克丹尼尔手下干活，半夜悄悄破案。”

“我愿意当你的赞助人，鲁道夫。”

“哈！我来美国的可能性恐怕就和你来墨西哥吃魔力鸡、喝龙舌兰的概率差不多。”

“谁说不是呢？不过我倒是挺想尝尝龙舌兰的。”

“好了，我现在恐怕得回去清扫局子里的老鼠洞和烂摊子了。我可能……”

他没有说下去。

“您想说什么，司令官？”

“我可能需要请人做证。我知道这么说有些冒昧，但我在想是否可以请你帮忙。”

“乐意之至，只要我能帮得上忙。”

“太好了。”司令官又笑了几声，“或许几年后要是我运气好的话，也能在名字前面加上那几个魔法字母。”

“什么魔法字母？”

“RET 啊。”

“你吗？你会退休，司令官？”

“我只是开个玩笑，警监。退休可不是干我们这行的人能享的福气。我们只能因公殉职。就让我们祈祷这一天很久很久以后才会到来吧。我得走了，我的朋友。再见。”

电话挂断。莱姆又给出指令，拨号给了加利福尼亚的凯瑟琳·丹斯。他把抓获理查德·罗根的消息告诉了她，对话简明扼要，不是因为他讨厌聊天——正好相反：他正因为自己此战的胜利而无比雀跃。

然而之前突发神经反射失调的后遗症却总是挥之不去，他把电话交给萨克斯，让她和凯瑟琳闲聊八卦，然后请汤姆为他倒了一杯格兰杰威士忌。

“十八年陈酿的那个，如果你方便的话。拜托了，谢谢。”

汤姆慷慨地倒了不少在玻璃杯里，放到他嘴边的固定杯架上。莱姆就着吸管美美地吸了一大口。他享受着威士忌烟熏的芬芳，缓缓吞下了酒汁。他感受着酒精的温度，那么温暖舒适，就算让他恍惚产生和那天发病时类似的眩晕感也甘之如饴。他强迫自己不去多想。

萨克斯终于讲完电话时，他问：“你也来一杯，萨克斯？”

“恭敬不如从命。”

“我想听音乐。”他又说。

“爵士？”

“没问题。”

他选了戴夫·布鲁贝克六十年代的现场音乐会录音。随着在爵士乐界如雷贯耳的 *Take Five* 乐曲声响起，扬声器中瞬间溢出那独特的五四拍节奏和引人入胜的旋律，以无与伦比的感染力撩拨着听众的心。

萨克斯给自己倒了一杯威士忌，坐在莱姆身边，眼神缓缓游弋到证据板上："我们忘了一点，莱姆。"

"什么？"

"那个恐怖组织，叫'保卫地球正义'的那个？"

"那是麦克丹尼尔的任务。要是有哪怕一丁点儿证据我也会查的，可是……什么也没有。"莱姆又喝了几口酒，感受着另一波眩晕袭来，但还是成功地开了个小玩笑，"我个人认为，那只是云端打错了电话。"

82

于中央公园举行的“地球日”欢庆活动此刻已进入高潮。

傍晚六点二十分，虽然云层厚重、气温偏低，但天气好歹也算得上是宜人。一位FBI探员正站在中央公园的“牧羊草坪”边，扫视着眼前的人群。大多数人是来抗议示威的，但也有一些来野餐的游客。只是，前来参加活动的五万人中，大部分看起来都在为某些事情不满：全球变暖、石油、大企业、二氧化碳、温室气体，等等。

还有甲烷。

特别探员蒂莫西·康拉德眨了眨眼，看着一队抗议“牛胀气”的人群。显然，他们认为牲口排出的甲烷气体也能烧穿臭氧层。

所谓牛屁。

这个世界真疯狂。

康拉德贴着一抹假胡子，穿着牛仔裤和一件松松垮垮的衬衫，正好遮住了随身携带的无线对讲机和武器。他的妻子否决了他穿着这身衣服睡觉的提议，今天早上故意用熨斗往这些衣物上熨了些褶皱，好让它们看起来更加“生活化”。

他可不是民主自由的脑残粉，也不会因为任何原因——比如……呃，谁知道呢？比如自我满足、欧洲、全球化、社会主义或者怯懦而出卖自己的国家。

但他对这些抗议人群的其中一个观点倒是能够理解，那便是环境。康拉德喜欢大自然，喜欢打猎、钓鱼、爬山。所以他能够体会这些人的心情。

他警惕地扫视着人群。尽管外号叫“钟表匠”的嫌疑人已经被捕，助理特工主管塔克·麦克丹尼尔却依旧怀疑名为“保卫地球正义”的恐怖组织打算趁机捅点什么篓子。SIGINT 系统捕获的线索是不容置疑的，这一点就算对技术不怎么在行的康拉德也不得不承认。“保卫地球正义”组织，或者按照麦克丹尼尔的指示，现在大家都把它叫作“JFTE”，读音为“加夫提”。

全市都部署了联邦特工和纽约市警局的人手，用来监视并维持从哈得孙河的会展中心到炮台公园再到中央公园这片区域的安全，这些地段有各种游行和集会。

麦克丹尼尔的想法是，他们估错了理查德·罗根、阿冈昆联合电力和 JFTE 之间的关系，但还是不能排除这个组织已经和某个伊斯兰原教旨主义团伙建立了同盟关系的可能。

形成了所谓的“共生依存关系”。

这词儿够他在接下来的好几个月里用来跟哥们儿喝酒时的谈资了。

根据康拉德多年的便衣侦查经验，这个 JFTE 组织就算真实存在，也最多就是一帮乌合之众，不会对任何人造成威胁。他装作随意地四处闲逛，双眼却一直注意着人群中是否有符合侧写的人。他得注意人们手臂的摆放与身体的姿势及位置；注意看是否有人背特殊背包；是否有人的步态看起来像是携带了武器或简易炸弹；注意观察男人是否有特别白净的下颌，因为那意味着此人最近才刚刮过胡子；或者女人不自然地拨弄着头发，那表示她可能最近才摘下自青春期以来便戴着的面纱，所以还有些不习惯。

还有，一定不能漏掉的：观察人们的眼睛。

目前为止，康拉德看见的是一双双或虔诚，或懵懂，或好奇的眼睛。

总之，那些眼神都不属于那种会以某个神明或者鲸鱼、树木、斑点猫头鹰等为名义对无辜者进行大规模屠杀的人。他四处转了转，心里终于稍微放松了些，回到搭档身边。那是一位不苟言笑的三十五岁女警探，穿着一条长长的农家裙和一件跟康拉德一样皱巴巴又宽大的衬衫。

“有发现吗？”

这个问题毫无意义，因为搭档若是“有发现”必然会呼叫他——正如今晚执勤的所有其他执法人员一样。

搭档摇了摇头。

在小芭看来，毫无意义的问题是不值得出声回答的。

“芭—芭—拉”，康拉德在心里默默地纠正自己，就像他俩首次搭档时芭芭拉纠正他的那样。

“他们到了吗？”康拉德朝牧羊草坪南端搭建的舞台偏了偏头，他关心的是原计划于今晚六点半登台演讲的人：专程从首都华盛顿搭飞机赶来的两位参议员。这两人是总统处理环境问题上的左右手，负责支持那些令美国所有环保主义者欢欣鼓舞，却让至少半数大企业气得想扭断他们脖子的相关立法。

演讲结束后还有一场音乐会。他无法判断前来参加集会的人到底是为了听演讲还是音乐会。不过，就这帮人的样子来看，估计一半一半吧。

“刚刚抵达。”芭芭拉答道。

两人继续检视着人群。少顷，康拉德说：“那个缩写词真奇怪。‘加夫提’，他们干吗不直接说 JFTE。”

“加夫提不是缩写词。”

“什么意思？”

芭芭拉解释道：“就定义来说，缩写词指的是缩写后的字母仍能组成一个真正的词语。”

“英文的？”

芭芭拉用一种在康拉德看来有些居高临下的态度叹了口气：“在一个以英语为母语的国家，这是自然。”

“这么说 NFL 并不是缩写词？”

“不是，那只是首字母缩写而已。ARC（美国资源议会），这是缩写词。”

康拉德心想：那么芭芭拉名字的缩写词应该是……

“那 BIC 呢？”他问。

“也是吧，我不了解品牌名。这是什么的缩写？”

“不记得了。”

这时两人的无线对讲机同时响了起来，二人颔首仔细听着：“各单位注意，客人已经登上舞台。客人已经登上舞台。”

“客人”——是对两位参议员的别称。

发号施令的探员命令康拉德和芭芭拉移动到舞台西侧待命，两人遵命行动。

“你知道吗，这里原来真的是牧羊草坪。”康拉德对身边的人说，“直到三十年代为止市里都在这儿放羊，后来才把它们搬到布鲁克林的展望公园去，我指的是那些羊。”

芭芭拉面无表情地看了他一眼，意思是：这和今天的行动有关系吗？

康拉德跟在她后面走上一条狭长的小道。

人群突然爆发出一阵热烈的掌声和欢呼声。

两位参议员在万众瞩目下登上了舞台。第一位参议员身体前倾，用低沉且共鸣深厚的嗓音对着麦克风开始了演讲，他的声音回荡在整片牧羊草坪上空。人群每隔两三分钟便爆发出一阵兴奋的欢呼，呼应着参议员的老生常谈。

宛如牧师对着狂热信徒的布道。

就在这时，康拉德忽然注意到舞台的一侧有些不对劲儿，有人正匀速向前接近，那里正是两位参议员所在的地方。他身体一紧，向前冲去。

“怎么了？”芭芭拉一惊，反手掏出武器。

“是加夫提。”康拉德悄声说，伸手握住无线对讲机。

83

晚上七点整，弗雷德·德尔瑞回到曼哈顿FBI总部大楼。他刚去医院看望了威廉·布伦特，又称斯坦利·帕默尔，或者一大堆别的名字。尽管伤得很重，他的线人却终于苏醒了过来，再过三五天就能出院了。

法务官已经就赔偿事宜联系过布伦特了。被纽约市警察局的警察开着一辆巡逻车撞伤这种事基本上没什么好争议的，赔偿金额高达五万美元，外加支付全部医疗费用。

这对威廉·布伦特来说倒也勉强称得上是因祸得福了，至少财务上看是如此。除了个人伤害赔偿的这笔免税赔偿金，还有德尔瑞给他的十万美元——也是免税的，因为国税局和纽约市税务厅永远也不会知道这笔钱。

德尔瑞回到办公室，默读着理查德·罗根被捕的消息，这个“钟表匠”终于被捕了。他的助手，一位二十出头的精干非裔美国姑娘忽然问道：“您听说地球日的事了吗？”

“什么事？”

“我也不清楚细节，但那个组织，‘加夫提’……”

“什么？”

“JFTE，保卫地球正义还是什么的。就是那个生态恐怖组织？”

德尔瑞放下咖啡杯，心脏怦怦直跳：“真有这么个组织？”

“是的。”

“发生什么事了？”他紧张地问。

“我只知道他们潜入了中央公园，接近了两名参议员——就是总统派来集会讲话的那两位。特工主管要你去办公室见他，马上。”

“有人员伤亡吗？”德尔瑞沮丧地轻声问道。

“不知道。”

瘦高的警探愁眉苦脸地站了起来，沿着走廊快步而去。他大步流星地走着，就像平时在街头探案时那样。

可惜今后恐怕再也没机会做这份工作了。他是找到了抓捕钟表匠的重要线索没错，但却在自己最首要的任务上失了手：没找出那个恐怖团伙。

现在可好，麦克丹尼尔一定会借机杀他个片甲不留……他会睁着那双既闪亮又阴沉的眼睛，用和善有礼却暗藏杀机的态度向他发出致命一击。既然特工主管找他谈话，说明麦克丹尼尔一定已经告过状了。

继续保持，弗雷德。你也算尽力了……

他一边走一边瞄着沿路的办公室，希望能找人问问中央公园发生的事。然而所有的办公室都空无一人。现在是下班时间，但这也可能是因为——他猜，大家都被派往中央公园处理“保卫地球正义”组织的案子了。恐怕这正是他的事业即将终结最显而易见的证据：根本没人联系让他出警。

当然了，这还可能有另一个原因。也许被特工主管传唤，是因为他偷拿的十万美元。

他到底都干了些什么啊？虽说一切都是为了他所钟爱的这座城市和城市里那些他曾宣誓要毕生保护的人，可他难道以为这样就能逃得掉吗？尤其是在那位整天尖着眼睛、像做填字游戏一样在他的工作文件中揪小辫子的助理特工主管的监视下。

他有没有足够的筹码来协商免遭牢狱之灾？

这一点很难说。搞砸了“保卫地球正义”组织的案子，现在形势对他很不利。

他走完了一条平平无奇的办公楼走廊，又踏上了另一条。

终于，特工主管威严的办公室大门出现在眼前。助理汇报了德尔瑞的名字，他迈步走进这间位于角落的办公室。

“你好，弗雷德。”

“你好，乔。”

年逾五十的特工主管乔纳森·菲尔普斯正用手梳着银灰色的头发，向后捋了捋，示意德尔瑞在堆满文件的办公桌对面坐下。

不，德尔瑞心想，“堆满”这个词并不准确。主管的桌子收拾得井井有条，只是上面里三层外三层地放着三英寸高的文件而已。这里毕竟是纽约啊，有许多让人头疼的事情需要像他这样的人来处理。

德尔瑞想试着从他的表情上看出些端倪，却什么也没看出来。主管过去也和他一样做过卧底，但这种同僚之情并不能为他赢得任何同情。FBI就是如此，联邦法和局里的规定高于一切。办公室里只有特工主管一个人，德尔瑞并不惊讶，塔克·麦克丹尼尔此刻肯定早已赶往中央公园向被捕的恐怖分子宣读权利了。

“那么，弗雷德，我就开门见山地说了。”

“行。”

“关于这个加夫提组织的事。”

“保卫地球正义。”

“对。”主管又梳了梳头发，明明头发一直都很规整。

“我想问的是，你并没有找到任何与之有关的线索，对吗？”

德尔瑞没想到他会这么直截了当：“没有，乔。是我无能。我联系了所有常规资源和好几个新资源，找遍了所有现任和退休线人，差不多有二十几个人，却没有得到一点信息。我很抱歉。”

“但塔克·麦克丹尼尔的监控团队却发现了十个清楚明了的线索。”

云端……

德尔瑞并不打算攻击麦克丹尼尔，连半句对他不利的话也没想说：“据我所知，他的团队得到了不少重要信息。比如人名，一个叫‘拉曼’的人，还有‘约翰斯通’，以及关于武器的暗号。”他叹了口气说，“我听说了，乔。发生了什么事？”

“哦，对。加夫提组织行动了。”

“有伤亡吗？”

“有录像。你想看吗？”

德尔瑞心里说：不，长官，我一点也不想看。我最不想看见的就是人们因为我的失职而受伤，或者塔克·麦克丹尼尔一马当先，率领警察拿下犯人拯救世界。可他却回答：“当然，放吧。”

特工主管俯身在个人电脑前敲了几个键，然后将屏幕转过来对着德尔瑞。按照惯例，接下来将会放映一段用宽镜头拍摄的细节清晰的低对比度监控影像，并在画面下方显示地点及读秒信息。

然而出现在他眼前的却是 CNN 的新闻画面。

怎么会是 CNN？

一位面带微笑、发型靓丽的女主持人手里握着一叠稿子，正在对一位年约三十的男士说话，后者穿着一件西装外套和一条并不搭配的休闲裤，肤色偏深，留着短发。男人有些不安地微笑着，双眼不断在主持人和镜头间来回切换。他的身边还站着一位八岁左右、长着雀斑的男孩儿。

主持人对男人说：“我听说您的学生过去几个月来一直在为地球日的活动做准备。”

“是的。”男人回答，在镜头前虽然有些局促却十分自豪。

“今晚的中央公园汇集了各种不同的团体，分别支持不同的议题。您的学生是对某一个具体的环境问题感兴趣吗？”

“不是的，他们对许多议题都很感兴趣：比如可再生能源、热带雨林危机、全球变暖和二氧化碳、保护臭氧层和资源回收。”

“您身边的这位小助手是谁呢？”

“是我的一位学生，托尼·约翰斯通。”

约翰斯通？

“你好，托尼。可不可以请你把你参加的学校环保社团的名字告诉电视机前的观众呢？”

“呃，可以。社团叫‘保卫地球的只有孩子’。”

“这些海报真漂亮，都是你和同学们一起做的吗？”

“嗯，是的。可是，你知道，我们的班主任拉曼先生，”他说着看了一眼身边的男人，“也帮我们一起做。”

“是吗，那可真不错啊，托尼。谢谢你，也谢谢皇后区拉弗瓦尔多小学的彼得·拉曼老师三年级班的所有同学！谢谢你们让大家看到，即使小小年纪也能从我做起，关心环境、保护地球……我是主持人凯西·布里格翰，来自……”

特工主管伸指一戳，屏幕又恢复了一片黑暗。他直起身来，德尔瑞却看不出他此刻的表情是想笑还是骂人。“‘正义’(Justice)——”他开口道，然后一字一顿地说，“只——有……孩子 (Just Us Kids)。”然后叹了口气，“你想知道我现在得面对多少头疼的事吗，弗雷德？”

德尔瑞抬起一边毛茸茸的眉毛。

“我们跟华盛顿好说歹说地要了五百万美元，还不算调动四百名特工探员的经费；软磨硬泡地跟纽约、威切斯特、费城、巴尔的摩和波士顿法院要了二十四张搜查令。我们声称通过SIGINT掌握了确凿线索，有一帮比蒂莫西·麦克维[①] 和本·拉登还要凶残的生态恐怖分子即将发起一场有史以来最可怕的袭击，将整个美国带入黑暗。

①麦克维是因一手制造了骇人听闻的俄克拉荷马爆炸案而臭名远扬的恐怖分子。在那次震惊美国的大爆炸中，他将一辆满载炸药的车开进了俄克拉荷马市政府一幢叫阿夫尔莱德·默拉·巴尔迪的日间看护中心引爆，共造成一百六十八人死亡，五百多人受伤。死者中有九名儿童。

“结果这个穷凶极恶的恐怖组织却不过是一群八九岁孩子的社团。所谓的武器暗号——‘纸和用品’是吧？还真就是纸和用品的意思。所谓的云端通信也根本不是什么云端，而是孩子们在学校午睡醒来后面对面的谈话。拉曼的女同伙？看样子就是那个小托尼，年纪太小都他妈的还没变声罢了……幸好SIGINT系统没截获诸如‘有人在中央公园放飞白鸽’的信息，否则我们估计要找国防部启动地对空导弹了。”

办公室里一阵沉默。

“你难道不觉得幸灾乐祸吗，弗雷德？”

瘦高的警探耸了耸肩。

“你想要塔克的职位吗？”

“那他怎么办——？”

“去别的地方咯，华盛顿之类的吧。有所谓吗？……怎么样？助理特工主管的职位如何？你要是想要，今晚就可以搬进那间办公室。”

德尔瑞毫不犹豫地答复：“不，乔。谢谢你，但不用了。”

“你可是这里最受敬重的探员之一，人们都把你当作榜样。我希望你能再考虑考虑。”

“我想在外面，在第一线工作。这是我唯一的心愿，也是对我来说最重要的工作。”他的措辞和语气谨慎严肃，和扮演卧底角色时的市井风格完全不同。

“你这只野牛仔。”特工主管呵呵笑道，“那你回办公室去吧。我找了麦克丹尼尔过来谈话，估计你并不想见到他。”

“差不多。”

德尔瑞走到门边时，特工主管忽然说：“对了，弗雷德，还有一件事。”

德尔瑞迈了一半的脚停在空中。

“那个冈萨雷斯的案子是你查的，对吧？”

德尔瑞曾身经百战，任凭和多么穷凶极恶的犯罪分子短兵相接也从来脸不红心不跳，然而此刻他却能感觉到脖子上的血管直跳。他答道："史丹顿岛的贩毒团伙，是的。"

"那案子似乎有些地方搞错了。"

"搞错了？"

"是的，证据方面。"

"是吗？"

特工主管揉着眼睛说："突击的时候，你的手下缴获了三十公斤白粉、二十四支枪和一大袋现金。"

"没错。"

"警方对外发布称现金有一百一十万美元。可我们在为大陪审团整理证据的时候却发现，证物柜里只有一百万美元。"

"少写了十万美元？"

特工主管颔首说："不，不是那样。不是少写了。"

"哦。"德尔瑞呼吸有些粗重。唉，糟了……这下完了。

"我检查了物证记录，发现了一件有趣的事，证据链卡片上写的第二个0、就是一百万的1后面那个——特别细长。不仔细看的话还以为是个1呢。有人就这么看了一眼便写在了对外发布的文件上。写成了'一百一十万'。"

"原来如此。"

"我只是想告诉你，如果有人问起就说那是笔误。冈萨雷斯案中，FBI缴获的现金总数为一百万美元整，这是官方的正式信息。"

"好的。谢谢，乔。"

主管皱了皱眉："谢我什么？"

"多谢说明。"

后者点了点头。这个动作包含着某种信息，而德尔瑞准确地接收到了。主管又补充道："话说回来，抓捕理查德·罗根的案子你做得不错。这家伙几年前曾计划除掉几十名士兵和五角大楼的人，还有我们的人。从今以后他再也蹦跶不起来了，太好了。”

德尔瑞转身离开了主管办公室。一直到走回自己的办公室才松了口气，忍不住“哈”地笑出了声。

一帮三年级的孩子？

他掏出手机给赛琳娜发短信，告诉她自己很快便会回家。

84

林肯·莱姆抬起头看着站在门口的普拉斯基。

“小子，你杵在那儿干吗？你现在不是应该在皇后区总部填写物证材料吗？”

“我，我只是……”普拉斯基的声音沉闷又绵软，就像一辆汽车撞到棉花墙里。

“你只是？”

时间接近晚上九点，客厅里只剩他们两人。厨房里传来令人安心的餐具轻响，萨克斯和汤姆正在准备晚餐。莱姆注意到现在早已过了该上餐前鸡尾酒的时间，却没人给他的杯子里添上威士忌，这真有些伤自尊。

于是他转向普拉斯基寻求补偿，年轻的警官听话地照办。

“这还不够两小杯的量。”莱姆不满地咕哝着，但普拉斯基仿佛根本没听见。他走到窗边，默默地注视着外面的街道。

那画面简直就像一部慢节奏的传统英国戏剧，莱姆无言地看着，用吸管嘬了一口威士忌。

“我大概做了个决定，想先告诉你。”

“大概？”莱姆再次对他的用词提出异议。

“我是说，我已经做了决定。”

莱姆抬了抬眉，他不想显得太感兴趣。这小子接下来会说什么？他想，心中却已大概有数。莱姆的大部分人生都奉献给了科学研究，但他也曾管理过几百号员工和警察。尽管没什么耐心，言语生硬，脾气还不怎么好，却算得上是个讲道理的好上司。

只要你别捅娄子。

“说下去，小子。”

“我要离开。”

“离开这个地方？”

“警察系统。”

“哦。”

自从认识凯瑟琳·丹斯以来，莱姆也对肢体语言有了一定了解。他能看出普拉斯基此刻正在努力背诵之前排练过无数次的话。

年轻的警官用手揉搓着金色短发说：“威廉·布伦特。”

“德尔瑞的线人？”

“是的，长官。”

莱姆很想再次提醒他没必要使用这么机械且见外的称呼，但最终却只说：“继续，普拉斯基。”

普拉斯基一脸愁容、目光游移地在莱姆附近坐了下来，椅子吱嘎作响。“在盖尔特公寓的时候我受到了惊吓，慌了神，失去了良好的判断能力。我完全慌了手脚，连该干什么都不知道了。”他说，然后仿佛做汇报总结一样补充道，“我没能正确评估现场情况并相应地调整自己的行为。”

他就像一个不确定考试答案的学生，只能怀着忐忑的心情把能想到的答案一股脑儿地说出来，祈求其中一个能答对。

“他已经醒了。”

“但是差一点就死了。”

“这就是你辞职的原因？”

“我犯了错，差一点让他人付出生命的代价……我觉得自己没有办法再全力以赴地正常执业了。”

神啊，他是从哪儿学来的这些说法？

“那是一场意外，小子。”

“本不应该发生的。”

“有哪个意外是应该发生的吗？”

“你知道我的意思，林肯。我不是没有认真考虑过。”

“让我来告诉你为什么你必须留下，为什么辞职是错误的。”

“告诉我什么？说我很有才能，还能做出很大的贡献？”年轻的警官一脸怀疑。他虽然还年轻，面容却比莱姆初次见他时沧桑了许多。警察这行就是这样。

跟着我做事儿也会这样，林肯·莱姆想。

“知道你为什么不能辞职吗？因为那样很伪善。”

普拉斯基眨了眨眼。

莱姆接着说，声音里透出一丝冷彻：“你错过了最好的机会。”

“什么意思？”

“这么说吧，你搞砸了工作，让别人受了很重的伤。可当你发现布伦特可能是一个劣迹斑斑的罪犯时，心里便没那么难受了，对不对？”

“这……大概是吧。”

“你突然不再介怀自己撞了他，只因为他，怎么说来着——算不上是个好人？”

“不是的，我只是……”

“听我说完。在你撞到那个人的当下就应该做出选择：要么想清楚你无法接受这份职业的附带伤害和意外风险然后立马辞职；要么就应该把这一切抛在脑后，学会带着这样的遗憾和风险继续前进。这跟被你撞到的人是连环杀手还是教堂的神职人员没有任何关系。现在才来哀怨踌躇是不明智且自欺欺人的表现。”

年轻人的双眼因怒气而眯缝起来，正准备张口反驳，却听莱姆继续道：“你是出了错。但那不是犯罪……说真的，干这行免不了出错。区别在于，我们犯错和会计师或者鞋匠犯错是不同的，一旦出了岔子很可能导致他人死亡。可如果因此而纠结烦恼、驻足不前，那就真的什么也干不了了。那会让我们变得瞻前顾后、畏畏缩缩，而这样的后果就是导致更多的人因我们的失职而失去生命。”

“你说得倒是轻松。”普拉斯基怒道。

还能发怒挺好，莱姆想着，却依旧拉着脸。

“遇到这种情况的又不是你。”普拉斯基咕哝着。

莱姆当然遇到过这样的情况。他也犯过错，没有上百也有几十次。并且他和萨克斯的相识正是在几年前一个因他的失误而导致无辜者丧命的案子里。可现在并非大倒人生苦水培养兄弟情谊的时候。于是他说：“这不是重点，普拉斯基。重点是你已经做出了决定。撞伤布伦特以后，你拿着物证从盖尔特的公寓回到了这里，从那一刻起你就失去了退出的资格。没什么好讨论的。”

“它简直要把我吞噬了。”

“那么，现在就是时候告诉它——不管‘它’到底是个什么玩意儿——别再吞了。做警察的其中一个专业素养就是学会屏蔽。”

“林肯，你根本没听我说话。”

“我听了，我认真思考了你的论据然后否决了它们。你的论据不成立。”

“对我来说是成立的。”

“不，对你来说也不成立。让我来告诉你理由。”莱姆顿了顿，说，“因为它们对我来说不成立……而你和我很像，普拉斯基。我不得不承认这点，但这是真的。”

闻言年轻的警官顿时愣住了。

“好了，别再提这些没意义的事了。我很高兴你能过来，因为有些后续工作需要你做。就在……”

普拉斯基盯着面前的犯罪学家冷笑了一声，道：“我才不做什么工作，我要辞职，我才不听你的命令。”

“唔，反正你现在还不能辞职。过几天倒还行。我需要你，这个案子——不只是我，是你也在负责的案子——现在还没有完全结束。我们必须百分百确保罗根被定罪，同意吗？”

一声叹息，年轻人说：“我同意。”

“在麦克丹尼尔被赶下台发射到云端之前——不管他之后会被赶去哪里，都已经下令让手下搜查了鲍勃·卡瓦诺的办公室，而不是找我们。FBI的证据响应小组虽然不错——毕竟是我帮忙设立的，但我们还是应该去走走方格。我要你现在就去。罗根曾说幕后黑手是一个联盟，我需要尽可能锁定其余的每一个人。”

普拉斯基无奈地皱着脸说：“我会去的，但这是我最后的工作了。”他摇着头，气冲冲地离开了房间。

林肯·莱姆强忍着脸上的笑意，就着嘴边的吸管又嘬了一口威士忌。

85

现在家里只剩林肯·莱姆一个人。

罗恩·普拉斯基去了阿冈昆联合电力走方格；梅尔·库柏和朗·塞利托各自回家；罗兰·贝尔报告说理查德·罗根已经被安全送至市里一处安保严密的拘留所。

阿米莉亚·萨克斯也去了市里，帮忙处理相关文件，但目前已经回到了布鲁克林区。莱姆希望她能多花点时间好好放松，比如开着心爱的“都灵眼镜蛇”兜兜风。她偶尔会载着帕米一起兜风，这小姑娘回来跟莱姆说那种体验“绝对、简直、完全难以置信”，他觉得这个形容的正确解读应该是“超带劲”。

不过他知道，帕米跟着萨克斯兜风是不会有任何危险的。和自己一个人时不一样，萨克斯知道什么时候应该忍住心中的冲动选择保守行事。

汤姆也出门了，和他《纽约时报》的记者女朋友一起。他本想留在家里看着莱姆，观察神经反射失调发作后是否还留下了任何不良反应，或者天知道别的什么状况，可他的犯罪学家老板却坚持要求他去好好玩。

“给你个宵禁时间。”莱姆恶狠狠地说，“凌晨。”

“林肯，我会赶在……”

“不，你要在凌晨以后再回来。这是个反宵禁。”

“那怎么行？我不能把你一个人留……”

“你要是提前回来我他妈的就炒了你。”

助手仔仔细细地打量了他一遍，然后说：“好吧，谢谢。”

可莱姆才懒得听他道谢，无视了助手径自滑到电脑前开始工作。他要把庭审所需的所有证据资料整理好，好让“钟表匠”为自己所有的罪行得到应有的判决，包括一级谋杀罪。他会在纽约被定罪，这里和加利福尼亚还有得克萨斯不同，在这里做出死刑判决就仿佛婴儿额头正中长了个胎记一样令人尴尬和羞耻。就像他告诉鲁道夫·卢纳的那样，他不认为钟表匠会被执行死刑。

其他司法辖区也会争抢此人的判决权，但他毕竟是在纽约被捕的，所以其他州市只能排队等着。

莱姆心里其实对终身监禁的判决结果并无异议。要是罗根在被捕时身亡——比如想要抢夺手枪伤害了萨克斯或塞利托——那这便是罪有应得。可莱姆活捉了他，让他下半生都要在监狱里度过，这也未尝不是一个公正的结果。注射死刑总让人觉得廉价，甚至是一种侮辱。而莱姆并不愿意成为将犯人送上担架推往注射行刑室的那种警察。

莱姆享受着此刻的孤独，顺手听写下了几段犯罪现场调查报告。有些法医刑侦人员喜欢口述报告并录下来，他们的录音或绘声绘色，或诗情画意。莱姆可不这样。他的用词总是言简意赅——像掷地有声的金属而非雕工精致的木饰。他检查了一下写好的报告，除了个别信息空白让人恼火外，其他都令人满意。他等不及想催促相关分析结果的报告，但又提醒自己缺乏耐心也是一大缺点，虽然不如粗心大意来得致命——就算多等一两天案子也不会怎样。

很好，他默许了报告的迟到。还有其他事情要做，总有做不完的事，但这样也挺好。

莱姆环视着实验室，梅尔·库柏把一切都打扫得井井有条。他此刻或许正在皇后区的母亲家中，可能会在那儿住下，或者带着他的斯堪的纳维亚女友去看望母亲，也或许他正和女朋友在市中心的某个舞厅尽情狂欢。

头略有些疼，就像今天早些时候那样。他看了一眼摆在附近架子上的药，注意到那瓶可乐定和血管扩张剂，之前大概就是这两种药物在危急时刻救了他一命。他想到若是此时再发作一次，恐怕只有死路一条。瓶子就在手边几英寸远的地方，却像是远在天边。

莱姆看了看熟悉的证据白板，上面写满了萨克斯和梅尔·库柏的笔记。有的字迹有些模糊，有的用横线画掉了，有的被擦掉只留下模糊的痕迹，还有一些拼写错误和推测错误的信息。

这些都真实地反映了案件从开始调查到结束的整个过程。

接着，他又把目光转向大厅里的各种设备：密度梯度检测装置、镊子和小瓶子、乳胶手套、长颈瓶、证据采集装备以及设备中的战斗机：电子显微镜扫描仪和气相色谱／质谱仪，这些大家伙此刻也是一片沉默。他回忆着曾花费了多少个日夜使用这些设备和其他更古老的仪器，耳边响起机器运作时的各种声响，鼻息间仿佛还能闻到曾经为了得到某个未知化合物的成分而狠心投入色谱仪的样本燃烧的气味。他们常常遇到这样的难题：要想查知某个嫌疑人的身份和藏身地就必须牺牲某个单一样本，可如此一来又会给案件庭审带来阻碍，因为唯一的证据样本已经消失了。

林肯·莱姆对于牺牲样本从来毫不吝惜。

他还记得身体尚有知觉时双手放在检测仪器上所感受到的震动。

他的眼睛扫过一条条如蛇般在木质地板上缠绕交错的线缆，想起坐着轮椅从一个检验桌移动到另一个检验桌或电脑前时，从上面压过所感受到的起伏与抖动——当然，这指的是他下颌的感受和大脑的联想。

线缆……

他启动轮椅滑进实验室旁的小办公室，看着里面摆满的各种家庭照片，想着他的堂兄弟亚瑟、叔叔亨利和他的父母。

还有阿米莉亚·萨克斯，当然了，他总是想着阿米莉亚。

接着，美好的回忆渐渐消退，他忍不住再次想起自己的失误是如何差一点导致了阿米莉亚的牺牲。都是因为这个不听话的身体在关键时刻背叛了所有人，也背叛了他自己、萨克斯和普拉斯基，还有天知道多少个准备冲进被设了陷阱的废弃学校的紧急勤务组警员？

他的思绪从这里不断发散，然后意识到这次意外真实地反映了两人的关系。他们彼此相爱，这是毋庸置疑的，可他也无法否认自己限制了阿米莉亚。他知道如果阿米莉亚和别人在一起，或者独身一人，前途和人生还可以更加完美。

这并非自怨自艾，相反，此刻的莱姆正为这些想法感到无比兴奋。

他想象着假如没有了他，萨克斯独自一人生活会是什么样子。虽然并不期待，他还是尝试着想象，而结论是即使那样萨克斯也会过得很好。他的脑海中再次浮现出几年后已经能够独当一面的罗恩·普拉斯基和萨克斯携手合作、共同执掌犯罪现场调查部的样子。

此刻，在这间实验室对面的小房间里，在周围家庭照片的簇拥中，莱姆垂目看向放在身旁桌上的东西。它制作得那样绚丽多彩又精致柔和。那是宣扬协助自杀的阿伦·科裴斯基留下的宣传册。

选择……

莱姆好笑地注视着这张精心设计的宣传册，设计者显然将残疾人也考虑在内。不需要伸手拿起册子翻开也能了解重要信息：这个安乐死组织的联系电话用大号字体清楚地印在首页上——他们连打算自杀的人可能有视觉退化的情况也照顾到了。

他看着这个宣传册，思绪万千。心中的计划还需要一些仔细的安排。

需要瞒着一些人。

需要小心谋划，还需要收买一些人。

可四肢瘫痪之人的生活便是如此，可以自由自在地思考，但任何行动却都得费上十足的功夫。

他的计划需要不少时间，可人生大事没有哪件能一蹴而就。莱姆为自己能够坚定不移地做出决定而兴奋不已。

他最大的顾虑在于如何确保在不出席庭审的情况下，也能够让陪审团清楚听见有关“钟表匠”的证据证词。不过这种情况到时会有相关程序可以遵循：宣誓证词。除此之外，萨克斯和梅尔·库柏在诉讼方面也是经验丰富的证人。这一点，他相信罗恩·普拉斯基也一样。

明天他会和检察官谈谈，就他们两人的私下密谈。之后再请一位法庭书记来家里帮他录口供。这样汤姆肯定不会起疑。

林肯·莱姆微笑着把轮椅移回空无一人的实验室，这里现在只剩下各种电子仪器和软件程序，还有——啊，对了——可以用来打电话的线缆。这通电话是自从“钟表匠”被捕的那一刻起，他便不停思考——不，应该是“着魔般”反复思考的事。

第四部分 最后的案件

“地球日”结束后十天

我锻炼身体的主要方式就是在不同的试验台前站立或来回走动。相比于某些玩高尔夫球的朋友和竞争对手来说，这种锻炼方式能让我获得更多的好处和乐趣。

——托马斯·阿尔瓦·爱迪生

86

阿米莉亚·萨克斯和汤姆·莱斯顿急匆匆地推开医院大门。谁也没有说话。

大厅里和走廊上一片寂静，这种景象在纽约这种大城市的星期六晚上是十分罕见的。这时候医院里通常人来人往、一片嘈杂，有来治病的；有发生意外来急救的；有酒精中毒的；嗑药过量的，当然偶尔还有受了枪伤或刀伤的病人。

可是这家医院的氛围却十分奇怪，诡异而肃静。

萨克斯皱着眉，一路走走停停查看墙上的指示牌。她指了一个方向，两人顺着医院地下室一条昏暗的走廊继续前进。

没过多久他们又停了下来。

“是那边吗？”萨克斯悄声问。

“指示牌根本没写明白，他们应该换个更好的。”

萨克斯听出了汤姆声音里的焦急，她知道那主要是因为沮丧。

“是这边。”

两人继续往前走，途中经过一个护士站，护士们正坐在高高的柜台后闲聊。这份工作必须每日穿着制服处理繁多的文件和资料，但也能时不时喝杯咖啡、画上淡妆、玩玩填字游戏。萨克斯注意到这里放了很多九宫格游戏，很意外为什么这样的游戏还能有市场。她可没那个耐心。

她推测那是因为楼下的这个部门比较清闲，护士们不需要随时准备投入救护工作，和电视剧里的急救科工作不一样。

经过第二个护士站时萨克斯朝一位独坐的护士走去，那是一名中年女人，她只说了两个字：“莱姆。”

“哦，我知道。”护士答道，一面抬起头来。没有查看值班表或任何其他文件，“您是？”

“他的搭档。”她回答。这个说法萨克斯在无数场合用过，无论工作还是生活中，却从未像今天这样感到不适。她不喜欢这个称谓，甚至讨厌它。

汤姆介绍自己是“个人看护”。

这个称呼也让他不太舒服。

“我恐怕并不了解详情。”护士说，仿佛知道萨克斯想问什么，“请跟我来。”

这位态度沉稳的女士领着二人穿过了一条比刚才更加昏暗的走廊。这里可以说是一尘不染，设计清爽且井然有序，却依旧令人心里不舒服。

医院不就是这样的地方吗？

一行人来到一扇打开的门前，护士用带着一丝同情的语调说：“请在这里稍等一下，很快就会有人来。”

言罢护士便离开了，仿佛担心他们会把她推进椅子里逼问似的。虽然萨克斯真的很想这么做。

她和汤姆转过墙角走进等候室，里面空无一人。朗·塞利托和莱姆的堂兄弟亚瑟及妻子朱迪正在赶来的路上。萨克斯的母亲也要来，说是要搭地铁过来，尽管萨克斯坚持让她打车。

他们无言地坐了下来。萨克斯拿起旁边一本九宫格游戏书，心不在焉地翻了翻。汤姆看着她，用力握了握她的手臂然后颓然向后靠去。以他平日的一丝不苟而言，这样的状态可算十分少见了。

汤姆说：“他什么也没说过，一个字也没提过。”

“你觉得奇怪吗？”

汤姆张口想说是，话到嘴边却变成了无奈的：“不。”

一个穿着商务西装、松着领带的男人走了进来，但一看两人的表情又退了出去。萨克斯并不见怪。

今晚这十二个小时恐怕是自打她认识莱姆以来所经历过最奇怪也最紧张的时间了。那天早上当她结束在布鲁克林市区的欢庆回到家时，只看见伸长脖子一脸期待地站在门口的汤姆。后者朝她身后望了望，皱起了眉头。

“怎么了？”萨克斯问到，也回头看去。

“他没和你在一起吗？”

“谁？”

“林肯。”

“没有。”

“这下糟了，他不见了。”

多亏了那台速度无碍又可靠的“暴风箭”牌轮椅，莱姆能和四肢健全的人一样到处跑，以前也不是没有自己一个人跑到中央公园去透过气。不过相较于户外活动，莱姆还是更喜欢待在实验室里，在各种仪器设备的环绕下与案件斗智斗勇。

那天一大早汤姆便照顾他起了床，为他穿好衣服并抱进轮椅里，这是莱姆要求的。一切准备妥当后莱姆说：“我要去见个人，一起吃早餐。”

“我们要去哪儿？”汤姆问。

“‘我’是第一人称单数，汤姆。‘我们’才是复数。当然第一人称都是名词，但除此之外两者没有任何共通之处。你不在受邀名单上，但这是为了你好。不然你一定会觉得十分无聊。”

“在你身边从来不会无聊，林肯。”

“哈，我会很快回来的。”

犯罪学家看起来心情很好，这让汤姆同意了他的要求。

然而自那以后莱姆一直没有回来。

距离萨克斯回到家已经又过了一小时，好奇心逐渐变成了忧虑。但就在此时，两人同时收到了一封电子邮件，两声轻响分别从电脑和黑莓手机上发出。邮件言简意赅，活脱脱的林肯·莱姆作风。

汤姆，萨克斯：

思考再三后我决定不再继续以现在的状态活下去。

“不……”汤姆惊呼道。

“往下看。”

最近发生的一系列事件让我意识到，我不能再持续这种无能为力的状态了。有两件事情激发了我的动力。一是科裴斯基的到访，他让我明白，虽然我并不愿自杀，但有时候死亡的危险并不应该成为阻挡一个人做出正确选择的理由。

第二件事便是与苏珊·斯特林格的会面。她说世上没有真正的巧合，说她觉得跟我的相遇是命运的安排，就是为了要把彭布罗克脊髓中心的事情告诉我。你知道我对所谓命运的态度——或许此处应该加上大笑的表情，但我才不会那么做。

这段时间我一直和这个中心保持着联系，并且预定了未来八个月的四次诊疗，其中包含各种手术及治疗方案。第一次诊疗马上就要开始了。

当然，接受这次治疗也可能意味着我或许再无机会参加另外三次诊疗，但不试试又怎会知道结果呢？如果一切顺利，我希望能在一两天后亲自告诉你手术的细节和感受；如若不然，汤姆，你知道我的重要文件放在哪里。对了，还有一件事我忘了写进遗嘱：请把我所有的威士忌都送给亚瑟。他一定会喜欢的。

萨克斯，我还给你写了一封信。请让汤姆转交给你。

很抱歉我选择以这样的方式处理，但如此美好的一天你们俩都应该有更好的事情要做，而不是浪费时间来陪我这么一个不听话的病人去医院。再说了，你们很了解我，有些事情我宁愿自己一个人去做，过去几年很少能有这样的机会。

今天下午或者傍晚就会有人打电话来通知你们具体细节。

至于我们刚结束的最后一个案子，萨克斯，我本应亲自出席“钟表匠”的庭审并做证，但如果事情不顺利，我已经在司法部长的见证下做了证词宣誓。你和梅尔还有罗恩可以接替我出庭做证。一定要确保罗根先生被送进监狱，终生不得释放。

我想用对我来说十分亲近的一个人说过的一句话来形容我此刻的心情：“时代在变化，我们也应与时俱进，不惜一切代价。无论这意味着放弃什么。”

——L.R.

于是才有了此刻两人在这家令人不安的医院里默默等待的画面。

过了良久，终于有人走进了等候室。那是一名身穿绿色手术服、身材高瘦的灰发男人。

“您是阿米莉亚·萨克斯。”

“是的。”

“您是汤姆？”

后者点了点头。

自我介绍后两人了解到此人便是彭布罗克脊髓中心的首席外科手术医生。他说：“他撑过了手术，但尚未恢复意识。”

接着他又向两人说明了一些手术技术方面的事宜。萨克斯点着头，努力记忆每一个细节。有些听起来是好消息，有些则不太好，但总的来说她注意到医生总是有意无意地回避着最关键的问题——

并非关于手术在技术层面上是否成功，而是林肯·莱姆究竟什么时候，或者能否——醒来。

当她唐突地将这个问题直接抛出时，这位技术高超的医生也只能回答：“我们也不知道，目前只能等待。”

87

手指上凹凸不平的涡旋并不是为了法医刑侦或指认罪犯而生的，而是为了能让我们握紧手里的东西，无论是珍贵的、必要的物品还是乱七八糟的东西，都不会轻易从手中滑落。

我们早已蜕去了利爪，而肌肉张力——虽然这么说对于健身狂热者很不好意思——和同等体形的野生动物相比实在弱到令人汗颜的地步。

手指（和脚趾）上的纹路其实有个官方名称，叫“摩擦脊”，看这个名字就能明白其真正的作用。

林肯·莱姆瞄了一眼阿米莉亚·萨克斯，后者蜷缩在十英尺开外的一张椅子上睡得正香，那姿势有种奇特的满足感与平静。厚厚的红发垂落，遮住了一半脸颊。

时值午夜。

莱姆继续着对指纹沉思。这些纹路会出现在指尖上，包括手指和脚趾，还有手掌和脚掌心。所以哪怕没有指纹，只要能找到掌纹也可以锁定犯人，不过这种案件很稀少。

很早以前，人们便意识到了指纹的独特性。早在八百年前人类便用指纹来标记官方文件，却直到十九世纪九十年代才开始认识到其在确定罪犯与案件关系中的重要性。印度的加尔各答率先在执法系统中设立了世界上第一个指纹鉴别部，决定这一创举的是爱德华·理查德·亨利爵士，因此警察系统的指纹分级系统便以他的名字命名，并沿用了百年。

莱姆之所以会想到关于指纹的事，是因为此刻他正看着自己的手掌。这么多年来这还是第一次。

自从地铁站意外以来的第一次。

他的右臂被吊了起来，手肘弯曲着，手腕和手掌被转到正对着他的角度，可以清楚地看见上面的每一条纹路。他的心中充满了兴奋与激动，就像查案时终于发现能够将嫌疑人和犯罪现场联系起来的细小的纤维、微迹证或者泥泞中的清浅脚印一样。

手术成功了：移植了内置电线和可以由头部及肩膀控制的微电脑。他可以开始尝试通过收缩颈部和肩膀的肌肉来轻轻抬动胳膊和转动手腕了。观察自己的指纹在很长一段时间以来一直是他的梦想，他曾暗自决定若有朝一日手能动了，要做的第一件事就是好好看看自己的指纹。

当然，未来还要继续接受各项治疗以及另外几次手术，其中包括重排控制神经。这个手术虽不能增加他的行动能力，却可以改善机体功能；之后是干细胞疗法以及物理复健：会用到跑步机、自行车和一系列协调肢体动作的练习。

但即便是这样完善的治疗方案也终有其局限——所以汤姆不用担心丢饭碗。即使将来他的胳膊和手都能动了，就算肺部功能恢复如常，甚至哪怕腰部以下也能勉强活动，他的身体始终还是没有知觉的，依然有患脓血症的风险并且无法正常行走——很可能这辈子，或者至少很多年内都依旧无法行走。但这些林肯·莱姆都不在乎，多年的法医刑侦经验告诉他，内心愿望和实际搜查结果很难百分之百令人满意，但通常只要你肯努力，再加上一点的天时地利人和（莱姆的观念里从来没有“运气”这个词），你所掌握的证据也足够用来识别和逮捕犯人，并将其定罪。除此之外，林肯·莱姆还是一个不能没有目标的人。他活着就是为了填补空白——这一点萨克斯十分清楚——为了破解谜题、消除问题。没有目标，他的人生将毫无意义，所以他会不断踏上新的旅程。

此刻他正用颈部肌肉的微弱动作缓缓转动着手掌，并轻轻垂放到病床上，动作生涩，就像一只刚出生的马驹第一次尝试走动。

疲惫感和残留的药效忽然袭来，莱姆感到一阵无法抑制的困意，但他还是努力撑着眼皮把目光停在阿米莉亚·萨克斯的脸上。她白净的脸庞一半隐藏在光滑的发丝之下，仿佛夜空中的半弯明月。

The Burning Wire by JEFFERY DEAVER
Copyright © 2010 by Jeffery Deaver
This edition is arranged with Gunner Publications, LLC in association with CURTIS BROWN – U.K. Through Bardon-Chinese Media Agency.
Simplified Chinese edition copyright © 2020 New Star Press Co., Ltd.
All rights reserved.

图书在版编目（CIP）数据

燃烧的电缆／（美）杰夫里·迪弗著；王雨佳译．－－北京：新星出版社，2020.5
ISBN 978－7－5133－3979－7
Ⅰ．①燃…　Ⅱ．①杰…　②王…　Ⅲ．①长篇小说－美国－现代　Ⅳ．①I712.45
中国版本图书馆 CIP 数据核字（2020）第 039093 号

燃烧的电缆

[美] 杰夫里·迪弗 著；王雨佳 译

责任编辑：曹晓雅
特约编辑：郑　雁
责任校对：刘　义
责任印制：李珊珊
装帧设计：人马艺术设计·储平

出版发行：新星出版社
出 版 人：马汝军
社　　址：北京市西城区车公庄大街丙3号楼　100044
网　　址：www.newstarpress.com
电　　话：010-88310888
传　　真：010-65270449
法律顾问：北京市岳成律师事务所

读者服务：010-88310811　service@newstarpress.com
邮购地址：北京市西城区车公庄大街丙3号楼　100044

印　　刷：北京美图印务有限公司
开　　本：910mm × 1230mm　1/32
印　　张：15.875
字　　数：259千字
版　　次：2020年5月第一版　2020年5月第一次印刷
书　　号：ISBN 978-7-5133-3979-7
定　　价：69.00元

版权专有，侵权必究；　如有质量问题，请与印刷厂联系调换。